EL REY OSCURO

C. S. PACAT

EL REY OSCURO

Traducción de Eva González

☾ UMBRIEL

Argentina • Chile • Colombia • España
Estados Unidos • México • Perú • Uruguay

Título original: *Dark Rise*
Editor original: HarperCollins Publishers
Traductora: Eva González

1.ª edición: mayo 2022

Dark Rise © 2021 *by* Gatto Media Pty Ltd
Map copyright © 2021 *by* Svetlana Dorosheva
All Rights Reserved
© de la traducción 2022 *by* Eva González
© 2022 *by* Ediciones Urano, S.A.U.
    Plaza de los Reyes Magos, 8, piso 1.º C y D – 28007 Madrid
    www.umbrieleditores.com

ISBN: 978-84-16517-75-6
E-ISBN: 978-84-19029-48-5
Depósito legal: B-4.917-2022

Fotocomposición: Ediciones Urano, S.A.U.
Impreso por: Romanyà Valls, S.A. – Verdaguer, 1 – 08786 Capellades (Barcelona)

Impreso en España – *Printed in Spain*

Para Mandy.
Me pregunto si ambas necesitábamos una hermana.

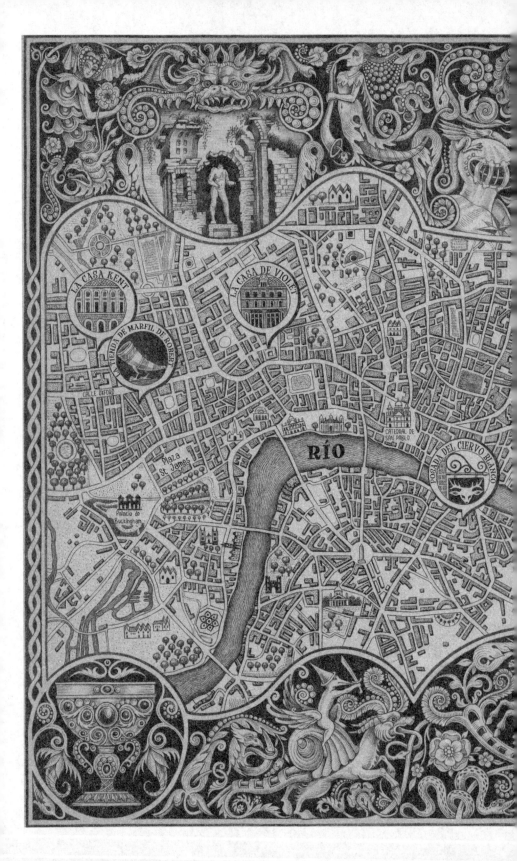

PRÓLOGO

Londres, 1821.

—Despiértalo —ordenó James, y el marinero de rostro adusto levantó de inmediato el cubo de madera que tenía en la mano y lanzó su contenido a la cara del hombre desplomado y atado ante él.

El agua abofeteó a Marcus, arrastrándolo hasta la conciencia mientras tosía y tomaba aire a bocanadas.

Incluso empapado, encadenado y apaleado, Marcus tenía un aire noble, como el gallardo caballero protagonista de un tapiz descolorido. «El porte orgulloso de los Siervos», pensó James. Se erguía en las entrañas del buque de carga de Simon Creen como la apestosa miasma del río, a pesar de que lo habían esposado para evitar que se moviera.

Allí abajo, la bodega del barco era como el interior de una ballena con costillas de madera. El techo era bajo. No había ventanas. La luz provenía de las dos lámparas que los marineros colgaron cuando arrastraron a Marcus hasta allí, quizás una hora antes. Todavía estaba oscuro fuera, aunque él no tenía modo de saberlo.

Parpadeó con sus pestañas húmedas. El cabello renegrido caía sobre sus ojos en mechones goteantes. Llevaba los andrajosos restos del uniforme de su orden, cuya estrella plateada estaba manchada de tierra y sangre.

James vio el horror naciendo en los ojos de Marcus cuando se dio cuenta de que seguía vivo.

«Lo sabe». Marcus sabía qué iban a hacer con él.

—Así que Simon Creen tenía razón sobre los Siervos —dijo James.

—Mátame. —Marcus tenía la garganta rasposa, llena de gravilla, como si al ver a James hubiera entendido de golpe lo que estaba ocurriendo—. Mátame, James. Por favor. Si alguna vez has sentido algún afecto por mí...

James despidió al marinero y esperó hasta que el hombre se marchó, hasta que no hubo más sonidos que el rechinar del agua y la madera, y Marcus y él se quedaron solos.

Marcus tenía las manos encadenadas a su espalda. Estaba en una posición incómoda debido a ello, incapaz de enderezarse; unas gruesas cadenas lo ataban firmemente a los cuatro pesados puntales del barco. James echó una mirada a los enormes e inamovibles eslabones de hierro.

—Todos esos votos... En realidad, nunca has vivido. ¿No habrías deseado estar con una mujer? O con un hombre.

—¿Como tú?

—Esos rumores no son ciertos —dijo James con serenidad.

—Si alguna vez has sentido aprecio por alguno de nosotros...

—Te alejaste demasiado del rebaño, Marcus.

—*Te lo ruego* —le suplicó.

Pronunció las palabras como si aquel mundo estuviera regido por un sistema de honor, como si solo tuviera que apelar a la naturaleza bondadosa de una persona para que el bien prevaleciera.

James era incapaz de tragar toda aquella superioridad moral.

—Ruégamelo, entonces. Pídeme de rodillas que te mate. Hazlo.

No había esperado que Marcus lo hiciera, pero por supuesto, lo hizo; y seguramente disfrutó, arrodillándose como un mártir antes del sacrificio. Marcus era un Siervo; se había pasado la vida manteniendo sus votos y siguiendo sus normas, creyendo en palabras como *nobleza, verdad* y *bondad*.

El prisionero se movió con torpeza, incapaz de mantener el equilibrio sin usar las manos, y con humillante dificultad, asumió su nueva postura a pesar de las cadenas: la cabeza baja y las rodillas sobre el suelo de madera.

—Por favor, James. Por favor. Por lo que queda de los Siervos.

James miró su cabeza baja, su maltrecho y atractivo semblante que seguía siendo lo bastante ingenuo como para esperar que hubiera una salida para él.

—Estaré junto a Simon mientras termina con el linaje de los Siervos —dijo James—. No me detendré hasta que no quede nadie en pie en vuestro alcázar, hasta que vuestra última luz titile y se apague. Y, cuando llegue la oscuridad, estaré junto al que lo gobernará todo. —La voz de James resonó con claridad—. ¿Crees que significas algo para mí? Debes haber olvidado quién soy.

Marcus lo miró entonces, con un destello en los ojos. Fue la única advertencia que tuvo James. El Siervo se lanzó hacia él, reuniendo toda su fuerza, hasta que sus músculos se tensaron y protuberaron y el hierro se clavó en su carne...

Durante un único y aterrador instante, el hierro gimió, desplazándose...

Marcus emitió un sonido agonizante y se desplomó. Una carcajada de alivio borboteó en la garganta de James.

Los Siervos eran fuertes. Pero no lo bastante fuertes.

Marcus jadeaba. Tenía los ojos furiosos. Bajo la ira, estaba aterrado.

—Tú no eres la mano derecha de Simon —le espetó Marcus—. Eres su gusano. Su lamebotas. ¿A cuántos de nosotros has matado? ¿Cuántos Siervos morirán por tu culpa?

—Todos menos tú —sentenció James.

Marcus palideció y, por un momento, James pensó que iba a suplicar de nuevo. Lo habría disfrutado. Pero Marcus lo miró en medio de un adusto silencio. Era suficiente, por el momento. Marcus suplicaría de nuevo antes de que aquello hubiera terminado. No necesitaba provocarlo; solo tenía que esperar.

Marcus rogaría y nadie acudiría en su ayuda. Allí, en el barco de Simon.

Satisfecho, James se giró para subir las escaleras de madera que lo conducirían a la cubierta. Tenía el pie en el primer peldaño cuando la voz de Marcus resonó a su espalda.

—El chico está vivo.

James sintió un ardiente resentimiento que hizo que se detuviera. Se obligó a no girarse, a no mirar a Marcus, a no picar el anzuelo. Mientras continuaba subiendo las escaleras hacia la cubierta del barco, habló con voz tranquila:

—Ese es vuestro problema, el de los Siervos. Siempre creéis que hay esperanza.

CAPÍTULO UNO

Tres semanas después.

Will vio el primer atisbo de Londres después de que el sol saliera, la silueta negra azabache del bosque de mástiles en el río contra un cielo apenas un tono más claro, junto a las grúas elevadoras, los andamios y todos los conductos y chimeneas.

El muelle estaba despertando. En la orilla izquierda, las puertas del primer almacén ya habían abierto. Algunos hombres se habían reunido y gritaban sus nombres con la esperanza de ser elegidos para el trabajo; otros estaban ya en las barcazas, enrollando cuerda. Un oficial con chaleco de raso saludó a un capataz. Tres niños con los pantalones remangados habían empezado a tantear el barro, buscando clavos de cobre o pequeños trozos de carbón, el cabo de una cuerda o un hueso. Una mujer con una pesada falda estaba sentada junto a un barril, voceando la mercancía del día.

En una barcaza que hacía su lento trayecto sobre las negras aguas del río, Will salió de detrás de unos toneles de ron, listo para saltar a la orilla. Le habían encargado que comprobara las cuerdas que rodeaban los toneles para evitar que se deslizaran, y después que los descargara con la ayuda de una grúa o haciendo sufrir su espalda. No tenía la constitución de toro de muchos de los obreros del muelle, pero era trabajador. Podía ocuparse de las cuerdas y de la carga y descarga, o ayudar a subir los sacos a una carreta o a un bote.

—El embarcadero está justo ahí, ¡acercadla! —gritó Abney, el capataz.

Will asintió y agarró una cuerda. Tardarían toda la mañana en descargar la barcaza, antes del descanso de media hora en el que los hombres compartían pipas y licor. Los músculos ya le dolían por el esfuerzo, pero pronto encontraría el ritmo que lo ayudaría a aguantar. Al final del día, le darían una corteza de pan duro con sopa de guisantes del humeante caldero. Ya lo estaba deseando, e imaginaba el caliente sabor de la sopa, sintiéndose afortunado de tener mitones que mantuvieran sus manos calientes en aquel frío.

—¡Preparad esas cuerdas! —Abney, con las mejillas enrojecidas por el alcohol, tenía la mano en una de las cuerdas, justo junto a uno de los nudos de Will—. Crenshaw quiere la barcaza vacía antes del mediodía.

La cuadrilla se puso en acción. Detener una embarcación de treinta toneladas con la única ayuda de las corrientes y de las pértigas era duro a la luz del día, y más duro aún en la oscuridad. Demasiado rápido, y las pértigas se romperían; demasiado lento, y chocarían contra el varadero, astillando la madera. Los gabarreros hundieron sus pértigas en el limo del lecho del río y tiraron, empujando el peso de la embarcación.

—¡Amarradla! —llegó la llamada, buscando asegurar la barcaza antes de descargarla.

El navío se detuvo lentamente, apenas balanceándose sobre las oscuras aguas. Los gabarreros enfundaron sus pértigas y lanzaron las amarras para atar la barcaza al muelle, tirando de las cuerdas para tensarlas y después anudándolas.

Will fue el primero en saltar de la barcaza; rodeó un bolardo con su amarra, ayudando a los que seguían a bordo a acercar la nave al muelle.

—Esta noche, el capataz beberá con el propietario del barco —dijo George Murphy, un irlandés con un gran bigote que tiraba de una cuerda junto a Will. Aquel era el tema del que hablaban todos los hombres del muelle: trabajo y cómo conseguirlo—. Es probable que nos ofrezca más trabajo cuando este haya terminado.

—La bebida lo hace ganar puntos, pero también perderlos —apuntó Will, y Murphy resopló, afable. Will no añadió: *Casi siempre los pierde.*

—Estaba pensando en buscarlo después, a ver si consigo que me contrate —continuó Murphy.

—Es mejor que quedarse esperando a que te llamen para una jornada —asintió Will.

—Incluso podría permitirme un poco de carne los domingos...

¡Crac!

Will giró la cabeza justo a tiempo de ver una cuerda soltándose de su traba y volando por el aire.

Había treinta toneladas de mercancía en aquel barco, no solo ron sino corcho, cebada y pólvora. La cuerda azotó los aros de hierro y se zafó de ellos, rompiendo la lona y haciendo rodar los toneles. Justo hacia Murphy. *¡No...!*

Will se lanzó sobre Murphy, apartándolo del camino de la estampida. Un tonel le golpeó el hombro y notó un trepidante estallido de dolor. Se levantó, jadeando, y miró el rostro atónito de Murphy con una oleada de frenético alivio: estaba vivo y solo había perdido su gorra, revelando el cabello apelmazado del color de su bigote. Por un momento, se miraron. Después, entendieron la verdadera escala de aquella calamidad.

—¡Recuperadlos! ¡Sacadlos del agua!

Los hombres chapoteaban, desesperados por salvar la carga. Will hizo lo mismo y los ayudó a empujar los barriles hacia la orilla de guijarros. Ignoró el dolor de su hombro. Le fue más difícil ignorar la imagen de la cuerda suelta, de Murphy en el camino del barril. *Podría haberlo matado.* Intentó concentrarse en sacar la mercancía del agua. ¿Se había dañado la carga? El corcho flotaba, y los barriles de ron eran herméticos, pero el nitrato de potasio se disolvía en el líquido. Cuando abrieran los toneles, ¿descubrirían que se había perdido?

Perder una barcada de pólvora... ¿qué implicaría? ¿Acabaría con el negocio de Crenshaw? ¿Tendría que decir adiós a su riqueza, como si se alejara flotando en el río?

Los accidentes eran habituales en el muelle. Justo la semana anterior, un caballo de carga se asustó inesperadamente mientras tiraba de una embarcación a lo largo de los canales; las cuerdas se rompieron y la nave volcó. Abney solía contar una historia de una cadena rota que había matado a cuatro hombres y enviado una barcaza de carbón al fondo del río. A Murphy le faltaban dos dedos por unas cajas mal apiladas. Todo el mundo conocía la realidad cotidiana: escatimar, recortar el presupuesto, era peligroso.

—¡Se ha soltado una maldita cuerda! —bramó Beckett, un viejo obrero con un descolorido chaleco marrón abotonado hasta la garganta—. Allí. —Señaló la atadura rota—. Tú. —Se dirigió a Will, que era el que estaba más cerca—. Tráenos más cuerda y una palanca para abrir esos barriles. —Señaló el almacén con la barbilla—. Y date prisa. Te descontaré el tiempo perdido.

—Sí, señor Beckett —dijo Will, sabiendo que no debía discutir.

A su espalda, Beckett ya estaba ordenando a otros que volvieran al trabajo y dirigiendo el flujo de sacos y cajas alrededor de los toneles mojados de la orilla.

Will corrió hacia el almacén.

El almacén de Crenshaw, uno de los muchos edificios de ladrillo que bordeaban la ribera, estaba lleno de mercancía en barriles y cajas, reposando una noche o dos antes de continuar su camino hasta las salas de dibujo, las mesas de comedor y las pipas de fumar.

El aire del interior estaba frío y emponzoñado con el hedor del sulfuro en sus contenedores amarillos, de los montones de pieles y de los toneles de ron empalagosamente dulce. Will se tapó la nariz con el brazo cuando la intensa vaharada de tabaco fresco se vio superada por el aroma de las suntuosas especias que nunca había probado y que hacían que le picara la garganta. Había pasado medio día arrastrando cajas al interior de un almacén similar dos semanas antes. La tos se había quedado con él durante días, y había sido un incordio escondérsela al capataz. Estaba acostumbrado al mal olor del río, pero los vapores de la brea y del alcohol hacían que le lloraran los ojos.

Un obrero con un áspero pañuelo de alegres colores alrededor del cuello se detuvo mientras apilaba madera.

—¿Te has perdido?

—Beckett me envía a por cuerda.

—Ahí abajo —señaló con el pulgar.

Will vio una palanca junto a un par de toneles viejos y un alto montón de bramante que olía a alquitrán. Después, buscó un rollo de cuerda que pudiera echarse al hombro y llevar a la barcaza.

«Aquí no hay nada, tampoco detrás de los barriles...». A su izquierda vio un objeto parcialmente cubierto por una sábana blanca. ¿Qué era aquello? Extendió la mano para tirar de la polvorienta sábana, que cayó en un montón sobre el suelo.

Un espejo quedó a la vista, apoyado contra una caja. Era metálico y viejo, una antigüedad de otra época, de antes de que los espejos se hicieran de cristal. Deformado y veteado, diseminaba su reflejo en picados destellos sobre su superficie metálica, nebulosos atisbos de piel pálida y ojos oscuros. «Aquí tampoco hay nada», pensó, y estaba a punto de reanudar su búsqueda cuando algo en el espejo llamó su atención.

Un destello.

Miró a su alrededor con brusquedad, pensando que el espejo debía haber captado el movimiento reflejado de alguien a su espalda. Pero allí no había nadie más. Era extraño. ¿Se lo habría imaginado? Aquella parte del almacén estaba desierta, los largos pasillos entre los montones de cajas. Volvió a mirar el espejo.

Su opaca superficie metálica estaba manchada por el tiempo y las imperfecciones, de modo que le era difícil ver. Pero aun así lo vio, un movimiento en la borrosa superficie del espejo que lo hizo detenerse en seco.

El reflejo del espejo estaba cambiando.

Will lo miró, sin atreverse apenas a respirar. Las difusas siluetas estaban cambiando de forma ante sus ojos, convirtiéndose en columnas y en espacios abiertos... No era posible, pero estaba ocurriendo. El reflejo estaba cambiando, como si la estancia ante la que estaba el espejo fuera un lugar de hacía mucho, y no había nadie que le impidiera acercarse para mirar a través de los años.

Había una dama en el espejo. Eso fue lo primero que vio, o que creyó ver; después, el oro de una vela cercana y el oro de su brillante cabello, recogido en una trenza que caía sobre su hombro hasta la cintura.

Estaba escribiendo, letras elegantes en páginas con bordes de suntuosos colores y mayúsculas ornamentadas con diminutas figuras. Su habitación se abría a la noche abalconada, con techos abovedados y una serie de peldaños bajos que conducían (lo sabía de algún modo) a los jardines. Nunca antes había visto aquella escena, pero en ella había un recuerdo del aroma del verde atardecer y del oscuro movimiento de los árboles. Instintivamente, se acercó para ver mejor.

Ella dejó de escribir y se giró.

Tenía los ojos de su madre, y lo miró directamente. Will se contuvo para no retroceder un paso.

La dama se acercó a él y su vestido la siguió en una estela por el suelo. Podía ver la vela que sostenía en la mano, el brillante medallón que llevaba al cuello. Se acercó tanto que fue como si estuvieran el uno frente al otro. Will tuvo la repentina sensación de que apenas los separaba la distancia de un brazo extendido. Creyó ver su propio rostro reflejado en sus ojos, pequeño como la llama de una vela, un destello gemelo.

En lugar de eso, en sus ojos vio el espejo, duplicado, plateado y nuevo.

Se le erizó el vello de los brazos; aquello era tan extraño que se estremeció. «El mismo espejo... Ella está mirando este mismo espejo...».

—¿Quién eres tú? —preguntó una voz.

Will retrocedió con brusquedad, repentinamente, tambaleándose, solo para darse cuenta, de la manera más tonta, de que la voz no había salido del espejo; la oyó a su espalda. Uno de los obreros del almacén estaba mirándolo con recelo, con un farol elevado en la mano.

—¡Vuelve al trabajo!

Will parpadeó. El almacén, con sus cajas húmedas, lo rodeaba, aburrido y ordinario. Los jardines, las altas columnas y la dama habían desaparecido.

Era como si se hubiera roto un hechizo. ¿Lo habría imaginado? ¿Serían los vapores del almacén? Sintió la necesidad de frotarse los ojos, casi deseando perseguir la imagen que había visto. Pero el espejo solo reflejaba el mundo ordinario que lo rodeaba. La visión se había desvanecido. Solo había sido una fantasía, una ensoñación o un truco de la luz.

Despojándose de la sensación de aturdimiento, Will se obligó a asentir con la cabeza y a decir:

—Sí, señor.

CAPÍTULO DOS

Perder el tiempo en el almacén también hizo perder a Will tres semanas de salario y provocó que lo degradaran al trabajo más duro de los muelles. Se obligó a hacerlo, aunque le ardían los músculos y le dolía el estómago de hambre. Los primeros tres días los pasó dragando y cargando, y después lo pusieron a trabajar en la rueda, haciendo girar el enorme cilindro de madera del almacén junto a seis hombres mucho más grandes que él, para que sus poleas elevaran las cubas gigantes a cinco metros del suelo. Cada noche regresaba a su anónima y abarrotada pensión demasiado agotado para pensar siquiera en el espejo o en las cosas extrañas que había visto en él, demasiado agotado para hacer algo más que tumbarse sobre el sucio camastro de paja y dormir.

No se quejó. Crenshaw seguía en el negocio, y él quería aquel trabajo. A pesar del reducido salario, el trabajo en el muelle era mejor que la vida que había llevado cuando llegó a Londres. Había sobrevivido a base de sobras, antes de aprender a recoger colillas y secarlas para después vendérselas a los obreros del muelle como tabaco de pipa. Fueron aquellos hombres quienes le dijeron que podría conseguir un trabajo no cualificado en el muelle si estaba dispuesto a trajinar duro.

Will dejó el último saco de cebada en el montón, mucho después de que la campana sonara y la mayoría se fuera. Había sido un día de trabajo severo, un turno doble sin descansos para intentar compensar el tiempo que habían perdido debido al retraso de la barcaza. El sol estaba poniéndose y había poca gente en la ribera, los últimos rezagados terminando su trabajo.

Lo único que tenía que hacer era despedirse del capataz y sería libre para pasar la noche. Se dirigiría a la calle principal, donde los vendedores de comida se reunían para ofrecer un bocado a los obreros por un precio razonable. Como terminó tarde, se había perdido su ración de sopa de guisante, pero tenía una moneda en la chaqueta con la que podría comprar una patata caliente, y eso sería combustible suficiente hasta el día siguiente.

—El capataz está en la parte delantera. —Murphy señaló río arriba con la barbilla.

Will corrió para llegar allí antes de que el capataz se marchara. Dobló la esquina y se despidió de Beckett y del resto de los trabajadores que se dirigían hacia la posada. Mientras caminaba sobre la gravilla de la ribera, vio a un castañero a lo lejos, voceando su producto a los últimos trabajadores del muelle, con su rostro barbudo enrojecido por el fuego que resplandecía a través de los agujeros del fondo de su hornilla. Entonces llegó al embarcadero vacío.

Y fue cuando vio dónde estaba en realidad.

Había oscurecido tanto que los hombres tuvieron que salir a encender las lámparas de aceite, que tosían y chisporroteaban, pero Will ya los había dejado atrás. Los únicos sonidos eran el susurro de las aguas negras al final del embarcadero y los gritos lejanos de un bote de dragado deslizándose lentamente desde el canal hacia el río, atrapando con sus redes todo lo que era posible aprehender. El embarcadero estaba desierto, sin atisbo de vida.

Excepto por tres hombres en un esquife abandonado medio oculto junto al oscuro tablaje.

Will no podría haber dicho cuándo se dio cuenta, o por qué. No había ni rastro del capataz. No había nadie cerca que pudiera oír un grito de ayuda. Los tres hombres estaban bajando de la embarcación.

Uno de ellos levantó la mirada. Justo hacia él.

«Me han encontrado».

Lo supo de inmediato. Vislumbró la expresión decidida de sus ojos, cómo se dispersaban para bloquearle el camino mientras bajaban del esquife.

El corazón se le quedó atascado en la garganta.

«¿Cómo? ¿Por qué están aquí?». ¿Qué lo habría delatado? Era discreto. Mantenía la cabeza baja. Escondía la cicatriz de su mano derecha con los mitones. A veces tenía que frotársela, para seguir moviendo los dedos, pero siempre tenía mucho cuidado de que nadie lo viera cuando lo hacía. Sabía, por experiencia, que el gesto más pequeño podría delatarlo.

Quizás hayan sido los guantes, esta vez. O quizá había sido descuidado, el chico anónimo del muelle no tan anónimo como esperaba ser.

Dio un paso atrás.

No había ningún sitio al que ir. Oyó un sonido a su espalda: habían aparecido dos hombres más para bloquearle el camino, figuras sombrías que no reconocía. Pero reconocía la coordinación con la que se movían, dispersándose para bloquear su huida.

Era enfermizamente familiar, parte de su nueva vida, después de haberla visto tumbada en la tierra empapada de sangre y no saber por qué, después de meses escondiéndose sin tener la menor idea de por qué la habían matado o qué querían de él. Pensó en la última palabra que su madre pronunció.

Huye.

Se apresuró hacia la única salida que podía ver, un montón de cajas a la izquierda del almacén.

Saltó sobre las cajas, trepando a la desesperada. Una mano le agarró el tobillo, pero la ignoró. Ignoró el zarandeo, el pánico que hacía tronar su corazón. Debería ser más fácil ahora. No estaba abotargado por el dolor. No era ingenuo, como había sido en aquellas primeras noches, cuando no sabía huir ni esconderse, cuando no sabía que debía evitar las carreteras, o qué ocurriría si se permitía confiar en alguien.

Huye.

No tuvo tiempo para recuperarse cuando aterrizó en el barro al otro lado. No tuvo tiempo de reorientarse. No tuvo tiempo de mirar atrás.

Se levantó y comenzó a correr.

«¿Por qué? ¿Por qué me persiguen?». Sus pies golpearon la calle húmeda y lodosa. Oía los gritos de los hombres a su espalda. Había empezado a llover. Corrió a ciegas hacia la tormentosa oscuridad, sobre los adoquines resbaladizos. Pronto tuvo la ropa empapada y correr le fue más difícil. Su respiración se volvió demasiado ruidosa en su garganta.

Pero conocía aquel laberinto de calles y callejones en constante construcción, aquel caos de andamios, edificios nuevos y carreteras recientes. Se adentró en él, esperando poder poner suficiente distancia entre ellos para perderlos o esconderse hasta que pasaran de largo. Se agachó y zigzagueó entre las planchas de madera y los puntales de construcción, y oyó que los hombres aminoraban la velocidad y se dispersaban, buscándolo.

«No saben que estoy aquí». En silencio, se deslizó entre los puntales y después hacia un espacio bajo un alto andamio instalado contra un edificio a medio construir.

Una mano le agarró el hombro; notó una respiración caliente contra su oreja y una mano en su brazo.

No. Con el corazón desbocado, desesperado, Will forcejeó. Una mano húmeda le cubrió la boca y dejó de respirar…

—Para. —Con la lluvia le era difícil oír la voz del hombre, pero le heló la sangre—. Para, no soy uno de ellos.

Will apenas entendió las palabras del hombre, que intentaba amortiguar sus gemidos con una mano fuerte. «Están aquí. Están aquí. Me han atrapado».

—*Para* —dijo el hombre—. Will, ¿no me reconoces?

¿Matthew? Estuvo a punto de preguntarlo, cuando el hombre pronunció su nombre y con asombro reconoció su voz. La silueta de uno de los hombres del río se fundió en una persona a la que conocía.

Se quedó inmóvil, sin creer en lo que veían sus ojos mientras el hombre le apartaba la mano con lentitud de la boca. Casi oculto por la lluvia, era sin duda Matthew Owens, un criado que había tenido su madre en su antigua casa de Londres. Su primera casa, su primera vida, antes de que se mudaran a un sinfín de lugares remotos sin que su madre le explicara por qué, cada vez más ansiosa, más recelosa de los desconocidos, siempre vigilando la carretera.

—Tenemos que guardar silencio —dijo Matthew, bajando más la voz—. Siguen ahí.

—Estás con ellos —se oyó decir Will—. Te vi en el río.

Habían pasado años desde la última vez que había visto a Matthew y ahora estaba allí. Lo había seguido desde el muelle, quizá lo había seguido desde Bowhill...

—No estoy con ellos —le aseguró Matthew—, pero ellos creen que lo estoy. Me envía tu madre.

Una renovada oleada de miedo. «Mi madre está muerta». No lo dijo, mirando fijamente el cabello gris y los ojos azules de Matthew. Ver a un criado al que conocía de su antigua casa originó en él un deseo infantil de seguridad, como querer ser consolado por uno de sus padres después de hacerse un corte en la mano. Quería que Matthew le contara qué estaba pasando, pero aquella oleada de familiaridad infantil se topó de bruces con la fría realidad de su vida como fugitivo. «Que lo conozca no significa que pueda confiar en él».

—Te están pisando los talones, Will. En Londres, ningún sitio es seguro. —La voz susurrada de Matthew sonó urgente en el espacio sombrío bajo el andamiaje—. Debes acudir a los Siervos. La estrella brillante persiste, incluso cuando la oscuridad se alza. Pero debes darte prisa o ellos te encontrarán y la oscuridad vendrá a por todos nosotros.

—No lo comprendo. —*¿Los Siervos? ¿La estrella brillante?* Las palabras de Matthew no tenían ningún sentido—. ¿Quiénes son esos hombres? ¿Por qué me persiguen?

Matthew sacó algo del bolsillo de su chaleco, como si fuera muy importante, y se lo ofreció a Will.

—Toma esto. Perteneció a tu madre.

«¿A mi madre?». Peligro y deseo lucharon por la prevalencia. Quería tomarlo. La añoranza llegó acompañada de dolor, incluso mientras recordaba los horribles momentos finales, cuando ella lo miró, con su vestido azul cubierto de sangre. *Huye.*

—Muéstraselo a los Siervos y ellos sabrán qué hacer. Solo ellos pueden ayudarte. Te darán las respuestas que buscas, te lo prometo. Pero no queda mucho tiempo. Debo regresar antes de que se den cuenta de que no estoy.

Allí estaba de nuevo, aquella palabra desconocida. *Siervos*. Matthew colocó lo que sostenía en una de las planchas del andamio que los separaba. Comenzó a retroceder, como si supiera que Will no lo tomaría mientras él estuviera allí. El muchacho agarró con fuerza el andamio que tenía a su espalda, deseando acercarse al hombre cuyo cabello gris y el harapiento chaleco de raso negro le eran tan familiares.

Matthew se giró para marcharse, pero en el último momento se detuvo para mirar atrás.

—Haré lo que pueda para alejarlos de tu camino. Le prometí a tu madre que te ayudaría desde el interior, y eso es lo que intento hacer.

Entonces se marchó, corriendo de nuevo hacia el río.

Will se quedó a solas con el corazón acelerado mientras los pasos de Matthew se desvanecían. Los sonidos del resto de hombres se disiparon con él, como si su búsqueda se estuviera desplazando. Podía ver la silueta, la forma de lo que Matthew había dejado para él. Se sentía como un animal salvaje mirando el cebo de una trampa.

«¡Espera! —deseaba gritarle—. ¿Quiénes son esos hombres? ¿Qué sabes sobre mi madre?».

Miró la lluvia una vez que Matthew se alejó, y después concentró su atención en el pequeño paquete sobre el andamio. El criado le había dicho que se diera prisa, pero en lo único en lo que Will podía pensar era en el objeto que tenía delante.

¿De verdad se lo había dejado su madre?

Se acercó. Era como si tirara de él con una cuerda.

El objeto era pequeño y de forma redonda, envuelto en la tira de cuero que Matthew se había sacado del bolsillo de su chaleco. «Muéstraselo a los Siervos», le había dicho, pero él no sabía quiénes eran esos *Siervos* ni dónde encontrarlos.

Alargó la mano. Casi esperaba que los hombres del muelle cayeran sobre él. Casi esperaba que aquello fuera un truco o una trampa.

Levantó el paquete, con los dedos entumecidos por el frío. Desenrolló la cinta y vio un trozo de metal oxidado. Apenas podía sentir sus bordes irregulares; tenía mucho frío. Pero notó su consistencia, inesperadamente pesada, como si fuera de oro o de plomo. Lo inclinó hacia la luz.

Y sintió un escalofrío que recorrió su cuerpo entero.

Era un viejo medallón roto, toscamente circular y deformado. Lo reconoció. Lo había visto antes.

En el espejo.

Una oleada de náusea lo atravesó mientras miraba el objeto imposible que tenía en las manos.

La dama llevaba aquel mismo medallón colgado del cuello. Recordó cómo había brillado cuando la dama caminó hacia él, mirándolo fijamente, como si lo conociera. Tenía la forma de una flor de espino de cinco pétalos y refulgía como si fuera oro nuevo.

No obstante, su superficie era ahora mate, resquebrajada y desigual, envejecida y rota.

«Pero la dama del espejo fue solo un sueño, un efecto de la luz…».

Le dio la vuelta y descubrió que tenía algo grabado. No estaba escrito en ningún idioma que él conociera, pero de algún modo comprendió las palabras. Parecían ser parte de él, como si acudieran de su interior, un idioma que siempre había estado allí, en sus huesos, en la punta de su lengua.

No podré regresar cuando me llamen a las armas.
Así que tendré un hijo.

No sabía por qué, pero empezó a temblar. Las palabras en ese extraño lenguaje se grabaron en su mente. No debería haber podido leerlo, pero pudo... Pudo *sentirlo*. Volvió a ver los ojos de la dama del espejo, como si estuviera mirándolo a él. «Los ojos de mi madre». A su alrededor todo desapareció, hasta que solo pudo ver a la dama, contemplándolo con una sensación de anhelo. *No podré regresar cuando me llamen a las armas*. Parecía decírselo a él. *Así que tendré un hijo*. Estaba temblando más fuerte.

—*Para* —jadeó, rodeando el medallón con las manos y deseando con todas sus fuerzas que la visión se desvaneciera—. *¡Para!*

Paró.

Respiraba con dificultad. Estaba solo. Las gotas de lluvia caían de su cabello, empapando su gorra y su ropa.

Como el espejo, el medallón volvía a ser ordinario, un objeto viejo y mate en el que no había ni rastro de lo que acababa de ver. Will miró el lugar donde Matthew había desaparecido bajo la lluvia.

¿Qué era aquello? ¿Qué le había entregado? Agarró el medallón con tanta fuerza que sus bordes irregulares se le clavaron en los dedos.

Las calles estaban vacías. Nadie oyó sus susurros tras la visión del medallón. Los hombres que lo buscaban se habían marchado. Era su oportunidad de escapar, de huir.

Pero necesitaba respuestas: sobre el medallón, sobre la dama y sobre los hombres que estaban persiguiéndolo. Necesitaba saber por qué estaba ocurriendo todo aquello. Necesitaba saber por qué habían matado a su madre.

Se puso el cordón del medallón alrededor del cuello y comenzó a correr a través de la lluvia, chapoteando en el lodo. Tenía que encontrar a Matthew. Tenía que saber qué le estaba ocultando.

Dejó las calles atrás. Los ojos de la dama del espejo ardían en su memoria.

Cuando por fin se detuvo, jadeando, vio que casi había regresado al almacén.

Matthew estaba sentado en un banco de la calle, a algunas manzanas del río. Esa calle estaba mejor iluminada que las otras por las que había corrido y podía ver que el hombre llevaba zapatos con hebillas y bombachos plisados, junto a su camisa blanca y su chaleco negro.

Tenía tantas preguntas que no sabía por dónde empezar. Cerró los ojos e inhaló.

—Por favor. Me has traído ese medallón. Necesito saber qué significa. Los Siervos... ¿Quiénes son? ¿Cómo los encontraré? Y esos hombres... No comprendo por qué me persiguen, por qué mataron a mi madre... No comprendo qué se supone que tengo que hacer.

Silencio. Will lo soltó todo de sopetón. Después, mientras el silencio se extendía, sintió que su necesidad de respuestas se transformaba en una punzada de miedo más oscura.

—¿Matthew? —dijo en voz baja. Aunque lo sabía. Lo *sabía*.

Estaba lloviendo con fuerza y Matthew estaba sentado allí, extrañamente expuesto. No llevaba chaqueta. Tenía los brazos relajados, las mangas empapadas. La ropa se le pegaba al cuerpo y el agua bajaba por sus dedos inmóviles. La lluvia estaba bombardeándolo, descendiendo en riachuelos por su rostro, cayendo en el interior de su boca, sobre sus ojos abiertos y muertos.

«Están aquí».

Will echó a correr; no hacia la carretera sino hacia un lado, hacia una de las puertas, con la última y angustiosa esperanza de alertar al propietario y conseguir entrar. Dio el primer golpe a la puerta exterior. Antes de que pudiera llegar a la puerta, una mano le agarró el hombro y otra se cerró alrededor de su cuello.

«No...».

Vio el vello del brazo de un hombre y sintió contra su cara el aliento caliente de otro. Desde aquella noche, no se había acercado tanto a ellos. No conocía sus rostros, pero vio con coagulante horror una cosa que reconocía.

En la carne del hombre, en el interior de la muñeca extendida hacia él, había marcada una «S».

Había visto esa «S» antes, en Bowhill, en las muñecas de los hombres que mataron a su madre. La veía cuando no podía dormir, reptando hasta sus sueños. Parecía vieja y oscura, como un mal antiguo. En aquel momento parecía retorcerse sobre la piel de su asaltante, como si la carne se moviera, arrastrándose hacia él...

Todo lo que había aprendido tras nueve meses de huida se disipó. Era como si estuviera de nuevo en Bowhill, huyendo a trompicones de su casa y de los hombres que lo perseguían. La lluvia le había dificultado la visión aquella noche y tropezaba y se caía continuamente, mientras escarbaba al bajar los terraplenes y chapoteaba al atravesar las zanjas. No sabía cuánto tiempo había corrido antes de desplomarse, mojado y tiritando. Quería regresar con su madre, aunque fuera estúpido. Pero ella estaba muerta, y él no podía volver con ella porque le había hecho una promesa.

Huye.

Por un momento, fue como si la «S» se dirigiera hacia él desde un profundo pozo.

Huye.

Cayó de espaldas, con fuerza, sobre los adoquines empapados. Intentó levantarse, apoyando el peso en un codo, y lo asombró el dolor de su hombro mientras su brazo se desplomaba bajo su cuerpo. Lo dominaron de inmediato, aunque usó toda su fuerza. Antes de aquella noche en Bowhill nunca había tenido que luchar, y no se le daba demasiado bien. Tras inmovilizarlo, uno de los hombres lo golpeó metódicamente hasta que yació sobre su espalda, con su ropa empapada, respirando como podía.

—Has tenido una vida fácil, ¿verdad? —El hombre levantó el pie para darle un ligero empujón—. Un niño de mamá, siempre pegado a sus faldas. Eso se ha terminado.

Cuando intentó moverse, lo patearon, una y otra vez, hasta que su visión se oscureció y dejó de moverse por completo.

—Atadlo. Aquí hemos terminado. Después llevadlo al barco de Simón.

CAPÍTULO TRES

—Apártate de mi camino, rata.

Una mano desconsiderada empujó a Violet hacia atrás, negándole la vista del espectáculo del muelle. Empujada y atropellada, estiró el cuello para captar algún atisbo. No podía ver demasiado sobre los hombros de los marineros, cuyos cuerpos exudaban el olor de la anticipación, de la salmuera y del sudor, así que trepó sobre los flechastes que pendían horizontalmente, sujetándose con el brazo a una cuerda anudada para no caerse. La primera vez que vio a Tom fue sobre una multitud de gorras y pañuelos, los marineros que lo rodeaban en el muelle.

Era jueves y el barco de Simon, el *Sealgair*, estaba amarrado en el río abarrotado. Cargado de mercancía, su mástil principal volaba sobre los tres sabuesos negros, el escudo de armas de Simon. Se suponía que Violet no debería haberse colado allí, pero conocía el barco por el trabajo que su familia hacía para Simon, una gran fuente de orgullo para ellos. El hijo mayor del conde de Sinclair, el hombre al que su familia llamaba Simon, tenía su propio título: lord Crenshaw. Regentaba un lucrativo imperio comercial en nombre de su padre. Decían que sus contactos llegaban hasta el rey Jorge, y se extendían por todo el globo. Violet había visto al propio Simon una vez, una figura poderosa envuelta en un suntuoso abrigo negro.

Aquel día había hombres armados con pistolas protegiendo las barandillas, y otros obstruyendo el acceso a la dársena. Pero todos los demás estaban en el alcázar, pues las tareas de descargar y asegurar la mercancía se habían detenido. Desde su puesto sobre las cuerdas, Violet podía ver los empujones tensos entre los que se apiñaban en un estrecho círculo. Todos aquellos hombres duros se habían congregado para ser testigos de un suceso.

Tom iba a ser honrado con la marca.

Tenía el torso desnudo y la cabeza expuesta; el cabello castaño oscuro le caía sobre la cara. Estaba arrodillado sobre la cubierta del barco. Su pecho descubierto se alzaba y caía visiblemente: estaba respirando con rapidez, nervioso por lo que estaba a punto de ocurrir.

Los que lo observaban estaban expectantes; en parte también celosos, sabiendo que Tom se había ganado lo que estaban por darle. Uno o dos de ellos estaban bebiendo whisky, como si fueran ellos quienes lo necesitaran. Comprendía cómo se sentían. Era como si la ceremonia fuera para todos ellos. Y en cierto sentido era así, como una promesa: *Trabaja bien para Simon, complace a Simon, y esto será lo que conseguirás.*

Un marinero se adelantó. Llevaba un delantal de cuero marrón, como el de un herrero.

—No tenéis que sujetarme —dijo Tom. Había rechazado todo lo que le ofrecieron para ayudarlo a soportar el dolor: alcohol, vendarle los ojos, cuero para morder. Se arrodilló y esperó. La expectante línea se cerró a su alrededor.

A sus diecinueve años, Tom era el más joven en haber recibido la marca. Mientras lo miraba, Violet se hizo una promesa: «Yo seré aún más joven». Como Tom, ella trabajaría bien, conseguiría algún trofeo para Simon y también sería ascendida. «Tan pronto como tenga una oportunidad, demostraré lo que valgo».

—Así es como Simon recompensa tus servicios —dijo el capitán Maxwell. Asintió al marinero, que se movió hasta detenerse cerca de un brasero con carbones encendidos que habían llevado a la cubierta—. Cuando haya terminado, serás suyo. Te habrá honrado con su marca.

El marinero sacó el fierro de marcar.

Violet se tensó, como si estuviera ocurriéndole a ella. El hierro era largo, como un atizador pero con una «S» en la punta, tan caliente que era de un rojo resplandeciente, como una llama en movimiento. El marinero se acercó.

—Hago esta promesa a Simon —dijo Tom, las palabras del ritual—. Soy su sirviente leal. Obedeceré y serviré. Márcame. —Los ojos azules de Tom miraron directamente al marinero—. Graba mi promesa en mi carne.

Violet contuvo el aliento. Así era. Los que tenían la marca formaban parte de su círculo íntimo. Los favoritos de Simon: eran sus seguidores más leales y se rumoreaba que recibían recompensas especiales; y más que eso, la atención de Simon, que era ya una recompensa en sí misma para muchos de ellos. Horst Maxwell, el capitán del *Sealgair*, portaba la marca, lo que le daba autoridad incluso ante sus superiores.

Tom extendió el brazo para mostrar la piel limpia de su muñeca.

La única otra vez que Violet había visto a un hombre recibir la marca, este gritó y convulsionó como un pez sobre el suelo de un bote. Tom también lo había visto, pero eso no parecía perturbarlo. Miró al marinero con determinación, manteniéndose en su lugar con valor y voluntad.

—Así es, chico. Tómatelo bien.

«Tom no gritará —pensó Violet—. Es fuerte».

Los hombres se quedaron tan callados que podía oírse el susurro del agua contra el casco. El marinero levantó el fierro. Violet vio a un hombre girando la cabeza, sin querer mirar; no era tan valiente como Tom. Eso era lo que su hermano estaba demostrando. *Recíbelo, y demuestra que eres merecedor.* Violet agarró las cuerdas con fuerza, pero no apartó la mirada mientras el marinero acercaba el fierro cauterizante a la piel de la muñeca del muchacho.

El repentino olor a quemado fue terrible, como a carne chamuscada. El metal caliente presionó su piel más tiempo del que parecía necesario. Todos los músculos de Tom se abultaron con el deseo de enroscarse contra el dolor, pero no lo hizo. Siguió de rodillas, respirando profundamente, temblando como un caballo agotado y cubierto de sudor después de una carrera.

Un rugido se elevó entre los hombres y el marinero levantó el brazo de Tom y tiró de él para ponerlo en pie, mostrando su muñeca para que todo el mundo la viera. Tom parecía aturdido y trastabilló. Violet vio un breve destello de la piel de su muñeca, marcada con la silueta de una «S», antes de que el marinero la empapara con alcohol y la envolviera con una venda.

«Así lo haré yo —pensó—. Seré valiente, como Tom».

El joven desapareció de su vista cuando la multitud se lo tragó en una oleada de felicitaciones. Ella estiró el cuello de nuevo, intentando ver. Como se lo impidieron, se deslizó por las cuerdas con la intención de llegar hasta Tom a través de la marea de hombres, aunque la empujaban de un lado a otro. No podía verlo. Todavía notaba el nauseabundo olor de la carne cocida. Alguien tiró dolorosamente de su brazo, empujándola hacia un lado.

—Te dije que te quedaras atrás, rata.

El hombre que la había agarrado del brazo tenía el cabello liso cubierto por un pañuelo sucio, y su barba era una erupción sobre sus mejillas. Tenía la piel áspera de los marineros, con capilares rojos que formaban una red sobre su cara. La tenaza de sus dedos le hacía daño. El aliento le olía a ginebra rancia, y Violet notó una oleada de repulsa. Se la tragó y clavó los talones en el suelo.

—Suéltame. ¡Tengo derecho a estar aquí!

—Eres una fea rata marrón que le ha robado a alguien sus mejores ropas.

—¡Yo no he robado nada! —exclamó, aunque llevaba el chaleco y los pantalones de Tom, y también su camisa y los zapatos que le habían quedado pequeños. Y después, avergonzada, oyó la voz de Tom:

—¿Qué está pasando?

Tom se había puesto una camisa, aunque llevaba dos botones del cuello alto todavía sin cerrar y la chorrera delantera abierta. Violet lo vio con claridad mientras el espacio se abría ante ellos. Todos los ojos apuntaban hacia allí.

El marinero la sostuvo del cuello.

—Este chico está causando problemas.

Tom todavía estaba sudando, tras haber recibido la marca.

—No es un chico. Es mi hermana Violet.

El marinero reaccionó igual que todos los demás: con incredulidad al principio y después mirando a Tom de otro modo, como si acabara de descubrir algo nuevo sobre su padre.

—Pero es...

—¿Me estás cuestionando, marinero?

Recién marcado, Tom tenía más autoridad que cualquier otro en el barco. Ahora era de Simon, y su palabra era la palabra de Simon. El marinero cerró la boca de golpe y soltó a Violet de inmediato, haciendo que se tambaleara sobre la madera. Tom y ella se miraron. Violet tenía las mejillas acaloradas.

—Puedo explicarlo...

En Londres, nadie sabía que Tom era el hermanastro de Violet. No se parecían. Tom era tres años mayor que ella y no compartía su herencia india. Él se parecía a su padre: alto, de hombros anchos y ojos azules, con la piel pálida y el cabello castaño. Violet era menuda y se parecía a su madre, con la piel marrón, y los ojos tan oscuros como su cabello. Lo único que compartían eran las pecas.

—Violet, ¿qué estás haciendo aquí? Se suponía que estabas en casa.

—Has recibido la marca —le dijo—. Padre estará orgulloso.

Tom se agarró el brazo por instinto, sobre la venda, como si quisiera tocarse la herida pero supiera que no podía.

—¿Cómo te enteraste?

—En el muelle todo el mundo lo sabía —le explicó Violet—. Dicen que Simon marca a sus mejores hombres, que estos suben de rango y reciben todo tipo de recompensas especiales, y...

Tom la ignoró y le habló en una voz urgente y grave, mirando a los hombres que estaban cerca con tensa preocupación.

—Te dije que nunca vinieras aquí. Tienes que abandonar el barco.

Ella miró a su alrededor.

—¿Vas a unirte a su expedición? ¿Te pondrá a cargo de una excavación?

—Ya es suficiente —dijo Tom mientras su expresión se volvía inescrutable—. Madre tiene razón. Eres demasiado mayor para esto, para seguirme a todas partes, para ponerte mi ropa. Vete a casa.

«Madre tiene razón». Le dolió. Los expatriados ingleses no solían llevarse a sus hijas bastardas cuando regresaban a Londres. Violet lo sabía por las peleas entre su padre y la madre de Tom. Pero Tom siempre la había defendido. Tiraba de uno de sus rizos y le decía: «Violet, vamos a dar un paseo», y se la llevaba hasta el puesto de un vendedor callejero para comprarle un té caliente y un rollo de pasas, mientras en el interior su madre gritaba a su padre: «¿Por qué tienes a esa niña viviendo en esta casa? ¿Para humillarme? ¿Para que sea el hazmerreír?».

—Pero tú me diste esta ropa —se oyó decir, y las palabras sonaron pequeñas.

—Violet… —comenzó Tom.

Más tarde pensaría en las señales de advertencia: los hombres del muelle, las miradas tensas de los marineros, los patrulleros armados con pistolas, incluso la tensión en la boca de Tom.

En ese momento, la única advertencia fue la brusquedad con la que Tom levantó la cabeza.

El barco se sacudió de repente, haciendo que se bamboleara. Violet oyó una detonación y se giró para ver al marinero que había disparado, con el rostro pálido y la pistola temblando.

Después vio a qué le había disparado.

Sobre un costado del barco, como un enjambre, subiendo cuerdas y planchas, aparecieron hombres y mujeres vestidos con un resplandeciente uniforme blanco. Sus rostros eran nobles, como sacados de un viejo libro ilustrado. Sus rasgos eran variados, como si procedieran de tierras distintas. Parecían surgir de la niebla y no llevaban armas modernas; iban armados como caballeros, con espadas.

Violet nunca antes había visto algo así. Era como una leyenda que hubiera cobrado vida.

—¡*Siervos!* —gritó alguien, sacándola de su ensoñación, y el caos estalló. La palabra desconocida se propagó como el fuego.

«¿Siervos?», pensó Violet. El anticuado nombre resonó en sus oídos. Tom y el capitán Maxwell reaccionaron como si supieran qué significaba, pero la mayor parte de los hombres de Simon corrieron a buscar un arma o sacaron sus pistolas y de inmediato empezaron a disparar a los atacantes. El muelle se llenó de un humo denso y del asfixiante olor del sulfuro y del nitrato de potasio de las armas.

Empujaron a Violet hacia atrás y lo vio todo en un revoltijo. Tres de los asaltantes *(Siervos)* se balancearon alrededor del bauprés. Uno de ellos, el que estaba más cerca de Violet, saltó sobre la barandilla con asombrosa facilidad. Otro empujó una de las cajas con una mano, lo que era imposible porque pesaban media tonelada. «Son fuertes», pensó, estupefacta. Aquellos Siervos vestidos de blanco poseían una fuerza y una velocidad que no era… que no *podía* ser natural, mientras esquivaban la primera ronda de disparos y se disponían a luchar. Los hombres de Simon gritaron y aullaron entre el humo cuando los Siervos comenzaron a abatirlos…

Notó la mano de Tom sobre su hombro.

—Violet. —La voz de su hermano, fuerte—. Los detendré aquí. Te necesito en la bodega, para proteger el cargamento de Simon.

—Tom, ¿qué está pasando? ¿Quiénes son estos…?

—La bodega, Violet. Ya.

Espadas. «Ya nadie usa espadas», pensó Violet, observando estupefacta mientras un Siervo con pómulos altos hería sin inmutarse al contramaestre del barco y una Sierva de cabello rubio atravesaba con su hoja el pecho de uno de los marineros armados con pistolas.

—Buscad a Marcus —ordenó la Sierva rubia, y el resto se dispersó, obedeciendo su orden.

Tom se adelantó para enfrentarse a ellos.

Violet tenía que irse. El muelle era un caos de imágenes y sonidos, y la refriega se acercaba. Estaba paralizada.

—El León de Simon —dijo la Sierva rubia.

—Es solo un cachorro —añadió otro a su lado.

«¿León?», pensó Violet. La extraña palabra resonó en ella, más aún al darse cuenta de que estaban hablando de su hermano.

Tom había tomado el fierro y lo blandía como una palanca. Entre las pistolas y las espadas parecía un arma absurda, pero Tom se detuvo ante los demás, enfrentándose a la hilera de Siervos como si estuviera dispuesto a abatirlos él solo.

—Si sabes que tenemos a Marcus, sabes que no sois invencibles.

La Sierva rubia se rio.

—¿Crees que un León puede detener a una docena de Siervos?

—Un León mató a un centenar de los vuestros —dijo Tom.

—Tú no eres como los Leones de antaño. Eres débil.

La espada de la Sierva destelló en un arco plateado. Fue rápido; muy rápido. Violet solo vio un instante de asombro en el rostro de la Sierva rubia antes de que Tom golpeara su espada, arrebatándosela, y le atravesara el pecho con la tosca barra de hierro. Después, extrajo la barra y se irguió para mirar a los demás.

Tom no era débil. Tom era fuerte. Tom siempre había sido fuerte.

Violet lo miró fijamente. Tenía sangre en el rostro, sangre en el fierro, sangre salpicando el blanco de su camisa, volviéndola roja. Con sus rizos castaños como un halo alrededor de su cabeza, parecía un león.

Él le echó una única mirada.

—Vete, Violet. Yo bajaré cuando pueda.

La muchacha asintió sin pensar. Se marchó, trastabillando, antes de agacharse y correr sobre la cubierta mientras el barco se sacudía de nuevo como si hubiera colisionado. Sobre ella, la jarcia osciló y se sacudió. Un tonel rodó incontrolado sobre la madera. Se produjeron más disparos; Violet se cubrió la boca con el brazo para no ahogarse con el humo. Su talón resbaló sobre la sangre. Vio al capitán Maxwell cargando una pistola y después corrió de costado para evitar a tres hombres de Simon que forcejeaban con un Siervo, antes de conseguir atravesar la neblina hacia la bodega.

Cuando la trampilla se cerró, se sintió aliviada; no había nadie allí. Los sonidos de la cubierta llegaban atenuados, los gritos y los alaridos y el sordo estallido de los disparos.

Intentó no sentirse como se sentía cuando su padre cerraba la puerta de su despacho, dejándola fuera después de conducir a Tom al interior.

Siervos, los había llamado Tom. Ellos lo habían llamado *León*. Esa palabra la golpeaba como la sangre. Le recordó a un Tom más joven, doblando una moneda de cobre con los dedos y diciéndole: «Violet, soy fuerte, pero no puedes decírselo a nadie». Su fuerza era un secreto que habían guardado, pero en ese momento hizo que su ordinario hermano se pareciera a los Siervos, extraños y sobrenaturales.

León.

No dejaba de ver el momento en el que Tom había matado a la Sierva rubia, la sangre roja en la barra de hierro.

No creía que Tom fuera capaz de matar a nadie.

Le temblaban las manos. Era una tontería. Encerrada en la bodega, era la persona más segura de aquel barco. Apretó los puños para detener el temblor. Funcionó, solo un poco.

Necesitaba un arma. Miró a su alrededor.

La bodega del *Sealgair* era un espacio cavernoso con gruesas vigas sobre las escaleras, y cajas, barriles y contenedores extendiéndose hasta el fondo del barco. Una larga hilera de lámparas colgaba de ganchos sobre su cabeza y desaparecía en una zona más oscura, como el negro interior de una cueva. Allí solo distinguía siluetas distantes, lonas medio desplegadas y enormes contenedores de madera.

Aquel era el cargamento de Simon, parte del constante flujo de bienes que traía de sus puestos comerciales. Decían que Simon era un coleccionista y que su negocio se basaba en los objetos inusuales que traía de todo el globo. Tom había sido recompensado con la marca por haber conseguido uno de ellos, algo raro y difícil de encontrar. Violet era incapaz de imaginar qué extraños artículos habría en el interior de aquellas cajas. La recorrió un escalofrío de inquietud, como si no debiera estar allí abajo. Como si hubiera algo allí que no debiera ser molestado.

Bajó el último peldaño. A la turbia luz de las lámparas, era difícil recordar que fuera el día seguía soleado. Las cajas se cernían a cada lado, formas anónimas que titilaban bajo la luz, como si se encogieran y crecieran. A pesar de los retazos de luz, hacía frío... El ambiente era tan frío como el río. El *Sealgair* estaba en el agua, cargado por el peso de la carga. Fuera, en lugar de cernirse sobre el río, con la proa tan alta como un edificio, se mantenía casi al nivel del muelle, accesible a través de las escalas. Allí abajo, estaba sumergida.

Se adentró en la bodega y se descubrió chapoteando a través del agua.

¿Agua?

Le llegaba al tobillo. Estaba fría y cargada del repugnante olor del río.

—¿Quién anda ahí? —preguntó una voz tensa.

Violet se giró, salpicando y con el corazón desbocado tras oír palabras en un lugar que creía vacío.

Un chico de unos diecisiete años, con la camisa hecha jirones y los pantalones rasgados, estaba encadenado en la oscuridad de la bodega.

CAPÍTULO CUATRO

El chico era sin duda un prisionero. Estaba sujeto a la pesada viga a su espalda, con cadenas de hierro tan gruesas que parecían las del ancla. Bajo su enmarañado cabello oscuro, su piel pálida estaba amoratada y moteada, con moretones viejos y nuevos formando un estampado de púrpuras y amarillos. Le habían pegado, más de una vez. El hombro de su chaqueta rasgada estaba oscurecido por la sangre y llevaba la camisa ajironada y manchada, abierta para mostrar que los verdugones le cubrían todo el cuerpo.

Lo miró con frío y reptante horror. ¿Por qué había un chico de su edad encadenado en la bodega del barco? En su mente, vio a Tom atravesando el pecho de la mujer con la barra de hierro, roja por la sangre.

—¿Qué está pasando?

El muchacho apenas conseguía mantenerse en pie mientras hablaba, apoyando el peso en la viga de madera. Respiraba superficialmente, como si incluso eso le fuera difícil e intentara esconder el esfuerzo, como una criatura herida que pretendiera ocultar su dolor.

—El barco está siendo asaltado.

—¿Por quién?

No respondió. Se dijo a sí misma que, si Simon tenía a un muchacho allí, debía haber alguna razón. Debía ser un prisionero o… un ladronzuelo, un golfillo, el chivato de alguno de los mercaderes rivales de Simon.

Se dijo que el chaval se lo habría ganado. Debía ser peligroso.

El chico llevaba la ropa andrajosa de los trabajadores del muelle, pero sus pómulos altos y la intensidad de sus ojos oscuros no parecían pertenecer a uno de ellos. Sus ojos estaban bordeados de largas y oscuras pestañas que habrían sido bonitas en un rostro menos maltrecho.

—Tú no llevas la marca de Simon —dijo el muchacho.

Violet se sonrojó.

—Podría tenerla. —Se contuvo para no agarrarse la muñeca, el lugar donde habría estado la marca—. Si quisiera.

Se sonrojó con más fuerza, sintiéndose engañada. Se dio cuenta de que, mientras lo observaba, él la estaba observando a ella.

—Me llamo Will —le dijo—. Si me ayudas, te...

—No tengo la llave —lo interrumpió—. Y no te ayudaría aunque la tuviera. Este es el barco de Simon. No te tendría aquí si no lo hubieras enfadado.

—Va a matarme —dijo Will.

Todo pareció detenerse. Oyó los sonidos de la refriega mientras miraba las magulladuras del chico, la sangre seca de su cara y su camisa.

—Simon no mata a la gente.

Pero, mientras lo decía, sintió un pozo abriéndose bajo las palabras. Ya no estaba segura de nada.

—Podrías buscar la llave —dijo Will—. Aprovecharía la confusión para escapar. Nadie sabría nunca que fuiste tú quien...

—Registrad cada centímetro de la bodega.

Una voz de hombre. Ambos giraron la cabeza bruscamente en su dirección.

—Si Marcus está aquí, lo encontraremos, Justice —respondió una mujer.

Will se dio cuenta en el mismo momento que Violet.

—¡Ey! —gritó Will—. ¡Aquí!

—¡No...! —Violet se giró para acallarlo... Demasiado tarde. Los dos desconocidos aparecieron en la esquina.

Siervos.

Era la primera vez que los veía de cerca, con armadura completa y un uniforme blanco con una estrella plateada. Will abrió los ojos con sorpresa.

El primero de ellos era un hombre alto que parecía ser chino. Resultaba incluso más imponente que los demás, con su expresión decidida y concentrada. *Justice*. A su lado estaba la mujer que había hablado. Debía tener una edad similar, quizá veinte años, y en su voz había una pizca de acento francés. Ambos llevaban la misma sobreveste blanca sobre la armadura plateada y el mismo corte de pelo: asombrosamente largo para un hombre, retirado de sus rostros con un cordón y cayendo suelto a sus espaldas.

Blandían espadas. No los finos y flexibles alfanjes que los bandoleros usaban a veces para asaltar las barcazas del río, sino mandobles de dos manos, de los que podían cortar a un hombre por la mitad.

Sus pensamientos regresaron con su hermano. *Tom*. Recordó la facilidad con la que los Siervos habían matado a los marineros de Simon, atravesando sus cuerpos como mantequilla. Si dos de ellos habían logrado bajar, ¿qué estaría ocurriendo en la cubierta?

Violet agarró una escoba y se adelantó para bloquearles el camino antes de saber qué estaba haciendo.

El corazón le latía con fuerza. Frente a ella, el Siervo llamado Justice era apabullante, no solo por su atractivo sino por la nobleza y el poder que irradiaba. Violet se sentía pequeña, insignificante, pero se quedó donde estaba. «Tom fue valiente», pensó. Si conseguía retrasarlos, aunque solo fuera un momento, daría a su hermano más tiempo sobre la cubierta. Sus ojos se encontraron con los de Justice.

—No es Marcus —dijo la Sierva francesa, reteniendo a Justice por el brazo—. Simon tiene prisioneros aquí abajo. Una niña y un niño. Mira.

—Si me liberáis, os daré lo que queráis —dijo Will.

Justice miró a Will, y después de nuevo a Violet.

—Te ayudaremos —dijo—. Os ayudaremos a ambos. Pero, justo ahora, la cubierta no es segura. Tenéis que quedaros aquí abajo mientras despejamos este sitio…

—¿Despejáis? —repitió Violet. «Cree que soy una prisionera, como ese chico encadenado». Apretó el palo de la escoba.

—Justice, hay algo más aquí abajo. —La Sierva francesa se alejó un paso de los tres, hacia la oscuridad de la bodega, con una expresión extraña en el rostro—. No son los prisioneros, es otra cosa...

Justice frunció el ceño.

—¿A qué te refieres?

—No lo sé. ¿No lo sientes? Es algo oscuro y antiguo, y parece...

Violet lo sentía. Era la misma sensación que había tenido ella al bajar a la bodega, como si hubiera algo allí a lo que no quisiera acercarse, y ahora estaba más cerca de lo que había estado en las escaleras.

Sabía que Simon traía artefactos de las excavaciones que tenía repartidas por el imperio. Ella había visto algunos de ellos, cuando se escabullía detrás de Tom los días en los que hacía negocios en los muelles. Trozos de armadura en cofres de hierro. Extraños fragmentos de piedra. La extremidad rota de una escultura. Las operaciones de Simon eran un constante excavar y recuperar. ¿Y si el artículo que Tom había conseguido estaba allí? ¿Y si era eso lo que estaba haciendo que se sintiera así?

—Esa la razón por la que había tantos guardias —dijo Justice, sombrío—. No están protegiendo a Marcus; hay algo en este barco...

Un disparo resonó en las escaleras.

Después de eso, todo sucedió a la vez.

—¡*Al suelo!* —gritó Justice, lanzándose entre Violet y la pistola. La envolvió su calidez, su cuerpo curvándose alrededor del suyo para protegerla. Sintió que se tensaba, oyó un gemido de dolor a través de los dientes apretados. Cuando Justice la empujó hacia atrás, un instante después, vio la mancha roja floreciendo en su hombro.

Le habían disparado. Le habían disparado mientras la protegía.

Violet retrocedió contra una caja, sin dejar de mirarlo.

Un Siervo acababa de salvarle la vida.

La Sierva francesa desenvainó su espada.

—Vienen.

Justice blandió su espada a su lado, ignorando la herida de bala del hombro.

—Mataremos al León de Simón y después desmantelaremos la bodega.

Tom. No tuvo tiempo para reaccionar. Otro disparo destrozó la madera de la esquina de una caja; la lucha estaba de repente en la bodega. Los hombres de Simon recargaron y apuntaron a los Siervos, mientras otros peleaban en las escaleras en un caos de cuerpos y tajos de espada. Una de las lámparas colgantes recibió un golpe de costado y creó un fugaz arco ardiente que se extinguió en el agua, dificultando la visibilidad.

Tenía que llegar hasta su hermano. Se apartó de la caja y dio sus primeros pasos, solo para bajar la mirada y descubrir que el agua le llegaba ya hasta las rodillas. Unos oscuros remolinos tiraban de sus piernas, creciendo a una velocidad perturbadora.

«Esto no va bien». No debería haber agua en la bodega, y no debería haber tanta, hasta la rodilla y subiendo.

Miró la carga. Volvió a sentir aquel gélido temor, como si allí abajo, junto a ella, hubiera algo oscuro y terrible. Clavó los ojos en una caja que, a diferencia de las demás, estaba encadenada. Tan pronto como la miró, la sensación de aversión se hizo casi insoportable. Aquella caja… Era eso.

Hay algo más aquí abajo. Es algo oscuro y antiguo, y parece…

—No vas a ir a ninguna parte, Siervo.

Se giró para ver a Tom, su silueta recortada en la entrada de la bodega.

Vivo. Tom estaba vivo. La oleada de alivio y orgullo casi la abrumó. Llevaba la camisa rasgada y estaba cubierto de sangre, todavía con la barra de hierro en la mano. Pero era su hermano, y ganaría la pelea por Simon y su familia.

—¿Dónde está Marcus? —le preguntó Justice.

Tom bajó los peldaños, con la barra de hierro preparada.

—He matado a los demás.

—Vas a decirme qué habéis hecho con Marcus —dijo Justice—. O abatiré a todo el mundo en este barco... y después lo encontraré de todos modos.

—No pasarás de aquí —le aseguró Tom.

«Tom es fuerte —pensó Violet—. Tom le dará una lección».

Pero, cuando los dos jóvenes se acercaron, quedó claro de inmediato que, si Tom era fuerte, Justice lo era más.

Esquivó la barra de hierro de Tom y, de un único golpe, lo envió volando en un arco por la bodega, hasta las pesadas vigas del barco. El impacto destrozó los puntales junto a las escaleras, pulverizando la madera y haciendo que los enormes soportes colapsaran, lo que hizo estallar algunas cajas en las oscuras profundidades de la bodega.

Y esa caja, la que había visto y a la que no quería acercarse, recibió un golpe, cayó de su montón y se abrió sobre el suelo de madera.

«No...».

Una oleada de angustiado horror inundó a Violet cuando la caja se hizo añicos, una sensación tangible y asfixiante, como si algo terrible hubiera quedado libre. No quería girar la cabeza para mirar. Uno de los hombres de Simon, que estaba cerca, palideció visiblemente, como si la oleada de mal que había escapado de la caja lo hubiera golpeado a él con mayor fuerza. Un momento después, se tambaleó; tenía la piel moteada. Violet se obligó a girarse y a mirar.

Hay algo más aquí abajo, y parece...

Vio a la gente tambaleándose, vomitando, derrumbándose en el agua. Entonces elevó la mirada.

... que está intentando escapar.

Era sencilla, excepto por su empuñadura negra y su larga y tallada vaina también negra. La espada se había caído de la caja que había sido golpeada y pendía del borde de otra caja. La caída había expuesto una mínima fracción de su hoja negra; el resto de la espada seguía durmiendo en su vaina.

La oleada de náuseas que sintió al atisbar la hoja negra no se parecía a nada que hubiera sentido antes. «¡Envainadla!», quería gritar, segura de que era aquella la fuente de la su turbio malestar. En el siguiente movimiento, vio unas llamas negras saltando en un arco sobre la hoja, impactando sobre el casco y pulverizándolo, dejando entrar una nueva oleada de agua. Mientras observaba, la llama golpeó a uno de los hombres de Simon y este vomitó icor negro, como si sus órganos se hubieran podrido en su interior. «¡Envainadla! ¡Cubridla!».

Pero nadie podía llegar hasta ella sin arriesgarse a exponerse al fuego negro.

A su alrededor, la gente gritaba y trastabillaba para alcanzar la salida, dejándose llevar por el pánico mientras la llama negra ardía como un rayo impío, matando a todo aquel al que rozaba. Otros intentaban alejarse de la espada tanto como podían; sollozando, se escondieron detrás de otras cajas que no pudieron salvarlos cuando el fuego negro los golpeó. Todos los Siervos estaban muertos.

Solo Tom y Justice seguían luchando, atrapados en esa batalla como dos titanes. A la luz negra de la llama, Justice levantó a Tom sobre el agua. Sus siluetas quedaron recortadas un instante; entonces golpeó a Tom con tanta fuerza que este se tambaleó, y después lo golpeó otra vez, y otra vez.

«¡Tom!». El agua le llegaba hasta la cintura y seguía subiendo; Violet tuvo que vadear para aproximarse a ellos, atravesando las aguas mientras la llama negra se arqueaba como en una pesadilla. Estaba muy oscuro, pues habían destrozado la mayor parte de las lámparas, y gran parte de la carga flotaba como icebergs nocturnos.

No tenía ningún arma, pero se lanzó sobre Justice y ambos cayeron hacia atrás en el agua. Se oyó un crujido; Justice se había golpeado el cráneo con la dura esquina de una caja flotante. Sus manos se quedaron sin fuerza de inmediato y flotó, boca abajo y sin moverse.

Violet chapoteó hacia su hermano.

—¡Tom! —gritó—. ¡Tom!

Tom tenía la cara blanca. Estaba inconsciente… pero respiraba, y ella iba a sacarlo de allí. «Está vivo», pensó, acunándolo en sus brazos. Pero ¿durante cuánto tiempo más?

Buscó desesperadamente una salida.

Y vio al chico. A Will.

Estaba mirando la espada e intentaba llegar hasta ella, en lugar de asustarse por su llama. Con un hormigueo en la piel, entendió que iba a intentar envainarla, la misma idea que ella había abandonado por imposible. Su primer instinto había sido salvar a su hermano. El de Will había sido salvar a todo el mundo.

El muchacho estaba haciendo avances descarnados y determinados. Tensó sus cadenas para acercarse a la espada, como si se opusiera a una fuerza apabullante a pesar de estar herido y débil. «Va a conseguirlo», pensó Violet con aturdida incredulidad, aunque se estremecía ante la idea de tocar aquella arma horrible. Ante lo que podría ocurrirle a Will. Había visto a los hombres desplomándose y vomitando sangre negra. ¿Qué le haría a quien la tocara?

Cuando llegó al límite de sus cadenas, la mano extendida de Will estaba a quince centímetros de la espada.

«No alcanza».

No lograría salvar la distancia, por mucho que se esforzara. Incapaz de llegar hasta él, Violet recordó el momento en el que le suplicó que lo liberara. Ella se había negado, y con ello los había condenado a todos: a Will, a Tom... «Incluso al capitán», pensó. Todos morirían allí, en aquella bodega.

Y entonces vio algo que no debería ser posible. La empuñadura de la espada comenzó a girar hacia Will, rotando hasta detenerse ante él. Un instante después la tenía en la mano, como si hubiera saltado los quince centímetros que los separaban. «No es posible».

Tan pronto como la tuvo en la mano, la guardó de nuevo en su vaina.

Todo se detuvo; la llama se extinguió. Las náuseas cesaron. Violet jadeó. En el nuevo y resonante silencio, los gemidos y los sollozos de los supervivientes aterrados fueron de nuevo audibles, junto a la avalancha del agua y los ominosos quejidos del casco.

Violet miró al chico con incredulidad. «Se acercó a él. La espada se acercó a él como arrastrada por una mano invisible...».

El chaval estaba temblando. Curvado sobre la espada, abrió unos ojos llenos de agonizante esfuerzo, como si mantenerla envainada le exigiera todo lo que tenía. La miró, solo un instante.

—¡No puedo contenerla! —exclamó. La espada estaba forcejeando contra él—. ¡Vete!

—¡Tírala! —le pidió Violet—. ¡Lánzala al río!

—¡No puedo! —dijo Will, forzando las palabras a través del dolor. Parecía que apenas podía aguantar—. ¡Saca a todo el mundo de aquí!

Al ver la expresión de sus ojos oscuros, comprendió lo que estaba pidiéndole. Intentaría contener la espada mientras ella despejaba el barco. La retendría tanto como pudiera, tanto como tuviera que hacerlo.

Violet asintió y se giró.

—¡Vamos! —dijo, empujando con brusquedad a uno de los hombres estupefactos hasta que se tambaleó hacia las escaleras. La bodega era un espacio destrozado que se estaba llenando de agua rápidamente. La salida seguía medio bloqueada; tres de los hombres de Simon tiraban con desesperación de la enorme viga de madera que la atascaba. Al menos media docena más jadeaba y tosía, arrastrándose por el agua, mientras otros que estaban más cerca se aferraban a las cajas sin dejar de mirar al chico, inexpresivos y ojipláticos.

Otros estaban muertos. Tenía que sacar a todo el mundo. Tenía que abrirse camino junto a los cuerpos sin vida, con Tom, empujando a los demás a través del agua, hacia la salida. Algunos cadáveres estaban hinchados y desfigurados, como si la llama negra los hubiera deformado. No quería mirarlos. Vio a un Siervo flotando boca abajo y con sobresalto reconoció el cabello negro de Justice, que formaba una corona oscura alrededor de su cabeza.

—¡Vete, no queda tiempo!

Agarró a otro hombre por la camisa y lo empujó hacia delante. No soportaba estar allí otro minuto más, no podía estar cerca de la repugnante espada. Siguiendo a los últimos hombres empapados y tambaleantes, levantó a Tom y subió su extraño y húmedo peso por las escaleras, hasta que por fin salió de la bodega y llegó a la cubierta.

La primera caricia de aire fresco en su rostro fue milagrosa. Era como el sol apareciendo tras las nubes, después de la sofocante y fétida humedad de la bodega. Sobre su cabeza, el cielo estaba despejado. Por un momento, solo se empapó de él.

Y después vio la cubierta. La llama negra había llegado hasta allí y había partes carbonizadas, como si las hubieran quemado con latigazos de fuego, la madera astillada y desigual. Se oían gritos en la ribera, alaridos; había gente señalando. La madera gimió terriblemente a su espalda, y cuando se giró vio que el mástil estaba cayéndose; un segundo después golpeó la cubierta, haciendo volar cuerdas y fragmentos del entablado. La embarcación comenzó a ladearse.

Violet echó a correr. Bajo sus pies, la cubierta estaba inclinándose. El *Sealgair* se estaba yendo a pique. Los gritos de «¡Agarra la cuerda!» y «¡Salta!» desde el muelle no la ayudaban, no al tener que arrastrar a Tom por la cubierta. Y entonces...

—¡Tom!

La voz del capitán Maxwell sonó junto a la barandilla y Violet sintió una oleada de agradecimiento. Se tambaleó hacia él, agradecida, y el hombre la liberó del peso del cuerpo de Tom y lo llevó por una pasarela improvisada hacia el muelle. Ella lo siguió, hasta que por fin pisó tierra firme.

Se sintió aliviada, un alivio tan enorme que deseó hundir los dedos en la tierra y en los guijarros de la orilla, para demostrarse que todo era real. Que lo había conseguido. Que estaba allí.

Cayó de rodillas junto al lugar donde Maxwell había tumbado a su hermano.

—*Está bien, lo tenemos.* —Lo oyó como desde lejos—. *Tom, vamos, Tom* —estaba diciendo Maxwell, y Tom eligió aquel momento para toser y volver en sí.

—¿Violet? —preguntó con voz ronca—. ¿Violet?

—*Está aquí, Tom* —contestó Maxwell. Como si estuviera muy lejos, Violet oyó que Maxwell se dirigía a ella—: Lo hiciste muy bien, sacándolo del barco. Simon se alegrará cuando se entere de todo lo que has hecho.

Simon se alegrará. Y eso era lo que ella había querido: impresionar a Simon, ser como Tom.

Pero se quedó allí sentada junto a ellos, en la orilla, mojada, agotada y goteando.

Todo debería haber terminado, pero sabía que no era así.

La ribera estaba abarrotada de hombres y mujeres que gritaban, lloraban, rodeaban a los que habían sacado del agua y miraban el *Sealgair*. Oyó voces que exclamaban: «¡Yo la vi! La llama negra», los susurros que recorrían el muelle en todos los idiomas: *miracolo, merveille.*

—*Un chico tomó la espada...* —estaba diciendo alguien a su lado y, con asombro, reconoció al hombre que la había llamado «rata» mientras la arrastraba por la nuca. Lo habían salvado, como a todos los demás. Pensó en el chico de la bodega, en su rostro amoratado. Se preguntó cuáles de aquellos hombres lo habrían golpeado, cuáles de aquellos a los que había salvado. El muchacho había salvado a todos los del barco. Pero no se había salvado él.

Violet se levantó.

El casco del *Sealgair* estaba inclinado, sin amarras. Las rampas se habían caído y había más de tres metros de agua entre el casco y el muelle. El espacio se estaba acrecentando.

Sabía lo que tenía que hacer.

Hacía mucho tiempo que deseaba demostrar su valía: ante Tom, ante su padre, ante Simon. Pero había algunas cosas más importantes.

Violet se concentró en el barco, corrió y saltó.

Fue como saltar de nuevo al infierno después de haber conseguido salir de él. El *Sealgair* era un páramo. Gemía peligrosamente, con el mástil quebrado, la cubierta fracturada, el tablaje astillado y sobresaliendo. Los toneles estaban rotos y desperdigados. La mitad de una vela rasgada colgaba sobre la cubierta.

Se tragó el horror mientras bajaba las escaleras hasta la bodega. Imágenes de fuego negro se reprodujeron tras sus párpados; esperaba que estallara ante ella en cualquier momento. Pero la bodega estaba oscura y casi totalmente inundada; el agua se arremolinaba, fría como el hielo, hasta su pecho. Avanzó a través, casi nadando, junto a las cajas volcadas, junto a los restos de la batalla.

El muchacho seguía encadenado, solo en la bodega inundada. Respiraba con lentitud, manteniéndose en silencio en la oscuridad, y tenía la cabeza alzada, como si, incluso estando solo, intentara no demostrar que estaba asustado.

Todavía sostenía la espada, pero Violet vio que había descubierto un modo de mantenerla envainada, el mismo mecanismo que debió contenerla antes de que la caja se abriera.

—Puedes soltarla —le dijo. El muchacho agarraba la espada con los nudillos blancos—. Suéltala. Deja que se hunda con el barco.

Después de un momento, el joven asintió y la lanzó. Violet vio su resplandeciente y ondulada longitud hundiéndose en el agua.

A su alrededor la bodega estaba anegada, con el agua a la altura del pecho y creciendo. No pasaría mucho tiempo antes de que las precipitadas aguas llenaran hasta el último espacio de aire y el *Sealgair* zozobrara. Cuando miró al chico, pudo ver en sus ojos que sabía que no había modo de escapar, encadenado a un naufragio. La miró con sus ojos oscuros.

—No deberías haber regresado.

—Me dijiste que sacara a todo el mundo.

Atravesó las pesadas aguas hasta detenerse ante él. Podía sentir su desesperanza, a pesar de la amarga sonrisa que consiguió mostrar entre sus respiraciones superficiales.

—No tienes la llave —le recordó.

—No la necesito —dijo Violet.

Y buscó en el agua hasta agarrar las cadenas.

León, lo habían llamado los Siervos. Y aunque nadie se daba cuenta nunca de que eran hermanos, Tom no era el único con fuerza en las venas. Violet tiró de las cadenas.

La madera se astilló, el hierro gritó y se soltó y, por un momento, el muchacho solo la miró. Se observaron con algo parecido al asombro, y un reconocimiento que fue como haber cruzado un abismo. Un instante después, tras echárselo al hombro, el chico (Will, recordó) se derrumbó contra ella, deslizándose en la inconsciencia y en sus brazos.

Era más liviano que Tom y más fácil de transportar, tan delgado que parecía desnutrido, un envase frágil que contenía la fuerza suficiente para salvar un barco. Tenía el rostro hundido, las mejillas demasiado pronunciadas y nuevos moretones floreciendo bajo su piel pálida. Un feroz instinto de protección hizo que ella decidiera ponerlo a salvo, por difícil que fuera abrirse camino hasta el muelle.

—¡Aquí! —gritó alguien desde las escaleras. El barco volvió a sacudirse, inclinándose hacia el lado, de modo que la bodega entera quedó en diagonal—. ¡Por aquí!

Se dirigió hacia la voz, agradecida, avanzando a través del agua.

Entonces vio quién la había llamado y se le hizo un nudo en el estómago.

Tenía el cuello de la túnica rasgado y manchado de sangre, y estaba empapado; incluso los zarcillos de su cabello goteaban. La brillante insignia de su estrella de Siervo apenas era visible. Pero estaba vivo y respiraba. Se había quedado allí... O no, decidió al mirar su rostro. Había regresado para cumplir una promesa. Igual que ella.

—Dame la mano —dijo Justice.

CAPÍTULO CINCO

—Señorita Kent. —El hombre se dirigió directamente a Katherine, aunque sus tutores, su tía y su tío, no estaban cerca todavía; estaban bajando del carruaje junto con su hermana menor—. Me temo que lord Crenshaw llegará tarde. Se ha producido un accidente en el muelle.

—¿Un accidente? —preguntó Katherine—. ¿Qué ha pasado?

Ataviada con su mejor vestido nuevo, de muselina blanca, esperó a que bajaran el equipaje del carruaje. La doncella de su tía, Annabel, había pasado horas probándole distintos peinados antes de decidirse por uno con tirabuzones dorados a cada lado del rostro y un delicado lazo rosa que resaltaba el fresco rubor de sus mejillas y el azul de sus ojos grandes.

—Uno de los barcos de mi señor se ha hundido en el Támesis.

—¡Hundido! —exclamó Katherine.

—¿Él está bien? —preguntó la tía Helen con estupefacción.

—Mi señor está ileso. Era un barco de mercancías. No estaba a bordo. Os envía sus disculpas porque hoy no podrá estar aquí para mostraros la casa.

La casa. Su nueva casa, la que le había proporcionado su prometido, Simon Creen. Lord Crenshaw. Simon era el hijo mayor del conde de Sinclair, el heredero de su título y de su fortuna. Su padre era el propietario de la mitad de Londres, según se decía. En una ocasión, Annabel le había susurrado: «De la mitad cara».

—No son necesarias. Lo comprendemos, por supuesto —dijo la tía Helen—. Por favor, acompáñenos.

«¿Estás segura?», le había preguntado la tía Helen a Katherine, tomándole las manos y sentándose en el sofá con ella, el día en el que lord Crenshaw se declaró.

A sus dieciséis años, Katherine todavía no había sido presentada en sociedad, pero sus tíos habían concertado pequeñas visitas de los caballeros más respetables con la esperanza de mejorar sus perspectivas. Aunque eran hijas de un caballero, Katherine y su hermana eran huérfanas sin fortuna propia, y la joven había sabido desde hacía mucho tiempo que el futuro de su familia dependía de su habilidad para conseguir un buen matrimonio. Pero sus posibilidades, debido a las circunstancias, eran escasas.

«Una belleza extraordinaria —fueron las palabras que pronunció la señora Elliot, mirándola a través de sus anteojos—. Es una pena que no tenga fortuna ni contactos».

Katherine recordaba la primera visita de lord Crenshaw como un torbellino de preparativos. Se pellizcó las mejillas para darles color mientras su tía le aseguraba que lo adecuado era no vestir joyas y Annabel miraba por detrás de la cortina esperando la llegada del carruaje.

—Es majestuoso —había dicho Annabel—. Brillante madera negra, con un cochero y dos lacayos muy elegantes. Hay tres perros negros en la puerta del carruaje, un blasón familiar muy noble, y molduras doradas en los laterales. —Annabel tomó aliento—. Ya está saliendo. Oh, señorita Kent, ¡es muy atractivo!

Mientras la escoltaban hasta la enorme entrada acolumnada de la elegante mansión londinense, Katherine decidió que nunca había estado más segura de nada. El edificio tenía proporciones preciosas, con su elegante fachada e hileras de altas ventanas a intervalos constantes. Parecía una casa donde solo viviría la familia más refinada. A su espalda, el cochero dio un latigazo y gritó: «¡Arre!», y el carruaje se dirigió a los establos tras la casa, porque era lo apropiado, que una gran casa como aquella tuviera un carruaje propio.

Se giró para mirar al hombre. Se trataba del señor Prescott, uno de los abogados de lord Crenshaw. El señor Prescott tenía un rostro distinguido y arrugado, y el cabello gris bajo su sombrero de copa.

—¿Lord Crenshaw ha vivido aquí alguna vez? —le preguntó en la entrada.

—Sí, así es. En su juventud, a menudo se alojaba aquí. En verano, por supuesto, vive en Ruthern con su padre. Cuando está en la ciudad, alquila una casa en la plaza de St. James.

Ruthern era la mansión familiar en Derbyshire. Lord Crenshaw le había descrito sus ondeantes campos verdes, el aspecto sureño que le proporcionaba el lago y los senderos curvados por los que pasearían en verano. Ruthern eclipsaba al resto de las casas de lord Crenshaw y alojaba los valiosos artefactos que traía de todo el mundo. Se descubrió imaginando sus paredes cubiertas por el manto de la hiedra y su torre campanario ornamentada con ménsulas, y cómo sería caminar por la finca sabiendo que era suya.

—Así que él *vivió* aquí —dijo Katherine, casi para sí misma.

El abogado sonrió.

—La ha reformado para usted. Era demasiado masculina para alojar a una joven dama.

Cuando entró en el amplio vestíbulo, con sus suelos de mármol, a Katherine le encantó de inmediato. Desde allí podía ver el salón matinal, con su delicado friso y sus bonitas molduras, el lugar perfecto donde tomar un pequeño desayuno de chocolate caliente. La sala de dibujo, enfrente, tenía una hermosa chimenea clásica con laterales acanalados y un piano Broadwood, seguramente pensado para que ella pudiera sentarse a tocar tras la cena. La escalera subía hasta la segunda planta, donde estaría su dormitorio, y ya sabía que sería encantador, con delicadas sedas enmarcando las ventanas y la cama.

—Me gustaba nuestra antigua casa —dijo Elizabeth.

—¡Elizabeth! —exclamó su tía.

Katherine bajó la mirada. Elizabeth, de diez años, era una niña pálida con el cabello pardo y liso y unas cejas muy gruesas y oscuras.

—Vamos a ser muy felices aquí —le aseguró Katherine a su hermana menor, tocándole el cabello. Pensó un instante en su acogedor hogar en Hertfordshire, con sus muebles cómodos y su anticuado panelaje de madera, pero la casa de lord Crenshaw la superaba en todos los sentidos.

La noche de la proposición, se quedó despierta en la cama hablando con Elizabeth del futuro que se había abierto para ella... para todos ellos.

—Nos casaremos en la iglesia de San Jorge. Yo lo haría de inmediato, pero la tía Helen dice que debemos esperar hasta que cumpla diecisiete años. Después de eso viviremos en Ruthern, pero volveremos a Londres en Navidad. Lord Crenshaw dispondrá una casa para los tíos y tú podrás quedarte con ellos o con nosotros, como desees. ¡Aunque espero que nos elijas a nosotros! Tendrás una institutriz, una que te guste, y él te otorgará una dote, así que tus opciones de una buena boda serán mayores. ¡Oh, Elizabeth! ¿Alguna vez pensaste que seríamos tan felices?

Elizabeth frunció el ceño con su severa uniceja y dijo:

—Yo no quiero casarme con un viejo.

—Serás lo bastante rica para casarte con quien quieras —le aseguró Katherine, abrazando a su hermana con afecto.

—Disculpe a la pequeña —dijo la tía Helen al señor Prescott en aquel momento—. La casa es extraordinaria.

—Por supuesto, todavía tienen que conocer al servicio —continuó el señor Prescott—. Lord Crenshaw lo ha organizado todo.

Había más personal del que Katherine había esperado. Contaban con una ama de llaves, un mayordomo y criados para la casa principal; un cocinero y ayudantes para la cocina; un ujier, un cochero y mozos de cuadras en las caballerizas; y reverentes doncellas de distintos tipos que Katherine no logró identificar.

Su tía los saludó a todos e hizo las preguntas pertinentes sobre la organización de la casa. Katherine descubrió, satisfecha, que tenía su propia doncella, la señorita Dupont. La señorita Dupont era una joven de cabello oscuro con un estilo elegante y resultaba perfecta como la doncella personal de la señora de una casa de categoría. Con el apellido Dupont podría ser francesa, pensó Katherine, animada, porque había oído que una doncella francesa era el mayor signo de sofisticación. La señorita Dupont no tenía acento francés, pero de inmediato se ganó el afecto de Katherine al decir:

—Oh, ¡es incluso más hermosa de lo que decían, señorita Kent! Los nuevos estilos le quedarán muy bien.

Katherine estaba muy contenta, imaginando todos los vestidos que tendría.

—¿Has oído hablar de mí?

—Lord Crenshaw habla de usted a menudo, con las más altas alabanzas.

Por supuesto, Katherine sabía que lord Crenshaw tenía buena imagen de ella; se había dado cuenta de ello incluso en su primer encuentro, por cómo la mirada, evaluándola con atención. A sus treinta y siete años, era lo bastante mayor para ser su padre, pero no había ni rastro de gris en su cabello, que llevaba al natural, con un estilo clásico y del mismo castaño oscuro que sus ojos. Y Annabel, la doncella de su tía, le había asegurado que tenía muy buena figura para su edad. Katherine podía imaginárselo a caballo, inspeccionando su importante hacienda, u organizando su plantilla de sirvientes.

Lady Crenshaw. Todavía tenía que acostumbrarse a la idea, que siempre iba acompañada por una pequeña emoción. Asistiría a bailes y a fiestas en mansiones, celebraría reuniones elegantes y tendría vestidos nuevos cada estación.

Justo estaba pensando en que quizá podría usar algunas joyas, ahora que era una joven prometida, cuando la señorita Dupont le señaló las escaleras.

—Su habitación se encuentra arriba... —El movimiento provocó que la manga de su vestido se levantara un poco.

—¿Qué te ha pasado en la muñeca? —le preguntó Katherine.

La señorita Dupont se bajó la manga con rapidez.

—Lo siento, señorita Kent. No pretendía que lo viera.

Katherine no pudo evitar mirarla. En la muñeca de la señorita Dupont había una cicatriz de quemadura con forma de «S». Katherine se obligó a apartar los ojos, sintiéndose extrañamente incómoda. La señorita Dupont no podía evitar tener aquel defecto en la muñeca, y era extraño sentirse asqueada por ello. Pero no era la quemadura lo que la perturbaba, pensó. Era algo en aquella «S»...

—¿Cómo se hundió el barco? —preguntó Elizabeth.

El señor Prescott se giró hacia la joven voz, y también sus tíos. Katherine abrió la boca para acallar a Elizabeth de nuevo, pero su tía dijo con lentitud:

—Es extraño que un barco se hunda en el río, ¿no?

Los sirvientes la miraron, y después se miraron el uno al otro. El señor Prescott no contestó de inmediato, pero parecía preocupado, como si hubiera algo que se sintiera reacio a contar. Captó y mantuvo la atención de Katherine. Ellos sabían algo. Todos ellos sabían algo que ella desconocía.

—¿Qué pasa?

—Se rumorea que fue provocado —dijo el señor Prescott después de un momento, como si aquello fuera una nimiedad—. O un ataque de uno de sus rivales. Lord Crenshaw ha ordenado a sus hombres que busquen a un muchacho que creen que es el responsable.

—¿Un muchacho? —preguntó Katherine.

—Sí, pero no te preocupes —replicó el señor Prescott—. Lo encontraremos pronto.

CAPÍTULO SEIS

Mientras volvía en sí lentamente, Will se obligó a no moverse demasiado. Podía sentir los pinchazos de la paja del colchón bajo su cuerpo, y su olor le llenaba la nariz: heno cortado que había sido dejado en el campo demasiado tiempo; el almizcle de todos los cuerpos que se habían tumbado en él sin airearlo; cerveza rancia. La habitación de una posada, quizá. Y oía voces...

—Nunca antes había visto nada igual. —Una voz femenina.

—Nadie lo había visto. —En voz baja—. No sabía que alguien pudiera envainar la Espada Corrupta. Pero parece que el chico pagó un alto precio por lo que hizo.

Will se mantuvo muy quieto. «Están hablando de la espada. Están hablando de esa espada del barco». Fingió que dormía y catalogó con cautela todo lo que pudo de sí mismo y de lo que lo rodeaba. No estaba encadenado. Los moretones y cortes de las palizas le dolían, y todavía tenía el cabello húmedo, pero el frío pavoroso del río había desaparecido. Reconocía las voces: un hombre y una chica joven.

—¿Quién...? ¿Quién es? —La chica, a media voz.

—Solo sé que Simon lo quiere, y que está herido.

—Se desmayó. Yo no le pegué, ni nada. —La chica, un poco a la defensiva—. Cuando se despierte...

—Está despierto.

Will abrió los ojos y se encontró con la mirada firme de Justice sobre él. Su cabello azabache encuadraba un rostro de asombrosa nobleza.

Will lo recordaba del barco, el cortante poder de su mandoble mientras atravesaba las crecientes aguas. Se había abierto camino a través de los hombres de la bodega, como la esperanza.

—Ahora decidiremos qué hacer —dijo Justice.

El Siervo llevaba una larga capa marrón que cubría su extraña vestimenta, pero aún portaba la espada. Will podía verla, distorsionando la silueta de su capa. Justice parecía incluso más incongruente allí, en una sucia habitación con el yeso de las paredes agrietado, que en el barco. Era una heroica escultura en un emplazamiento inesperado.

A su lado estaba la chica, Violet, encorvada, atractiva de un modo andrógino, con una mirada feroz y adusta. Fue Violet quien regresó a por él. Will lo recordaba con claridad. Su fuerza imposible parecía un secreto entre ellos, la conexión que habían compartido en aquella experiencia extraordinaria.

Pero el modo en el que ambos lo miraban era nuevo: cauto, como si fuera algo peligroso y no supieran qué podía hacer. Eso lo llevó de vuelta a aquella noche en Bowhill. El ataque, las palabras desesperadas de su madre mientras agonizaba, la persecución de los hombres que lo habían seguido en cada despertar sin saber por qué. Sin saber por qué alguien intentaba matarlo, incapaz de olvidar aquella expresión, el cuchillo con el que fue atacado...

Will se levantó de la cama, ignorando el quemante dolor y el mareo que hizo girar el suelo.

—Tengo que irme.

La puerta estaba a su derecha. Era el único modo de salir. Todas las ventanas estaban cerradas; cada contraventana lacada en negro estaba asegurada con un pesado pestillo de madera. Los gruesos muros de yeso atenuaban la mayor parte del sonido, pero oía susurros que venían de debajo del suelo de madera. Aquella era casi con seguridad una habitación en la segunda planta de una posada; un antiguo miedo hizo latir su corazón.

La primera regla, que le había costado aprender, era mantenerse lejos de las posadas, porque los caminos y los albergues estaban vigilados.

—No pasa nada. Conseguimos salir del barco —dijo Violet—. Estás a salvo.

—Ninguno de nosotros está a salvo —replicó Justice.

El Siervo se acercó a él, y lo único que Will pudo hacer fue no estremecerse. Justice se detuvo tan cerca que el muchacho sintió cómo se movía el aire cuando su capa marrón se agitó. Miró a Will con ojos inquisidores, examinando las marcas y cicatrices de sus manos y de su rostro. Después lo miró a los ojos.

—Pero creo que tú lo sabes mejor que nosotros —dijo Justice en voz baja—. ¿Verdad?

Will se sentía expuesto. Se sentía descubierto, como no se había sentido desde que empezó a huir. Aquellos dos sabían que Simon lo buscaba. Quizá supieran algo más… Quizá conocieran las respuestas a las preguntas que lo estaban carcomiendo: *¿Por qué? ¿Por qué mataron a mi madre? ¿Por qué me persiguen?*

Después de todo, formaban parte de aquello: pertenecían al mundo del espejo, del medallón y del aterrador estallido de la llama negra. Las proezas físicas de Justice en el barco no habían sido naturales. Había lanzado a un joven desde uno de los extremos de la bodega al otro, tan imposiblemente fuerte como Violet, que había arrancado unas cadenas.

Ambos eran bastante rudos como para partirlo en dos. Pero lo que lo asustaba no era su fortaleza, sino lo que podrían saber sobre él.

—No sé a qué te refieres. —Mantuvo la voz tranquila.

—Toma —dijo Justice, en lugar de responder—. Bébete esto.

Justice se quitó la fina cadena de plata que colgaba de su cintura, el lugar donde un monje llevaría el rosario. Se trataba de una única pieza de calcedonia blanca que pendía del final de una cadena, tan suave y pulida como un guijarro de la playa.

—Es una reliquia de mi Orden —le explicó Justice—. Es una ayuda para las heridas.

—Estoy bien —dijo Will, pero Justice tomó la maltrecha taza de latón que había en la mesa, junto a una jarra de agua. A continuación, vertió el agua de modo que corriera por la cadena y sobre la piedra antes de caer en la taza de peltre.

—Dicen que, después de la Batalla de los Oridhes, nuestro funda-
dor usó esta piedra para atender a los heridos. Eran tantos que el agua
desgastó y pulió sus bordes serrados... Ocurre con cada uso, y quizá
también disminuye su poder. No obstante, sigue siendo un milagro
para aquellos que no saben nada del mundo antiguo.

Cuando el agua golpeó la piedra, destelló y brilló como el agua
de manantial más pura bajo la luz de un nuevo sol. Will sintió el mismo hormigueo que había sentido cuando miró el espejo. *Un milagro*,
lo había llamado Justice. El hombre le entregó la taza, con la piedra
en el fondo y la cadena de plata colgando por el lado, y Will se descubrió aceptándola aunque pretendía rechazarla. Los destellos de la
piedra se reflejaron en su rostro como la luz del sol.

Se la llevó a los labios, fría y perfecta. Su mareo se disipó, como lo
hizo el mortal cansancio que había sentido desde el barco. Y, aunque
sus heridas no se cerraron milagrosamente, el fuerte dolor de las palizas
pareció desvanecerse un poco, de modo que respirar le fue más fácil.

—Estamos en una habitación del Ciervo Blanco —le contó Justice—. Y tienes razón, no podemos quedarnos aquí demasiado tiempo.
Simon registrará cada posada, y tiene más de un modo de encontrar
a una persona.

—Os lo he dicho. Tengo que irme. —Will intentó levantarse. Justice negó con la cabeza.

—Apenas puedes caminar. Y te equivocas, si crees que las calles
de Londres son seguras. Los ojos de Simon están en todas partes. Solo
el alcázar está fuera de su alcance. Esperaremos hasta el anochecer, y
entonces intentaremos cruzar la ciudad.

—¿El alcázar? —preguntó Will.

—No creo que vosotros dos tengáis idea de dónde os habéis metido —dijo Justice.

Will miró a Violet, sin proponérselo. La joven tenía un montón de
rizos oscuros cortados como un chico, y la piel bronceada sobre su
nariz estaba salpicada de pecas. Con sus pantalones de chico, su chaqueta y su chaleco, iba vestida casi igual que él, aunque su ropa era
de mucha mejor calidad.

Vosotros dos... Will no sabía qué había forjado aquella incómoda asociación entre Justice y ella. Lo último que recordaba era que intentó dar un paso apoyándose en los hombros de Violet y sintió que la debilidad lo apresaba. Antes de eso, Justice había luchado contra los hombres de Simon, mientras que Violet peleaba para ellos. En ese momento, la chica estaba un poco apartada, junto a las ventanas cerradas, y parecía tensa, mientras que Justice había dejado atrás la mesa y la única silla de la habitación para concentrarse en Will.

—Entonces cuéntanoslo —le pidió Will.

—Esto es lo que sé —dijo Justice—. Simon estaba buscando a un chico y a su madre. Durante diecisiete años, concentró todas sus fuerzas en encontrarlos. Vigiló las carreteras, las posadas y los puertos de este país, del continente y más allá, hasta los puntos más alejados de su imperio comercial. Y, durante diecisiete años, la madre del niño lo eludió, manteniéndose siempre un paso por delante. Hasta hace nueve meses, cuando Simon los encontró y los mató a ambos. —El Siervo se inclinó hacia adelante, inmovilizando a Will con la mirada—. Anoche, mientras vigilaba el barco de Simon desde mi escondite, vi a su León gritando órdenes bajo la lluvia mientras los hombres, con antorchas, llevaban a un prisionero a bordo bajo la cobertura de la oscuridad. Creí que ese prisionero era mi compañero de armas, Marcus, pero no lo era. Era otra persona.

Will respiraba con dificultad.

—No sé qué tiene que ver conmigo todo eso.

—¿No? —le preguntó Justice.

Y Will pensó en los meses que había pasado ocultándose y, antes de eso, en los años de miedo en los ojos de su madre.

—Aunque yo no pueda controlar la Espada Corrupta, he luchado contra muchas cosas oscuras y peligrosas —le aseguró Justice—. Y Simon es la más peligrosa de todas ellas. Si ha puesto sus ojos en ti, no escaparás de él escondiéndote.

Violet los interrumpió, rompiendo el momento.

—Eso no es posible. Simon es un comerciante. Estás hablando de él como si fuera... Simon es un tipo duro, como lo son todos los hombres del muelle, pero no mata a mujeres y niños.

—¿De verdad crees que todo esto tiene algo que ver con el comercio ordinario? —le preguntó Justice—. Tú has visto la marca en las muñecas de los hombres de Simon. Has visto la fuerza sobrenatural de ese al que Simon llama su León.

—*León*. Te refieres... —dijo Violet—. Te refieres a ese chico. El chico contra el que estabas luchando.

—El chico que os hizo prisioneros a ambos —le espetó Justice.

¿A ambos? Sin poder evitarlo, Will miró a Violet y su rubor se oscureció... culpable. Violet no era una prisionera. Violet había tomado al León en sus brazos y lo había sacado del barco que se hundía.

«Justice no lo sabe». Darse cuenta de ello lo golpeó de inmediato. Violet trabajaba para Simon, y Justice no lo sabía. Justice la había llevado hasta allí creyendo que era otra prisionera.

Aquello dio sentido a su extraña alianza. De inmediato, Will comprendió tanto la tensión nerviosa de Violet como la tranquila confianza que Justice mostraba en ella... Incluso le daba la espalda, como si no fuera una amenaza. En el oscuro caos de la bodega, no debió darse cuenta de quién lo había dejado sin sentido.

Justice no podía saber que Violet lo había dejado flotando, boca abajo e inconsciente, que lo había ignorado para salvar en su lugar al León de Simon.

Will recordó la espera, solo y agotado, mientras el agua negra se arremolinaba hasta su pecho. Envainó la espada de pesadilla, pero encadenado a una de sus pesadas vigas, no podía salir del barco. Había creído que estaba acabado. Había pensado que su huida lo había conducido a un oscuro callejón sin salida y que las aguas lo enterrarían.

Entonces levantó la mirada y vio el rostro de Violet en las escaleras. La chica avanzó a través del agua y agarró sus cadenas. Y despertó allí, aunque no había esperado despertar nunca más.

—Así es —dijo Will, sin dudar—. El chico que nos hizo prisioneros a ambos.

Evitó mirar a Violet, y mantuvo los ojos sobre Justice.

—La criatura de Simon —asintió Justice, con desagrado—. Ha jurado servirle, como hacen siempre los Leones. Lo lleva en la sangre.

Will sintió, en lugar de verla, la reacción de Violet a esas palabras.

—Tú lo sabes —le dijo—. ¿Verdad? Tú sabes qué conecta todos esos... —*milagros*, podría haber dicho, usando la palabra de Justice, u *horrores*, de haber usado una propia—. Todas esas cosas extrañas y sobrenaturales.

Una dama en un espejo, con los ojos como los de su madre; la espada del barco, que escupía fuego negro; el extraño medallón que Matthew le puso en la mano; sus ojos muertos, mirando la nada mientras la lluvia empapaba su ropa.

—No puedo contártelo todo —dijo Justice, bajando la voz—. Incluso para mi Orden, gran parte está envuelto en misterio. Y es demasiado peligroso contar algunas historias, incluso a la luz del día.

—He... visto cosas. Sé que Simon no es una buena persona —le confesó Will—. Una buena persona no marcaría a sus hombres con su nombre.

Justice negó con la cabeza.

—¿Crees que la «S» que marca en la carne de sus seguidores es de «Simon»? ¿De «sirviente», quizá, o de «sumisión»? Esa «S» es el símbolo de algo más antiguo, un sigilo terrible con un poder sobre sus seguidores que ni siquiera ellos mismos entienden del todo.

—¿Un símbolo de qué?

Justice lo miró. «Lo sabe», pensó Will de nuevo. El corazón le latía con fuerza. Aquella «S» le había parecido antigua, maléfica y rapaz, como si lo persiguiera incluso más que los hombres que la portaban. Se sentía a punto de entenderlo, como si algo inmenso e importante estuviera justo al alcance de su mano.

Después de un largo momento, Justice arrastró la silla y se sentó, casi oculto en la tenue luz de la habitación con las ventanas cerradas. Su pesada capa marrón se encharcó a su alrededor.

—Esto es todo lo que puedo decirte —comenzó, y las sombras de la habitación parecieron acercarse a ellos mientras hablaba—. Hace mucho tiempo hubo un mundo de maravillas, lo que tú y yo llamaríamos «magia». Había grandes torres y palacios, jardines fragantes y criaturas fantásticas.

Parecía el principio de una historia que Will conocía, aunque no la hubiera oído antes.

—En ese mundo surgió un Rey Oscuro, de gran poder, que mataba a todo el que se interponía en su camino.

La luz de la única vela de la habitación parpadeó, ocultando los planos del rostro de Justice.

—Fue una época de terror. La sombra del Rey Oscuro se extendió sobre la Tierra. Los ejércitos se quebraban contra su poder. Las ciudades caían ante sus hordas. Muchos héroes dieron sus vidas para contenerlo solo un instante. Las luces del mundo se apagaron una a una, hasta que solo quedó una luz, la Última Llama. Entonces, los que estaban del lado de la Luz defendieron su posición.

Will la vio, una isla de luz rodeada por una amplia extensión de oscuridad, y sobre todo ello, un enorme y terrible poder que se alzaba vistiendo una corona deslustrada.

—Lucharon —continuó Justice—, hasta que la Tierra quedó abrasada. Lucharon por sus propias vidas y por todas las generaciones que estaban por llegar. Y, con un único y enorme sacrificio, el Rey Oscuro fue derrocado.

—¿Cómo? —Will estaba atrapado por la historia, como si estuviera allí, maltrecho por la refriega, saboreando las cenizas y las llamas.

—Nadie lo sabe —admitió Justice—, pero su derrota tuvo un precio terrible. No quedaba nada de aquella civilización. Sobrevivieron muy pocos, y el mundo cayó en la ruina. Pasaron los años y todo se perdió en el silencio del tiempo: la hierba creció sobre los campos donde lucharon los ejércitos; los palacios desaparecieron, se convirtieron en poco más que piedras dispersas; y las hazañas de los muertos se olvidaron.

»Y, gradualmente, la humanidad estableció su residencia y construyó sus ciudades, ajena a todo lo que había ocurrido antes. Porque ese mundo es nuestro mundo, aunque todos sus milagros han desaparecido y apenas conservamos algunos fragmentos, como esta piedra que el tiempo se llevará también, pues incluso ella se desgastará hasta convertirse en nada.

Justice levantó la calcedonia blanca, que se balanceó como el reloj de un hipnotizador al final de su cadena.

«Un retazo —pensó Will— de un mundo que una vez fue grandioso».

—¿Y Simon? —le preguntó. Se sentía medio aturdido, como si estuviera saliendo de un sueño, casi sorprendido al encontrarse en la ordinaria habitación de una posada en lugar de mirando las vistas del pasado.

Justice lo observó con sus ojos oscuros.

—Simon desciende del Rey Oscuro, que juró regresar y recuperar su reino —le explicó—. Simon intenta que resurja y que reconquiste su trono.

Fue como si un viento frío atravesara a Will, congelándolo.

Simon intenta que resurja...

Las palabras resonaron en su mente como el miedo a lo que había más allá de las contraventanas cerradas, a los hombres de Simon que mataron a su madre y después lo persiguieron, con su «S» en la muñeca, para intentar matarlo a él también.

Un mundo antiguo, un Rey Oscuro... Debería ser imposible. Pero notaba su presencia, con su deslucida corona, como si estuviera justo allí, con ellos.

Mientras la calcedonia blanca pendía de su cadena, Will supo, de algún modo, que aquel no era el único retazo del pasado. La espada del barco había sido otro, un arma terrible que Simon había desenterrado con un propósito letal. Se estremeció al recordarlo.

—No todo lo que está escrito ha pasado —dijo Justice—, y no todo lo que ha pasado está escrito. —Parecía preocupado—. Los miembros de mi Orden son los únicos que aún lo recuerdan. Solo nosotros conservamos las viejas costumbres, y no es casualidad que el Rey Oscuro extienda su mano a través del tiempo ahora, cuando nuestro número ha menguado.

La capa de Justice se deslizó sobre su hombro izquierdo y Will vio dos cosas a la vez. La primera fue que la tela de su manga estaba manchada de sangre, desde la muñeca hasta el hombro. Justice había recibido un balazo para proteger a Violet, creyendo que estaba salvándola de los hombres de Simon.

La segunda fue el símbolo de su uniforme, rasgado y sucio pero visible. Era una estrella plateada con puntas de distintas medidas, como la rosa de los vientos de una brújula.

«La estrella brillante persiste», pensó.

—Eres un Siervo —le dijo.

De repente recordó el medallón que llevaba bajo la camisa. Los hombres de Simon no se lo habían quitado, poco interesados en una pieza mate y deformada de viejo metal.

—Es nuestro deber sagrado enfrentarnos a la Oscuridad —dijo Justice—. Pero, si Simon tiene éxito, no seremos suficientes. La última vez que el Rey Oscuro se alzó, todo cayó ante él. El único ser lo bastante poderoso para detenerlo fue…

Y Will notó que el conocimiento lo oprimía, como si formara parte de él…

—Una dama —dijo Will.

La recordó en el espejo, antigua y hermosa pero con la misma determinación en los ojos que su madre. Recordó lo familiar que le pareció y el asombro cuando sus ojos se encontraron, como si lo reconociera.

Se le revolvió el estómago.

—Me miró como si me conociera.

—¿Tú la *viste*?

—En un espejo. —Will cerró los ojos un instante, sintiendo el cálido metal contra la piel de su pecho. Entonces tomó la decisión—. Llevaba esto puesto.

Con dedos inseguros, se desabotonó su camisa áspera y tomó el maltrecho medallón. Se balanceó en su cordón de cuero, con sus palabras grabadas en aquel extraño idioma que ahora asumían un nuevo significado:

No podré regresar cuando me llamen a las armas.
Así que tendré un hijo.

Justice se quedó muy quieto.

—¿Dónde has conseguido eso?

Will pensó en el antiguo criado de su madre, Matthew, en sus ojos que no veían, en la lluvia empapando su ropa.

—Perteneció a mi madre.

El Siervo dejó escapar una exhalación. Will quería hacerle una pregunta, pero en el instante siguiente Justice cerró las manos alrededor de las suyas sobre el medallón y las presionó contra su pecho.

—No se lo muestres a nadie más.

Parecía perturbado, y eso más que nada convenció a Will de volver a guardarse el medallón y abotonarse la camisa.

—Debería llevarte con la Sierva Mayor. Fui a ese barco buscando a mi compañero de armas, Marcus, y me he topado con algo que no comprendo. —Los ojos de Justice estaban cargados de seriedad—. Pero te lo prometo: te protegeré. Mi espada es tuya, y por mi vida, no dejaré que Simon te atrape. —Justice cerró los ojos un instante, como si incluso él tuviera miedo—. Aunque creo que peinará Londres para encontrarte.

Debes acudir a los Siervos, le había dicho Matthew. Justice le estaba ofreciendo respuestas. Justice comprendía aquello a lo que se enfrentaba; era la única persona a la que había conocido que estaba luchando contra Simon. Will se descubrió asintiendo, una vez.

—No queda mucho para el ocaso —dijo Justice—. Cuando haya oscurecido, los tres nos dirigiremos al alcázar.

—Los tres —repitió Will, y pensó de nuevo en aquella extraña tríada, forjada en el agua y el fuego negro. Se giró para mirar a Violet.

Pero la chica había desaparecido.

CAPÍTULO SIETE

Violet salió a la calle con el corazón desbocado.

Fuera, los sonidos eran los habituales en Londres: los cascos de los caballos, los ladridos de algún perro nervioso, el grito que anuncia el periódico de la noche («¡El buen *Evening Mail!*»). Un carruaje traqueteó sobre sus ruedas radiadas. Un chico corrió delante de la carreta del agua y el carretero gritó un indiferente: «¡Cuidado!».

Parpadeó, ante tanta normalidad. Aquello no se parecía en nada a la habitación de la posada que había abandonado: el muchacho en la cama, con sus ojos oscuros, y el hombre que vestía como un antiguo caballero y que hablaba de los orígenes de un mundo perdido. Magia y reyes oscuros... Will había escuchado las historias de Justice como si creyera en ellas. Y ella (incluso ella, recordando el fuego negro del *Sealgair,* viendo cómo desaparecían las magulladuras del rostro de Will mientras bebía el agua vertida por la superficie de una piedra), por un momento, había empezado a creer.

Justice había hablado de Tom como...

Como si fuera un monstruo. Como si hubiera perseguido y asesinado a una mujer. Como si sirviera a un poder oscuro, y lo hiciera de buena gana. Se sentía horrorizada. *La criatura de Simon. Lo lleva en la sangre.* Recordó a Tom en el *Sealgair,* salpicado de sangre tras haber atravesado el pecho de una mujer con una barra de hierro. *Hace mucho tiempo, hubo un mundo que fue destruido en la batalla contra un rey oscuro...*

Un estallido de risas a su izquierda. Un grupo de hombres jóvenes con camisas ásperas pasó junto a ella, todavía palmeándose las espaldas tras el chiste. Violet dejó escapar un suspiro y negó con la cabeza.

La calle era solo una calle. No había hombres buscando, no había figuras sombrías enviadas por Simon. Por supuesto que no. Aquellas historias eran solo historias. Aquello era Inglaterra, donde todo el mundo sabía que la magia no era real, y donde el único rey era el rey Jorge.

Se apresuró.

Su hermano estaría en el almacén de Simon. Había insistido en regresar al trabajo en cuanto volvió a respirar, aún tosiendo, todavía goteando agua del río. La vería y la rodearía con sus brazos, tan contento de verla como ella se alegraría de verlo a él. Él le alborotaría el cabello y las cosas volverían a ser como siempre.

Nadie tenía por qué saber que ella había ayudado a Will a escapar.

Se deslizó hábilmente a través de una tabla rota hasta un muelle de carga. Había crecido en aquellos muelles, donde a menudo buscaba trabajo. Algunas noches, se escabullía de casa para dormir sobre los montones de cajas, o solo para sentarse y mirar los barcos, sus luces brillantes. En aquel momento trepó sobre una pila de mercancía y miró el río, que era como su segundo hogar.

Y se quedó helada.

Parecía el lugar de una explosión. Grandes franjas de ribera estaban excavadas y quemadas, allí donde las había azotado el cordón de fuego negro. Destrozado, el cargamento mojado bordeaba la orilla. El muelle estaba arrasado y deformado; y las aguas tranquilas, abarrotadas de madera astillada.

En el muelle, los estibadores trabajaban con una grúa de cabrestante. Un equipo de hombres había amarrado cuatro caballos de carga con pesados collarones y gritaban «¡Tira, tira!», mientras arrastraban. Una oleada de horror la atravesó.

Estaban dragando el río para encontrar la Espada Corrupta.

No, no, no. Pensar en que Simon pudiera volver a poner sus manos en aquella cosa le revolvía el estómago. El frío terror de la bodega reptó sobre ella mientras recordaba al hombre de Simon que había vomitado sangre negra.

Iban a encontrarla. La búsqueda se estaba desarrollando en toda la longitud del muelle. Los hombres de Simon se deslizaban sobre barcazas con redes y largos mástiles y, en algún sitio, allí abajo, los esperaba la espada, el horror corrupto de su presencia apenas contenido por la vaina.

… fuego negro abriendo un agujero en el casco, los hombres que la rodeaban pudriéndose desde el interior…

Mientras observaba los restos, entendió la escala de la destrucción de la Espada Corrupta. Simon coleccionaba objetos, recordó, sintiéndose mareada. Pensó en sus excavaciones arqueológicas, en sus puestos comerciales, en su imperio que se extendía por el mundo para extraer cosas de la tierra y llevarlas a Londres. Como aquella espada, poseedora de un oscuro poder que podía partir un barco en dos.

«No creo que vosotros dos tengáis idea de dónde os habéis metido», había dicho Justice.

«El barco ha volcado», oyó decir a la multitud reunida en la orilla que intentaba encontrar una explicación natural a aquel destrozo, a pesar de que no lo había causado nada que fuera natural. También «La caldera explotó» y «Clima extraño».

Apartó los ojos del desastre. Había un enjambre de curiosos en la ribera, retenidos por los estibadores de Simon. Atisbó un par de chaquetas características, los oficiales de policía del embarcadero del río Támesis. Un destello de cabello castaño entre la multitud de la orilla…

Tom.

En cuanto lo vio, comenzó a bajar de las cajas.

Manteniéndose fuera de la vista, maniobró a través de la mercancía empapada mientras su hermano saludaba a Maxwell, el capitán del *Sealgair*. Siguió el característico brillo del cabello de Tom mientras los dos hombres caminaban.

Se detuvieron al otro lado de algunos montones de corcho. No había nadie más cerca, solo su hermano y el capitán hablando en voz baja… Era el lugar perfecto para una reunión discreta.

Violet salió y abrió la boca para llamarlo cuando oyó:

— ... treinta y nueve muertos en el ataque, pero no hay más cuerpos en el agua. El muchacho ha desaparecido.

—¿Y la chica?

El hombre de cabello castaño no era Tom. Era su padre.

Un instinto infantil la detuvo en seco; ver la espalda y los hombros de su padre hizo que se sintiera culpable, como si se hubiera metido en un lío. Retrocedió rápidamente hasta un espacio entre las sombras de los montones de corcho.

—¿Dónde está Violet, Maxwell? —Su padre tenía los hombros tensos y su voz sonaba brusca, como cuando tenía que controlarse.

—No hay ni rastro de ella —dijo Maxwell.

—Sigue buscándola. Tenemos que encontrarla.

—Señor Ballard... Yo la vi regresar al barco... No sé cómo podría haber sobrevivido alguien...

—No puede estar muerta —dijo su padre. Violet dio un paso hacia delante y abrió la boca para decir *Estoy aquí*, cuando su padre añadió—: Necesito viva a esa estúpida mestiza.

Violet se detuvo: las palabras fueron como una bofetada. Todo se quedó inmóvil y silencioso, como si cada partícula de aire hubiera sido succionada.

—Aunque Tom tenga sangre de León —continuó su padre—, no alcanzará su verdadero poder hasta que no mate a otro como él. No he mantenido a esa niña bastarda en mi casa, humillando a mi esposa y poniendo en peligro mi estatus social, solo para que muera antes de tiempo.

Violet notó que su espalda golpeaba el corcho antes de darse cuenta de que se había movido. Se llevó el puño a la boca con fuerza para contener el sonido que intentaba escapar de ella. Tenía la vista clavada en su padre.

—Seguiremos buscando —prometió el capitán Maxwell—. Si está viva, la encontraremos.

—Hacedlo. Y, por el amor de Dios, no la asustes. Dile que su hermano ha estado preguntando por ella. Que siente haberle hablado con brusquedad, que la echa de menos. Ella haría cualquier cosa para conseguir la aprobación de Tom.

Retrocedió, tambaleándose. Apenas consciente de lo que la rodeaba, no pensaba en ser atrapada. Solo intentaba alejarse, pero sus piernas se movían con torpeza debido al horror.

Continuó entre los montones de corcho sin oír las voces que se acercaban, los pasos que se dirigían hacia ella... Entonces una mano la agarró y tiró de ella hacia la seguridad, detrás de algunas cajas.

Escasos segundos después, su padre y el capitán Maxwell doblaron la esquina y pasaron justo por el lugar donde ella había estado.

En el oscuro espacio entre las cajas, vio el rostro asombrado de Will.

—¡Suéltame! ¡Déjame en paz, no tienes derecho a...!

—Lo he oído —dijo Will—. He oído lo que han dicho.

Violet se sintió acalorada, y después fría. Lo había oído. Había oído las palabras que la habían hecho estremecerse. Se sentía horriblemente expuesta.

—No puedes volver con ellos.

Will la sujetaba por los hombros, presionándola contra la caja. Podría apartarlo con facilidad, empujarlo, si consiguiera dejar de temblar. Era lo bastante fuerte. Si pudiera...

—¿Qué haces aquí? —le preguntó con voz ronca—. Si te descubren...

—No van a descubrirme.

—Eso no lo sabes.

—Si lo hacen —replicó Will—, huiremos juntos.

—¿Por qué ibas a...?

—Tú me salvaste la vida —dijo Will.

Lo dijo como si tal cosa. Violet recordó que Simon había pasado años buscándolo antes de encadenarlo a la viga de un barco cargado de mercancía sobrenatural. Y, aun así, la había seguido hasta allí.

—Todos los que alguna vez me han ayudado están muertos —le explicó Will—. No quería que eso te pasara a ti también.

Violet lo miró fijamente. Se había adentrado en el territorio de Simon y lo había oído, había oído las palabras que convertían su vida en una mentira. *Tom no alcanzará su verdadero poder hasta que no mate a otro como él.* Su padre quería que su hermano la matara. Y Tom... ¿Tom lo sabía? ¿Sabía lo que su padre planeaba hacer?

—Ven conmigo —le pidió Will.

—Es mi padre —dijo ella. Si pudiera dejar de temblar...—. Y Tom. Tom es mi hermano. El León.

De niños, Tom y ella lo habían hecho todo juntos. Su padre siempre había animado aquella relación, como había animado su presencia en la casa. «Su sangre es la misma que la de Tom», había dicho. Se sentía mareada.

Recordó cuán normal le había parecido la vida el día antes de que su mundo ordinario se hiciera añicos, llenándose de Siervos y de Leones, y de espadas que escupían fuego negro.

No, no había sido normal. Habían grabado la marca de Simon en la carne de Tom. Había olido a carne asada, mientras había un chico apaleado y encadenado en la bodega.

—Lo que ha dicho Justice... —Se obligó a preguntarlo, con los dientes apretados—. ¿Tú crees que es cierto?

—No lo sé —le contestó Will—. Pero ambos formamos parte de lo que está ocurriendo.

—¿Por eso quieres que vaya contigo?

—Quiero respuestas, igual que tú. Y ya he probado a huir. Las cosas que están ocurriendo... No he conseguido dejarlas atrás. No me ha sido posible huir de lo que forma parte de mí. Y tampoco podrás hacerlo tú.

—Es mi familia —dijo Violet.

—Simon también me arrebató a mi familia —contestó Will.

No conocía a aquel chico. Ahora que los moretones habían desaparecido casi por completo, parecía distinto... Como un clérigo, si los clérigos tuvieran los pómulos altos y la mirada penetrante.

Su cabello oscuro y su piel demasiado pálida quedaban casi ocultos bajo la gorra, y su descolorida chaqueta azul tenía el hombro rasgado.

—Los Siervos odian a los Leones. Tú no los oíste hablar, en el barco. —En el barco, antes de que Tom los matara—. No sé qué soy, pero no seré bienvenida allí.

—No tienes por qué decirles lo que eres —le dijo Will—. Nadie sabrá qué eres excepto tú.

Entonces se dio cuenta. Iba a seguirlo, a aquel chico al que apenas conocía.

—Vas a irte con él, ¿no? Con Justice. —Justice, que odiaba a los Leones. Justice, que había luchado contra su hermano y casi lo había matado. Justice, que también la mataría a ella si supiera lo que era—. Te irás con él para reunirte con los Siervos.

Justice, que había recibido una bala por ella durante el confuso hundimiento del barco.

Justice, que pensaba que era la prisionera de Simon y la amiga de Will.

Will asintió una vez.

—Tengo que descubrirlo. Qué soy. Qué quiere Simon de mí.

Will le había mentido a Justice por ella. Will había regresado allí para ayudarla. Se habían metido en aquello juntos, y él tenía razón: quería respuestas. La joven cerró los ojos.

—Entonces yo también iré —le dijo.

La oscuridad había caído, pero había luces en el río y las lámparas y las antorchas ardían en las orillas, donde los trabajos de rescate seguían en marcha. Aquello les proporcionó cobertura para pasar a hurtadillas.

A Will se le daba bien esconderse, entrar y salir de las sombras y de los huecos. Era una habilidad nacida de la necesidad: si descubrían a Violet, solo se llevaría un tirón de orejas; si lo descubrían a él, lo detendrían y lo matarían. Sabía moverse, dónde poner los pies, cuándo quedarse quieto.

Llegaron al otro extremo del muelle a través de los montones de cajas, de los sacos llenos y de las largas hileras de madera apilada. No había ni rastro de su padre, pero ella dos veces oyó voces que le subieron el corazón a la boca, y una vez tuvieron que embutirse en un espacio entre los contenedores para esquivar la vigilancia de los hombres de Simon.

Justice los estaba esperando, una silueta embozada indistinguible de las sombras que lo rodeaban, hasta que Will lo señaló con una leve inclinación de barbilla. Al parecer, se había quedado atrás para ocuparse de los guardias de Simon mientras él iba a buscarla. Esa era seguramente la razón por la que habían visto tan pocos patrulleros: el Siervo había despejado la zona.

Cuando emergió, Violet sintió un escalofrío de miedo, recordando la fuerza que había mostrado en el barco. Lanzó a Tom como si no pesara nada y después sobrevivió a un golpe en la cabeza que lo dejó flotando boca abajo en el agua. En ese momento, tenía la mano apoyada en la espada, un arma tan anticuada como sus anticuadas ropas y su anticuado modo de hablar.

Si supiera que fui yo…

—Bien —fue lo único que dijo Justice, asintiendo—. Debemos irnos.

No le preguntó dónde había estado; solo parecía contento de que estuviera bien. Partieron, con Justice a la cabeza. Violet se descubrió mirándolo fijamente, su cabello negro azabache tan oscuro como el suyo aunque liso en lugar de rizado, su postura erguida que parecía irradiar autoridad, la seriedad de sus cálidos ojos castaños.

—Ha oscurecido lo suficiente; intentaremos cruzar la ciudad sin ser avistados. Si conseguimos dejar atrás las rondas de Simon…

De repente, se produjo un alboroto en la orilla y los tres giraron la cabeza hacia allí.

—Está pasando algo —dijo Will.

El repiqueteo de un carruaje, sonido de voces en el río… Pero, más que eso, se produjo un cambio en el aire que Violet sintió aunque no pudo nombrar, como la acumulación de estática antes de una tormenta. Casi podía saborearla, peligrosa, eléctrica.

La expresión de Justice cambió.

—James está aquí.

CAPÍTULO OCHO

Will se giró.

James. No reconocía el nombre, pero notó la tensión en la voz de Justice. Los hombres de Simon también parecían notarlo, y esperaban en inquietos grupos en la orilla. *James está aquí*.

El carruaje apareció como una procesión, anunciándose con el sonido de los cascos, de las ruedas y del repiqueteo de los arreos. Tres hombres cabalgaban delante, cada uno de ellos con una única pieza de armadura rota sobre su ropa de montar. Les daba un aspecto antinatural. Parecía haber algo mal en ellos, en sus ojos hundidos que no parpadeaban, en sus rostros blancos como la muerte. Iban a medio galope delante del carruaje, como el anverso de los Siervos.

El carruaje era negro, de madera lacada muy brillante, e iba tirado por dos caballos negros de cuellos arqueados y fosas nasales hinchadas con los ojos ocultos tras anteojeras. Tallados en la madera de las puertas estaban los tres sabuesos negros que eran el escudo de armas de Simon. Las cortinas estaban cerradas; no se veía el interior.

El coche atravesó la multitud y solo se detuvo donde la tierra prensada se encontraba con la orilla de guijarros. Los dos cocheros bajaron de sus puestos de un salto. Abrieron la puerta del carruaje como si fuera a aparecer un señor en la calle principal, y entonces fue cuando James descendió a la ribera.

El aire cambió, elevándose como la brisa en un jardín muy antiguo.

«Eres tú», pensó Will, como si se conocieran.

Los palacios se habían convertido en ruinas, la hierba había crecido sobre los campos de batalla de los ejércitos; un universo y todas sus maravillas desaparecidas, excepto algunos fragmentos, atisbos del pasado que cortaban la respiración.

Era hermoso. Una beldad dorada que algún maestro podría haber tallado en delicado mármol, pero no había nadie en el mundo con su aspecto.

Un escalofrío de miedo atravesó a los hombres de Simon; una extraña reacción al rostro joven y adorable de James. Su juventud era en sí misma una pequeña sorpresa: James era un chico de unos diecisiete años, la edad de Will.

Will se descubrió acercándose hasta el límite de una caja mojada, ignorando la reacción de Justice a su espalda. Oyó que uno de los marineros decía:

—Es él. El juguete de Simon.

Otro respondió:

—Por tu vida, no dejes que te oiga decir eso.

El miedo estranguló a la multitud.

James comenzó a caminar.

Toda la actividad hacía cesado con su llegada. Los hombres que se habían reunido alrededor del carruaje retrocedieron, abriéndole paso. Will reconoció a uno o dos de ellos, de la bodega del *Sealgair*, y se dio cuenta con un nuevo temor de que ya no quedaba ningún curioso. Los pocos que todavía seguían allí eran todos hombres de Simon. Llevaban su marca bajo las mangas de las camisas.

El crujido de las botas de James sobre los guijarros de la orilla resonó muy alto.

La ribera del río estaba iluminada, cerca del carruaje, por una hilera de antorchas que ardían sobre varas y faroles que los hombres levantaban y cuya luz parpadeante iluminaba sus rostros. El río tras ellos parecía negro, con la agitada y destellante estela de la luna creciente en su superficie; el cielo estaba despejado. Se oían algunos sonidos ocasionales y distantes: un chapoteo amortiguado, el lejano tañido de una campana.

Los fríos ojos azules de James examinaron los caóticos daños de la orilla. Su elegante silueta era la personificación de la moda de la época: llevaba el cabello dorado peinado con una novedosa raya lateral, la chaqueta con la cintura ajustada, la fina tela de sus pantalones ceñida como un guante y las botas altas y brillantes.

—Señor St. Clair. —El capitán Maxwell lo saludó con una respetuosa reverencia, incluso nervioso, aunque James seguramente tenía más de treinta años menos que él—. Como puede ver, hemos recuperado casi toda la carga. Algunas de las piezas más grandes han podido salvarse. Y por supuesto el…

—Habéis perdido al chico —dijo James.

El silencio les hizo llegar su voz. Will sintió un nudo en el estómago ante aquella confirmación: él les preocupaba más que el barco o su cargamento.

—¿Quién estaba al mando?

Los hombres respondieron con silencio a la amable pregunta de James. El único movimiento era la susurrante agua que lamía la orilla, en un suave balanceo como el de las olas del mar.

—No, Tom, no tienes que… —dijo alguien a quien Tom ignoró. Se abrió paso entre los hombres de la multitud para presentarse ante James.

—Yo —dijo Tom.

«El hermano de Violet». Will no lo había visto desde el ataque, cuando Violet se lo llevó, inconsciente, de la bodega. Parecía estar recuperado e incluso se había cambiado de ropa, aunque su bonito chaleco marrón no encajaba con la exquisita sastrería de James y llevaba las mangas subidas de cualquier manera, como si hubiera estado haciendo un trabajo físico que no le correspondía por su puesto. Delante de los hombres, Tom se apoyó en una rodilla, de modo que James lo miraba desde arriba. Los ojos del joven se deslizaron sobre él en una larga y pausada mirada.

—Gatito malo —dijo James. Su tono no era agradable.

Un rubor de humillación inundó la cara de Tom.

—Aceptaré cualquier castigo que Simon quiera imponerme.

—Dejaste que los Siervos abordaran el barco —le espetó James—. Permitiste que mataran a tus hombres. Y ahora, lo que Simon quiere está en manos de los Siervos.

Otra voz atravesó la ribera. Will vio al padre de Tom dando un paso adelante.

—El chico solo lleva desaparecido un par de horas. No puede haber llegado muy lejos. Y, en cuanto al ataque..., si solo hubieran sido Siervos, Tom los habría derrotado. Fue el chico quien... Ya has visto lo que le hizo al barco. No estábamos advertidos. No teníamos ni idea de que el chico era... de que podía...

—La mayor cualidad de tu hijo —dijo James— es que él no pone excusas.

El padre de Tom cerró la boca de golpe.

Todavía arrodillado, Tom levantó la mirada, con los puños cerrados y expresión decidida.

—Lo encontraré —prometió.

—No. Yo lo encontraré —dijo James.

Los hombres reunidos estaban inquietos, moviéndose en un silencio contenido. Los tres jinetes demasiado pálidos desmontaron en silencio, con sus piezas negras de armadura ligeramente repulsivas. Los que estaban en la orilla los miraban con nerviosismo, a James y de nuevo a ellos. Will también lo sintió, una extraña presión creciendo en su pecho.

James solo se quitó los guantes.

Los tres jinetes lo rodearon como si lo protegieran de cualquier interrupción. Llevaban un uniforme con el blasón de los tres perros negros de Simon, pero era la armadura lo que a Will le revolvía el estómago. Las piezas eran distintas, como si hubieran rapiñado partes diferentes de la misma armadura. Negra como el carbón y de pesado metal, emanaba *maldad*, como los rostros blancos como la tiza de los jinetes y sus ojos hundidos y fijos.

Uno de los estibadores entregó algo a James, un trozo de deshilachada tela azul. James cerró el puño desnudo a su alrededor. Will se dio cuenta con un escalofrío de que era un jirón manchado de sangre de su propia chaqueta.

Entonces James se quedó muy quieto.

Había tanto silencio que Will podía oír las llamas de las antorchas. A su espalda, el padre de Tom tiró del joven para ponerlo en pie y retrocedieron como si se apartaran de un peligro; el resto también se alejó de James, como un papel chamuscado curvándose lejos de una llama.

Will podía sentirlo... Pasaba *algo*. Era como palabras, susurrando: «Te encontraré. Yo siempre te encontraré». Como un guantelete de metal cerrándose sobre la carne. «Intenta huir». A su espalda, la luz del fuego iluminaba los rostros de los hombres. Parecían aterrados.

—Will —dijo Justice.

Eso lo hizo volver en sí. El corazón le latía con fuerza. Notó la urgencia en la voz del Siervo y le sorprendió ver miedo en sus ojos, un reflejo del temor de los hombres del muelle, como si supiera lo que iba a ocurrir.

—Debemos irnos. Ya.

La brisa hizo que el polvo y los residuos se arremolinaran ante los pies de James. Una antorcha tituló y se apagó, como una mecha extinguida. Se levantó el viento, solo que no era el viento. Era otra cosa.

—Debemos irnos. Tenemos que marcharnos antes de que...

Antes de que James invoque su poder.

Podía sentirlo, un olor fuerte en el aire. Sentía un deseo casi fascinado de quedarse, para ver qué haría James. Y el deseo de descubrir si podía detenerlo.

¿Habría un modo de detener la magia?

Will miró una grúa de cabrestante que se alzaba cerca del río, a la espalda de Justice, reutilizada para sacar la mercancía del agua. Los que la manejaban habían pausado su trabajo cuando James llegó. La caja que sostenía estaba colgando en el aire, todavía goteando.

Goteando muy cerca de James.

Junto a Will se alzaba la montaña de mercancía recuperada del *Sealgair*, un alto montón de vigas que incluía largas y gruesas secciones del interior y dos tajaduras del mástil principal, atadas con una cuerda para evitar que rodaran.

Will puso la mano sobre el nudo de la cuerda.

Si las vigas rodaban, chocarían contra la abrazadera de la grúa y la caja golpearía a James o caería lo bastante cerca para distraerlo.

El corazón de Will latía con fuerza. Sabía hacer nudos y deshacerlos. Sabía alterar nudos para que se deslizaran.

Antes de que Justice pudiera detenerlo, tiró del fibroso nudo de la cuerda y lo abrió.

—¿Qué estás haciendo? —Justice le agarró la mano, alejándola de la cuerda, pero Will apenas fue consciente de ello: tenía los ojos clavados en James. «Enséñame lo que puedes hacer».

La primera viga se balanceó antes de rodar, desviándose de la grúa y cayendo al río con un chapoteo. Fue la segunda viga la que atinó, la que golpeó la abrazadera de la grúa y la hizo girar violentamente y liberar toda la longitud de su cadena, que cayó con un estrepitoso traqueteo.

Arriba, la caja se soltó.

James giró la cabeza con brusquedad para mirarla; mientras la cadena suelta volaba hacia arriba y la caja caía, extendió una mano y la caja se detuvo abruptamente, congelada de manera sobrenatural en el aire.

Fue una demostración de poder que iba más allá de todo lo que Will había esperado. A pesar de la magia de la que había hablado Justice, ver a un chico sosteniendo en el aire una caja de una tonelada sin nada más que su voluntad le robó el aliento de los pulmones. Había querido ponerlo a prueba... verlo. Y lo había hecho.

«Te tengo», pensó Will, con una oleada de excitación. James estaba haciendo un esfuerzo visible para controlar la caja: su pecho subía y bajaba, y le temblaba el brazo extendido.

Todo se había detenido: el viento, la sensación de creciente peligro... Todo se detuvo en el instante en el que James se concentró en la caja.

Los hombres de Simon retrocedieron, asustados por la caja sobre sus cabezas, por la descarada y antinatural demostración de poder. Un segundo después, James movió la mano hacia un lado y el movimiento lanzó la caja violentamente hacia la orilla, donde se convirtió en un millar de inofensivas astillas.

James levantó la mirada. Tenía el cabello rubio revuelto y respiraba con dificultad. Parecía agotado. Pero sus ojos destellaban furia, llenos de una emoción apenas reprimida.

Con esos letales ojos azules, miró a Will a través del muelle.

—Están aquí —dijo.

—Vámonos —ordenó Justice.

Corrieron... Treparon sobre las cajas y los muros en dirección a las calles. Justice corría con rapidez y Violet le mantenía el ritmo con pie seguro, navegando sobre los desechos de los astilleros. A Will le costaba seguirlos.

Su último atisbo de James fue dando órdenes bruscas a los tres jinetes de inquietantes rostros pálidos, que montaron con agilidad y giraron sus caballos en dirección a Will.

Ahora podía oír sus cascos. Justice tiró de ellos hacia una entrada, para apartarlos de la vista un instante, y Will intentó recuperar el aliento.

—¿Quiénes son esos hombres? —preguntó, helado por sus rostros demasiado pálidos y sus ojos hundidos y fijos—. Van vestidos como Siervos.

—No son Siervos —le contestó Justice, con tristeza—. Son las criaturas de Simon. Él los llama Vestigios. Cada uno de ellos lleva el fragmento de una vetusta armadura que una vez vistió un miembro de la guardia del Rey Oscuro. Simon desenterró la armadura cerca de una torre en ruinas en las montañas de Umbría, en una pequeña villa llamada Scheggino. —El Siervo bajó la voz—. Los Vestigios eran hombres, pero la armadura los mutó. No permitas que te toquen.

Will se estremeció al pensar en aquel antiguo guerrero, pudriéndose bajo tierra hasta que lo único que quedó de él fueron algunos fragmentos de su armadura. No quería pensar que esa armadura estaba siendo usada por otras personas, o que los vestigios de aquel guardia oscuro eran en realidad sus perseguidores.

Los cascos se oían más fuerte. La luna pasó tras una nube y aprovecharon la cobertura de la noche para cruzar la calle hacia otra más pequeña y estrecha. Pero no había modo de dejar atrás a un guardia a caballo. Will examinó la calle, buscando algún lugar que un caballo no pudiera atravesar, una puerta o entrada que tuviera también una salida, que no resultara ser una trampa...

—¡Aquí! —gritó Justice, usando la empuñadura de su espada para romper el candado de un pequeño patio de carga. En el interior había una vieja carretilla. El propietario se había marchado a descansar durante la noche, pero la carretilla seguía allí, con el caballo parcialmente enganchado. Justice entró.

—¿Sabes montar?

Apiñándose en el patio, Violet y Will miraron a su único y desaliñado habitante, con el cuello bajado sobre los hombros huesudos y los cascos separados.

—¿Un viejo caballo de carga? —preguntó Violet, incrédula.

Justice puso una mano en el cuello del animal. Era un castrado mal cuidado, con un deslustrado manto negro y la crin enfangada y enredada.

—Es un caballo de carga, pero su estirpe procede de la Edad Media. Sus ancestros fueron corceles de guerra. Posee corazón, y correrá.

Y, efectivamente, había algo en el tono de voz de Justice que parecía animar al caballo. Cuando el hombre lo tocó, la bestia levantó la cabeza.

Will miró a Justice y a Violet. Justice le estaba ofreciendo el caballo porque creía que era, de algún modo, importante, y que iría más rápido a caballo que a pie.

También sabía que Violet y Justice escaparían si él cabalgaba, atrayendo a los Vestigios y alejándolos de ellos.

Los Vestigios lo perseguirían. Los hombres de Simon siempre lo perseguían. Ignorarían a Violet y a Justice e irían directos a por él. Un viejo caballo de carga, pensó, contra los tres resplandecientes y jóvenes corceles que había visto en la ribera.

—Sé montar —dijo Will.

Desengancharon al caballo de la carreta y Justice levantó la mirada, con las manos en las hebillas.

—Nos separaremos y nos encontraremos en el alcázar. Los tres. —Will asintió mientras Justice dirigía al caballo por la brida—. Cruzarás el Lea. Está a cinco, quizá seis kilómetros de aquí... Al menos la mitad, campo a través. Después encontrarás las Ciénagas de la Abadía, una zona peligrosa para los caballos. La abadía fue demolida hace un centenar de años, pero su arco de entrada aún sigue en pie. Dirígete a ese arco.

«El arco», pensó Will, grabando la idea en su mente.

Justice usó los últimos ocho centímetros de su espada para cortar las largas cintas de las bridas de la carreta y después las ató, acortándolas lo suficiente para convertirlas en unas improvisadas riendas de montar. Mientras lo hacía, Violet tocó el brazo de Will y lo apartó a un lado.

—Sé que has aceptado cabalgar para evitar que vengan tras nosotros —le dijo.

Will miró rápidamente a Justice para asegurarse de que no lo oía.

—Me seguirán, sin importar lo que haga.

—Lo sé, pero... —Se detuvo.

Will no sabía si le preocupaba quedarse sola con Justice. Abrió la boca para darle ánimos, pero ella extendió la mano y le golpeó el hombro con el puño en un gesto de solidaridad.

—Buena suerte.

Eso fue todo lo que dijo, con sus ojos castaños serios en su rostro andrógino. Will, que no estaba acostumbrado a la camaradería, asintió sin decir una palabra.

No había silla ni estribos para ayudarse a subir, así que Violet formó un estribo con las manos y Will se agarró a las crines del caballo para impulsarse y montar sobre su amplio y cálido lomo.

Justice estaba junto a su cuello, murmurando palabras en un idioma extraño. Will descubrió que comprendía lo que decía: «Corre, como corrieron tus ancestros. No temas a la oscuridad. Llevas grandeza en tu interior, como todos los tuyos». El caballo agitó la cabeza, como si algo en él respondiera a sus palabras; su crin negra estaba descuidada, pero tenía una expresión valiente en los ojos.

—Cabalga rápido. No mires atrás. Confía en el caballo —dijo Justice, mirando a Will.

El joven asintió.

Inquieto por una nueva energía, o alarmado por el oscurecimiento de las sombras, el caballo fue difícil de contener. Will había cabalgado en su niñez, junto a su madre, pero nunca sin silla y con unas riendas improvisadas. Inhaló aire, tembloroso, y después condujo al animal hasta el centro de la calle y gritó:

—¡Eh! ¡Oíd! ¡Estoy aquí!

Los tres hombres doblaron la esquina sobre sus monturas y a Will se le heló la piel. Los Vestigios eran como la vanguardia de una pesadilla. El terreno oscuro que tenían debajo parecía moverse con ellos: perros de caza se deslizaban entre las patas de los caballos como una turbulencia de serpientes. Tan cerca, la pieza de armadura que llevaba cada uno hacía que sus siluetas fueran asimétricas: uno llevaba un guantelete, otro la pieza de un hombro y el último un fragmento de casco negro que cubría la mitad izquierda de su rostro blanco como la muerte. Verlos era como mirar una tumba abierta.

Eran solo hombres. Solo eran los hombres de Simon. Pero, mientras Will se decía esto, un Vestigio se detuvo delante de un muro cubierto de hiedra y la muerte de sus ojos pareció extenderse a la enredadera que rozaba su armadura: las hojas verdes se marchitaron, secándose y oscureciéndose, y la negrura se extendió como la podredumbre. *No dejes que te toquen.*

Notando los dedos fríos del peligro, su caballo se encabritó y dejó escapar un relincho antes de comenzar a galopar sobre los adoquines de la carretera. Will se aferró a él, con el corazón latiendo con fuerza.

Cabalga rápido. No mires atrás.

No partía con demasiada ventaja, pero conocía los mejores caminos y al principio ganó espacio. Se mantuvo alejado de las calles rectas, donde su caballo, más lento, estaría en desventaja, y en lugar de eso escogió los callejones retorcidos por los que había caminado a pie. Sus perseguidores perdían segundos en detenerse y girar, y sus enjambres de perros se atascaban en los espacios estrechos. Esto dio a Will la esperanza de que podría mantener la delantera.

Pero las sinuosas afueras del distrito comercial dieron paso rápidamente a la campiña. A lo lejos, Will podía ver la silueta de algunas cabañas escasas. Al norte, los bajos molinos de viento formaban una colección de extrañas siluetas oscuras. Al sur estaba Bromley Hill, una leve elevación salpicada de árboles negros y una granja solitaria.

Por delante tenía varios kilómetros de comunas llanas, sin nada donde esconderse hasta que llegara al río.

Salió a campo abierto con los perros pisándole los talones. Sus aullidos eran un sonido terrible y hambriento. Criados para desgarrar la carne y abatir a presas grandes, los perros de caza gruñían e intentaban morder las vulnerables patas de su caballo. E, incluso sobre la ondulante hierba, Will podía oír el triple estruendo de los Vestigios, haciendo temblar el suelo.

Estaban acortando la distancia. Su caballo no era un pura sangre, nacido para correr por una llanura. Pero su gran corazón lo estaba dando todo, a pesar de su cuerpo más pesado.

—¡Corre! —le gritó—. ¡Corre!

El viento le arrebató las palabras, pero notó que su caballo respondía y se recomponía, sintió que su zancada se hacía más larga.

Corre, como corrieron tus ancestros. No temas a la oscuridad.

Confía en el caballo.

Galoparon por la llanura, apenas dos trancos por delante. Ni siquiera oyó el agua antes de que apareciera de repente ante él, un rápido canal negro, tan ancho como una calle amplia, cortado en la oscura hierba de la orilla tras una caída desconocida. «Cruzarás el Lea», le había dicho Justice.

Su caballo se lanzó al río. Will sintió que perdía el apoyo bajo su cuerpo y el choque con el agua fría, mientras el caballo nadaba con la cabeza estirada y las ancas más bajas que sus agitadas patas delanteras.

Se agarró a sus crines con las dos manos, aferrándose al cuello resbaladizo del animal.

Miró atrás, una única mirada, y vio las cortantes aguas que levantaban sus perseguidores. El Vestigio que llevaba la hombrera se lanzó poderosamente al río. Frente a él, como una inundación de ratas, nadaban los perros, trepando unos sobre otros para alcanzarlo.

—¡Arriba! —gritó Will—. ¡Arriba!

Su caballo subió con dificultad la margen opuesta, tensando las patas traseras mientras se impulsaba para el salto final sobre la pendiente de la orilla.

Entonces le pareció ver su destino. «Cruzarás el Lea; después, dirígete a ese arco», le había dicho Justice. Creyó que lo había conseguido, que llegar hasta el arco de entrada era de verdad posible.

Pero cuando su caballo coronó la pendiente de la orilla, lo que vio lo dejó helado.

No había arco, solo una infinita marisma donde largas extensiones de agua negra fluían alrededor de las islas de tierra y hierba. Un extenso y desgarrador paisaje lleno de lodo succionador y tierra limosa donde los cascos de su caballo se hundirían o resbalarían.

No tenía más opción que conducir a su caballo hacia allí. Intentó mantenerse sobre el terreno seco, evitando las aguas brillantes entre las zonas de hierbas altas. Las almohadillas de los perros eran más ligeras, y corrían sobre las ciénagas sin quedar atrapados. Mientras su agotado caballo forcejeaba con la tierra lodosa, los perros se movieron en manada hacia él, acortando la distancia.

«El arco —pensó—. Dirígete a ese arco». Pero no había arco; estaba solo en un humedal desierto con los tres Vestigios cada vez más cerca.

¿A qué distancia estaban? ¿Podría mantener la ventaja y encontrar el camino hasta el refugio? Will giró la cabeza, arriesgándose a echar una segunda mirada a su espalda.

El brillante guantelete negro estaba a punto de cerrarse sobre él.

Will se lanzó hacia un lado. Su caballo relinchó y viró con él; la mano se cerró en el aire. Un segundo Vestigio se aproximó antes de que recuperara el equilibrio. Podía sentir el aliento caliente del tercer corcel a su derecha. Si mirara hacia los lados, los vería acercándose.

Gritó a su caballo una última vez mientras un nuevo sonido de cascos se alzaba y rompía a su alrededor y su propia respiración renqueaba con la necesidad de escapar. El corcel recurrió a sus últimas fuerzas mientras Will levantaba la mirada sobre la bruma y descubría que el nuevo sonido de cascos no venía de su espalda. Venía de delante.

En la blanca y arremolinante niebla, aparecieron los Siervos cabalgando.

Era una carga de luz: doce Siervos sobre caballos blancos galopaban a toda velocidad hacia él. Vestían la estrella y portaban lanzas aladas, como alabardas; sus armaduras plateadas destellaban bajo la luz de la luna. Will contuvo el aliento cuando pasaron junto a él para lanzarse sobre los Vestigios de armadura negra.

—¡Atrás, oscuridad! —oyó gritar a la Sierva de avanzada, que elevó un cayado con una piedra incrustada en su punta que parecía irradiar un escudo de luz—. ¡El Rey Oscuro no tiene poder aquí!

Will hizo girar a su caballo a tiempo de ver la veloz oscuridad de los Vestigios golpeando la barrera que los Siervos habían alzado ante ellos... y rompiendo, como una ola golpeando la inflexible roca. Los caballos de los Vestigios se encabritaron y retrocedieron; las volutas de oscuridad se desvanecieron.

—¡He dicho «atrás»! —dijo la Sierva mientras los tres Vestigios fustigaban a sus caballos, intentando controlarlos. Incapaces de atravesar la barrera, los Vestigios se vieron obligados a tirar de las riendas y a girar para galopar, impotentes, de nuevo hacia el río. Reducidos a vacilantes gimoteos, los perros deambularon, inseguros, con las colas entre las patas, antes de seguir por fin a los jinetes como silenciosas sombras moviéndose a lo largo de la orilla.

Los Siervos giraron para rodear a Will, doce radiantes caballos blancos caminando en círculo alrededor de su agotado castrado negro, que temblaba, con el cuello y las corvas cubiertas de sudor.

—Te has adentrado en las tierras de los Siervos —dijo su líder, con voz autoritaria y una cicatriz dentada atravesando la piel oscura de su mejilla hasta su mandíbula izquierda. No era mayor que los demás, pero la identificaba la insignia que llevaba en el hombro, como el emblema de un capitán—. Nos dirás qué interés tienen esas criaturas oscuras en ti antes de que te escoltemos fuera de nuestro territorio.

—Me envía un Siervo —dijo Will. Pensó en los tres Vestigios que cabalgaban de vuelta a Londres, donde Violet y Justice estarían solos y vulnerables—. Él sigue en peligro. Tenéis que ayudarlo... Se llama Justice.

—¿Qué sabes de Justice? —preguntó alguien. Un Siervo más joven con una armadura inmaculada se abrió paso, con los ojos llenos de altivez—. ¿Lo habéis apresado? ¿Os lo habéis llevado, igual que os llevasteis a Marcus?

El joven Siervo desmontó y, en el instante siguiente, tiró a Will de su caballo. Empapado, Will cayó y golpeó el suelo.

—¡Cyprian! —gritó la Sierva, pero el joven la ignoró; agarró a Will y le levantó las mangas con brusquedad. Will ni siquiera se dio cuenta de qué estaba haciendo hasta que Cyprian ahogó un sonido al ver que no había nada más allí que sus finas muñecas.

—No tengo la *marca* de Simon —dijo Will, rebelándose.

Cyprian no parecía creerlo y continuó tanteando sus antebrazos como si buscara la verdad. En el instante siguiente, le agarró la camisa y tiró de ella. La tela húmeda y maltrecha se rasgó, empujando a Will hacia delante. El medallón se balanceó sobre su cuerpo, expuesto. Will dejó escapar un grito y agarró el medallón mientras se apoyaba en el barro con la otra mano.

Cuando levantó la mirada, vio la inmaculada armadura plateada de Cyprian y su espada desenvainada.

La expresión de la capitana cambió.

—¿Dónde has conseguido eso?

Tenía los ojos fijos en el medallón, que colgaba de su cordón de cuero.

Justice le había advertido que no se lo mostrara a nadie. Ahora, todos aquellos Siervos lo habían visto. Dudó un momento, sin saber qué hacer.

—Mi madre —dijo Will, recordando el rostro de su antiguo criado, Matthew, cuando le ofreció el medallón bajo la lluvia. *La estrella brillante persiste, incluso cuando la oscuridad se alza.* Se incorporó, arrodillándose en el lodo—. Me lo entregó su antiguo criado. Matthew.

—Los ojos muertos de Matthew, mirando sin ver bajo la lluvia…—. Me dijo que viniera aquí y os lo mostrara. Me dijo que había pertenecido a mi madre.

Miró a la capitana de los Siervos a los ojos. La expresión de su rostro era de asombro, con un destello de miedo.

—Debemos llevarlo ante la Sierva Mayor.

Sus palabras le recordaron a las de Justice, aunque ella las pronunció ante los demás como una orden.

El resto de los Siervos parecían aturdidos e intercambiaron miradas claramente perturbadas. Cyprian puso voz a aquel sentir.

—No pretenderás llevarlo al interior de la muralla —dijo—. Capitana, nadie sin sangre de Siervo ha entrado nunca en nuestro alcázar.

—Entonces él será el primero —dijo la capitana.

—¿Y si es una treta? ¿Qué mejor modo para atravesar nuestras murallas que fingirse una víctima evadiendo la captura? Nuestro juramento más sagrado es proteger…

—Basta —dijo la capitana—. He tomado una decisión. No serás tú quien decida qué ha de hacerse con el muchacho, sino la Sierva Mayor.

Ante eso, Cyprian guardó silencio.

—Atadlo —ordenó la capitana, haciendo girar a su caballo—. Y llevadlo al alcázar.

CAPÍTULO NUEVE

Will intentó que lo escucharan.

—Justice sigue ahí fuera. —Los Vestigios galopando tras él, el guantelete intentando alcanzarlo—. Hay una chica con él... Ambos están en peligro. Esas cosas que nos perseguían... —Podredumbre negra extendiéndose sobre las hojas de una enredadera—. Vi una enredadera marchitándose después de que la tocaran...

—Justice sabe cuál es su deber —fue lo único que dijo la capitana de los Siervos, ignorándolo. Cyprian dio un paso adelante—. Átale las muñecas, novicio.

Will tuvo que obligarse a no retroceder mientras Cyprian le ataba las muñecas delante del cuerpo. Su caballo no tenía silla a la que asegurarlo, así que Cyprian le ató los tobillos con un trozo de cuerda que pasó bajo el vientre de su caballo, para que lo arrastrara si resbalaba. Will se agarró con torpeza a la crin del animal, pues las muñecas amarradas le dificultaban el movimiento. Unieron al capón con una cuerda a los caballos blancos de los demás, y partieron en una procesión de dos en dos, seis Siervos delante de él y seis detrás.

Estar atado provocaba que a Will se le subiera el corazón a la boca, que una fina película de sudor cubriera su piel. Si los atacaban, no podría huir. Si los rodeaban, no podría luchar. Se agarró a la melena de su caballo con todos sus instintos en alerta. La marisma se extendía como un paisaje extraño y sombrío en cuya oscuridad las parejas de Siervos eran destellos.

La capitana cabalgaba a la delantera con expresión intimidante. *Leda*, la habían llamado los otros. La disciplina de su porte le recordaba a Justice y era imitada por los demás miembros de la procesión. Pero su mirada, implacable y fija en el humedal, carecía de la calidez de la de Justice.

Cyprian era demasiado perfecto: cabalgaba con la espalda recta en un atuendo que parecía repeler el barro de las ciénagas. Era uno de los dos Siervos más jóvenes, de la edad de Will, y él y la chica vestían de modo distinto. Sus sobrevestes eran de un gris plateado en lugar de blancas, y sus armaduras eran más sencillas, como si fueran Siervos en formación. *Novicio*, lo había llamado la capitana.

Cuanto más cabalgaban a través de la noche, más tenso se sentía Will. El antiguo criado de su madre, Matthew, le había dicho que acudiera allí, pero ¿y si Matthew se había equivocado? ¿Qué sabía en realidad sobre aquellos caballeros que montaban caballos blancos y se llamaban a sí mismos «Siervos»? Will quería creer que estaba cabalgando hacia la respuesta, pero tenía la sensación de que estaban viajando hasta un extraño y desconocido país, dejando atrás todo lo que conocía.

Mientras avanzaban en una larga columna, Will podía oír los sonidos nocturnos de la marisma, el rítmico croar de las ranas, los suaves y lejanos chapoteos de las criaturas pequeñas y el viento sobre la hierba que crecía en el agua, un sonido racheado parecido al de las olas del océano. La capitana de los Siervos gritaba ocasionalmente «¡Despejado!» y «¡Avanzad!» desde la cabecera de la columna.

Y entonces lo vio, con asombro, elevándose en la oscuridad bajo la tenue luz de la luna.

—Mantened la formación y permaneced cerca —dijo la capitana, deteniéndose un instante mientras coronaban una pendiente cubierta de hierba—. Vamos a hacerlo cruzar.

Apresuró a su caballo hacia delante.

«El arco», le había dicho Justice.

Un arco roto se elevaba, solo, en el ruinoso páramo… Era una puerta a la nada, iluminada por la luna. Destacaba con crudeza contra el cielo. Un par de piedras desperdigadas podrían haber formado parte de un antiguo muro, pero este había desaparecido bajo las aguas hacía mucho.

Will sintió un hormigueo, un extraño reconocimiento mientras la fila de Siervos vestidos de blanco cabalgaba hacia el arco en la oscuridad. Era como si lo conociera, como si hubiera estado allí antes, pero ¿cómo podía ser?

—¿Qué sitio es este? —preguntó.

—Es el Alcázar de los Siervos —le contestó la capitana, pero no había ningún alcázar, solo un arco solitario en la amplia y desierta ciénaga. Se estremeció al saber que estaban cabalgando hacia un alcázar que no existía, o que se había convertido en ruinas hacía mucho y del que solo quedaba una única arcada.

Algo había estado allí, hacía mucho...

Antes de que pudiera prepararse, la capitana dirigió a su caballo hacia delante. A la cabeza, ella fue la primera en atravesar el arco y, para consternación de Will, no emergió al otro lado. En lugar de eso, desapareció.

—¿Qué está pasando?

La imposibilidad de lo que acababa de ver le aceleró el corazón. Una pareja de Siervos desapareció a través del arco y la columna continuó avanzando. Will se sintió abrumado por la vertiginosa sensación de que había algo importante al otro lado de aquel arco que estaba fuera de su alcance. Otra pareja de Siervos desapareció, pero estaba seguro de que podía oír los cascos de los caballos golpeando la piedra, resonando como si estuvieran en un túnel o en una cámara. Pero ¿cómo sería posible, si allí no había ninguna cámara, solo la hierba y el barro y el cielo abierto?

Esperad, deseó decir, pero un segundo después él mismo cabalgó bajo el arco.

Sintió una sacudida y una fugaz punzada de pánico cuando al otro lado no encontró el lodazal: en lugar de eso, cabalgaba bajo fragmentos de piedra antigua y piezas enormes de mampostería. Incorpóreos, salpicaban la tierra y lo llenaron de asombro.

Y entonces levantó la mirada y lo que vio hizo que contuviera el aliento.

Una antigua ciudadela, iluminada por un millar de luces. Era monumental y muy vetusta, como las colosales piedras que la rodeaban. Arcaicas almenas se alzaban sobre su cabeza, un segundo arco sobre una inmensa puerta, y tras ella unas torres elevadas. Parte de ello estaba en ruinas, pero eso solo acrecentaba su extraña y dolorosa belleza. Era como atisbar un milagro que había abandonado el mundo y que, cuando aquella ciudadela desapareciera, se habría perdido para siempre.

La sensación de que conocía aquel lugar lo abrumó de nuevo, aunque nunca antes lo había visto. *El Alcázar de los Siervos...* Las palabras resonaron en él como una campana, estremeciéndolo.

—Ningún forastero ha atravesado nunca nuestras puertas —dijo un Siervo a su espalda, sacándolo de su ensoñación—. Espero que la capitana sepa qué está haciendo al traerte aquí.

Will miró atrás y vio a los demás cabalgando en una única fila. Tras ellos todavía podía divisar la marisma al otro lado del arco, cubierta de hierbas. Parpadeó; aquel ordinario pantano no encajaba con la visión extraordinaria que tenía delante.

«¿Era a esto a lo que se refería Justice? Un mundo antiguo que fue destruido y del que solo quedan retazos...».

Alta, sobre la ciudadela, una llama enorme ardía como un brillante faro desafiando a la noche. Estaba colocada sobre las murallas, iluminando las puertas y mostrando el esplendor de la ciudadela. Y, aunque la muralla era antigua, la llama era nueva y brincaba como oro joven. «La estrella brillante persiste», pensó Will, y su temblor se intensificó.

—¡Abrid las puertas! —se escuchó, y sobre las murallas, dos Siervos a cada lado comenzaron a tirar de la cadena, no con una grúa o una palanca sino con su propia y sobrenatural fuerza, y el titánico rastrillo empezó a elevarse.

Tras atravesar las puertas, Will se sintió empequeñecido por el tamaño y la majestuosidad del lugar. Vio un amplio patio de antigua cantería, cuatro enormes columnas rotas elevándose hacia el cielo despejado. La gran escalera que conducía al primer edificio estaba intacta y sus peldaños de piedra subían desde el patio hasta un par de puertas inmensas. En su mejor momento debió ser un lugar espléndido, e incluso entonces seguía siendo hermoso, como lo son los huesos de una catedral en ruinas, conjurando su pasado con sus elegantes reliquias de piedra.

Y entonces fue consciente de las miradas, de las reacciones de asombro en los Siervos que lo veían desde las murallas. Grupos enteros se detuvieron en el patio para mirarlo. Con sus anticuados uniformes blancos, encajaban en aquel edificio milenario como monjes en un monasterio. Will se sentía un intruso, un muchacho ordinario y cubierto de barro sobre un caballo negro. Todos los ojos estaban puestos en él.

La capitana los ignoró y desmontó con un movimiento fluido.

—Bajadlo —ordenó, y Cyprian sacó una daga del cinturón y cortó la cuerda que le rodeaba los tobillos para bajarlo de su caballo. Esta vez, cuando Will golpeó el suelo, se mantuvo en pie, aunque con las manos atadas le costaba mantener el equilibrio, por lo que se tambaleó un poco.

—Llevaos los caballos —ordenó la capitana a los demás, que desmontaron y tomaron las riendas de sus corceles con la deferencia de escuderos.

El caballo de Will relinchó, puso los ojos en blanco y se levantó sobre las patas traseras, alejándose de la Sierva que intentaba agarrar su brida. Se negaba a separarse de Will.

—Tranquilo. Tranquilo, chico —dijo Will, con un peso en el corazón porque el caballo que lo había llevado valientemente hasta allí luchaba ahora por mantenerse a su lado—. Tienes que irte con ella. —Notó el aliento cálido de su caballo y el aterciopelado roce de su hocico mientras vacilaba, inseguro. Deseó rodearle el cuello con los brazos, pero con las muñecas atadas no podía hacerlo—. Vete —dijo con una punzada de pérdida. Observó a la Sierva mientras se alejaba con su caballo por fin, y se sintió totalmente solo.

Pálida bajo la luz de la luna, la ciudadela se alzaba ante él en gigantescos arcos e inmensa piedra blanca. Al mirarla, Will se sintió como si todos los edificios humanos de importancia no fueran más que un eco de aquella espléndida silueta, un intento de recrear algo apenas recordado, con herramientas y métodos demasiado toscos para capturar su belleza. «En el pasado, estos muros estuvieron totalmente guarnecidos —pensó—. Y en la ciudadela llameaba la luz». Y entonces se estremeció, sin saber de dónde había salido aquel pensamiento.

Una pareja de Siervos se acercó a él; con sus túnicas blancas, parecían monjes con la intención de hablar con el abad, aunque la capitana Leda, con su armadura blanca, era más parecida a la antigua pintura de una guerrera celestial.

—Capitana, no se nos había informado que se había llamado a un nuevo Siervo... —El Siervo que habló era un hombre de quizá veinticinco años, con el cabello pelirrojo acicalado al estilo de la orden.

—El muchacho no es un nuevo Siervo. —La capitana habló con brusquedad—. No tiene la sangre. Lo encontramos en las ciénagas, perseguido por los hombres de Simon.

—¿Un forastero? —El Siervo pelirrojo palideció, conmocionado—. ¿Habéis traído a un forastero? Capitana...

—Convoca a todo el mundo en el gran salón —dijo la capitana, como si el otro no hubiera hablado—. Ahora, Brescia. No te demores.

Brescia, el Siervo pelirrojo, no tuvo más opción que obedecer. Pero Will podía ver el miedo y la incredulidad en sus ojos mientras la conmoción se extendía en oleadas a su alrededor.

—¿Un forastero? —oyó—. ¿Un intruso en el alcázar?

Esto le erizó la piel. Había querido respuestas, pero no había tenido ni idea de la enormidad de lo que iba a encontrar ni de lo radical que había sido Justice al enviarlo allí.

—Te llevarán ante la Sierva Mayor —le dijo la capitana—. Será ella quien decida tu destino. Yo iré ahora a allanarte el camino. Cyprian, lleva a nuestro prisionero a la antesala norte hasta que te indique que lo conduzcas al gran salón.

La expresión de Cyprian estaba cargada de desafío.

—A mi padre no le gustará esto. Tú conoces nuestras reglas. Solo los que poseen sangre de Siervo tienen permitida la entrada al interior de estas murallas.

—Yo me ocuparé del Gran Jenízaro —dijo la capitana.

Cyprian no parecía satisfecho, pero obedeció de inmediato.

—Sí, capitana.

Una mano se cerró sobre el brazo de Will, fuerte como un torniquete. Cyprian lo empujó hacia delante, hacia los amplios peldaños de la entrada principal.

Para su sorpresa, él no parecía poseer la fuerza sobrenatural del resto de los Siervos. Era fuerte, pero se trataba de la fuerza normal de un muchacho joven. Will recordó que la capitana lo había llamado *novicio*. ¿Significaba eso que los Siervos no nacían con su fortaleza sino que la adquirían más tarde?

Tres parejas de Siervos los acompañaron al interior. Caminaban al unísono, con pasos precisos y elegantes. Entre ellos, Will se sentía como un sucio animal de la calle flanqueado por parejas de cisnes blancos. Con las manos atadas a la espalda y todavía débil tras los dos días que había pasado sin comer en el barco, no era una amenaza, pero los Siervos blandían sus lanzas como si fuera peligroso. De repente se sentía como si se hubiera adentrado en un mundo que era mucho más importante que él, lleno de prácticas que no comprendía.

Lo llevaron a una antesala con los techos altos y abovedados. Los Siervos ocuparon sus posiciones, dos ante las puertas de la estancia mientras los otros dos se mantenían cerca.

—El gran salón está al otro lado de esas puertas —le informó Cyprian—. Esperaremos aquí hasta que Leda nos dé la señal.

Pero a medida que el tiempo pasaba, el tenso nudo de preocupación que Will sentía no era solo por lo que tenía por delante; era por Justice y por Violet, que seguían en algún sitio allí afuera, con aquellos hombres de extrañas armaduras y sus docenas de perros oscuros. En aquel momento, los Vestigios ya habrían regresado a Londres, y Justice y Violet podrían estar en cualquier parte.

—¿Y mis amigos?

No debió preguntarlo. Cyprian lo miró con la arrogancia de un joven caballero. Su piel oliva y su cabello oscuro estaban acompañados por unos pómulos altos y unos ojos verdes. Tenía el aspecto mediterráneo de alguien que hubiera nacido entre Egipto y Sicilia, la nobleza de un Siervo combinada con su uniforme y una postura casi demasiado perfecta.

Pero sus ojos verdes se habían congelado por completo.

—Tu *amigo* Justice es la razón por la que mi hermano ha desaparecido.

—¿Tu hermano? —le preguntó Will.

—Marcus —replicó Cyprian.

¿Marcus? Los ojos de Will se llenaron de sorpresa al reconocer el nombre, pero antes de que pudiera preguntar al respecto, llamaron desde el extremo opuesto de la antesala para hacerlo pasar por fin al gran salón.

Las enormes puertas dobles se abrieron a un salón acolumnado que parecía extenderse hasta el infinito. Varias parejas de Siervos protegían las puertas, vestidos de blanco y plata y con armaduras ceremoniales pulidas hasta resplandecer. Tras entrar a punta de lanza, Will levantó la mirada y contuvo la respiración ante aquella estructura a la que había visto solo en pinturas o en los grabados de los libros. Como la Gran Pirámide de Giza, era un lugar antiguo tan monumental que había sobrevivido a la civilización que lo construyó.

Se sintió muy pequeño mientras avanzaba con paso resonante, abrumado por la magnitud del salón. Los Siervos, con sus armaduras ceremoniales, parecían muy pocos y apenas ocupaban una porción diminuta del espacio. El sobrecogimiento ralentizó su paso mientras se acercaba al centro.

Sobre el estrado al fondo del salón había cuatro altos tronos de puro mármol blanco. Hermosos y antiguos, parecían brillar con la luz que reflejaban. Habían sido diseñados para representantes más importantes que cualquier rey o reina humana, al mando de los ejércitos de antaño y de las ampulosas cortes olvidadas. Will casi podía ver sus majestuosas siluetas moviéndose de un lado a otro, discutiendo sus asuntos ante los gobernantes de aquel salón.

Pero los tronos estaban vacíos.

Delante de ellos, sentada en un pequeño taburete de madera, había una anciana de largos cabellos blancos. Era la persona de mayor edad del gran salón, con la piel oliva tan arrugada como el hueso de una nectarina y los ojos velados por el tiempo. Solo llevaba una sencilla túnica blanca y se había recogido el cabello blanco al estilo de los Siervos. Un hombre a quien la capitana Leda se dirigió como el Gran Jenízaro estaba a su lado, vestido de azul en lugar de blanco, y con un pesado sello plateado visible alrededor del cuello. Estaba flanqueado por dos docenas de Siervos con armaduras plateadas grabadas con estrellas y capas cortas sobre sus sobrevestes blancos.

Y un individuo cubierto de barro estaba arrodillado ante ellos.

El corazón de Will se saltó un latido. Era Justice, con el uniforme manchado, el antebrazo apoyado en su rodilla doblada y la cabeza baja. Y Violet... Violet estaba con él, apresada por dos Siervos, con las manos atadas delante. Estaba cubierta de barro hasta la cintura; su trayecto a través de la ciénaga había sido, seguramente, a pie.

Se sintió tan aliviado al verla, al verlos a ambos, que casi olvidó lo que estaba ocurriendo a su alrededor, pero la punta de una lanza lo instó a avanzar y a prestar atención de nuevo.

—Este es el muchacho que tú nos enviaste egoístamente —dijo el Gran Jenízaro a Justice—, transgrediendo todas nuestras reglas y poniendo en peligro nuestro alcázar.

—No es solo un muchacho —contestó Justice—. Hay una razón por la que Simon lo quiere.

—Eso afirmas tú —replicó el Gran Jenízaro.

A Will se le revolvió el estómago. Se sentía como si estuviera en un juicio, pero no sabía por qué ni para qué. Sentía la atención de todos los Siervos sobre él mientras los cuatro tronos vacíos lo miraban como cuencas desprovistas de ojos.

—Eso fue lo que vi —dijo Justice—. Envainó la Espada Corrupta. Hizo que acudiera a su mano y extinguió la llama negra.

—Eso no es posible —apuntó el Gran Jenízaro mientras una oleada de comentarios estallaba entre los Siervos—. Nada sobrevive cuando se desenvaina la espada.

Will se estremeció, porque aquellas palabras parecían ciertas. Apenas unos centímetros de hoja fuera de su funda habían sido suficientes para destruir el barco de Simon. Recordó que el instinto le había dicho que tenía que volver a guardarla, sabiendo que, si se liberaba, mataría a todo el mundo.

—Simon tenía al muchacho encadenado y bajo una fuerte vigilancia —dijo Justice—. Cuando lo vi tomar la espada, supe por qué. Pero no estuve seguro hasta que vi lo que lleva alrededor del cuello.

—¿Alrededor del cuello? —preguntó el Gran Jenízaro.

Justice alzó la mirada.

—Will. Muéstraselo.

Con lentitud, Will se abrió la camisa rasgada y sacó el medallón.

No comprendía su importancia; solo sabía que entregárselo fue lo último que hizo el antiguo criado de su madre, Matthew. Will lo mostró, solo un trozo mate y deformado de metal que en el pasado había tenido forma de flor de cinco pétalos.

En el salón no todos parecían reconocerlo, pero el Gran Jenízaro palideció.

—La flor del espino —exhaló—. El medallón de la Dama.

Al oírlo, algunos Siervos exclamaron con asombro.

—Marcus siempre creyó que el muchacho había sobrevivido —dijo Justice.

—Cualquiera puede ponerse un colgante —replicó el Gran Jenízaro.

Antes de que alguien más pudiera hablar, Leda se arrodilló rápidamente ante el estrado, con la cabeza inclinada y la mano derecha cerrada en un puño sobre su corazón. Era la misma postura de Justice, y parecía estar añadiendo su voz a la del Siervo.

—Gran Jenízaro, los Vestigios de Simon cabalgaron por las ciénagas con dos docenas de perros persiguiendo al muchacho hasta nuestro territorio. Simon lo desea tanto como para arriesgarse a enviar a los Vestigios a las tierras de los Siervos. —Inhaló—. Este debe ser el joven que hemos estado esperando.

Tras aquello, algunos contuvieron un gemido.

—No hay nada que Simon desee más que infiltrarse en nuestro alcázar —dijo el Gran Jenízaro, apretando los labios—. Así se comporta la Oscuridad, ¿no? Se abre camino como un gusano, disfrazándose de amigo. Seguramente fue Simon quien le entregó el medallón y le ordenó que nos lo mostrara.

Justice negó con la cabeza.

—Había rumores de que Simon había reanudado la búsqueda, creyendo que estaba vivo...

—Rumores creados por el propio Simon. Este muchacho al que has sacado del muelle es un espía, o algo peor. Y lo has dejado entrar en nuestra alcazaba...

—Ven aquí, niño.

La anciana del taburete habló con voz amable y relajada. Estaba mirándolo, con el rostro enmarcado por su largo cabello blanco. Will se acercó con vacilación, consciente del silencio de los demás mientras ella le indicaba que tomara asiento en un pequeño taburete de tres patas a su lado.

Tan cerca, podía sentir su presencia, que era cálida, inalterable y sabia. Habló como si el salón hubiera desaparecido y estuvieran cómodamente sentados delante de una pequeña chimenea.

—¿Cuál es tu nombre?

—Will —contestó—. Will Kempen.

Los Siervos reaccionaron a su espalda, pero lo único que parecía importar era lo que hiciera la anciana.

—El hijo de Eleanor Kempen —dijo ella.

A Will se le erizó todo el vello del cuerpo.

—¿Conocías a mi madre?

Y de repente recordó que, mientras estaba en el Ciervo Blanco con Justice y Violet se había sentido *observado*. El corazón le latía con rapidez.

—La conocía. Era valiente. Creo que habría luchado hasta el final.

Y Will, que había estado allí al final, notó que comenzaba a temblar tanto que tuvo que hacer un esfuerzo para detenerse.

—Tienes un poderoso defensor en Justice —le dijo la anciana—. Es el más fuerte de los Siervos, y no suele hacer peticiones.

La anciana estaba mirando a Will como si viera algo más que su rostro, y el joven recordó que Justice le había hablado de una Sierva que los ayudaría, de una Sierva que poseía una sabiduría antigua, y se dio cuenta...

—Tú eres la Sierva Mayor —le dijo.

—Aquí estás a salvo, Will. Somos Siervos. Nuestro deber sagrado es oponernos a la Oscuridad.

—A salvo —dijo Will. *Ninguno de nosotros está a salvo*. Recordó a Justice pronunciando esas palabras.

El cabello blanco como la nieve de la Sierva Mayor combinaba con su atuendo blanco y las hercúleas columnas de níveo mármol que se alzaban hasta el techo abovedado. Cuando señaló el gran salón en el que estaban, fue como si formara parte de él.

—Este es el Alcázar de los Siervos. En el pasado fue el Alcázar de los Reyes. Esta ciudadela ha tenido también otros nombres. La Estrella Inmortal, se llamó una vez, y su faro recibía el nombre de Última Llama. Hace mucho tiempo fue el último bastión en la batalla contra el Rey Oscuro. —Su voz conjuró antiguas imágenes mientras hablaba—. Ahora, su esplendor se ha desvanecido y su sol casi se ha ocultado. Pero persiste, mientras aguardamos el largo crepúsculo antes de la oscuridad que se aproxima. Es posible que la fuerza de Simon sea mayor fuera, pero nadie puede desafiarnos en el interior de estos muros.

Will recordó a los Siervos, haciendo retroceder a la oscuridad mientras galopaban en una hilera blanca sobre la ciénaga. Habían estado seguros de su poder en sus tierras, y los Vestigios se acobardaron ante ellos.

Justice le había hablado de aquel lugar. *Las luces del mundo se apagaron una a una, hasta que solo quedó una luz, la Última Llama. Allí, los que estaban del lado de la Luz defendieron su posición.* Una luz que se enfrentó a la oscuridad, en el mismo fin del mundo.

Era aquello. Will se dio cuenta de ello con un escalofrío sobrecogido, mientras miraba las enormes y antiguas columnas y los cuatro tronos vacíos. Todavía en pie, siglos después, a pesar de que su gente no era ya más que polvo y silencio y de que sus historias habían sido olvidadas.

Pero, si aquel era el último bastión, eso significaba que todo lo que Justice había dicho era cierto, y que estaba en la fortaleza donde se había producido la batalla final. *El único lugar que el Rey Oscuro no pudo conquistar.* Esa idea titiló en su interior.

—Te resulta familiar, ¿no es cierto? —le preguntó la Sierva Mayor—. Como si hubieras estado aquí antes.

—¿Cómo lo has sabido?

—A veces, los nuevos Siervos también lo sienten —le contó—. Pero los Siervos no fueron los únicos que caminaron entre estas paredes.

Will se sintió abrumado de nuevo por la sensación de que estaba rodeado por el fantasma de un lugar que sabía que ya no existía, como si miraba los huesos de una gloriosa y vieja bestia que jamás volvería a merodear por aquel mundo.

—¿Por qué lo reconozco? —le preguntó. La aglomeración de recuerdos olvidados fue casi dolorosa—. La Dama del medallón... ¿quién es? Tiene algo que ver con mi madre, ¿verdad? ¿Por qué nos perseguía Simon? ¿Por qué me persigue a mí?

La Sierva Mayor clavó la mirada en él.

—¿Tu madre no te lo contó?

El corazón le latía con fuerza, como si estuviera de nuevo en Bowhill y fueran los ojos de su madre los que estuvieran mirándolo. *Will, prométemelo.*

—Me dijo que nos marchamos de Londres porque se había cansado de la ciudad. Cada vez que abandonábamos un sitio, decía que había llegado la hora de seguir adelante. Nunca me habló de magia ni de una Dama.

—Entonces no sabes qué eres.

La Sierva Mayor estaba mirándolo con tal escrutinio que se sentía como si pudiera ver en su interior. Como si pudiera verlo todo. Como si pudiera ver Bowhill, su trastabillante huida a través del barro, el accidente en los muelles de Londres, Matthew dándole el medallón y el momento en el barco, cuando extendió la mano hacia la Espada Corrupta.

Al entrar en el gran salón, Will se había sentido como si estuviera en un juicio. Ahora era como si la Sierva Mayor estuviera sopesando su propio ser, y de repente deseó con desespero que no se diera cuenta de su anhelo.

«Por favor», pensó, aunque ni siquiera estaba seguro de qué estaba pidiendo. Solo sabía que su aprobación era importante para él.

Al final, la Sierva Mayor se echó hacia atrás en su taburete.

—No hemos aceptado a un forastero desde que la magia protege el alcázar —dijo la anciana, que al parecer había tomado una decisión—. Pero te ofrezco refugio aquí, si lo deseas. Si te quedas con nosotros, encontrarás las respuestas que buscas... Aunque hay mucho que aprender, y podrías terminar deseando no haber buscado nunca la verdad. Se avecinan tiempos oscuros. —Y entonces, tras otra larga mirada, sus ojos se templaron—. Pero incluso en la noche más oscura hay una estrella.

Will miró la grandeza del alcázar, con su guardia de honor de níveos Siervos. Fuera lo esperaba Simón, la implacable persecución, la aullante oscuridad, nadie en quien confiar, ningún escondite seguro. Miró a Violet, que parecía tensa y nerviosa, con las manos todavía atadas. E inhaló.

—¿A mi amiga también? —preguntó.

—A tu amiga también —dijo la Sierva Mayor con media sonrisa.

—Sierva Mayor, no es posible que creas que este muchacho puede ser... que es... —El Gran Jenízaro dio un paso adelante para protestar, pero la anciana elevó una mano y lo detuvo.

—Sea lo que fuere, no es más que un muchacho. El resto puede esperar hasta que haya descansado.

—Esto es un error —insistió el Gran Jenízaro.

—La amabilidad nunca es un error —replicó la Sierva Mayor—. Su recuerdo perdura siempre en algún lugar del corazón.

Violet se puso en pie cuando Will se acercó a Justice y a ella. Miró sus rostros conocidos en aquel lugar desconocido.

—Me alegro de que consiguieras escapar —dijo Violet.

—Igualmente —contestó Will.

—Justice casi se hizo un esguince intentando llegar al alcázar detrás de ti.

Todo el tiempo que Will había pasado huyendo, no hubo nadie a quien le preocupara si lo conseguía. Miró el rostro andrógino de Violet, su ropa de jovencito y la nueva tensión de su cuerpo.

Había muchas cosas que quería preguntarle, sobre su huida con Justice y cómo se sentía allí, tan lejos de su familia. Pero no podía hacerlo con Justice a su lado. Ella pareció comprenderlo y miró al Siervo un instante antes de volver a concentrarse en Will y asentir levemente. Will también miró a Justice, a quien debía tanto.

—Gracias —le dijo—, por defenderme.

—Te dije que aquí encontrarías ayuda —dijo Justice con una ligera sonrisa—. La Sierva Mayor ha pedido a los jenízaros que te acompañen a tus aposentos.

—¿Aposentos?

—Supongo que estarás cansado —dijo Justice—, y aún dolorido tras tu cautiverio. Llevas mucho tiempo sin descansar. Deja que te ofrezcamos la protección del alcázar. —Señaló.

Dos chicas con atuendos del mismo azul que el Gran Jenízaro estaban esperándolo. Como los Siervos, tenían un aspecto noble y sobrenatural. Una era pálida y pecosa, con el cabello del color de la cascarilla seca del trigo. Su nombre era Sarah. La otra muchacha era más alta y su piel era de un marrón más oscuro que la de Leda. Tenía el tipo de perfil que parecía esculpido y llevaba un colgante azul alrededor del cuello. Fue ella quien habló:

—Soy Grace —se presentó—, jenízara de la Sierva Mayor. Ha ordenado que preparáramos habitaciones para ambos.

Will miró de nuevo a Violet. Los dos estaban cubiertos de barro y se dio cuenta de que Justice tenía razón: estaban agotados. Cuando Violet asintió, él también aceptó.

Grace los llevó por unos peldaños desgastados tras siglos de pisadas, una lenta subida en espiral a través de una sección que parecía extrañamente abandonada. Solo vio atisbos de inusuales patios, pasillos y cámaras, muchos de ellos en ruinas. A su alrededor, la belleza descolorida del alcázar era como la extensa franja roja del atardecer antes de que la última luz abandonara el mundo.

Grace los escoltó con el porte seguro de alguien que sabía que pertenecía allí. Al darse cuenta de que la pared estaba curvada, Will se preguntó si estaría en el interior de una de las torres que había visto cuando atravesó la puerta a caballo. Volvió a tener la sensación de estar entrando en un mundo que era más importante de lo que había imaginado. Grace se detuvo en un descansillo, delante de una puerta.

—Dicen que, en la antigüedad, los invitados solían alojarse en esta parte del alcázar —les dijo Grace—. Pero los Siervos no aceptan forasteros, y esta ala ha quedado vacía. La Sierva Mayor ha pedido que se abriera de nuevo. Esta será tu habitación. —Asintió a Violet mientras su compañera daba un paso adelante con un manojo de llaves de hierro en una cadena, del que eligió una para introducirla en la cerradura.

Violet dudó en el umbral y se giró para mirar a Will. Él habría esperado que estuviera deseando limpiarse el barro después de su caminata por las ciénagas, aunque la perspectiva de pasar la noche con los Siervos pareciera crucial. En lugar de eso, estaba postergándolo.

—¿La habitación de Will está cerca?

—Junto a la tuya —le contestó Grace.

—De acuerdo, entonces —dijo Violet, inhalando y asintiendo con agradecimiento.

—Hasta mañana —se despidió Will. Y, tras echarle una última mirada, la muchacha desapareció en su dormitorio.

Will se giró para mirar a Grace, que indicó a la otra jenízara que siguiera subiendo las escaleras. Los tres avanzaron, rodeando la pared curva.

—Y este es tu dormitorio —dijo Grace.

Se habían detenido ante una puerta de roble plateada por el tiempo, que la chica abrió con la llave.

—La Sierva Mayor desea que descanses y te recuperes —dijo Grace, y las dos jenízaras lo dejaron entrar solo en su nueva habitación.

No podría haber sido más diferente de su abarrotado alojamiento en Londres, donde los chavales dormían en el suelo con apenas espacio suficiente para estirar las piernas. A pesar de las palabras amables de la Sierva Mayor, Will casi había esperado una celda, o una fría y abandonada ruina. Entró, incrédulo, mientras la puerta se cerraba a su espalda.

El techo se arqueaba sobre su cabeza en una bóveda de crucería cuyos paneles tenían descoloridos tonos azules y plateados, como si en el pasado hubiera estado pintada. Los arcos se reunían en una estrella tallada en la piedra. Había grandes ventanas con vistas a las murallas, y una enorme chimenea con una repisa alta.

Alguien había encendido el fuego y dejado una lámpara prendida sobre la pequeña mesa junto a una cama anticuada. La cama parecía suave y cálida, y había un camisón para cambiarse. Junto al fuego habían acomodado una toalla, una palangana y un aguamanil de plata con agua caliente para que se aseara si quería, y cuando se acercó a la lámpara, vio que sobre un pequeño taburete había también una bandeja con comida: pan integral tierno, queso fresco y un racimo de uvas maduras.

A su madre le habría encantado un lugar así, donde estar a salvo de los hombres que la perseguían, donde los Siervos mantendrían alejada a la oscuridad. «Es ella quien debería estar aquí». Pero no consiguió llegar al interior de aquellas murallas. En lugar de eso, decidió huir hasta que ya no pudo seguir haciéndolo. Will pasó la mano por el medallón que llevaba alrededor del cuello.

Un destello en la ventana captó su atención.

Se acercó a ella y vio de nuevo el resplandor de la enorme llama sobre las lejanas murallas, brillando como una luz más allá de la ventana, prometiendo un hogar. Era el faro, atendido por los Siervos incluso durante la noche. *La Última Llama*, la había llamado la Sierva Mayor. Llevaba siglos encendida y ardió hasta el final, cuando fue la única luz que había quedado.

Por un instante casi pudo verlos, los ejércitos de la Oscuridad rodeando el alcázar mientras aquella única luz ardía sobre sus murallas, desafiante.

Will la miró durante mucho tiempo.

Más tarde, cuando se hubo aseado, puesto el camisón y comido el pequeño refrigerio sin dejar ni siquiera las migas, se tumbó en la cama con el medallón de la Dama caliente contra su pecho. Después de un rato, sus pensamientos se transformaron en un sueño del pasado en el que caminaba entre aquellos muros, con la Dama a su lado. La mujer se giró para mirarlo con los ojos de su madre, pero su rostro se deformó y cambió.

Y allí donde había estado el alcázar, no vio más que una enorme oscuridad, y sobre ella se elevó una corona deslustrada y los ojos abrasadores de la llama negra. Se acercaban, cada vez más, y él no podía huir. Nadie podía huir. La llama negra se alzó para devorarlo, para devorar después todo lo demás.

Will despertó, jadeando, y se quedó mirando la estrella tallada en la piedra. Pasó mucho tiempo antes de que consiguiera dormirse de nuevo.

CAPÍTULO DIEZ

El sonido de las campanas y de un cántico matinal a la deriva despertó a Violet. El canto era melodioso, un coro monástico que se adentraba y escapaba de su sueño. Pero había algo en él que no tenía sentido. Las palabras le resultaban desconocidas. No era latín. Sonaba más antiguo. ¿Y por qué oía monjes, en lugar de los gritos y llamadas del tráfico de Londres? Entonces, todo volvió a ella de golpe.

Tom no alcanzará su verdadero poder hasta que no mate a otro como él. La voz fría y prosaica de su padre, y su decisión de atravesar las ciénagas durante la noche con el Siervo llamado Justice, que odiaba a los Leones y había intentado matar a su hermano.

Estaba en el Alcázar de los Siervos.

Se incorporó en su cama y vio una estancia de piedra que no conocía, con el techo alto y equipada con una chimenea de repisa tallada y ventanas arqueadas que se adentraban en la piedra. Los gritos ocasionales que oía venían de fuera, de las murallas por las que patrullaban los Siervos. Los cánticos que entraban por las ventanas procedían de algún ritual matinal.

Estaba rodeada de Siervos, y todos y cada uno de ellos querían matarla.

En Londres, estarían preparando el desayuno en la cocina: gachas calientes, panceta, huevos o pescado con mantequilla. Su padre sería el primero en sentarse a la mesa. Y Tom…

¿Sabría Tom que había desaparecido? Y más aterrador: ¿lo sabía? ¿Sabía por qué la había llevado su padre a Inglaterra, qué planeaba que hiciera?

«No tengas miedo —le dijo Justice la noche anterior, malinterpretando su expresión mientras miraba, aturdida, las luces del alcázar—. Ninguna criatura de Simon ha puesto el pie en el interior de nuestras murallas». Instintivamente se llevó la mano a la muñeca, recordando su deseo, aquella misma mañana, de poseer la marca de Simon. *Ninguna criatura de Simon...*

Después de que la escoltaran al interior de aquellas murallas del pasado iluminadas por las llameantes antorchas, descubrió que el alcázar estaba ya alborotado por la llegada de un forastero: Will. Reaccionaron con la misma estupefacción ante Violet, la segunda intrusa. Abrumada, apenas había sido consciente de la pregunta de Jannick, el Gran Jenízaro:

—¿Y los demás?

Justice cayó sobre una rodilla, bajó la cabeza y se colocó el puño derecho sobre el corazón en una pose formal y anticuada.

—Había un León —le había contestado—. Los demás están muertos.

«Odian a los Leones». Vio la expresión de rencor que la palabra provocó en el Gran Jenízaro. Y la embargó una fría y paralizante idea, en aquel lugar desconocido: «¿Qué me harían si supieran que yo también lo soy?».

Se levantó de la cama. Su pequeño dormitorio no poseía el esplendor del gran salón, pero la extraña belleza deslucida del lugar era más visible entonces que la noche anterior: los restos de los frescos, las largas costillas del techo curvado, la arcada que conducía al balcón.

En el exterior se oían las llamadas rítmicas y las respuestas disciplinadas de un grupo grande realizando ejercicios militares al unísono.

Y entonces vio algo que la obligó a detenerse, que hizo que su corazón se acelerara.

Sobre el baúl a los pies de su cama había un uniforme de Siervo. No la sobreveste y la cota de malla que llevaba Justice, sino una túnica gris plata con un corte similar y la estrella en el pecho, unas calzas de lana y unas botas suaves: la ropa que llevaban los Siervos cuando no se preparaban para la batalla.

Lo habían dejado allí para ella, como el camisón que se había puesto la noche anterior. Miró su ropa, un montón húmedo de barro seco junto a la chimenea. No podía volver a ponérsela y no le apetecía especialmente, pero...

Tomó la túnica. Estaba limpia y su tacto era ligero, hecha de un tejido que nunca antes había visto, con el blasón de la estrella bordado. Las puntadas eran diminutas, exquisitas, y cuando se la pasó por la cabeza, descubrió que le quedaba a la perfección. Se ciñó el cinturón, se puso las calzas y las botas y fue consciente de la facilidad de movimiento que ni siquiera le ofrecían unos pantalones y una chaqueta. Era como ponerse ropa hecha a medida.

Al mirarse en el espejo de la pared, la asombró la transformación: la ropa le proporcionaba la misma apariencia andrógina de un caballero medieval que tenían los Siervos. De repente era una guerrera del mundo antiguo, orgullosa y poderosa. «Parezco uno de ellos». Casi podía oír el cuerno de batalla, sentir la espada en su mano.

Si su padre la viera con esa ropa... Si Tom la viera...

—Te queda bien —dijo una voz a su espalda, y se giró bruscamente para mirar.

Will habló mientras se balanceaba hasta su balcón y bajaba de la barandilla sin hacer ruido. Llevaba una copia idéntica del uniforme de los Siervos. La ropa le otorgaba el mismo aspecto andrógino, resaltando su asombrosa estructura ósea, aunque sus ojos oscuros eran demasiado penetrantes para que alguien pudiera considerarlo femenino.

—No suelo llevar falda —dijo Violet, dándole un tirón a la túnica, que caía bajo el cinturón hasta la mitad de su muslo.

—Yo tampoco —replicó Will, imitando su gesto. Con indecisión, se sonrieron. La túnica plateada también le quedaba bien, pensó Violet.

No se lo dijo. No le dijo cuánto se alegraba de verlo. Recordó que en el Ciervo Blanco había mentido por ella, que se había puesto de su lado aunque apenas la conocía.

—Gracias. Por haberle hecho creer a Justice que yo era... —Se sintió rara al decirlo—. Tu amiga. —Inhaló—. Si descubren que Tom es mi hermano, no sé qué harán.

Will estaba muy distinto, vestido con la ropa de los Siervos. Había dejado de ser el haragán amoratado y ensangrentado de la bodega de Simon para convertirse en un joven cuyo aspecto encajaba con aquel lugar extraño y antiguo. Eso la hizo recordar que seguía siendo un desconocido, alguien que había atraído una espada hasta su mano.

No lo conocía. Todavía sentía cierto recelo, pero no la había delatado ante los Siervos. Había mentido por ella, aunque no tenía que hacerlo.

—¿Tú de verdad eres... como Tom? —le preguntó Will en voz baja—. ¿Un León?

—No lo sé. Siempre he sido...

Fuerte.

De niños, Tom y ella lo habían hecho todo juntos. Incluso se ponía la ropa de chico que su hermano desechaba, una costumbre que la madre de Tom odiaba pero que su padre veía con buenos ojos.

O eso había creído.

Tom no alcanzará su verdadero poder hasta que no mate a otro como él.

—Hasta ayer, nunca había oído la palabra «León». Pero tú escuchaste a mi padre. Él cree que un León tiene que matar a otro. Por eso me...

«Por eso me trajo de la India. Por eso me ha criado. Por eso me tiene en su casa, aunque la madre de Tom me odia...».

Aquella verdad la golpeó, dificultándole la respiración. Su familia planeaba matarla, sacrificarla para que Tom obtuviera poder. No podía volver con ellos.

Recordó que su padre se había sentado junto a su cama durante cinco días y sus noches, mientras estuvo enferma, y que le dijo al médico:

«Cueste lo que costare. Necesito que se recupere». Pensó en todas las veces que la había defendido ante la madre de Tom, en todas las veces que la había consolado, que le había dicho que era especial...

La había llevado a su casa para matarla. La había mantenido allí para matarla. Sus cuidados, su preocupación... Nada de ello había sido real.

—Los Siervos no lo descubrirán —dijo Will—. Yo no se lo diré.

Lo miró, aturdida por aquellos pensamientos. Will lo dijo con la misma tranquila certeza que había mostrado en el muelle, como si siempre mantuviera sus promesas. Violet no lo conocía, pero los dos estaban solos en aquel lugar. Inhaló profundamente para relajarse.

—Tenías razón —le dijo—. Los Vestigios, esos tres hombres a caballo, pasaron de largo. Solo te querían a ti. Justice y yo esperamos hasta que se marcharon y después cruzamos el río a pie.

«Pisa donde yo pise», le había dicho Justice, trazando un cuidadoso camino por las ciénagas. Siempre que no seguía sus pasos con exactitud, terminaba con barro hasta la cintura y mirando con el ceño fruncido la mano extendida del Siervo, listo para levantarla de nuevo. Oyeron a lo lejos los aullidos espeluznantes de los sabuesos, y en una ocasión vieron a los Vestigios con su antigua armadura en el horizonte, galopando sobre el puente.

—Los vimos cabalgando hacia el oeste, de nuevo hacia Simon.

Atravesando la tierra con sus perros. Le había sorprendido la crudeza del alivio que sintió cuando descubrió que Will no estaba con ellos.

—Para decirle dónde estoy —dijo Will.

La idea era sombría e impactante. Violet se estremeció al pensar que Simon iba a concentrar sus esfuerzos en el alcázar. Tuvo una visión de aquellos perros negros pululando en torno al Lea, aullando mientras rodeaban el solitario arco roto del lodazal.

—¿Por qué te busca Simon?

Sus palabras se cernieron en el aire. Era algo que había querido saber desde que se topó con él en la bodega del *Sealgair*. ¿Por qué detendría Simon a un obrero de los muelles, por qué le daría una paliza y lo encadenaría? Will parecía distinto, ahora que se había aseado y despojado de sus harapientas ropas de Londres, pero seguía siendo solo un muchacho.

—No lo sé, pero ya oíste a la Sierva Mayor. Tiene algo que ver con mi madre.

Will se miró la palma de la mano derecha, cruzada por una larga cicatriz blanca. Pasó el pulgar sobre ella, sin darse cuenta.

No era solo su madre. Tenía algo que ver con él. Con lo que era. Los Siervos habían reaccionado al verlo con una mezcla de sobrecogimiento y temor. Justice había hecho lo mismo, y se arrodilló ante él en el preciso instante en el que vio el medallón. Distintas fuerzas convergían en él, y se cerraban sobre su ser como una tenaza.

Antes de que Violet siguiera haciéndole preguntas, Will se acercó a la ventana y le dijo:

—¿Te has dado cuenta? No se ve Londres desde aquí.

—¿A qué te refieres?

—No se ve Londres. Solo se ven las ciénagas, que desaparecen en una especie de niebla. Es como si este sitio estuviera oculto en el interior de una burbuja.

Eso no tenía sentido. Distraída, Violet se detuvo a su lado. Y las vistas le erizaron el vello de los brazos.

No había ni rastro de Londres, y la marisma púrpura se desvanecía y emborronaba en la distancia. Recordó la caminata por las ciénagas desiertas, el llamativo arco en ruinas recortado contra el cielo. El Alcázar de los Siervos no había aparecido hasta que atravesó el arco; antes de eso, había sido invisible. La incongruencia la golpeó de inmediato. No había pensado en qué aspecto tendría desde dentro. Y era cierto. Era como si estuvieran en una burbuja, en una bolsa, en un pliegue oculto del mundo.

—¿Significa eso que el arco es el único modo de entrar y salir? —preguntó Violet con voz tensa. Eso hacía que el arco solitario de las ciénagas resultara incluso más extraño. Y la hacía sentirse atrapada—. ¿Qué pasaría si intentaras salir por otro lado? ¿Si treparas la muralla y comenzaras a caminar?

—Tus pasos te llevarían de vuelta a la muralla —dijo Justice desde la entrada.

Violet se giró, sobresaltada. Se le aceleró el corazón ante la posibilidad de que la hubiera oído hablar. *Tom... Leones... Su familia...*

—Buenos días —añadió.

Era una silueta alta e imponente en la puerta. Llevaba la mitad del largo cabello negro apartado de la cara, recogido en un moño tenso, y la otra mitad cayendo por su espalda. Su sobreveste blanca resplandecía.

Verlo hizo que todos sus nervios se pusieran en alerta. Aunque su anticuado uniforme había sido incongruente en Londres, allí encajaba, formaba parte de la naturaleza etérea de aquel lugar. Pero seguía siendo una amenaza. Había atacado a su hermano; había atacado el barco de Simon. El corazón de Violet latía con fuerza.

«Me trajo aquí porque no sabe lo que soy. Si lo supiera...».

—¿Por qué hay solo un modo de salir y entrar? —le preguntó ella, con inquietud en la voz.

—El arco nos protege —contestó Justice—. Los antiguos guardianes ocultaron este lugar del mundo exterior, de modo que un desconocido podría caminar por la marisma e incluso atravesar el arco sin encontrar nunca el alcázar. Pero vosotros podéis ir y venir con libertad.

—Entonces... ¿Podemos marcharnos cuando queramos? —le preguntó Violet.

—Sois nuestros invitados —dijo Justice—. Podéis marcharos si lo deseáis, para regresar a Londres o simplemente para cabalgar el humedal. Pero, si volvéis, necesitaréis que un Siervo os escolte a través del arco, ya que este solo se abre ante aquellos que poseen nuestra sangre.

Regresar a Londres. Una punzada afilada, dolor y peligro. No podía volver con su familia, ni para visitarla, ni para siempre. Se obligó a mantener aquellas emociones alejadas de su rostro, pues Justice estaba ante ella, mirándola con sus cálidos ojos castaños.

Fue Will quien dio un paso adelante.

—Ninguno de nosotros tiene nada que hacer en Londres. —No miró a Violet, pero mantuvo la voz firme—. Por ahora, nos gustaría quedarnos.

Violet se sintió aliviada, incluso tensa por tener que mantener aquella mentira. Cuando Justice se giró de nuevo hacia la puerta, Will y ella se miraron un instante a los ojos y sintió el renovado consuelo de que estuviera a su lado.

—Vivimos con sencillez y orden, pero creo que la vida en el alcázar tiene algunos beneficios. —Justice les indicó que lo siguieran—. La Sierva Mayor desea ver a Will, pero no está preparada. Mientras esperáis, os enseñaré parte del alcázar. Venid.

Violet dudó. ¿Sería seguro? La sensación de estar en territorio enemigo era intensa, pero también tenía curiosidad. Siguió a Justice hasta el pasillo.

Se encontró con una fortaleza del tamaño de una antigua ciudad. Violet contuvo el aliento ante las dimensiones del lugar que se extendía a su alrededor; nunca había visto ni imaginado algo así. Enormes tallas de piedra los hicieron sentirse diminutos mientras descendían unas amplias escaleras con vistas a los patios interiores. Captó atisbos de abundantes jardines donde se amotinaban las flores, mientras que bayas, manzanas y melocotones maduraban todos juntos, fuera de su estación. Uno de los salones tenía el techo cubierto de escudos de armas entrelazados. Era hermoso, como el dosel de un bosque. Otro estaba coronado de estrellas talladas en la piedra, allí donde se encontraban los vértices de los arcos.

—Lo llamamos «alcázar», pero en realidad es casi una ciudad amurallada —dijo Justice—. Gran parte de los edificios está deteriorada. El ala oeste está vetada, y algunas partes de la zona norte están cerradas también. Hay habitaciones y secciones enteras por las que los Siervos llevan siglos sin caminar.

A lo lejos podía ver la alta muralla exterior, custodiada por parejas de Siervos vestidos de blanco. Tres jóvenes vestidos de azul pasaron a su lado. La sencillez y el orden del que Justice les había hablado estaba en todas partes a su alrededor. Todos tenían un propósito, y se movían entre la belleza y la tranquilidad del alcázar como si les perteneciera.

—Esta es el ala este del alcázar, donde vivimos y entrenamos. Los Siervos se levantan al alba y comen después del canto de la mañana. Os habéis perdido el desayuno, pero los jenízaros os han guardado comida.

Entraron en una habitación con una larga mesa de madera desde donde se veían lo que parecían las cocinas. Violet no había esperado desayunar, pero en cuanto vio las cestas y los platos cubiertos con servilletas sobre la mesa, se sintió hambrienta de repente.

—¿Jenízaros? —preguntó, sentándose delante de uno de los hatillos envueltos en servilletas y comenzando a abrirlo. Inhaló el aroma del pan recién horneado.

—La vida de los Siervos es estricta. Buscamos una disciplina perfecta, entrenamos constantemente y hacemos votos de sacrificio y celibato. —Justice se sentó frente a ella pero no comió; si lo que le había dicho era cierto, había desayunado hacía horas, al alba—. No todos los que portan la sangre desean convertirse en Siervos; no todos los que desean convertirse en Siervos consiguen hacerlo. Los que carecen del deseo o fallan la prueba, se convierten en honorables jenízaros. Van vestidos de azul, mientras que los Siervos usan el blanco.

—Como Grace, y los jóvenes a los que hemos visto... —dijo Violet.

Recordó a Grace, que la había acompañado a su dormitorio, y los tres individuos junto a los que acababan de pasar por los pasillos. El aspecto de los jenízaros era tan sobrenatural y etéreo como el de los Siervos, pero iban vestidos de azul, no de blanco, y no llevaban espada. La túnica de Violet era de un gris plateado, como la de los novicios. «Gris, azul y blanco —pensó—. Novicios, jenízaros y Siervos».

—¿Los jenízaros nos han preparado esto?

Justice asintió.

—Los jenízaros conservan los conocimientos del alcázar; son eruditos y artesanos. Se ocupan de las bibliotecas, de los artefactos, de los jardines... Son quienes forjan nuestras armas, escriben nuestras historias e incluso hilan nuestra ropa.

Violet miró la túnica que llevaba. La ligera tela gris parecía haber sido tejida con magia, en lugar de con manos humanas. La maestría de los jenízaros iba más allá de todo lo que ella había visto.

Y cuando dio el primer bocado a su desayuno, descubrió que tenía la misma calidad. Era sencillo, pero más saciante que ninguna otra comida que hubiera probado: pan recién horneado, envuelto en un paño de lino y todavía humeante, acompañado de mantequilla recién batida, de un amarillo brillante, y de la miel más dulce. También había seis manzanas rojas en un cuenco y, cuando probó una, le pareció más refrescante que el frío sabor del agua de un riachuelo del bosque en un día caluroso.

—Es como si siempre hubiera creído que la comida debía saber así, aunque nunca lo hizo —dijo Will.

—Parte de la magia del mundo antiguo todavía permanece aquí —les explicó Justice—. Podéis notarla en los alimentos que cosechamos, en el agua e incluso en el aire.

Era cierto. Violet se sintió renovada tras apenas unos bocados del pan caliente, y la miel se fundió sobre su lengua. ¿Era así como había sido el mundo antiguo? ¿Habían sido sus colores más brillantes, el aire más limpio y la comida más deliciosa?

Pensó de nuevo en su familia, que estaría desayunando en Londres. ¿Sabrían que aquel lugar existía? Sabían quiénes eran los Siervos. Tom los había reconocido en el barco. Y Simon... Simon conocía el alcázar. Sus Vestigios habían perseguido a Will hasta allí, hasta que los Siervos los ahuyentaron. Pero ¿conocerían su magia, su sabrosa comida, la calidad de su aire?

Sintió una punzada de anhelo, un deseo de compartir con Tom todo aquello pero sabiendo que no podía, y temiendo que él lo hubiera sabido siempre y se lo hubiera ocultado.

¿Qué más no le había contado? ¿Qué más desconocía ella? Mientras Justice los llevaba a una serie de jardines, Violet vio a los Siervos y a los jenízaros trabajando mano a mano, ocupándose de las plantas y de la tierra, compartiendo las tareas menores del alcázar. Se dio cuenta de que estaba viendo las tradiciones que habían conservado tal cual durante cientos de años. Un mundo entero escondido, que nadie del exterior podía ver.

Y menos un León.

Justice señaló la armería y después los establos, y le dijo a Will que más tarde podría visitar a su caballo. Pero Violet apenas lo oyó, abrumada por la idea de que Will y ella fueran los primeros en ser testigos de todo aquello, en respirar aquel aire, en saborear aquella comida... Los Siervos habían vivido y muerto allí durante siglos, siguiendo sus normas, manteniendo vivas las tradiciones, sin que nadie más supiera que estaban allí.

—¿Por qué hacéis todo esto? ¿Por qué no lleváis una vida normal, fuera de las murallas?

Justice sonrió; no fue una sonrisa antipática sino de agradecimiento, como si acabara de hacerle la pregunta más importante.

—Mira arriba —le dijo.

Sobre sus cabezas, en las almenas, ardía un brillante faro cuyas llamas se alzaban imposiblemente hacia el cielo. Había visto su resplandor la oscura noche anterior, cuando atravesó el arco con Justice.

La Última Llama.

—Se alimenta de magia —dijo Justice—. De una magia anterior a nuestra época. Desde lejos, parece una estrella brillante ardiendo en el cielo. Es el símbolo de los Siervos.

Al mirarla, Violet se imaginó que podía sentir el calor de su llama. Mientras lo hacía, Justice se detuvo a su lado.

—Ese fuego es el símbolo de nuestro propósito —continuó Justice—. Cuando el Rey Oscuro juró regresar, nosotros prometimos evitarlo, de modo que nuestra Orden tenía que estar siempre preparada. Hemos mantenido esa promesa durante siglos, conservando el conocimiento del mundo antiguo, eliminando sus objetos oscuros cuando los encontrábamos y alistándonos para el día en el que volviéramos a luchar. De ese modo, conservamos la Última Llama encendida.

Mientras miraba el fuego, Violet se imaginó a los Siervos del mundo antiguo haciendo aquel juramento. ¿Habrían sabido lo que eso significaría para sus descendientes? ¿Que vivirían separados del mundo durante siglos, esperando un día que quizá nunca llegaría? Generaciones de Siervos que se levantaban cada mañana para cumplir su misión, para mantener sus tradiciones, que vivían y morían mientras el Rey Oscuro guardaba silencio.

—Fuera, el mundo duerme como un inocente que no teme a la oscuridad —dijo Justice—. Pero aquí recordamos. Lo que surgió en el pasado surgirá de nuevo. Y, cuando lo haga, los Siervos estarán preparados.

Como una única llama encendida, habían portado la luz del conocimiento a través de los siglos. *La Estrella Inmortal*, la había llamado la Sierva Mayor. *La Última Llama*. Pero la chispa de luz que los Siervos habían atendido durante todos aquellos años era incluso más frágil de lo que había pensado.

Si los Siervos fallaban alguna vez, si se permitían desviarse de su misión, el pasado se desvanecería de la memoria y el Rey Oscuro regresaría a un mundo desprevenido.

Nadie lo vería venir. Nadie sabría cómo detenerlo.

El pasado se alzaría para oprimir al presente y todas las batallas libradas, todas las vidas entregadas para derrotar al Rey Oscuro, no habrían servido de nada. Se alzaría de nuevo y lo único que tenía que hacer era esperar hasta que el mundo lo olvidara.

Esa idea se quedó con ella.

—Ahora venid —les pidió Justice—. Os enseñaré el corazón del alcázar.

Entraron en el gran salón a través de sus puertas gigantes. Lo que la noche anterior había sido una amplia caverna iluminada por antorchas, de día se transformaba en una catedral de luz. El sol atravesaba las altas ventanas, filtrando enormes rayos de luz que se reflejaban en las muchas columnas blancas, como un resplandeciente bosque de árboles blancos, altos y brillantes.

Violet vio los cuatro tronos vacíos sobre el estrado. Ahora que conocía un poco la historia de aquel lugar, pensó por primera vez en los individuos que se habían sentado allí. *El Alcázar de los Reyes*, lo había llamado la Sierva Mayor.

—¿Qué ocurrió aquí? —preguntó Violet, mirando las magníficas estructuras de piedra—. ¿Cómo sobrevivió este lugar cuando todo lo demás se perdió?

Justice siguió su mirada hasta los tronos vacíos. Cada uno de ellos era distinto y tenía tallado un único símbolo: una torre, un sol descolorido, una serpiente alada y una flor que no había visto nunca.

—Hace mucho tiempo, en el mundo antiguo, hubo cuatro grandes reyes —les contó Justice—. El alcázar era su punto de encuentro, una especie de nexo. Pero cuando el Rey Oscuro se alzó, los cuatro reyes flaquearon. Tres de ellos hicieron un trato con el Rey Oscuro y se corrompieron, y el cuarto huyó y su estirpe se perdió en el tiempo. Fueron los Siervos de los cuatro reyes quienes se enfrentaron a la oscuridad en su lugar, quienes formaron parte de la gran alianza que se unió en la batalla final.

—Y el Alcázar de los Reyes se convirtió en el Alcázar de los Siervos —dijo Violet.

Justice asintió.

—Los Siervos juraron, cuando la batalla finalizó, que harían guardia para evitar el regreso del Rey Oscuro. Los humanos crecieron en número y las últimas criaturas mágicas del mundo utilizaron el poder que les quedaba para esconder el alcázar, envolviéndolo en protecciones y magia. Ahora, los Siervos trabajamos en secreto, y los que poseen la sangre de los Siervos son llamados a unirse a nuestra lucha desde todos los confines del planeta.

Eso explicaba por qué tantos Siervos parecían provenir de otros países, si habían arribado allí desde otros lugares del mundo como habían hecho sus reyes. Violet había oído distintas lenguas en el alcázar, sobre todo cuando los Siervos se reunieron en grupos para discutir su llegada con Justice. Recordó que también había oído distintos acentos, como el de la Sierva francesa en el barco.

—Se dice que, en nuestra hora más oscura, los Siervos invocarán a su rey, y que la estirpe de los reyes responderá a su llamada. —Justice sonrió, un poco pesaroso, como si incluso él creyera que aquello era solo una leyenda—. Pero, por ahora, perseveramos porque somos los únicos que quedamos. Y mantenemos nuestros votos, seguimos alzándonos ante la Oscuridad, buscando señales y retazos del pasado como los Siervos llevan siglos haciéndolo.

Violet no pudo evitar preguntarse qué habría sido de aquellos antiguos reyes. Habían abandonado la pelea, dejando solos a sus Siervos, que tomaron el testigo con lealtad y cumplieron con su deber mucho más de lo que cualquiera podría haber imaginado. ¿Qué hizo que los reyes abandonaran la batalla?

A su alrededor, el alcázar asumió una nueva importancia. Mientras caminaban a través de sus bosques de columnas de mármol, pensó en los reyes y en las reinas que habían vivido allí, en aquellos seres majestuosos y deslumbrantes cuyo poder y belleza superaba al de la humanidad.

Entonces se giró y vio una cara.

Flotaba en mitad del muro, y la miraba. Dejó escapar un gemido y retrocedió.

Un segundo después, se dio cuenta de que solo era un grabado. Deslustrado y descolorido, el rostro de un león la observaba con sus brillantes ojos castaños. Estaba grabado en un viejo escudo roto que colgaba de la pared como un trofeo.

—¿Qué es eso? —preguntó.

—El Escudo de Rassalon —le contestó Justice.

El Escudo de Rassalon. El nombre resonó en su interior, removiendo algo profundo. El león parecía mirarla a ella. Tocó la piedra debajo del escudo, donde había una extraña inscripción. El tiempo había erosionado las palabras.

Violet rozó las palabras con los dedos, trazándolas sobre la piedra fría. Le latía el corazón con fuerza.

—¿Qué dice?

—Los Siervos hemos perdido casi todo nuestro conocimiento de la antigua lengua —le dijo Justice—, pero me han contado que significa: «Rassalon, el Primer León».

Violet apartó los dedos como si le quemaran. Miró fijamente al león, con su gran melena y sus ojos líquidos. Su pulso seguía desbocado.

El Primer León...

—Los Siervos conservan pocos artefactos de la antigua guerra —continuó Justice—, pero este es uno de ellos. Aquí se rompió el Escudo de Rassalon.

No conseguía apartar la mirada del león del escudo y un millar de preguntas corrían por su mente.

¿Quién era Rassalon? ¿Por qué los Siervos se enfrentaron a él? ¿Cómo terminó luchando por el Rey Oscuro? *Este escudo... ¿Qué es? ¿En qué lío estoy metida?*

El león parecía devolverle la mirada. Imaginó a los Siervos armados con lanzas, rodeando a un animal con una herida sangrante en el costado. Los Siervos habían luchado contra los Leones desde las grandes batallas del mundo antiguo.

—Disculpa la interrupción, Justice. —Una voz femenina sacó a Violet de su ensoñación. Reconoció a Grace, la jenízara que la había acompañado a su dormitorio la noche anterior—. La Sierva Mayor está preparada para ver a Will.

CAPÍTULO ONCE

Con el corazón latiendo con fuerza, Will siguió a Grace por un largo pasillo en las profundidades del alcázar.

La arquitectura cambió a su alrededor: los arcos se hicieron más bajos y estrechos, las siluetas de las tallas eran diferentes, los muros se engrosaron. Había cierta quietud en todo, como si nadie fuera nunca a aquella parte del edificio.

Llegaron a unas puertas dobles al final de un corredor. Will se detuvo; una sensación de aversión lo mantuvo atrás. Se sentía como si estuviera a punto de entrar en una tumba, en un lugar que no debía ser perturbado. «No quiero entrar ahí». Pero Grace abrió las puertas.

La estancia era circular y tenía el techo abovedado, hecho con una piedra gris tan vieja como la inamovible roca de una montaña. En el centro había un árbol de piedra, tallado hasta alcanzar el techo.

El árbol estaba muerto, seco y ennegrecido, como si un árbol vivo se hubiera osificado hacía siglos.

Una sensación de terrible familiaridad sacudió a Will: conocía aquel lugar, pero de algún modo todo lo que conocía había desaparecido, reemplazado por la extraña y desoladora presencia de la piedra inerte.

Con cada paso crecía su sensación de familiaridad. Casi podía ver lo que había estado allí, una visión fantasma a la que parecía poder rozar con los dedos.

—¿Qué es este sitio?

—Este es el Árbol de Piedra —le dijo la Sierva Mayor—. Es el lugar más antiguo y poderoso del alcázar, pero también es un sitio de enorme tristeza al que los Siervos rara vez acuden.

Will sabía que tanto la Sierva Mayor como el Gran Jenízaro estaban mirándolo, pero no podía apartar los ojos del Árbol de Piedra. Él lo *conocía*, lo recordaba, o casi lo recordaba, como una palabra en la punta de la lengua, a pesar de que lo que recordaba era distinto de lo que tenía delante...

—Sientes algo, ¿verdad? —le preguntó la Sierva Mayor.

El Gran Jenízaro emitió un sonido de desdén. Will apenas lo oyó, concentrado en el árbol. Era como si estuviera en la oscuridad, aunque debería estar en la...

—Luz. No debería estar a oscuras. Debería haber luz...

—El Árbol de la Luz —dijo la Sierva Mayor, con los ojos clavados en él—. Así lo llamaban en el pasado.

—Una suposición —dijo el Gran Jenízaro Jannick.

—O lo siente de verdad —replicó la anciana.

Lo sentía. Aunque estaba mirando su ausencia, como mirar una tierra baldía y saber que en el pasado había sido un bosque, pues había caminado entre sus árboles.

—Ella estuvo aquí, ¿verdad? —preguntó Will, dirigiéndose a la Sierva Mayor con el corazón aporreándole el pecho—. Hace mucho tiempo, la Dama estuvo aquí y el árbol estaba vivo...

Más que vivo: estaba iluminado.

¿Quién era esa mujer? ¿Cómo había conseguido verla en el espejo? Le había parecido muy real, a pesar de que aquel lugar hacía mucho que había muerto. Se llevó la mano al medallón que tenía bajo la túnica. El Árbol de la Luz era un espino, como la flor de su medallón. *El espino era el símbolo de la Dama.* ¿Por qué sabía que en el pasado había emitido luz?

—Murió cuando ella lo hizo —dijo la Sierva Mayor, asintiendo—. Se dice que su mano lo traerá de vuelta a la vida, que lo hará brillar.

Will miró el árbol, sus ramas muertas eran como los restos de un esqueleto en un paisaje desierto.

—Pon tu mano en él —le pidió la Sierva Mayor.

A Will se le revolvió el estómago. No estaba seguro de querer hacerlo. La Sierva Mayor y el Gran Jenízaro Jannick lo miraban como si aquello fuera una prueba.

Extendió la mano y colocó la palma en una de sus ramas tan frías como el granito. Podía sentirlo, pulido por el paso del tiempo. No brilló ninguna luz, nada verde brotó. Estaba muerto, como todo en aquel lugar.

—¿Ves? Nada —dijo Jannick.

Will miró al Gran Jenízaro, que lo observaba con una mezcla de indiferencia y desprecio.

—Ignóralo —dijo la Sierva Mayor—. Quiero que lo intentes.

—¿Que lo intente? —replicó Will.

—Cierra los ojos —contestó la anciana—, e intenta encontrar la luz.

El muchacho no estaba seguro de qué quería que hiciera, pero podía sentir el peso de su expectante mirada. Inhaló profundamente y cerró los ojos. Bajo su mano la piedra estaba fría, resquebrajada y desgastada por el tiempo. Intentó pedirle en silencio que se iluminara, pero era como tratar de que la piedra volara: sencillamente imposible.

La Sierva Mayor dio un paso adelante y habló de nuevo, con amabilidad, como si él no le hubiera entendido.

—No. Estás buscando en el lugar equivocado. La Dama hacía que el Árbol de Piedra brillara, pero la luz no estaba en la piedra. Estaba en ella.

Will cerró los ojos de nuevo. Se sentía presionado; sabía lo importante que era aquello, tanto para la Sierva Mayor como para el Gran Jenízaro. *En ella.* Intentó imaginar que había algo despertando en su interior. Sus recuerdos comenzaron a agitarse. Recordó a la Dama, mirándolo a través del espejo. Recordó el rostro de su madre, pálido por el miedo. *Will, prométemelo.*

No quería recordar. No quería desenterrar el pasado, el dolor que atravesó su mano, los sollozos que le rasgaron la garganta mientras huía por la enfangada colina, con las últimas palabras de su madre resonando en sus oídos. *Will...*

El muchacho abrió los ojos. No había luz, ni siquiera un tenue resplandor. El Gran Jenízaro tenía razón. El Árbol de Piedra estaba muerto y frío, y lo que se necesitaba para devolverle la vida no estaba en su interior.

—No es el que buscamos —estaba diciendo el Gran Jenízaro—. No tiene el poder de la Dama. Esto es una pérdida de tiempo.

La Sierva Mayor le dedicó una sonrisa leve, casi triste.

—Y, aun así, la Dama hizo una promesa.

—¿La Dama? —El Gran Jenízaro negó con la cabeza, lleno de desdén—. ¿Dónde estaba la Dama cuando apresaron a Marcus? ¿Dónde estaba la Dama cuando asesinaron a mi esposa? ¿Dónde estaba la Dama cuando mi hijo...?

Se tragó lo que había estado a punto de decir, como si no soportara la idea de que atravesara sus labios. Tenía el rostro blanco.

—Jannick —dijo la Sierva Mayor con amabilidad.

—La Dama está muerta, Euphemia. Somos *nosotros* los que tenemos que luchar, no un crío que carece de habilidad y entrenamiento. No perderé mi tiempo en una fantasía —zanjó, antes de girar sobre sus talones y salir del salón.

Will se quedó solo con la Sierva Mayor en la silenciosa cámara. Su largo cabello blanco enmarcaba su rostro arrugado y atento. El nombre de Euphemia le iba bien, aunque nunca antes lo había oído. El Árbol de Piedra seguía oscuro e inerte a su lado, y Will tuvo la sensación de que la había decepcionado.

—No es culpa tuya —le dijo—. Es un buen hombre. Adoptó a Cyprian y a Marcus cuando más necesitaban a un padre, y los crio como si fueran sus propios hijos. Pero no confía en los foráneos. No lo ha hecho desde la muerte de su primer hijo, hace seis años.

—Lo siento —se excusó Will, mirando el Árbol de Piedra—. Lo he intentado, pero es que...

—Jannick tiene razón —lo interrumpió la mujer—. Te falta entrenamiento. No estás listo. —La Sierva Mayor lo miró a los ojos, como si buscara algo en ellos—. Pero ¿quiénes de nosotros estamos listos para lo que la vida nos pide que afrontemos? No escogemos el momento. El momento llega, queramos o no, y debemos estar preparados.

—¿Preparados para qué?

La anciana lo miró en silencio durante un largo momento.

—Justice te ha contado parte de ello.

En la posada del Ciervo Blanco, en Londres, Justice le había hablado de un mundo antiguo que había caído ante la oscuridad. Un par de días antes no lo habría creído, pero había visto un fuego negro destrozando un barco y a una chica de su misma edad rompiendo cadenas con las manos desnudas.

—Me dijo que en el pasado hubo un Rey Oscuro que intentó gobernar —dijo Will—, pero que una Dama lo detuvo.

Ella. Sabía muy poco de ella, pero anhelaba conocerlo todo. El atisbo que había visto en el espejo... La Dama lo miró como si lo conociera, como si estuvieran conectados. Lo miró con los ojos de su madre. El muchacho tomó aire.

—Se amaban, y ella lo mató —le contó la Sierva Mayor—. Fue en el sur, cerca del mar Mediterráneo. No sabemos cómo lo derrotó, solo que lo hizo. Fue la única que pudo hacerlo.

Will tenía muchas preguntas, pero agitándose en el centro de todas ellas estaba: ¿por qué? ¿Por qué le había entregado Matthew el medallón de la Dama? ¿Por qué lo había llevado Justice al alcázar? ¿Por qué le había dicho la Sierva Mayor que era a él a quien habían estado esperando? ¿Por qué lo miraban los Siervos como lo hacían, con miedo, devoción y esperanza?

—Tú crees que, de algún modo, yo soy ella.

La Sierva Mayor asintió con lentitud.

—Tienes su sangre, como la tenía tu madre. Y la estirpe de la Dama es fuerte. —La voz de la anciana se llenó de seriedad—. Lo bastante fuerte para matar a un rey antiguo. Por eso te busca Simon. —Lo miró—. Está intentando que el Rey Oscuro regrese. Ese es su único deseo... Lo que pretende, sobre todo lo demás. Bajo el dominio del

Rey Oscuro, la magia oscura regresará al mundo; los humanos serán masacrados y subyugados a medida que el pasado se convierta en el presente. Simon quiere dominarlo todo, pues es heredero del Rey Oscuro. Y el descendiente de la Dama es el único que puede detenerlo.

—¿Se suponía que mi madre... debía matar al Rey Oscuro? —preguntó.

Más tarde lo recordaría como el momento en el que lo entendió, el instante en el que todas las piezas encajaron para formar una imagen que no quería ver.

El destino de su madre...

Su mente regresó a Bowhill, a cuando se había arrodillado junto a su madre mientras su sangre empapaba el suelo. En ese momento lo entendió: las últimas palabras de su madre, su muerte y lo que la condujo a ella, la razón por la que todo aquello estaba ocurriendo. *Will, prométemelo.*

Cerró los dedos sobre el medallón. Recordó a la Dama, mirándolo a través del espejo. Recordó a su madre, jadeando *Huye*. Sintió que empezaban a temblarle los dedos y agarró el medallón con más fuerza.

—Eleanor ya detuvo a Simon una vez, hace años —le dijo la Sierva Mayor—. Él mató a su hermana, a Mary, tu tía, en un intento inicial por hacer regresar al Rey Oscuro. Pero aquellos fueron sus primeros y torpes esfuerzos; ahora está mucho más cerca de su objetivo. Con Eleanor muerta, cree que nada se interpone en su camino. —La anciana le sostuvo la mirada—. Excepto tú.

—Yo —dijo Will, entendiendo la inmensidad de sus palabras—. Pero yo no soy... Yo no puedo...

Oh, Dios, podía ver los ojos de la Dama sobre él, como los ojos de su madre, mirándolo. *Will, prométemelo.* Ella lo había sabido. Ella lo había sabido. Todos aquellos meses, todos aquellos años de huida...

Will había sabido que su madre tenía...

Miedo.

Pero nunca supo a qué le temía.

—Tú posees la sangre de la Dama, Will —le dijo la Sierva Mayor—. Y ella sigue luchando contra el Rey Oscuro. A través de ti.

Will miró a la anciana, sintiendo el frío vacío de la sala de piedra, las ramas negras del árbol muerto como fracturas en el mundo.

—No puedo luchar contra el Rey Oscuro. —El árbol parecía burlarse de él, como si fuera una prueba de que no podía hacer lo que querían que hiciera—. Yo no tengo su poder.

Sin pensar, agarró el medallón. Este se clavó en la cicatriz de su mano.

—Mira el medallón —le pidió la Sierva Mayor—. Puedes leerlo, ¿verdad? Tú conoces las palabras de la antigua lengua, aunque no entiendas por qué.

Will miró las palabras grabadas en la deformada superficie metálica. Era cierto que podía leerlas, aunque no debería poder hacerlo, ya que estaban escritas en un idioma que nunca antes había visto.

No podré regresar cuando me llamen a las armas.
Así que tendré un hijo.

Era un mensaje enviado a través del tiempo. Un mensaje para él, pensó, notando que se le helaba la piel. La Dama lo había grabado esperando que él lo leyera. Había pasado de mano en mano, incontables veces en el transcurso de los siglos. Y había conseguido llegar hasta él, como había sido su intención.

En el espejo, la Dama lo había mirado como si lo reconociera.

—Mi madre… —dijo Will, esforzándose por procesar todo aquello—. ¿Ella lo sabía?

—Muchos han portado la sangre de la Dama —le contó la Sierva Mayor—, pero solo uno se enfrentará a él en la batalla final. Y el tiempo de la batalla final casi ha llegado. Los que tenemos la sangre de los Siervos también lo sentimos.

Vosotros lo sentís… Como ella lo sintió… Recordó a su madre en aquellos postreros momentos, la desesperación mientras lo miraba a los ojos.

—Es distinto entrenar toda tu vida para enfrentarte a una amenaza que podría no llegar nunca a comenzar a ver las señales, los augurios que indican que el Rey Oscuro está a punto de regresar.

La Sierva Mayor tenía el rostro serio, cargado de propósito, y Will solo podía sentir los bordes duros del medallón que tenía en las manos. Estaba temblando.

—¿Las señales? —le preguntó.

—Has visto a James St. Clair —contestó la Sierva Mayor—. ¿Has sido testigo de lo que puede hacer?

Will asintió.

—James no es un descendiente del mundo antiguo, como lo eres tú. —La anciana se detuvo, con la mirada sombría—. Es un Renacido, uno de los augurios más aterradores. En sus últimos días, el Rey Oscuro ordenó que sus mejores generales, sus vasallos y sus esclavos fueran asesinados para que renacieran con él y lo acompañaran en su reinado. Su guerrero más letal recibía el nombre del Traidor. Se dice que era el representante más brillante de la Luz, hasta que traicionó a los suyos para servir al Rey Oscuro. Se convirtió en el general más cruel de la Oscuridad, un asesino despiadado conocido por su atractivo, por sus ojos azules y su cabello dorado.

—¿Estás diciendo...?

—James no es solo un descendiente. Él es el general del Rey Oscuro, renacido en nuestra época. Ahora es joven pero, cuando su poder crezca, será más terrible de lo que tú o yo podamos imaginar, ya que no es uno de los nuestros. Él no es humano, y está aquí con un único propósito: proclamar la venida de su señor...

Un poderoso escalofrío atravesó a Will, y todas las sombras de la habitación parecieron profundizarse y crecer mientras la anciana decía:

— ... Sarcean, el Rey Oscuro; el eclipse final, la noche infinita, cuyo oscuro reinado significará el final de nuestro mundo.

Sarcean.

El nombre lo golpeó como el fuego negro, como algo que siempre había sabido y que cobró vida con una llamarada que amenazó con abrumarlo. Recordó la tosca «S» marcada en las muñecas de los hombres de Simon, y las palabras de Justice en la posada del Ciervo Blanco: «Esa "S" es el símbolo de algo más antiguo, un sigilo terrible con un poder sobre sus seguidores que ni siquiera ellos mismos entienden del todo».

Sarcean.

Vio de nuevo una sombra que extendía sus dedos desde el pasado y cubría Londres, Europa, un mundo que no tenía defensas porque había olvidado. En su visión, entonces igual que ahora, las luces se extinguieron una a una hasta que todo fue oscuridad y silencio.

Si podía, lo evitaría, pensó. Evitaría que ocurriera de nuevo. Le demostraría a su madre que él...

—¿Qué tengo que hacer?

La Sierva Mayor no le respondió de inmediato; solo lo miró con expresión inquisitiva.

—Has dicho que Simon está cerca —le dijo Will—. Has dicho que mi madre lo detuvo en el pasado, pero que ahora casi ha conseguido su objetivo. ¿Cómo?

Podía ver en sus ojos que había algo que no quería decirle, y de repente necesitaba saberlo. Se concentró en Simon porque era alguien con quien podía luchar, algo que podía hacer.

—Simon ha conseguido algo —dijo la Sierva Mayor después de una pausa—. Algo que ha necesitado durante mucho tiempo. Digamos que es la última pieza de un puzle que está intentando resolver... Estamos trabajando para recuperarlo antes de que lo haga él. —No iba a decirle más—. Los Siervos están aquí para detener a Simon. A cualquier precio, lucharán para evitar el regreso del Rey Oscuro. —Sus ojos se mantuvieron firmes sobre Will—. Pero, si fracasamos, debes estar preparado.

—Preparado. —Will sintió una fría sensación de comprensión asentándose en él, una terrible verdad que no consiguió apartar de su mente. *Will, prométemelo.* Porque aquella fue la última parte, la comprensión en los ojos de su madre—. Te refieres a matarlo. Eso es lo que crees que tengo que hacer. Matar al Rey Oscuro antes de que su nuevo reinado termine con este mundo.

—Preparado para enfrentarte a un enemigo como el que nunca has visto —dijo la Sierva Mayor—. Uno que intentará sumir tu mente en la oscuridad, atraparte para su causa mientras termina con este mundo para iniciar el suyo. Una fuerza implacable que buscará a cualquiera que se oponga a él y extinguirá hasta la última chispa de luz y esperanza, hasta los propios confines de la Tierra. —La Sierva Mayor tomó la antorcha del muro—. Mira. Sé que puedes leer las palabras que escribieron.

Levantó la antorcha para iluminar la oscuridad sobre las enormes puertas. Había palabras toscamente cinceladas en la piedra.

A Will se le heló la sangre. Apenas oyó lo que decía la anciana.

—Estas puertas señalizan la entrada a la fortaleza interior, a la parte más antigua y reforzada del alcázar. Pero estas palabras fueron escritas sobre todas las puertas, en todas las fortalezas, en todas las ciudades. Son las palabras que la gente vio cuando se atrincheró, después de que penetraran sus murallas exteriores. Mientras esperaban en la oscuridad. Su último grito, su mayor miedo… Justo antes de que las puertas se abrieran y se enfrentaran a lo que había al otro lado.

Will casi podía sentirlo, el miedo mientras la gente se acurrucaba toda junta. La luz de la antorcha iluminó las palabras.

Sabía lo que decía allí. Podía leer la antigua inscripción que la gente del mundo antiguo había tallado en la roca mientras esperaba en la oscuridad.

Ya viene.

CAPÍTULO DOCE

—Le eres leal, ¿verdad? —le preguntó Justice.

Se refería a Will. Violet se sonrojó.

—Me salvó la vida.

«Un desconocido me salvó la vida justo el día en que descubrí que mi familia planeaba matarme». Will era un extraño, pero allí era el único que sabía lo que ella era. Lo sabía, y estaba de su lado.

—Ven conmigo —le dijo Justice, como si hubiera tomado una decisión, después de una larga y evaluadora mirada—. Hay algo que quiero que veas.

Violet lo acompañó hasta el ala este del alcázar. Tenía las manos sudorosas. Estar sola con Justice la ponía nerviosa. Era la poderosa fuerza de su presencia, y el omnipresente peligro de lo que haría si descubría que ella era un León.

Doblaron una esquina y oyó los mismos tenues sonidos metálicos de espadas luchando que se habían colado en su dormitorio aquella mañana. La atrajeron hacia adelante, más allá de una hilera de columnas hasta una arena abierta.

Allí vio las filas perfectas de jóvenes guerreros. Habría, quizá, dos docenas de novicios. Todos vestían la misma túnica gris plata hasta medio muslo que les habían dado a ellos, bordadas con la estrella de los Siervos. Todos se movían al unísono, en un patrón de lances con la espada que fluían de manera idéntica. Los observó, absorta, mientras elevaban las armas con elegancia y las bajaban en un arco a la derecha.

Un muchacho destacaba sobre los demás; su largo cabello volaba a su alrededor mientras su espada cortaba el aire. Creyó reconocerlo: *Cyprian*, el novicio que había acompañado a Will al gran salón.

No podía apartar los ojos de él. Era sorprendentemente guapo, con el atractivo de una escultura en la que nariz, ojos y labios mostraban una simetría perfecta. Pero era el modo en el que se movía, como una encarnación del Siervo ideal, lo que la hacía desear ser como él, encajar en alguna parte tan bien como encajaba él, encontrar un sitio donde ella...

—¡*Alto*! —exclamó Cyprian.

Los novicios se detuvieron de inmediato, elevando las puntas de sus espadas con inquebrantable precisión. Ella era la interrupción, se dio cuenta de repente. Todos estaban mirándola. Se contuvo para no dar un paso atrás.

—¿Qué estás haciendo aquí, intrusa? —La voz de Cyprian estaba cargada de frialdad. Cruzó el patio de entrenamiento para encararse con ella, todavía con la espada en la mano. «Es esa chica», oyó que decía uno de los novicios detrás de Cyprian. «Esa chica que ha llegado del exterior»—. ¿Has venido a espiar nuestro entrenamiento?

Violet se sonrojó.

—Os he oído desde el pasillo. No sabía que no se me permitía mirar.

—El entrenamiento de los Siervos es privado —replicó Cyprian—. Los intrusos están vetados.

—La he traído yo —dijo Justice, acercándose a ella—. Es nuestra invitada de honor, y no hará ningún daño que vea vuestra práctica.

—¿No deberías estar buscando a mi hermano?

Eso detuvo a Justice por completo.

—Es el deber de los Siervos ofrecer ayuda a aquellos que la necesitan —comenzó Justice, reprendiéndolo con suavidad. Cyprian se mostró indiferente.

—Apenas eres medio Siervo, caminando por ahí sin un compañero de armas. Te has convertido en el hazmerreír de nuestra Orden, con tus errores y tu temeridad.

—Ya es suficiente, Cyprian —dijo Justice, endureciendo la voz—. Puede que seas el mejor de los novicios, pero todavía no tienes la autoridad de un Siervo.

Cyprian aceptó la reprimenda sin bajar los ojos.

—Es posible que Justice crea que eres de fiar, pero a mí no me lo pareces —dijo, mirando a Violet con frialdad—. Estaré vigilándote.

—No dejes que Cyprian te moleste. Se ha afanado toda su vida para complacer a su padre, y el Gran Jenízaro Jannick no acepta bien a los forasteros.

Justice la había llevado a una habitación que tenía el aspecto de una sala de entrenamiento en desuso, con las paredes llenas de viejas armas. Aunque hablaba con amabilidad, estar a solas con Justice no era tranquilizador. En lugar de eso, la tensa sensación de peligro regresó a ella multiplicada por diez. Con su uniforme blanco, Justice era un guerrero en un lugar dedicado a la lucha en el que parte del espacio estaba ocupado por el fantasma de las batallas de un antiguo pasado. Las palabras de Cyprian se enredaron en su cabeza.

—¿Por qué me has traído aquí? —Violet intentó mantener la tensión alejada de su voz.

Todavía podía oír el entrenamiento de los novicios, aunque estaban lejos. Eran un recordatorio de que estaba allí con un falso pretexto. De repente, temió que Justice le dijera que no podía quedarse en el alcázar. La insistencia de Will en que ella era su amiga, en que no se iría a ninguna parte sin ella, era la razón por la que estaba allí.

Si la enviaban de vuelta a Londres, no tendría ningún sitio al que ir. Esperó, tensa, pero Justice no respondió a su pregunta directamente.

—Entrené aquí durante muchos años, cuando era niño. —Justice comenzó a caminar con un aire de nostalgia.

—¿Tú entrenabas aquí?

—Practicaba mis ejercicios aquí siempre que tenía tiempo libre —le contó—. Eso fue cuando llegué al alcázar.

—¿Llegaste? —le preguntó Violet.

Justice asintió.

—Cyprian es uno de los pocos que han nacido en el alcázar. La mayor parte de los Siervos son llamados. Ocurre alrededor de los siete años, a veces antes. —Violet recordó que le había contado que los que tenían la sangre de los Siervos eran llamados desde todo el mundo. Los padres de Cyprian debieron ser jenízaros, ya que los Siervos hacían voto de celibato—. Para los que somos llamados, el alcázar es como un lugar que siempre hemos conocido, y todo lo que hay aquí tiene sentido —le contó Justice—. Tu amigo Will también lo sintió. Él tiene la sangre de la Dama, y yo tengo la sangre de los Siervos. Compartimos una conexión con el mundo antiguo. Tú, por otra parte... Tú eres la primera intrusa de verdad que recibimos en el Salón.

Intrusa. Cyprian la había llamado así. Él creía que era una chica ordinaria de Londres. Se equivocaba. Ella también estaba conectada con el mundo antiguo, aunque la suya no era una relación de la que pudiera hablar con los Siervos.

—¿Por eso me has enseñado a esos novicios?

—Te he mostrado a los novicios para que pudieras entender nuestra misión —le dijo Justice—. Las reliquias del mundo antiguo todavía existen. La Espada Corrupta, el Escudo de Rassalon... Los Siervos peinan el mundo buscando cualquier objeto de aquella época que haya podido sobrevivir. Piezas reunidas por coleccionistas desconocidos, excavaciones en las que se descubren fragmentos del pasado... Cuando encontramos estos artefactos oscuros, los destruimos o los guardamos para evitar que hagan daño. Cuando debemos, luchamos contra el mal que liberan, o el que despierta en las excavaciones arqueológicas que indagan demasiado en el pasado.

»Pero la verdadera batalla se avecina —continuó Justice—. Tu amigo Will está en el centro de una gran contienda. Él podría ser el único capaz de detener al Rey Oscuro.

—¿Qué tiene eso que ver conmigo?

Para su sorpresa, Justice se acercó a uno de los estantes, tomó una de las plateadas espadas largas y se la entregó por la empuñadura.

—Toma.

Una espada. Como las que los novicios habían estado usando cuando los vio entrenar. Su corazón comenzó a latir más fuerte, al ver la resolución con la que el Siervo le ofrecía la espada.

Quería que la aceptara. Violet lo hizo, probando su peso con cautela. Nunca antes había blandido una espada y le sorprendió tanto su solidez como su peso.

Y después, desconcertada, lo miró sobre su longitud.

—Has oído el término *compañero de armas* —dijo Justice—. Los Siervos lo hacen todo en pareja. Elegimos a un compañero cuando recibimos nuestro uniforme blanco, alguien que lucha a nuestro lado y nos protege.

—¿Eso era Marcus para ti? ¿Tu compañero de armas? —le preguntó Violet.

—Así es.

Miró los cálidos ojos castaños de Justice, recordando la desesperación con la que había buscado a Marcus en el barco.

—Tú podrías serlo para tu amigo —le dijo.

Violet curvó la mano alrededor de la empuñadura y la levantó. Se estremeció con la misma sensación de destino que sintió cuando se puso la ropa de Siervo, una conexión con el pasado, como si ya hubiera empuñado una espada así en una antigua batalla.

Pensó en Will, y después en la secuencia que había visto practicar a los novicios. Intentó replicarla, dando un paso adelante y trazando un arco con la espada hacia la derecha. Se sentía torpe: aquello era nuevo para su cuerpo y el movimiento no fluía con facilidad. Era una tosca copia. Ella no tenía la elegancia de los Siervos. Terminó el primer movimiento con el ceño fruncido, sabiendo que podía hacerlo mejor.

Pero, cuando miró a Justice, descubrió que lo había sorprendido.

—¿Has hecho eso de memoria?

Asintió.

—Prueba el segundo movimiento.

Esta vez, mientras ella trazaba un arco lento, él levantó su espada para encontrarse con la de Violet en un movimiento opuesto, como si estuvieran enfrentándose en una estilizada batalla.

—Ahora el tercero.

Su espada se encontró con la de ella de nuevo, esta vez al bajar. Después, Justice inició un lento barrido de ataque en dirección al cuello de Violet y ella levantó su espada en el cuarto movimiento... que, de algún modo, fue un bloqueo perfecto para su embate. Fue su turno de mostrarse sorprendida.

—Entrenamos pensando en el oponente al que nos enfrentaremos cuando llegue el día en el que seamos llamados a armas —le explicó Justice, respondiendo a su expresión.

Justice se enfrentó a ella, con su túnica de Siervo y una espada en la mano. Sus espadas chocaron otra vez mientras ejecutaba el quinto movimiento, y Justice se convirtió en ese oponente. La hermosa y abstracta secuencia, de repente, tenía un propósito. Se descubrió mirando a Justice sobre el acero desnudo. El corazón le latía con fuerza, y no por el ejercicio.

—Relaja las manos. No es necesario que aprietes tanto la empuñadura.

Fingir que luchaba contra él era perturbador y emocionante al mismo tiempo. «Intentaste matar a mi hermano». Otro movimiento. «Los Siervos mataron al primer León». Otro. Recordó a su hermano Tom, el León, bloqueando la espada de una Sierva con una barra de hierro. Justo antes de atravesarle el pecho con ella.

—Carga menos peso en el pie adelantado.

Era aterrador, y bueno. Había soñado con ser parte de la batalla, pero nunca había esperado que la entrenarían para luchar contra Simon.

—La punta de la espada más alta. Sostenla con firmeza.

La secuencia era implacable. Empezaban a dolerle los brazos, y tenía la túnica húmeda por el sudor. Cyprian había hecho que aquella serie pareciera fácil. Justice, moviéndose como su contrapunto, hacía que pareciera fácil.

Quedaban tres movimientos.

¿No podía un León luchar por la Luz? ¿Por qué no podía ella encontrar su lugar allí? Era tan fuerte como cualquier Siervo.

Dos movimientos.

—La carga de tu amigo es pesada —le dijo Justice—. Si es quien la Sierva Mayor cree que es... Cuando la oscuridad llegue, necesitará a un protector. Alguien que se mantenga a su lado. Alguien que lo defienda. Alguien que pueda luchar.

Uno.

—*Yo puedo luchar*.

Pronunció las palabras apretando los dientes y terminó el último movimiento con una oleada de determinación. Jadeando, miró a Justice con una sensación de triunfo.

—Bien. —Se sentía victoriosa—. Otra vez.

Justice retrocedió, bajando la espada.

—¡Otra vez! —estalló Violet.

Se detuvieron horas después. La muchacha miró a Justice, goteando sudor y temblando de cansancio. Tenía la visión borrosa, las extremidades al límite de su resistencia. Apenas podía levantar la espada.

—Tus movimientos son toscos. No eres una Sierva. No tienes nuestro entrenamiento —le dijo Justice—. Pero tienes nuestro corazón, y yo te enseñaré lo demás.

Violet lo miró: él era un Siervo, el enemigo de su padre.

Pero ella no tenía por qué seguir a su padre. Podía forjar su propio destino. Apretó la empuñadura de la espada.

—Entonces enséñame —le pidió.

Estaba tan agotada que apenas era consciente de que había anochecido. Después de entrenar, no deseaba nada más que derrumbarse, tumbarse en la cama de su dormitorio. Pero, en lugar de eso, se descubrió caminando de nuevo hacia el gran salón.

Esta vez no había nadie allí, solo las fantasmagóricas columnas blancas que se perdían en la oscuridad. Sus pasos resonaron sobre la piedra, demasiado ruidosos. El estrado elevado emergió de la penumbra, cuatro tronos vacíos que la observaban.

Parecía un majestuoso tribunal, gobernante supremo de todo lo que se postrara ante él.

Pero no era esa la razón por la que estaba allí.

El trozo de escudo colgado en la pared. Se detuvo delante y miró el rostro de Rassalon, el Primer León.

El león parecía devolverle la mirada. Su semblante era muy noble. Su enorme melena se curvaba en orgullosas espirales metálicas alrededor de su rostro, de sus ojos serios sobre el triángulo de su nariz.

Casi parecía tener algo que decirle. «¿Qué pasa? —pensó, deseando de repente poder hablar con él—. No te estoy traicionando al entrenar con los Siervos. Eso fue también lo que hiciste tú. ¿No es cierto?». ¿Cómo podía haber luchado por la Oscuridad una criatura tan honorable como un león?

Aunque antes no se había atrevido a hacerlo, extendió la mano y tocó el rostro del león.

Oyó un sonido a su espalda. Giró sobre sus talones, con el corazón desbocado.

Cyprian.

Acababa de terminar su entrenamiento, igual que ella, y todavía estaba armado y con su túnica de lucha.

—¿Me has seguido? —lo desafió.

Él también se había pasado todo el día entrenando, pero estaba irritantemente perfecto, sin un solo cabello despeinado, como si horas de trabajo con la espada no fueran nada para él. Violet era demasiado consciente de la suciedad que emborronaba su frente y de los mechones sudados de su cabello.

«Soy más fuerte que tú», pensó, desafiante. Pero su corazón latía con un martilleo culpable. ¿La había visto tocar el escudo?

—¿Qué estás haciendo en nuestro salón? —Tenía la mano en el pomo de su espada.

—Solo paseaba. ¿No está permitido?

Cyprian miró el escudo, y después la miró a ella.

—Ese es el Escudo de Rassalon.

Su corazón se aceleró aún más. No podía explicar qué la había llevado hasta allí, la conexión que sentía con la antigua criatura.

Se sonrojó.

—No me interesa un escudo viejo.

El joven curvó la boca en una mueca de desagrado.

—No sé qué escondes, pero lo descubriré.

No era justo. Había nacido en el alcázar, según le había contado Justice, y lo parecía; encajaba allí mejor de lo que ella había encajado nunca en ningún sitio. Sus nervios transmutaron en provocación.

—¿Intentas ganarte la aprobación de tu padre?

En lugar de contestar, Cyprian volvió a mirar el escudo como si contemplara directamente el pasado, con la espalda recta y los ojos fijos.

—Los Leones son los vasallos de la Oscuridad —le dijo—. ¿Quieres saber qué hacemos los Siervos con ellos?

—¿Qué? —le preguntó, y su respuesta le heló la sangre.

—Los matamos —replicó Cyprian—. Matamos a todos los que encontramos.

CAPÍTULO TRECE

—Justice dice que luchaste con James —dijo Emery.

Emery era un novicio de dieciséis años y aspecto tímido, con el largo cabello castaño recogido al estilo de los Siervos, al que Will había visto entrenando con Cyprian. Acababa de acercarse a él con sus dos amigos, Carver y Beatrix, y esperaba con los ojos muy abiertos su respuesta.

—No… exactamente —dijo Will con cautela.

Al volver de su requerimiento, Will llevaba dos túnicas adicionales, una capa y un par de botas altas forradas de pelo. Las túnicas eran ligeras, pero la capa y las botas que le habían dado eran suaves, cálidas y perfectas para el invierno. Su manufactura era asombrosa, como si la hubieran tejido con los plateados hilos de la luz de la luna o con la nube más suave y delicada.

—Pero ¿lo viste? —le preguntó Emery.

Llevaba una túnica gris plata, como las que Will portaba en sus brazos. Hablaba de James como si fuera una criatura mítica, una hidra o un tifón.

«James es un renacido», se recordó. Un fragmento viviente del mundo antiguo. Los Siervos se pasaban la vida estudiando Historia e intentando averiguar lo que se había olvidado a partir de los objetos que recuperaban, para mantener las tradiciones antiguas tan fieles a su memoria como fuera posible. Emery parecía sobrecogido, como un investigador cara a cara con su materia.

—¿Cómo es? —insistió Emery—. ¿Habló contigo? ¿Cómo escapaste?

—Emery —dijo Carver, frenando las preguntas del joven. A continuación, se dirigió a Will—: Espero que estas preguntas no te molesten. No pasamos demasiado tiempo con forasteros. Y el Renacido es para nosotros una leyenda.

Carver era el mayor de los tres novicios. Tendría unos diecinueve años, el cabello oscuro, y la voz grave de alguien que no habla demasiado. Aunque era más alto que los demás, casi por una cabeza, mostraba un semblante tranquilo.

—No pasa nada —le aseguró Will. Y después, a Emery—: James estaba en el muelle. Lo distraje apenas lo suficiente para que pudiéramos escapar. Justice nos dijo que corriéramos, y tenía razón. A pesar de comenzar con ventaja, estuvimos a punto de no conseguirlo. Pero no fue James quien nos persiguió; fueron tres hombres con rostros pálidos y ojos hundidos que portaban un trozo de armadura negra.

—Los Vestigios —dijo Emery, ojiplático.

—Entonces es cierto. Simon está progresando. —En la voz de Beatrix había un rastro de acento de Yorkshire. Will sabía que muchos novicios habían nacido fuera del alcázar, pero era extraño pensar que los habían llamado desde un sitio tan ordinario como Leeds—. Por eso han cambiado la fecha de tu examen —le dijo a Carver.

—Podría haber muchas razones para eso —contestó Carver.

—¿Qué examen? —les preguntó Will.

—Para convertirse en Siervo —dijo Emery—. Va a aprobar su examen y luego va a recibir su uniforme blanco y a sentarse con los Siervos en la mesa grande.

—Eso no es seguro —dijo Carver, sonrojándose—. La prueba es difícil, y muchos fallan. Y no tiene nada de malo ser un jenízaro.

—¿Y tú? ¿Entrenarás con nosotros? —Beatrix estaba concentrada en Will.

—No, yo... —Will no se había permitido pensar en los días que habían planeado para él, y solo se volvió real mientras lo decía—. Voy a entrenar con la Sierva Mayor.

Vio cómo la sorpresa llenaba los ojos de los novicios. *Entrenamiento mágico*. Las palabras que no pronunciaron flotaron en el aire. El modo en el que los novicios reaccionaron lo hicieron darse cuenta de que la magia era también para ellos parte del mito. Habían mostrado la misma expresión al hablar de James.

La idea de la práctica lo ponía nervioso, al mismo tiempo que lo atraía, resplandeciente y prometedora. Cobró un mayor peso cuando vio cómo reaccionaban los novicios, como si estuviera a punto de embarcarse en algo que iba más allá de su comprensión.

—La Sierva Mayor nunca había aceptado alumnos —dijo Beatrix.

—Ni siquiera a Justice —añadió Emery.

—Te han concedido un gran honor. —Carver rompió el reverente encanto con un asentimiento de reconocimiento—. Tanto los Siervos como los jenízaros anhelan la guía de la Sierva Mayor. Ella tiene un conocimiento que no posee ningún otro, y si va a entrenarte, seguro que tiene una buena razón. Ella es la Sierva más poderosa y sabia del alcázar.

Justice también le había dicho eso. Will recordó cómo lo había mirado la anciana la noche de su llegada al alcázar, como si viera el interior de su corazón. Quería asegurarse de no decepcionarla.

—¿Algún consejo? —les preguntó.

—No llegues tarde —le dijo Beatrix, mientras un instructor los llamaba con una palabra brusca y el ceño fruncido. Los tres novicios se apresuraron para recibir sus lecciones.

—Entrenar a alguien en el uso de la magia… es algo que aquí no se ha hecho antes. —Los ojos de la Sierva Mayor estaban cargados de seriedad—. Ningún Siervo. Nadie, desde que la última ciudad antigua cayó y la magia desapareció del mundo.

Will estaba en la Cámara del Árbol, cuyas ramas muertas eran como grietas y lo hacían estremecerse. Miró a la Sierva Mayor, una silueta de nieve blanca sosteniendo una vela junto al árbol negro.

—Los Siervos conocen la magia —dijo Will. Los había visto expulsar a los Vestigios de las ciénagas con un escudo invisible. Recordó a los perros negros, que huyeron al verlo; recordó los rostros pálidos de los Vestigios inundados de miedo.

Pero la Sierva Mayor negó con la cabeza.

—Los Siervos usan artefactos del mundo antiguo. No tenemos magia propia.

—Los vi invocando una luz. —El recuerdo de la luz blanca en el lodazal era muy vívido—. En las ciénagas. Un escudo de luz que contuvo a los Vestigios...

Había sido muy brillante y feroz, y parecía rodear y proteger a los Siervos y empujar hacia atrás a las criaturas que lo perseguían.

—Los Siervos que patrullan el exterior portan piedras —le dijo la anciana—. Las llamamos «piedras escolta», pero en realidad son trozos de la muralla exterior del alcázar, que tiene su propio poder para repeler a los invasores.

—¿Piedras escolta?

Pensó en la extraña e invisible barrera que rodeaba el alcázar y lo escondía del mundo exterior. ¿Era posible que doce Siervos cabalgando en formación crearan un escudo portando piedras del alcázar?

—La fuerza de las piedras escolta se debilita conforme se alejan de la muralla, pero tienen algún poder de aquí a las orillas del Lea. —Los Vestigios y la jauría habían retrocedido hasta el río...—. Toda la magia de los Siervos procede de estos artefactos. Usamos lo que queda, a pesar de que los objetos del mundo antiguo son pocos y de que no podemos rehacer o reparar lo que se rompe o se pierde. No queda nadie que recuerde cómo se hace. —La anciana sonrió con tristeza, con los ojos fijos en las ramas muertas del árbol. Después volvió a mirar a Will—. Pero tu poder es diferente... Forma parte de ti, de tu sangre.

Mi sangre. Aquellas palabras todavía lo hacían sentirse mareado e incómodo. Incrementaban su determinación a hacer aquello, y su frustración por si no lo conseguía.

Pero había visto magia en otra ocasión. Y no había sido un artefacto sino un poder crudo, invocado con el destello de unos peligrosos ojos azules.

—James puede utilizar la magia —dijo Will, y ella se detuvo.

—Tienes razón. Pero él es un Renacido. Su conocimiento es innato. O puede que Simon se haya sentado con él, como nosotros haremos ahora, para instruirlo con libros viejos y rumores, sin darse cuenta de que estaba entrenando a una criatura mucho más poderosa que él mismo, sin ser consciente de la letalidad que podía desatar. —Miró a Will, larga y firmemente—. Ningún Siervo entrenaría a un Renacido.

—¿Por qué? —le preguntó Will.

—Por miedo a que usara su poder para el mal, y no para el bien —le contestó la Sierva Mayor—. Y a que se convirtiera en algo que no pudiera ser detenido o controlado.

La idea de Simon entrenando a James hizo que algo se retorciera en su estómago. Al comenzar su propio entrenamiento, se sentía como si estuviera siguiendo los pasos de James, pero con años de retraso. Quería alcanzarlo, aunque la idea de que fuera un Renacido le provocaba una perturbadora fascinación.

—Los libros de nuestras bibliotecas se han deshecho, han sido reescritos y se han deshecho de nuevo. No queda nada en la antigua lengua, que tú habrías podido leer. Solo conservamos fragmentos en árabe, griego y francés antiguo. —La Sierva Mayor le indicó que caminara con ella hasta el otro lado de la estancia, donde había una mesa de piedra y dos sillas—. Juntos, deberemos recorrer los senderos de antaño que no han sido transitados en siglos. Y hoy comenzaremos aquí. Haremos que la magia regrese al lugar donde fluyó en el pasado.

Will miró el árbol muerto. Era tan grande que sus ramas se extendían sobre sus cabezas, como rajaduras negras en el cielo. Parecía un testamento de todo lo que no podía hacer: un fragmento de un mundo inerte al que no podía devolverle la vida. Lo había tocado y no había sentido ninguna chispa en él, ni en sí mismo.

—Ignora el árbol. —La Sierva Mayor dejó la vela sobre la pequeña mesa—. Empezaremos por donde la luz ya existe. Con una llama.

Se acomodó en un extremo de la mesa y le indicó que se colocara en el otro con un movimiento de cabeza.

Will se acercó con lentitud. La vela estaba entre ellos, pero seguía siendo demasiado consciente de las ramas del árbol muerto sobre su cabeza.

—El poder para detener al Rey Oscuro yace en tu interior, Will —le dijo—. Pero tienes razón sobre James. Si quieres derrotar al Rey Oscuro, primero tendrás que vencerlo a él.

Parecía muy segura, mientras que él no sentía nada más que una inquietante duda. James solo había necesitado concentrarse para hacer crepitar el aire. Pero, si Will tenía magia, esta se encontraba fuera de su alcance.

«¿Y si no puedo? —pensó. Recordó a James, con la mano extendida y la caja cerniéndose en el aire sobre él—. ¿Y si yo no tengo ese poder?».

Tomó aliento.

—¿Cómo?

—Con luz —le contestó—. Mira la vela e intenta mover su llama.

Will se sentó delante de la vela. Estaba pulida y era de color crema, fabricada con cera de abeja, no con sebo. La llama era un diamante vertical, brillante y estable. Will la miró y pensó: «Muévete». No ocurrió nada, por mucho que lo deseara. Una o dos veces sintió una entusiasta punzada de esperanza. «¿Lo he conseguido?». Pero los escasos movimientos y parpadeos de la vela estaban provocados por las corrientes de aire, no por él.

—Como hiciste con el Árbol de Piedra —dijo la Sierva Mayor—, busca bajo la superficie. Busca un lugar tranquilo en tu interior.

En tu interior. Mantuvo los ojos sobre la llama de la vela, *deseando* que se moviera. Era una sensación estúpida, como intentar intensificar la mirada o levantar y tensar la nuca.

No había conseguido iluminar el árbol, pero aquello era solo una chispa. Una llama. Cerró los ojos. Intentó recrearla en su mente, que no fuera solo una imagen sino la verdadera encarnación de la llama. Apenas era consciente de que estaba temblando. Si solo pudiera…

Abrió los ojos, jadeando. Nada. La vela se mantenía firme. Ni un solo estremecimiento.

La Sierva Mayor estaba mirándolo.

—Había una espada en el barco, un arma que escupía fuego negro. Justice dice que la acercaste a tu mano. ¿Qué ocurrió? —le preguntó en voz baja.

—Yo no quería que aquella gente muriera.

—Y por eso llamaste a la Espada Corrupta.

No quería hablar de eso.

—No intentaba hacerlo. Vino a mí, sin más.

—La espada tenía palabras en la antigua lengua grabadas en su vaina. ¿Recuerdas qué decían?

Pensó en las tenues marcas de la funda, en los relieves que había sentido en sus manos, pero...

—No pude leer la inscripción. Estaba desgastada.

Una funda negra azabache con palabras erosionadas por el tiempo y por el roce de un centenar de manos.

—La espada no siempre estuvo corrupta —le contó la Sierva Mayor—. Una vez fue la Espada del Campeón.

—¿El Campeón? —repitió Will.

Bajo la luz de la vela, que cubría el blanco de su cabello y de su túnica de suave oro, el rostro de la anciana se llenó de calidez.

—Se llamaba Ekthalion y fue forjada por el herrero Than Rema para matar al Rey Oscuro. Se dice que un gran Campeón de la Luz cabalgó con ella para luchar contra él... pero apenas consiguió extraer una gota de la sangre del Rey Oscuro. Eso fue todo lo que se necesitó para corromper su hoja. Tú has visto su llama negra. Ese es el poder que reside en una única gota de sangre del Rey Oscuro.

La mujer se inclinó hacia delante mientras hablaba, y Will casi tuvo la sensación de que el árbol y las piedras de la estancia estaban escuchando.

—Pero hay otra historia —le contó—, una que dice que alguien con el corazón de un campeón podrá blandir a Ekthalion, e incluso despojarla de su llama oscura. Si hubieras conseguido leer la inscripción, habrías visto las palabras que en el pasado fueron plateadas, antes de que la hoja se volviera negra. «La Espada del Campeón otorga el poder del Campeón».

—Yo no soy un campeón —dijo Will—. No conseguí limpiar la hoja.

—Y, aun así, esta acudió a ti.

—Y ahora la tiene Simon.

La Sierva Mayor se echó hacia atrás y, para sorpresa de Will, le mostró una pequeña sonrisa.

—No necesitarás a Ekthalion para derrotar a la Oscuridad —le dijo—. Incluso los que se consideran indefensos pueden luchar con pequeños actos. Bondad. Compasión.

—Los Siervos luchan con espadas —replicó Will.

—Pero no son nuestras espadas las que nos hacen fuertes —le explicó la Sierva—. El verdadero poder de los Siervos no está en nuestras armas, ni siquiera en nuestra fuerza física. Nuestro verdadero poder es lo que recordamos. —Y algo en sus ojos le pareció antiguo—. Cuando se olvida el pasado, este puede regresar. Solo aquellos que recuerdan tienen la oportunidad de prevenirlo. Porque la oscuridad nunca se va por completo; solo espera a que el mundo olvide para poder alzarse de nuevo.

La mujer lo miró con sobriedad.

—Creo que hay un enorme poder en ti, Will —continuó—. Y, cuando aprendas a usarlo, deberás tomar decisiones. ¿Lucharás con fuerza o con compasión? ¿Matarás o mostrarás piedad?

Sus palabras removieron algo en su interior. Podía sentirlo, aunque su mente quería rehuirlo. No quería mirarlo. Pero se obligó a hacerlo y, cuando lo hizo, descubrió que estaba allí. No era poder, sino otra cosa.

—Una puerta —dijo, porque se sentía abrumado por la sensación—. Hay una puerta dentro de mí a la que no puedo abrir.

—Inténtalo —le pidió la Sierva Mayor.

Will estudió su interior con atención. Estaba delante de una enorme puerta de piedra. Intentó empujarla, pero no se movió. De algún modo, sentía que estaba sellada. Y que había algo al otro lado.

¿Qué había detrás de la puerta? La empujó de nuevo, pero no cedió. Procuró pensar en la batalla de los Siervos y en todo lo que dependía de que tuviera éxito. «¡Ábrete! —pensó, tratando de que se moviera, que cambiara, que hiciera algo—. ¡Ábrete!».

—Inténtalo —repitió la Sierva Mayor, y Will le lanzó todo lo que tenía, cada partícula de su fuerza...

—*No puedo* —dijo, frustrado hasta la médula. La puerta parecía burlarse de él, y no se movía por mucho que la golpeara, por mucho que la empujara y se esforzara...

—Es suficiente por hoy —concluyó la anciana mientras Will salía, jadeando, de su ensoñación. No sabía cuánto tiempo había pasado, pero cuando miró la vela, se había consumido casi por completo—. Creo que necesitas algo en lo que concentrar la mente. Mañana, comenzaré a enseñarte los cánticos de los Siervos. Los usamos para detener nuestras turbulencias interiores, y para enfocarnos.

Se levantó, todavía hablando, y Will se incorporó con ella, pensando en los cantos que oía cada mañana. Sabía que eran importantes, pero hasta ese momento no había comprendido su propósito.

—Los cánticos nos han acompañado durante generaciones —le explicó la Sierva Mayor—. Han cambiado y variado con el paso de los siglos, pero en el pasado los usaron aquellos que blandieron la magia en el mundo antiguo, y creo que todavía tienen algún poder. Ven.

Se dirigió al otro extremo de la mesa y tomó la vela. Después, como si se sintiera débil, se tambaleó y la vela se le cayó de la mano. Will se apresuró a recogerla, y después se acercó para sujetarla. La mujer se apoyó en él, agradecida.

Pero, por un instante, tuvo la potente sensación de que la vela no se le había caído de la mano; la había *atravesado*. Sacudió la cabeza para despejar la mente.

—¿Estás bien?

—Solo estoy cansada —dijo con una sonrisa, posando una mano sobre su brazo, sólido y caliente—. Es uno de los efectos de envejecer.

—¡Will! —exclamó Emery, invitando al muchacho y a Violet a su mesa en el comedor.

Los novicios comenzaban sus cánticos de la mañana al alba, y la primera campana sonaba una hora antes de eso. Terminaban su entrenamiento al atardecer. Abajo, en el comedor, las hileras de novicios ocupaban largas mesas preparadas para la cena. Will se sentó con Violet en las sillas que Emery les había señalado; estaba hambriento, como si los ejercicios con la Sierva Mayor hubieran despertado su apetito.

Violet rasgó una hogaza de pan caliente mientras Will se servía una porción generosa de humeante potaje, espeso y acompañado de cebada y puerros. La primera cucharada lo calentó, lo confortó y animó, y pronto se había comido el cuenco entero. Nunca había cenado mejor.

Varios novicios de las mesas circundantes habían mirado a Emery con extrañeza por su cordialidad hacia los forasteros. A Emery no pareció importarle y se movió para que Will y Violet pudieran sentarse a su lado, junto a Beatrix y a Carver.

—Os habéis vestido de otro modo —les dijo Will. Emery y sus amigos no llevaban las habituales túnicas de novicios, sino las prendas que se usaban bajo la armadura.

—Vamos a salir —le contó Emery—. Con los Siervos, de ronda. Esta noche.

Lo dijo como si no fuera algo común.

—¿Los novicios no suelen salir de la muralla a menudo? —le preguntó Will.

—No, casi nunca. Es decir… Los mejores van, a veces. —Como Carver, pensó Will. O Cyprian, que había estado cabalgando cuando lo conocí—. Pero, para nosotros, es un hito en nuestro entrenamiento. Vamos a cabalgar por las ciénagas hasta el Lea, y después al norte, hasta los bosques de vástagos de las Llanuras.

Era curioso oír hablar a Emery del río Lea como si estuviera describiendo una misión a un destino exótico. Will suponía que, para los novicios que habían vivido toda o casi toda su vida en el interior del alcázar, el mundo exterior era un lugar extraño. Intentó imaginarse a Emery o a sus amigos en las calles de Londres, pero no lo consiguió.

—¿Sabes por qué vais a salir ahora?

Emery negó con la cabeza, pero después se inclinó hacia delante para hablar casi en susurros.

—Todos dicen que los Siervos se están preparando para algo gordo —le dijo—. Quieren que los novicios estemos listos... Tanto como sea posible. Por eso han adelantado el examen de Carver.

—Tú mismo lo dijiste —añadió Beatrix—. Simon está haciendo progresos. El Renacido ha recuperado su poder. Y...

—¿Y? —le preguntó Will.

—Y tú estás aquí —contestó Beatrix.

Will se sonrojó, sintiendo todos los ojos sobre él. Sabía lo que pensaban los Siervos: que poseía la sangre de la Dama. Creían que podía matar al Rey Oscuro. Pero cuando pensaba en lo que se suponía que debía hacer, lo único que conseguía recordar era el árbol muerto y la inmóvil llama de la vela.

—Es como la antigua alianza —dijo Emery—. Todos nosotros luchando juntos.

A Will se le revolvió el estómago. «No puedo —pensó—. No puedo ser lo que necesitáis». No quería decir eso, cuando todos estaban mirándolo.

Sintió que Violet apoyaba el hombro ligeramente en el suyo y le agradeció aquel mudo gesto. Inhaló para tranquilizarse.

—¿Cuándo es tu examen? —le preguntó Violet a Carver.

—Dentro de seis días.

—¿Y es pronto?

—Tengo diecinueve años. Los novicios suelen examinarse un año después. A menos que su sangre sea muy fuerte.

Las maneras tranquilas y serias de Carver eran diferentes de la fuerza y la seguridad de Beatrix y de la tímida e ingenua cordialidad de Emery. Los tres estaban muy unidos, y él parecía la firme presencia que los mantenía juntos.

—¿Quién será tu compañero de armas? —le preguntó Violet.

Carver negó con la cabeza.

—Todavía no me lo han dicho.

—¿No lo eliges tú? —le preguntó Will. Le sorprendía que una relación tan importante fuera asignada, en lugar de libremente decidida—. Pensaba que era... una conexión profunda.

No tenía sentido. ¿El compañero de armas no era un compañero de por vida?

—Nos emparejan nuestros mayores —le contestó Carver—. La conexión llega más tarde.

Ese parecía un modo arriesgado de organizar los dúos. ¿Y si tu compañero de armas no te caía bien? Los Siervos que veía en el alcázar iban siempre en pareja. Dormían juntos, comían juntos, hacían la ronda juntos. Puede que los Siervos fueran tan obedientes que aceptaran a cualquier compañero de armas. O quizá se formaba algún lazo entre ellos después de ser emparejados.

—Me preguntaba si sería Cyprian —dijo Carver—, pero su examen se celebrará en otro mes.

Will miró a Cyprian. Estaba sentado a dos mesas de allí, con un grupo de novicios a los que él no conocía. Con la espalda recta y perfectamente ataviado, ya parecía un Siervo. Pero Cyprian tenía dieciséis años, y Carver había dicho que los novicios normalmente hacían el examen a los veinte...

—Es tres años más joven que tú —apuntó Will.

Carver asintió.

—Será el más joven en hacer el examen desde la Sierva Mayor.

—Entonces, ¿a quién le encasquetarán a Cyprian como compañero de armas? —preguntó Violet, como si fuera impensable que alguien quisiera serlo. Pero Carver respondió a su pregunta en serio.

—Seguramente a Justice.

—Pero... ¡Él *odia* a Justice! —exclamó Violet mientras Will se quedaba boquiabierto por la sorpresa.

—Son los mejores —dijo Carver, como si eso lo explicara todo—. Siempre emparejan a los Siervos cuyas fuerzas son equivalentes.

Más tarde, Will habló con Violet en su dormitorio.

—Los Siervos se están preparando para algo —le dijo—. Para una misión. Me pregunto si tiene algo que ver con el objeto del que me habló la Sierva Mayor, el que ha adquirido Simon.

La anciana le había contado que Simon había dado con un artefacto que usaría para el regreso del Rey Oscuro, pero se había negado a detallarle qué era. ¿Por qué?

—¿Crees que van a intentar recuperarlo?

—Es posible.

Violet estaba tumbada en la cama de Will, todavía con la ropa que había usado para entrenar. Había soltado la espada en el suelo antes de derrumbarse, agotada tras los ejercicios con Justice. Will dejó a un lado su práctica cuando ella entró; apartó la mirada de la vela y se frotó los ojos cansados.

El muchacho recogió la espada. Era pesada; el simple acto de sostenerla ya era difícil. Pero eso le borró de la mente la vela apagada y su fracaso al querer hacer progresos. Violet había intentado mirar la llama con él antes de rendirse. En ese momento, Will probó uno de los movimientos de Violet con la espada y a punto estuvo de alojar la hoja en uno de los postes de la cama.

—No es así. Empuja hacia arriba, como si atravesara una placa de armadura —le dijo, cuando terminó de frotarse los ojos. Will negó con la cabeza y soltó la espada.

—Tu familia trabajaba para Simon. ¿Qué sabes sobre él?

—Es rico —contestó Violet—. Absurdamente rico. Mi padre lleva casi veinte años haciendo negocios con su familia. Tiene sucursales en Londres, y un imperio comercial que abarca toda Europa. También tiene excavaciones en el Mediterráneo, en el sur de Europa y el norte de África. —Se detuvo y pensó un instante—. La casa de su familia está en Derbyshire… A varios kilómetros de Londres. Se supone que es impresionante, pero rara vez recibe invitados.

Will se detuvo en ese detalle.

—¿Tiene familia?

Violet se encogió de hombros.

—Su padre aún vive. Y está prometido. He oído que la joven es preciosa. Es lo bastante rico como para casarse con quien quiera.

Simon. Will intentó imaginárselo. El hombre en el que había pensado tanto desde lo que ocurrió en Bowhill; el hombre que había cambiado el curso de su vida. ¿Daba miedo? ¿Era autoritario? ¿Siniestro? ¿Frío? Era el descendiente del Rey Oscuro. ¿Era como el Rey Oscuro? ¿Se parecía a él? ¿Tenía sus rasgos? ¿Había heredado algo, a través de los siglos?

—Nunca lo he visto —dijo Will.

Sabía muy poco sobre Simon, a pesar de todo lo que había ocurrido entre ellos. Apenas tenía algunas impresiones dispersas: era el tipo de hombre que marcaba a sus subordinados; era el tipo de hombre capaz de ordenar la muerte de otros; era el tipo de hombre que querría que el pasado volviera al presente, heredero de su terrible rey.

—Yo, sí —replicó Violet. Will la miró—. Vino a ver a mi padre y a conocer a Tom. Estuvieron en el despacho. A mí no se me permitió estar presente.

—¿Cómo es?

—Apenas lo vi un instante… Estaba mirando desde las escaleras. Una figura oscura con ropa cara. Sinceramente, lo que mejor recuerdo es cómo actuó mi padre. Se mostró lisonjero, incluso… asustado.

—Asustado —dijo Will.

Su madre había estado asustada. Había pasado años yendo de un sitio a otro, trasladándose apresuradamente, siempre mirando sobre su hombro, hasta que se quedó demasiado tiempo en Bowhill y los hombres de Simon la encontraron.

Violet se apoyó en los codos.

—¿Te has fijado en que no hay Siervos viejos? —le preguntó.

—¿A qué te refieres?

—A que todos mueren —dijo Violet—. Mueren luchando, como ocurrió en el barco de Simon. Hay jenízaros viejos, pero no hay Siervos viejos.

Tenía razón. El único Siervo anciano del alcázar era la Sierva Mayor.

—Es el precio que pagan —dijo Will, pensando en Carver y en el resto de los novicios—. Creen que el Rey Oscuro va a volver y que es su deber detenerlo.

—¿Qué ocurrirá si Simon ataca el alcázar?

—Tú lucharás y yo moveré las velas —contestó Will.

Y Violet dejó escapar una exhalación temblorosa antes de levantarse para darle un golpe en el brazo y recoger su espada.

—Lo malcrías —dijo Farah.

Will había acudido a los establos antes de su clase para ver al negro caballo de carga, con una manzana que se había guardado en el desayuno como agradecimiento por su valor. Cuando el caballo negro lo vio, se acercó a la barandilla agitando la cabeza; después relinchó suavemente y tomó la manzana. Will le frotó el cuello, la fuerte curva de músculo bajo la cascada satinada de su melena negra.

Farah era la caballeriza, una Sierva de unos veinticinco años. Su piel oscura estaba cubierta de polvo, después del entrenamiento en el patio. Llevaba el cabello recogido. Cuando Will llegó, estaba en los pesebres; tan temprano, apenas había un par de Siervos y jenízaros trabajando.

—Me ayudó —dijo Will en voz baja, sintiendo el arco fuerte y cálido del cuello del caballo bajo su mano y recordando su carrera por las ciénagas—. Es valiente.

Y puede que *hubiera* algo en la comida o en el aire de allí, porque el caballo negro había cambiado en muy poco tiempo: tenía el cuello arqueado, el manto negro más brillante, y había un destello en sus ojos que no había estado allí antes. Empezaba a parecer un caballo de batalla, uno que podría liderar una carga.

—Es un frisón —le contó Farah—. Una de las razas antiguas… Está hecho para la guerra. Es valiente, sí, y lo bastante fuerte para cargar con un caballero y su armadura. Pero los días de los caballos de batalla ya han pasado. Ahora, los frisones tiran de las carretas de la ciudad. ¿Tiene nombre?

—Valdithar —dijo Will, y el caballo agitó la cabeza como si respondiera al nombre—. Significa *intrépido*.

La palabra, en la lengua del mundo antiguo, acudió a él sin pensarlo.

Cuando levantó la mirada, Farah estaba mirándolo con extrañeza.

—¿Qué pasa? —le preguntó.

—Nada, es que… —Se detuvo. Y después—: Ha pasado mucho tiempo desde la última vez que se habló esa lengua en este lugar.

Valdithar. El caballo negro pareció henchirse, como si el nombre le diera seguridad en sí mismo.

Will acudía al establo cada mañana. Le encantaba cepillar a Valdithar hasta que su manto brillaba y su melena era una cascada negra. Una o dos veces salió a cabalgar con los novicios, y los caballos de los Siervos en los que montaban eran una extraña delicia. Aquellas criaturas elegantes y sobrenaturales, con mantos de un blanco plateado y colas fluidas, tenían la arrebatadora belleza de Pegaso. Farah decía que eran descendientes de algunos de los mejores caballos del mundo antiguo, de la última manada. Al moverse eran tan poderosos como una ola, tan ligeros como la espuma, tan embriagadores como el rocío del océano.

Pero, en secreto, Will prefería el poderoso y terrenal galope de Valdithar y le gustaba que el frisón se defendiera bien entre ellos, un único corcel negro en medio de una caballada blanca.

Cuando Farah lo llevaba a cabalgar al otro lado de las murallas (seguro, con parejas de Siervos portando piedras escolta), los caballos de los Siervos transformaban la ciénaga en un lugar asombroso. Eran tan delicados como la bruma que cubría la marisma por la mañana temprano, y galopaban con tal ligereza sobre la tierra inundada que parecía que no la rozaban. Cuando los miraba, a Will se le quedaba el aliento atrapado en la garganta, como si pudiera captar un atisbo del mundo antiguo. Aquella era la razón por la que estaba intentando mover la llama: para proteger lo que quedaba del peligro que se avecinaba.

Seguía entrenando.

Pero la puerta de su interior permanecía obstinadamente cerrada. La visualizaba una y otra vez, de todos los modos posibles: abriéndola con suavidad, abriéndola de golpe, destrozándola, lanzándose contra ella, tirando de ella con todas sus fuerzas. Una vez, se esforzó tanto que salió del trance jadeando y temblando. Pero, a pesar de su ropa empapada en sudor, no hubo ningún cambio en la llama.

—Suficiente por hoy —dijo la Sierva Mayor con voz amable.

—No, puedo seguir. Si consigo...

—Will, para. No sabemos qué pasará si te fuerzas demasiado. Este es un camino desconocido para ambos.

—¡Pero casi lo tengo! —exclamó con voz ronca, frustrado.

—Descansa y duerme —le pidió la Sierva Mayor—. Regresa mañana.

CAPÍTULO CATORCE

—¿Qué tiene que hacer? —preguntó Will.

Un silencio tenso y expectante se cernía sobre la multitud. Todos los ojos estaban clavados en la solitaria figura plateada detenida sobre el serrín con solo una espada en la mano.

Todos los Siervos, jenízaros y novicios del alcázar se habían reunido para ver el examen, ocupando unas gradas que parecían haber pertenecido a un gran anfiteatro. Sus arcos y columnas se habían desmoronado, pero todavía conjuraba un pasado de poderosos torneos. Will tenía en la lengua el sabor metálico de la anticipación, tan afilado como el sonido de una espada al ser desenvainada.

Estaba acompañado por Violet y un puñado más, e hizo su pregunta a Emery y a Beatrix, que estaban sentados con expresiones tensas en el borde del peldaño de mármol. Porque la solitaria figura sobre el serrín era su amigo Carver.

—Practicamos una serie de movimientos con la espada —dijo Emery, respondiendo a la pregunta de Will—. Tiene que terminar tres series para aprobar; menos, sería un fracaso. —Emery inhaló con nerviosismo—. Ya sabes que este examen llega un año antes. La mayoría de los novicios no están preparados hasta que cumplen veinte, pero Justice tenía dieciocho. Y, por supuesto, todo el mundo piensa… —Emery se detuvo.

Will siguió su mirada por el anfiteatro y vio a Cyprian sentado junto a su padre, el perfecto novicio de espada recta. Cyprian haría aquella prueba a los dieciséis, todo un logro. Will podía ver el futuro de Cyprian en aquella ceremonia, su brillante excelencia eclipsando al tranquilo Carver, sin que nadie dudara de que aprobaría aquel examen y que se convertiría en un Siervo como su hermano.

—Carver puede completar las series tan rápida o lentamente como prefiera, pero la punta de su espada no puede vacilar —le contó Emery.

No parecía demasiado difícil. Will había visto a Violet practicando las series de lances en su dormitorio noche tras noche. La mayoría de los novicios ya las dominaban a los once o doce años. Después de eso, se trataba solo de la eterna búsqueda de los Siervos de la perfección.

—¿Eso es todo? ¿Solo tiene que hacer tres series completas?

Emery asintió.

Will volvió a mirar la arena. Carver caminó sobre el serrín y se detuvo ante la Sierva Mayor, que estaba sentada en un sencillo taburete de madera delante de las gradas. El joven llevaba armadura y la sobreveste con el color gris plateado de los novicios. Se arrodilló delante de la anciana con la tradicional muestra de respeto que Will había visto realizar a Justice y a otros Siervos, el puño sobre el corazón. «Lleva toda su vida preparándose para este día», pensó.

—Deseas vestir la estrella —dijo la Sierva Mayor—. Unirte a los Siervos en su lucha contra la Oscuridad.

—Sí —contestó Carver.

—Entonces levántate y demuestra tu fuerza —dijo la mujer, rozándole el hombro con una bendición.

Carver se incorporó.

Dos Siervos salieron de uno de los arcos portando un cofre de metal sujeto con varas, como un palanquín.

Will no supo qué esperar mientras los dos Siervos se acercaban a Carver y dejaban el cofre en el suelo, pero un instante después levantaron los cerrojos y lo abrieron.

Mal. Eso fue lo que Will sintió en el momento en el que el cofre se abrió. En el interior había un cinturón metálico hecho para ceñir la cintura. Al verlo, se sintió mareado y asqueado. Le recordó a los fragmentos de armadura que llevaban los Vestigios durante la persecución por las ciénagas, al guantelete que intentó apresarlo. Deseó levantarse y gritar: «¡No lo toques!». Cerró los dedos en torno a su asiento.

Antes de que pudiera decir nada, los Siervos sacaron el cinturón del cofre con unas tenazas metálicas y se lo pusieron a Carver en la cintura.

El efecto en el muchacho fue inmediato. Se tambaleó, y su piel se volvió gris. Carver llevaba armadura completa; el cinturón metálico no tocaba su cuerpo. Pero Will había visto objetos oscuros matando incluso desde lejos, como la espada y su fuego negro. El cinturón no necesitaba tocar la piel de Carver para afectarle.

—¿Qué es eso? —preguntó Violet.

—Es un cinturón hecho con un fragmento del metal de la armadura de un Guardia Oscuro —le explicó Beatrix.

—Como los Vestigios —dijo Violet.

—No tan fuerte —replicó Beatrix—. No es una parte completa; eso lo mataría. Pero es bastante fuerte. La mayoría de los que suspenden la prueba, caen de rodillas de inmediato.

Carver se mantuvo en pie. Y cuando los dos Siervos se alejaron, retrocediendo, el joven desenfundó su espada.

Entonces fue cuando Will se dio cuenta de que el objeto del examen no eran las series con la espada.

Era el control. Seguir siendo un Siervo al enfrentarse con la Oscuridad. Aferrarse a la misión. Luchar.

A Will le latió el corazón con fuerza cuando Carver comenzó con la primera serie, con el anfiteatro en completo silencio. Oía cada paso que el joven daba como parte de la secuencia, su espada cortando el aire, dibujando un arco de izquierda a derecha. El cinturón que rodeaba su cintura era como un ancla, y estaba empapado en sudor.

La segunda serie... Debía haberla practicado miles de veces desde su infancia. Will reconoció los movimientos porque justo la noche

168 • EL REY OSCURO

anterior había visto a Violet llevando a cabo la secuencia. Era más larga que la primera, y podía oír las exhalaciones de Carver al completar cada movimiento. Cuando terminó la serie, parecía imposible que pudiera continuar. Apenas podía mantenerse en pie. Todo el anfiteatro estaba conteniendo el aliento, y siguieron haciéndolo durante la larga pausa. Will vio el momento en el que Carver se preparó para comenzar la tercera.

—¿Y si falla?

—No lo hará. Su sangre es fuerte —dijo Beatrix.

Palabras de fe de una amiga. La piel macilenta de Carver se había cubierto de motas y un fino hilillo de sangre manaba de su nariz. Continuó, movimiento tras movimiento. Era como observar a un hombre que mantenía la mano en el fuego mientras su piel se quemaba. Pero el brazo en el que tenía la espada no flaqueó, y completó el último movimiento con la hoja firme.

El anfiteatro rompió en vítores.

—¡Carver!

Emery y Beatrix se pusieron en pie de un salto, gritando con orgullo. Desde su asiento en el límite de la arena, la Sierva Mayor sonrió. Los dos Siervos acudieron rápidamente para quitarle el cinturón y volver a encerrarlo en su cofre. Carver no se derrumbó, agotado; caminó hasta detenerse delante de la Sierva Mayor y se arrodilló por segunda vez. Consiguió que pareciera un movimiento elegante, en lugar de un signo de colapso. La anciana lo contempló con ojos amables y orgullosos.

—Lo has hecho bien, Carver —le dijo—. Ahora ha llegado el momento.

Seis Siervos aparecieron en la arcada, vestidos de un modo diferente al resto de los Siervos del alcázar. Llevaban el blanco de los Siervos, pero sus túnicas eran largas, como las de los jenízaros, en lugar de las habituales túnicas cortas. Lo más sorprendente de todo era la insignia que llevaban en el pecho: una copa con cuatro coronas talladas. Will nunca había visto a ningún Siervo vistiendo algo parecido. Había creído que todos los Siervos portaban la estrella.

Caminaban en parejas, como siempre. La copa de sus túnicas resplandecía, con forma de campana. Les otorgaba una importancia extraña, ceremoniosa. Carver se levantó y acompañó a los seis Siervos en su procesión a través del arco, hasta desaparecer de la vista.

—¿Qué está pasando? —preguntó Will.

—Va a beber del Cáliz —dijo Beatrix—. Es el rito más secreto de nuestra Orden. Hará sus votos, beberá y regresará con el don de la fuerza.

—¿El cáliz? —repitió Will.

—El Cáliz de los Siervos. La fuente de nuestra fortaleza.

Así era como los Siervos conseguían su fuerza sobrenatural, bebiendo de un cáliz. Eso explicaba la insignia que los seis Siervos llevaban en el pecho: debían ser los guardianes del Cáliz. Pero ¿qué significaba que un novicio bebiera? La mente de Will estaba llena de preguntas.

—¿Cómo es posible que una copa les otorgue fuerza?

—Nadie lo sabe. Ningún novicio o jenízaro ha visto nunca el ritual. Incluso los votos son secretos. Solo aquellos que pasan la prueba saben de qué se trata. Pero se dice que solo aquellos cuya sangre es fuerte pueden soportar el gran poder que otorga el Cáliz. Por eso hacen un examen. Tenemos que demostrar nuestra fuerza de voluntad antes de beber.

Will volvió a mirar el arco en el otro extremo de la arena.

—¿Te refieres a que arriesga la vida?

Los Siervos entregaban muchas cosas. Vivían vidas de sacrificio y dedicación solo para morir jóvenes en el campo de batalla, mientras que los jenízaros tenían vidas plenas, se casaban y tenían hijos. De los centenares de Siervos del alcázar, solo la Sierva Mayor vestía el uniforme blanco y había llegado a envejecer.

Pensó en la tranquila dedicación de Carver, en su humildad y en el valor que había mostrado mientras llevaba el cinturón. Se preguntó cuántas horas habría practicado, aprendiendo a mantener la concentración a pesar del agotamiento.

—Mira, ya regresa —dijo Emery—. ¡Ahí está!

Un nuevo vítor se elevó de las gradas mientras Carver atravesaba el arco, y Emery y Beatrix se abrazaron en un arrebato de alegría por su amigo.

—¡Lo ha conseguido! —oyó exclamar Will a uno de los novicios a su espalda—. ¡Carver es un Siervo!

Carver estaba vestido de blanco, transformado, como si hubiera salido de una crisálida. Su expresión era serena, orgullosa y alegre. Pero el mayor cambio estaba en su postura, y Will se sintió asombrado ante la diferencia, la nueva naturaleza que compartía con el resto de los Siervos. Era un fulgor interior, como si hubiera entrado gris en aquella cámara y el cáliz lo hubiera cubierto con un radiante blanco.

Cuando se detuvo en la arena, una joven a la que Will no conocía se acercó a él y le tomó las manos. Parecía apenas un año o dos mayor que Carver, pero vestía de blanco y llevaba el largo cabello castaño al estilo de los Siervos. Se dijeron palabras ceremoniales, el uno al otro y para la multitud reunida. «Los votos de los compañeros de armas», pensó Will con asombro, mientras la muchacha hablaba con voz clara.

—Yo te protegeré —le dijo—, y tú lo harás por mí, y juntos lucharemos contra la oscuridad.

—¿Crees que dejarían que un forastero hiciera el examen?

Violet estaba a su lado, a solas en el balcón. Los patios inferiores estaban iluminados, ya que los Siervos se habían reunido para celebrar, y la música de algún antiguo instrumento de cuerda se elevaba a través de las hojas de los árboles. Will casi podía atisbar la belleza del alcázar en su cúspide; las imágenes y los sonidos conjuraban desfiles del pasado o las luces flotantes de un festival.

Cuando miró a Violet, estaba pensativa. Parecía una esperanzada y joven Sierva, pensó. Las horas que pasaba entrenando con Justice le habían otorgado la postura erguida que todos los Siervos tenían. Había aprendido sus lances y sus meditaciones y podía mantenerse en posturas incómodas y totalmente inmóvil durante horas. Pero no se le permitía entrenar con ellos, ni asistir a sus ceremonias.

—Tienes que tener sangre de Siervo para beber del Cáliz —le dijo Will. Eso era lo que Beatrix le había contado. Solo los que tenían sangre de Siervo podían soportar el poder del Cáliz.

—Solo beben para recibir fuerza —replicó Violet—. Yo ya soy fuerte.

Will sabía qué le estaba preguntando en realidad. ¿Crees que un León podría ser un Siervo?

—Creo que, si te sometieras a la prueba, la pasarías —le dijo. Violet lo miró—. Tú nunca dejarías que te derrotara un cinturón.

La joven inhaló antes de dedicarle una sonrisa torcida y golpearle el hombro con el puño.

Will lo decía en serio. Violet, con su ferocidad y su compromiso, parecía haber nacido para ser una guerrera de la Luz.

Era él quien no conseguía iluminar el Árbol de Piedra, quien había pasado horas con la Sierva Mayor sin conseguir nada más que aquellas ramas muertas, como grietas que se extendían por el firmamento.

Un sonido cercano hizo que ambos se detuvieran y se giraran, pues no querían que nadie oyera sus palabras, pero solo eran Carver y Emery sentados en la escalera, tomándose un momento a solas.

—Estoy orgulloso de ti. —La voz de Emery. Will podía ver el pálido brillo de su túnica en una hornacina cercana.

—Por un momento, creí que no lo conseguiría. Pero no dejaba de oír la voz de Leda: «Siervo, recuerda tu entrenamiento».

—Quería hacer el examen contigo —dijo Emery en voz baja—. Siempre tuve la esperanza de... que yo podría ser tu compañero de armas.

—Emery...

—Entrenaré mucho. Para que podamos ser Siervos juntos.

—No hay prisa —dijo Carver—. Yo... Tómate tu tiempo. No te apresures por mí, Emery. No hay...

—¡Will, Violet! —exclamó Beatrix, saludando también a Carver y a Emery e interrumpiéndolos a todos mientras se acercaba—. Vayamos dentro con los demás.

Violet dio un paso adelante, pero Will dudó.

—¿Will? —preguntó Violet, mirándolo.

—Ve tú —contestó—. Yo bajaré más tarde.

Después de un instante, Violet asintió. Después, se giró y bajó al patio. Will la observó mientras seguía a los novicios, a los que se unió Justice. Él se quedó en la oscuridad, solo en el silencioso balcón, mirando la fiesta de abajo.

Los Siervos y los novicios eran como destellos de luz. La música seguía subiendo hasta su balcón, pero parecía lejana, como el ocasional murmullo de una risa o de palabras que no comprendía. El aire allí era frío y seco; solo los azules y grises de la luz de la luna iluminaban el balcón. Tomó una larga inspiración.

La batalla se avecinaba, y aquellas eran las personas que iban a luchar. Aquellas personas, contra la Oscuridad. Él había visto la seriedad con la que asumían su deber. Carver había forcejeado contra la agonía para mostrar su dominio sobre la influencia oscura. En solo un mes, Cyprian se enfrentaría a la misma prueba. A sus dieciséis años, sería el Siervo más joven que bebería del Cáliz.

Will llevaba el medallón de la Dama alrededor del cuello. Sentía su peso tangible. Levantó la mano y lo rodeó con los dedos, recordando que el antiguo criado de su madre, Matthew, había muerto para entregárselo. «Debes acudir a los Siervos», le había dicho. Él había creído en su destino, en su papel en la inminente batalla.

—No lo estás celebrando con los demás —dijo la Sierva Mayor.

Apareció como una presencia sociable, subiendo en silencio los peldaños que conducían al balcón. A su lado, miró con ojos amables las celebraciones de abajo. Una carcajada distante llegó hasta ellos y Will vio a Carver, con flores blancas alrededor del cuello, hablando con su nueva compañera. Apretó el medallón.

—Todos dicen que Carver ha hecho este examen antes de lo que hubiera debido —dijo.

La mujer lo miró, asintiendo.

—Se ha sometido a la prueba un año antes. Ordené que la adelantaran, aunque esto incrementa en gran medida la posibilidad de fracaso.

—¿Por qué?

—No te mentiré. Tu entrenamiento es muy importante. Tenemos muy poco tiempo. Debes tener éxito y recuperar tu poder. —Volvió a concentrarse en el suave halo de las luces de abajo—. En cuanto a los Siervos, necesitamos que todos estén preparados.

—Crees que Simon está a punto de mover ficha —dijo Will—. No… Es otra cosa, no es eso. Hay algo que no me has contado.

Mientras los sonidos atenuados de la fiesta llegaban hasta ellos, vio secretos en sus ojos.

—Deberías bajar a divertirte con los demás —le dijo la anciana—. Queda poco tiempo. Disfruta de estos momentos de alegría mientras puedas.

CAPÍTULO QUINCE

Despertó con Violet tironéandole el hombro.

—Está pasando algo.

Salió aturdido del sueño, a pesar de que ella casi lo había sacado de la cama, tirando de él sobre el caos de colchas hacia la ventana.

Tenía razón. Estaba ocurriendo algo en las murallas. Podía ver a un grupo de Siervos reunidos en la oscuridad, sin antorchas. Creyó advertir la silueta de Jannick, el Gran Jenízaro.

—Vamos. Descubriremos qué está sucediendo. —Violet le alcanzó su túnica de novicio.

Los salones estaban desiertos. Era muy tarde. Fuera, se agazaparon en la noche helada tras una carreta, escondiéndose en la oscuridad. Will veía al Gran Jenízaro, esperando con su larga túnica azul, y a su lado, con una capa blanca, la figura más pequeña y delgada de la Sierva Mayor. Había otros seis Siervos reunidos con ellos, incluyendo a Leda, la capitana. Todos tenían los ojos clavados en la puerta.

Caballos blancos y sus jinetes vestidos de blanco aparecieron como una visión en la arcada. «Una expedición secreta», pensó Will. No era la primera vez que veía a los Siervos retornando de una misión, pero nunca en la madrugada, mientras sus superiores los esperaban en la oscuridad y sin antorchas. Mientras observaba, vio que los Siervos que regresaban estaban malheridos: dos derrumbados sobre sus sillas y los otros tres apenas capaces de cabalgar erguidos. Y, de las dos docenas de caballos blancos, solo los cinco primeros iban montados por Siervos. Los demás no tenían jinete, y portaban sacos grises que no tenían la forma correcta para ser mercancía.

Leda se apresuró a sujetar a Justice mientras este desmontaba su caballo con evidente dolor. Le acercó un frasco a los labios para administrarle las aguas de los Oridhes. Otros hicieron lo mismo para ayudar a los Siervos cubiertos de sangre. Will volvió a mirar los caballos sin jinete y se dio cuenta, horrorizado, de lo que estaba observando.

Los sacos grises no eran mercancía. Eran cuerpos envueltos.

—¿Marcus? —preguntó Jannick, y Justice, con la expresión de derrota más intensa que Will le había visto nunca, negó con la cabeza.

—Así que has vuelto sin él —dijo una voz. Will se giró para ver a Cyprian, de pie en los peldaños del alcázar. Debió despertarse y bajó a ver qué estaba pasando. Pero Cyprian no estaba escondido detrás de una carreta, como Will y Violet. Había acudido como un blasón, para desafiar a Justice directamente. Hizo una mueca de furia—. Otra vez.

—Cyprian —dijo su padre, dando un paso adelante—. Este no es el momento.

—Pero, por supuesto, tú has sobrevivido. Se te da bien sobrevivir mientras dejas atrás a mi hermano...

—He dicho que ya es suficiente, Cyprian... —repitió el Gran Jenízaro.

—No —dijo Justice, apartándose de los brazos de Leda para erguirse por sí mismo—. Merece saberlo.

Justice tenía el rostro grisáceo por el cansancio. La sangre empapaba su sobreveste blanca. A Will le dio un vuelco el corazón. ¿Quién podría haberle hecho aquello a un escuadrón de Siervos?

—Encontramos el convoy que transportaba a Marcus —le explicó Justice—. Estaba justo donde nuestra información decía que estaría. —Su expresión cambió—. Pero Marcus no estaba allí. Era un señuelo para una emboscada. James estaba allí.

«James», pensó Will, con un hormigueo en la piel y toda su atención concentrada en el nombre. Lo sintió como lo había hecho en el río, cuando lo vio y fue incapaz de mirar cualquier otra cosa.

—El Traidor —dijo Cyprian, con una nueva dureza en su voz—. ¿Él os ha hecho esto?

—Una bruma bajó sobre el valle —comenzó Justice—. Nos proporcionó la cobertura perfecta. Vimos el convoy, cuatro carruajes con el escudo de armas de Simon. Creímos que lo teníamos.

Will se imaginó a los Siervos cabalgando hacia el valle envuelto en niebla, sus espectrales siluetas blancas descendiendo sobre los cuatro brillantes carruajes negros.

—Estábamos cargando cuando los primeros jinetes se... elevaron sobre sus sillas —dijo Justice—. Quedaron suspendidos en el aire, y sus cuerpos comenzaron a sacudirse. Ante nuestros ojos, sus huesos se quebraron y su carne se rasgó. Vi la armadura de Brescia arrugarse como si fuera papel.

Siervos colgando sin fuerzas, flotando en la bruma, mientras sus cuerpos se fracturaban y contorsionaban en formas antinaturales. Horripilante e imposible, pero Will había visto a James levantar una caja con un poder imposible. ¿Por qué no alzar un cuerpo, moverlo, romperlo a tu voluntad?

—Fue un caos. Gritaron, los caballos viraron y tropezaron unos con otros. Pedí la retirada, pero era demasiado tarde, pues aquella fuerza invisible estaba suelta entre nosotros. No había modo de luchar contra ella. Casi no conseguimos regresar con vida.

—Pero habéis regresado. ¿Nadie más fue capturado? —La voz brusca de Jannick.

Justice asintió, tenso. Era obvio que regresar y traer a casa los cuerpos había tenido un precio, en vidas, en dolor. Pero lo habían logrado.

«No pueden luchar contra la magia». Los Siervos, con su fuerza sobrenatural, podían derrotar a cualquier fuerza combatiente del mundo. Pero no podían luchar contra lo que no podían ver.

«Por eso me necesitan. Creen que yo sí podré».

A Will se le revolvió al estómago al recordar sus lecciones fallidas, su incapacidad para iluminar el Árbol de Piedra o para mover la llama de una única vela.

«Los Siervos están perdiendo ante Simon. Están seguros aquí. Pero ahí fuera... Él se está haciendo demasiado poderoso».

Leda sostuvo a Justice de nuevo, rodeándole los hombros con un brazo. Este llamó a Jannick y miró a su alrededor para asegurarse de que no los oía nadie. Entonces habló en voz baja:

—Gran Jenízaro, si no liberamos pronto a Marcus...

—Aquí no —dijo Jannick.

Will siguió la mirada de Jannick y vio siluetas en la entrada, un pequeño grupo de otros novicios que se habían escabullido detrás de Cyprian y estaban mirando. Will vislumbró a Emery, pálido y con los ojos muy abiertos, y a Beatrix, todavía en camisón y con una manta sobre los hombros.

La Sierva Mayor dio un paso adelante.

—Todo el mundo a la cama. Tenemos heridos a los que atender.

Escoltaron a Cyprian y a los demás novicios, pero Will y Violet siguieron escondidos peligrosamente cerca de Jannick y de la Sierva Mayor. Él intentó quedarse muy quieto, casi sin respirar.

—El Traidor juega con nosotros. —Jannick mantuvo la voz baja, pero estaba cargada de desprecio.

—Sabe que haremos cualquier cosa para recuperar a Marcus —dijo la Sierva Mayor.

—Es culpa mía. Soy yo quien... El Traidor. Lo tenía. Y se me escapó de las manos. Ahora Simon tiene el poder que necesita para terminar con nosotros, uno a uno...

—Entre él y lo que quiere solo nos interponemos nosotros —dijo la mujer.

Will se estremeció. Estaba hablando de él. Ella creía que podía detener al Rey Oscuro. ¿Basándose en qué? ¿Un par de palabras en la antigua lengua y la imagen de una dama en un espejo?

—No puedes culparte —le dijo la anciana a Jannick—. Tú no podías saber en qué se convertiría el Traidor cuando...

Se detuvo, tambaleándose ligeramente sobre los adoquines desiguales. Jannick se apresuró en su ayuda; la tomó del brazo y dejó que apoyara su peso en él.

—Euphemia...

—No es nada. He tropezado.

—¿Estás segura?

—Sí. Estoy segura. —Sonrió a Jannick y le puso una mano tranquilizadora en el brazo—. Estoy segura, Jannick. No hay necesidad de preocuparse. Ahora vamos. Tenemos que hablar.

Los últimos supervivientes habían desmontado y los Siervos del patio comenzaron a desatar los sacos grises mientras otros se alejaban con los caballos que habían perdido a sus jinetes para siempre. La Sierva Mayor habló por fin.

—Leda. Justice. Seguidnos.

Will intercambió una mirada con Violet. Los Siervos siguieron a la Sierva Mayor sin decir nada. En silencio, los jóvenes abandonaron la protección de la carreta, esperaron hasta que el camino estuvo despejado y después los siguieron también.

El despacho del Gran Jenízaro estaba en lo más profundo del alcázar. A través de la rendija de la puerta, Will vio que estaba lleno de libros; incluso la mesa estaba abarrotada de manuscritos y pergaminos. Como Gran Jenízaro, Jannick tenía que supervisar todo el trabajo que los jenízaros hacían en el alcázar, y eso incluía los aspectos académicos, la enseñanza de la historia y el mantenimiento de los registros. A través de la rendija, Will podía oír sus voces susurradas.

—Esta es la primera vez que James se enfrenta a un escuadrón —estaba diciendo Justice—. El año pasado no habría ganado esta refriega. Cada día que pasa se hace más fuerte... Está adquiriendo su verdadero poder, y él lo sabe. Nos atrajo a esa batalla, seguro de que ganaría.

Respondió una voz de mujer que podría haber sido la de Leda, pero Will no entendió lo que dijo. Miró a Violet, y ambos se acercaron más a la puerta.

—Cada año son menos los Siervos nacidos en el alcázar —dijo Justice—, y menos aún los que son llamados del exterior. Tenemos muy pocos novicios, y de ellos apenas un puñado sería lo bastante fuerte para beber del Cáliz y convertirse en Siervos. Cyprian, sí. Beatrix... Emery, quizá. Pero los demás...

Jannick frunció el ceño.

—¿Qué estás diciendo?

—Pronto podríamos no ser suficientes para luchar.

—¿Esa es la intención de Simon? —preguntó Jannick—. ¿Aniquilarnos uno a uno?

—Despejarle el camino a su señor —contestó la Sierva Mayor.

Se produjo un horrible silencio mientras todos asimilaban sus palabras, y Will casi pudo sentir la tensión que crecía en su estela.

—¿No hay jenízaros que tengan la fuerza para beber del Cáliz? —La voz de Leda—. Muchos de los que visten de azul anhelan hacerlo de blanco.

—Si yo fuera lo bastante fuerte para beber del Cáliz, ya sería un Siervo —dijo Jannick—. Pero no lo soy. No puedo beber, como no puede hacerlo nadie de sangre débil. Es demasiado peligroso.

—Tenemos al muchacho —apuntó la Sierva Mayor.

—¡El muchacho! Él no es nada, no muestra señal alguna de ningún talento. Ninguna chispa de poder. La estirpe de la Dama murió con su madre.

—Tal vez haya llegado el momento de contárselo a los demás —dijo Justice—. La verdad. Sobre Marcus, sobre los planes de Simon. Los novicios y los jenízaros merecen estar advertidos...

—¿Y romper nuestro juramento sagrado?

—Si los demás supieran lo que está ocurriendo en realidad...

—Si lo supieran habría pánico, caos. ¿Y entonces cómo podríamos...? —Jannick se detuvo. Will sintió un hormigueo de inquietud—. ¿Has cerrado la puerta?

—Eso creo —dijo Leda.

—Vamos —murmuró Will, y Violet y él se empujaron y tiraron el uno del otro para alejarse rápidamente. Terminaron agazapados detrás de una columna, tras doblar varias esquinas adentrándose en el alcázar.

En silencio, aunque la carrera los había hecho jadear, esperaron a que los pasos se disiparan.

—Es peor de lo que nos dijeron —apuntó Will cuando supieron que estaban solos—. Simon se está haciendo más fuerte y nadie puede detenerlo.

«Ni siquiera yo», pensó, y las palabras se cernieron en el aire aun sin haberlas pronunciado.

—Will… —comenzó Violet.

—El Gran Jenízaro tiene razón —dijo Will—. No puedo usar magia. En todo este tiempo no he iluminado el árbol ni movido la llama.

—Detuviste la espada en el barco de Simon. Yo lo vi.

—Los Siervos luchan por sus vidas —replicó Will—. Creen que yo puedo ayudarlos. Pero ¿y si no soy…? ¿Y si no puedo…?

—Lo eres. Lo serás.

—¿Cómo lo sabes?

La miró. El cabello le había crecido lo suficiente para comenzar a recogérselo al estilo de los Siervos, y eso la hacía parecer una de ellos.

—No lo sé. Lo presiento —dijo Violet—. Encajas, incluso más que los Siervos. Es como si estos salones hubieran sido construidos para ti. Es la misma sensación que tengo cuando oigo hablar a la Sierva Mayor, o cuando descubro alguna de las antiguas leyendas. De algún modo, parece estar bien.

Era ella quien encajaba. Había conseguido dominar los ejercicios con la espada que practicaban los novicios; comía con ellos y hablaba con ellos; habían aceptado su presencia, como si hubieran olvidado que carecía de la sangre de Siervo. Parecía una guerrera de antaño, caminando por los pasillos con sus anticuadas ropas.

—Mi madre lo habría conseguido —dijo Will—. Ella era dura… Ahora me doy cuenta, cuando recuerdo lo que hizo, lo que…

—Tú eres su hijo —dijo Violet, y Will inhaló temblorosamente y cerró los dedos sobre la cicatriz de su palma. Asintió.

Se levantaron y descubrieron que la estancia donde habían ido a parar era vieja y estaba derruida; una enorme columna caída atravesaba su centro, con trozos de piedra todavía cerca de su porción destrozada, aunque parecía haberse desplomado hacía siglos. La arquitectura allí era diferente de la de la ciudadela principal, y le recordaba al estilo antiguo de las cámaras cercanas al Árbol de Piedra.

—¿En qué parte del alcázar estamos? —Violet dio un paso por la habitación.

—Creo que es el ala oeste. —«La zona prohibida del alcázar», pensó Will—. ¿Crees que nos meteremos en un lío por haber entrado aquí?

—No si no lo descubren.

—Ten cuidado por donde caminas —dijo Will mientras miraba el polvo que no había sido perturbado en mucho tiempo.

Estaba oscuro, así que volvió sobre sus pasos y regresó con una antorcha de uno de los apliques del muro a su espalda. Avanzaron de habitación en habitación, mirando las viejas tallas y los frescos. Vieron una puerta de piedra demasiado gruesa para abrirla. Tenía una inscripción grabada. Will se descubrió mirando fijamente las palabras.

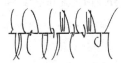

—*Que entren solo aquellos que puedan* —leyó Will con un escalofrío, solo para encontrar a Violet mirándolo con una expresión extraña.

—¿Puedes leerlo?

Él asintió.

—¿Cómo?

—No lo sé. Solo puedo. —Recordó la reacción de Farah cuando lo oyó pronunciar las palabras. Lo había mirado fijamente, aunque nunca le preguntó por ello. La verdad era que pronunciar las palabras de la antigua lengua lo hacía sentirse raro, igual que la sensación de familiaridad que le provocaba el alcázar lo hacía sentirse raro. Como si fuera algo que debiera recordar y no pudiera, un fantasma en el límite de su visión—. Es como si siempre lo hubiera sabido.

—Que entren solo aquellos que puedan —repitió Violet.

—Nosotros no podemos entrar. Es piedra sólida.

—¿Y? —dijo Violet. Lo apartó con el hombro y puso las palmas sobre la piedra. Después usó su fuerza para empujar la puerta.

Para asombro de Will, la puerta se abrió con un sonido grave y resonante. La antorcha que él sostenía les permitió ver en la oscuridad unos peldaños que conducían hacia abajo.

—Creen que solo los Siervos son lo bastante fuertes para mover esta puerta —dijo Violet, con una pizca de arrogancia en la voz.

—¿Dónde *estamos*? —le preguntó Will.

Levantó la antorcha mientras descendían las escaleras hasta una oscura cripta subterránea. Avanzaron en un pequeño círculo de luz. A su alrededor se extendía una biblioteca espectral, con estantes de tres o cuatro plantas de altura que desaparecían en la oscuridad. Los libros estaban encuadernados en cuero, pero eran tan antiguos que la piel se había descolorido. Sus lomos estaban tan blanqueados como huesos, así que la estancia casi parecía un cementerio. *Alicorni*, leyó en la tinta negra escrita en el lomo de uno; *Prefecaris*, decía otro. Atravesaron la extensa sala, tan silenciosa como una tumba.

—Estos son restos de animales —dijo Violet en voz baja y sorprendida cuando entraron en una segunda sala. Allí los rodearon los vestigios de las bestias: un puñado de escamas demasiado grandes para ser de una serpiente, una garra que brillaba como el cristal, un pico inmenso, un montón de dientes, pezuñas, huesos y órganos de aspecto extraño. Will vio algunos fragmentos de armas de caza: la punta de una lanza, dos garfios, parte de un tridente. En el muro sobre sus cabezas pendía un asta que, al acercarla a los labios, emitiría una única nota. «Un cuerno —pensó—, para llamar a animales que ya no existen».

Will levantó la antorcha y encaró el camino que conducía hasta una tercera sala. Esta estaba llena de artefactos. Había piedras colgadas en las paredes que mostraban fragmentos de inscripciones grabadas. Vio parte de una campana. La mitad de una escultura de mármol con un brazo blanco extendido. Un arco sin cuerpo que no formaba parte de la habitación sino que lo habían traído de otro sitio.

—¿Qué es este lugar? —preguntó Violet en voz susurrada.

—Esto es lo que queda —contestó Will.

Se le erizó la piel cuando se dio cuenta de ello: las inquietantes esculturas y los fragmentos de arquitectura que lo rodeaban era todo lo que quedaba de un mundo perdido.

Había partes de armas: una empuñadura sin hoja, un pomo de nácar, la mitad de un casco, un guantelete como el que había visto marchitando las hojas de la enredadera. *¿Qué había sido de los grandes ejércitos que habían luchado para proteger el mundo?* Pero conocía la respuesta. *Habían desaparecido. Habían desaparecido como huellas de pasos tras una tormenta.* Vio algunos artículos más sentimentales: un vial roto, un cuenco para beber, un peine infantil.

En el otro extremo de la sala, un rayo de luz de luna atravesaba el techo para iluminar un pedestal de piedra, como si lo que hubiera allí fuera valioso e inusual.

Will leyó las palabras:

El cuerno que todos buscan y nadie encuentra.

Sobre el pedestal había una caja abierta de madera lacada, exponiendo el cuerno blanco de un animal que solo conocía por las leyendas. Era más largo que sus dos manos extendidas, una espiral nacarada que giraba desde una base gruesa hasta una punta afilada y fina. A diferencia del resto de artefactos de la estancia, brillaba como una lanza de luz. Limpio y respetado por el polvo y el tiempo, era como un rayo directo al corazón.

—Un unicornio —dijo Violet, en voz baja y sobrecogida, y Will recordó que la joven era una Leona.

Estaba extendiendo los dedos.

—Es como si los humanos se lo hubieran cortado... —Violet rozó la amplia base del cuerno, pulido y después serrado e irregular, como si hubieran comenzado cortándolo y después lo hubieran quebrado.

«Como el tocón de un árbol», pensó Will, y una visión lo apresó: caballos blancos cargando en el campo de batalla como una ola al romper, algunos con jinetes armados con espadas brillantes y otros con sus largos cuernos preparados como lanzas letales. Se enfrentaban a una tormenta inminente de sombras negras, y a Will le latió con fuerza el corazón porque sabía que no sobrevivirían pero que estaban arremetiendo de todos modos, imposiblemente valientes. Había una respuesta allí, aunque en la distancia oyó que Violet decía:

—*Will.*

Levantó la mirada, pero no hacia ella. Miró un arco negro cortado en la piedra del muro. Había otra cámara.

Tomó su antorcha y caminó hacia ella, como si una fuerza lo atrajera. Podía oír a Violet a su espalda, diciendo:

—¿Will? ¿A dónde vas?

La ignoró. Había unos peldaños que descendían hasta una habitación, más pequeña que las demás y sumida en la negrura.

No era una oscuridad ordinaria; era tangible y tan envolvente que parecía oscurecer la antorcha en lugar de ser iluminada por ella. Violet corrió por las escaleras tras él y se detuvo en seco al llegar abajo, como si la densa y opresiva oscuridad la repeliera.

Había algo más allí.

Eso fue lo que la Sierva había dicho en el barco instantes antes de que la Espada Corrupta se despojara de su contenedor. Aquella era la misma sensación, pero más intensa, como si lo que estaba allí fuera más oscuro y más peligroso de lo que la llama negra de la espada pudiera ser nunca. Pero se sentía atraído hacia ello, como si notara una presencia llamándolo. Dio otro paso hacia delante.

Will sentía lo que detenía a Violet, la turbia inmoralidad. Y aun así no podía parar. El corazón le latía con fuerza. Todas las respuestas que buscaba parecían contenidas en la promesa de lo que se cernía en el aire ante él.

No era la Espada Corrupta. Era otra cosa.

Al principio, le pareció simple. Un trozo de roca negra. Como si estuviera suspendida, colgaba en el centro de la estancia, rotando con lentitud. Levantó la antorcha para verla, pero la luz no surtió efecto.

Era tan negra que parecía succionar toda la luz de la estancia. Un vacío interminable, un terrible agujero que quería consumirlo todo en el mundo. Lo llamaba, como un abismo llamaría a quien pudiera lanzarse, llevándolo hasta su borde para susurrarle que saltara.

Quería tocarla. Extendió la mano y, cuando las puntas de sus dedos rozaron su superficie, sintió una terrible puñalada de frío. Contuvo el aliento y la conmoción lo atravesó. Vio los cuatro tronos vacíos del alcázar, pero había cuatro figuras resplandecientes sentadas en ellos, majestuosos reyes de ropajes brillantes y llamativos. Pero, mientras los miraba, tres comenzaron a cambiar; sus rostros se descamaron y sus huesos se volvieron transparentes, hasta que solo fueron horribles versiones sombrías de sí mismos. Y entonces vio una silueta alzándose sobre todos ellos, con una corona deslucida y fuego negro en los ojos…

—¡Para!

Contuvo un grito mientras tiraban de su brazo con fuerza hacia atrás, y se descubrió mirando el rostro de la Sierva Mayor, sus ojos brillantes y severos. Tenía las manos en sus hombros, reteniéndolo.

—No la toques. Esa roca es la muerte. —Su voz era tan implacable como sus ojos, una expresión que nunca antes había visto en ella—. Incluso el más mínimo roce te matará.

Will parpadeó y miró la cámara. Parecía que lo habían sacado de un sueño, o de un encantamiento. La Sierva Mayor había entrado tras ellos y pasado junto a Violet, que los miraba desde las escaleras con preocupación.

—¿Matar? —repitió, confundido. Las manos de la anciana sobre sus hombros hicieron que entrara en calor. Su presencia tenía el efecto contrario al de la piedra. La mujer parecía emanar una calidez consoladora, como el fuego de una acogedora chimenea. A su lado, la luz de la antorcha era más brillante.

186 • EL REY OSCURO

Miró de nuevo la piedra suspendida. Habría jurado que la había tocado... ¿No lo había hecho? Todavía podía sentir su frío, ver esas figuras transformándose en sus tronos. ¿Lo habría imaginado? Sintió la abrumadora necesidad de colocar la palma contra la roca para asegurarse.

—Por eso la guardamos donde nadie puede entrar —le dijo la Sierva Mayor, con expresión incisiva.

Todavía absorto en la roca, pasó un instante antes de que Will recordara que Violet y él no debían estar allí. Se sonrojó.

—Solo estábamos...

—Sí, lo sé. Ambos tenéis la costumbre de estar en lugares donde no debéis estar.

Pero su tono era amable. Con una mano cariñosa en su brazo, comenzó a dirigir a Will hacia el arco donde los esperaba Violet. La muchacha se introdujo de inmediato en el círculo de luz de la antorcha de la Sierva Mayor, como si fuera un santuario que los pudiera proteger a los tres de la roca.

—¿Qué es eso?

Will se giró para echarle una última mirada. La llama de su antorcha rozó su superficie y desapareció por completo, como si cayera en una profundidad sin fin. Todavía sentía su atracción, y no quería apartar los ojos de ella.

—Es el objeto más oscuro y peligroso que poseemos —le dijo la Sierva Mayor, de nuevo con preocupación mientras seguía su mirada—. Es la Roca Tenebrosa.

—La Roca Tenebrosa... —dijo Will.

Las palabras le provocaron un escalofrío. Recordó a los caballos blancos galopando hacia un ejército de turbulentas sombras negras, la última y desesperada carga de la Luz.

La Sierva Mayor asintió.

—Una vez me preguntaste qué fue de los cuatro reyes.

Los tronos. Aquellos cuatro tronos vacíos. *Hace mucho tiempo, en el mundo antiguo, hubo cuatro grandes reyes*, le había dicho Justice. *No siempre fue el Alcázar de los Siervos. En el pasado, fue el Alcázar de los Reyes.*

—Justice nos contó que tres de ellos se unieron al Rey Oscuro —dijo Will—, y que el cuarto huyó y desapareció para siempre.

—Eso es solo parte de la historia —replicó la Sierva Mayor.

Rodeada como estaba por los fragmentos de piedra y la arquitectura recuperada del mundo antiguo, sus palabras tenían un peso extra.

—Los tres hicieron un trato terrible. Juraron servir al Rey Oscuro a cambio de poder. Él les concedió un poder que superaba al de cualquier humano, durante el transcurso de una única vida mortal. Pero a su muerte... se transformaron. Se convirtieron en monstruosas criaturas de sombra totalmente sumisas a la voluntad del Rey Oscuro.

—¿Criaturas de sombra...?

—Tan incorpóreas como la noche. Nadie podía tocarlas. Ningún muro podía contenerlas. Ningún guerrero podía luchar contra ellas. No puedes golpear a una sombra; tu espada la atravesaría como si fuera humo. Pero una sombra puede golpearte... Abatirte y matarte. Eso las hacía invencibles.

Los Reyes Sombríos... Casi podía saborearlo, el polvo, la muerte y el horror: una oscuridad eterna que se los tragaría a todos. El círculo de luz en el que estaban le pareció de repente muy pequeño.

—¿Cómo detuvieron a los Reyes Sombríos?

—Nadie lo sabe —contestó la anciana—. Pero están atrapados en esa roca. Y no debemos permitir que escapen.

En su visión de los Reyes Sombríos había visto una figura incluso más terrible alzándose sobre todos ellos: el Rey Oscuro, el Rey de Reyes, mayor que cualquier sombra, con su deslucida corona. Era como si los Reyes Sombríos caminaran ante él, despejando el camino para su señor. Y de repente, Will comprendió por qué no podían dejarlos salir. Un instante después, la Sierva Mayor pronunció las palabras:

—Son uno de los augurios. Ellos anunciarán el regreso del Rey Oscuro.

«Como James», pensó Will, y se estremeció. La Sierva Mayor examinó su rostro durante un largo momento y después continuó, con ojos serios.

—Simon quiere conjurar su propia sombra. Es el primer paso para el regreso del Rey Oscuro. El Rey Oscuro creó muchas criaturas así. Engrosaron las filas de sus ejércitos, invencibles en el campo de batalla. Solo los que poseían la magia más poderosa podían combatirlos.

»Si Simon consiguiera conjurar aunque solo sea una sombra, esta sería un oponente devastador. Ahora que la magia ha desaparecido del mundo, ningún mortal podría detenerla.

»Pero los Reyes Sombríos eran mucho peores. Más rápidos, más fuertes y con un deseo más intenso de destrucción. Los Reyes Sombríos comandaron al ejército de sombras sobre sus corceles de pesadilla. Quebraron las defensas de las ciudades de la Luz más importantes y extendieron la oscuridad sobre la Tierra, porque ni la fuerza ni la magia podían detenerlos. Aunque una única sombra nos resulte aterradora, esto no sería nada comparado con el implacable horror de los Reyes Sombríos.

»Si escaparan, la noche caería para siempre y Él se alzaría en la oscuridad, como el eclipse final que terminaría con nuestro mundo.

—Es Marcus —dijo Will.

Estaban de vuelta en su dormitorio; sus muros circulares y la luz naranja de las lámparas lo hacían sentirse seguro, después de abandonar las inquietantes profundidades de las salas subterráneas del alcázar.

Will habló con el corazón desbocado. Apenas había conseguido contener las palabras hasta que se quedó solo con Violet. En ese momento, mientras ella trepaba sobre las colchas donde solían sentarse juntos a menudo, lo soltó todo, pronunciado con urgencia.

—¿A qué te refieres?

—La razón por la que Simon casi ha conseguido el regreso del Rey Oscuro. Marcus sabe. Sabe cómo conjurar una sombra.

Violet abrió los ojos con sorpresa. Habían pasado muchas noches haciéndose compañía, en su dormitorio o en el de él, Violet con una espada y él con una vela, practicando sus lecciones por separado. Todo aquello parecía muy infantil, ahora que él había adivinado la verdad.

—Ya has oído a la Sierva Mayor. Ha dicho que conjurar una sombra es el primer paso para invocar al Rey Oscuro. Simon debe estar intentando sacarle el secreto a Marcus.

Los Siervos eran fuertes, pero ¿cuánto tiempo aguantarían bajo tortura? Y si no podían enfrentarse a James, ¿cómo lucharían contra una sombra que ningún arma podía atravesar? *No puedes golpear una sombra... Pero una sombra puede golpearte a ti.*

—Por eso están tan desesperados por traerlo de vuelta —dijo Violet con lentitud—. Todas las misiones al otro lado de la muralla, el sacrificio de docenas de Siervos...

Will no podía dejar de ver a los tres Reyes Sombríos en sus tronos, criaturas imponentes y terribles al servicio de otro más fuerte que todos ellos, el Rey Oscuro, que parecía cernirse sobre sus tronos como un dios sobre el cielo.

Simon era el descendiente del Rey Oscuro. Simon quería su propio ejército de sombras.

Y si Marcus le decía cómo conjurarlo...

Se alzará. Será el eclipse final.

Cobraron sentido todas las expresiones tensas, las conversaciones en susurros, el miedo que yacía bajo sus palabras. Los Siervos estaban asustados, pero cabalgaban de igual manera. Hacia la muerte. Su Orden había perdurado siglos, protegiendo los secretos del mundo antiguo para que, si el Rey Oscuro regresaba alguna vez, alguien recordara y estuviera allí para detenerlo.

—Tienen que recuperar a Marcus. Es el único modo de detener a Simon. —Los Siervos creían que aquellos eran los últimos días, que Simon estaba a punto de conseguir el regreso del Rey Oscuro—. Pero no pueden. Ni siquiera saben dónde está.

Y, si no podían recuperar a Marcus, Simon desataría aquella terrible oscuridad, aquel frío... Will lo sentía en sus huesos.

—¿Cómo rescatas a un hombre al que no puedes encontrar? —le preguntó Will a Violet, mirándola.

La muchacha se levantó abruptamente de la cama y caminó hasta la ventana, desde la que se veía la puerta. Todavía no había amanecido, así que el paisaje estaba oscuro; los únicos puntos de luz eran las antorchas sobre las almenas y el resplandor ardiente de la Última Llama.

—¿Violet?

Parecía estar debatiéndose. Su silueta en la ventana había cambiado desde que llegaron allí. Seguía siendo delgada e infantil, pero el entrenamiento constante había ampliado sus hombros un poco. También mantenía la cabeza más alta y su postura era más recta.

Cuando se giró para mirarlo había gran severidad en sus ojos, como si la desgarrara una dolorosa decisión.

—Ellos no pueden encontrarlo —le dijo—. Pero quizá pueda yo.

CAPÍTULO DIECISÉIS

Al atardecer, se encontró con Will en el patio oriental.

Tenía el estómago revuelto por los nervios y los sentidos en alerta, aunque intentaba mantener la calma. Pensar en lo que estaba a punto de hacer la hacía sentirse mareada, asqueada y febril, como si el frío hiciera castañetear sus dientes. Se obligó a contenerse, decidida a seguir con aquello. Era su oportunidad de hacer algo útil, de demostrar a los Siervos que podía hacer lo correcto. «Puedo hacerlo».

A fin de cuentas, sería sencillo.

Los Siervos necesitaban encontrar a Marcus, y ella tenía un acceso al círculo de confianza de Simon que nadie más tenía.

«Puedo hacerlo. Puedo demostrar mi valía. Puedo luchar por la Luz».

Los Siervos no lo sabrían. No podía decirles: «Puedo encontrar a Marcus porque soy una Leona». Pero, si volvía a casa, con su familia de Leones, descubriría dónde mantenía Simon a Marcus antes de que este pudiera revelarle cómo conjurar una sombra.

Will llevaba dos caballos blancos, criaturas hermosas de cuellos arqueados y delicados hocicos aflautados. Violet había robado dos mudas de uniformes blancos de la lavandería. Había sido idea de ella escabullirse en secreto, evitar que los Siervos descubrieran a dónde iba.

Will se opuso.

—No puedes. No puedes volver con ellos.

—Mi padre es uno de los confidentes de Simon —le había dicho, sabiendo que era terrible y verdad—. Sé que, si regreso a casa, descubriré dónde tiene a Marcus. Podría entrar a hurtadillas en su despacho, acceder a sus archivos... —Bajó la voz hasta un susurro. Hablar de su padre en el alcázar la ponía nerviosa. Casi esperaba que los Siervos aparecieran de repente y la lanzaran contra el suelo, gritando: *León*.

Si alguna vez descubrían qué era...

—Tu padre quiere matarte —le dijo Will—. ¿Recuerdas? Necesita que Tom mate a un León para que acceda a todo su poder.

—Puedo ocuparme de mi familia —le contestó.

En su mente, una voz replicó: *¿Puedes?* Pero ella la acalló. Tenía una oportunidad de ayudar a los Siervos, e iba a hacerlo.

«No todos los Leones tienen que luchar por la Oscuridad —pensó—. Y yo voy a demostrarlo».

—Eres tú quien no debería abandonar el alcázar —le dijo a Will—. Simon te busca.

En su mente, los tres sabuesos del blasón de Simon eran como la jauría de perros negros que lo había perseguido a través de las ciénagas. Simon quería atrapar a Will, y no se detendría hasta que lo consiguiera.

—Si Marcus le dice a Simon cómo conjurar una sombra —replicó Will—, no importará dónde esté yo. ¿Estás segura de que no podemos contarlo?

Contárselo a los Siervos. Contárselo a Justice. *Soy una Leona. Tom es mi hermano. El chico que mató a todos vuestros amigos.* Se le hizo un nudo en el estómago.

—No puedo. Ya sabes lo que harían con un León. Me encerrarían —*como mínimo*—, y entonces habríamos perdido la oportunidad de descubrir qué ha pasado con Marcus.

Se pusieron rápidamente los uniformes de Siervos que ella había robado y montaron los dos caballos blancos. A continuación, cabalgaron hacia las puertas, tan parecidos a dos Siervos cualquiera como era posible.

Eligieron el ocaso porque la tenue luz los ayudaría a enmascarar sus rostros. Los Siervos protegían la puerta para que nadie entrara, pero no detenían a quienes abandonaban el alcázar. Incluso con aquellas precauciones, ella tenía el pulso acelerado. Mientras se acercaban a la puerta, un millar de preocupaciones asaltó su mente. ¿Se habría puesto bien el uniforme? ¿Sería lo bastante alta para pasar por un Siervo? ¿Le echaría Leda un segundo vistazo a su rostro? ¿Descubrirían de algún modo qué era?

León, León, León...

Leda, que estaba de servicio, levantó la mano sobre las murallas. Will alzó la suya en respuesta. Violet se irguió e hizo todo lo posible por adoptar las maneras altivas de Cyprian: el Siervo perfecto, con los hombros hacia atrás, la espalda recta, la barbilla levantada.

Después, para su sorpresa, atravesaron el arco; sintió la sacudida al cruzar el umbral y de repente aparecieron en la marisma; respiraron el aire frío de la tarde y miraron el mundo que se extendía ante ellos.

Durante el trayecto no vieron ni rastro de los hombres de Simon, solo las salpicaduras y los sonidos de los insectos y de los pájaros y la luz evanescente del crepúsculo sobre las ciénagas.

Mientras cabalgaban, echó una única mirada a su espalda para ver el arco en ruinas, su solitaria silueta dibujada contra el cielo. Era como si el alcázar hubiera desaparecido, o no hubiera sido más que un sueño. De no ser por su ropa y por los caballos blancos, habría pensado que se lo había imaginado todo.

Ya no había marcha atrás.

Como no querían parecer caballeros antiguos en Londres, se detuvieron antes de cruzar el río para cambiarse de ropa. Aunque esperaba sentirse ella de nuevo, a Violet le sorprendió lo áspera e incómoda que le parecía la ropa heredada de Tom en comparación con la tela ligera de la túnica de Siervo. Se retorció y frunció el ceño, como si no encajara en aquellas prendas. Después, Will y ella mancharon de barro los mantos blancos de los caballos. Los corceles de los Siervos se mostraron agraviados, pero al menos parecían animales en lugar de dos radiantes rayos de luz.

Tras cruzar el Lea por un puente sobre su corriente, Violet se permitió levantar la mirada para ver Londres de nuevo. Aunque seguía nerviosa, pensó en todas las cosas que había echado de menos. El sabor de las castañas asadas en un cono de papel, o de una patata asada con mantequilla comprada para mantener las manos calientes. Las alegres carcajadas de un teatro de marionetas en una esquina. Los majestuosos carruajes y sombreros de copa alrededor de los teatros y las mansiones.

Y entonces la vio en el horizonte.

Londres la golpeó, una fea y aglomerada cicatriz sobre la tierra. Cuanto más se acercaban, más fea era. La campiña se convirtió en tierra desgarrada y sucia, en casas escuálidas, en calles abarrotadas de gente, de carros tirados por burros, de carruajes y arrieros, de niños, ladrones y vagos y todos los tipos de personas que podían apiñarse en sus confines. Era un asalto a los sentidos, después de la tranquilidad del alcázar.

Cuando desmontaron, el pie de Violet se hundió en un fango apestoso. Un momento después, comenzó a toser. Una densa y asfixiante miasma se cernía sobre las casas, el humo y los olores de la gente y las aguas residuales vertidas al río. Deseó presionarse la nariz con el antebrazo para bloquear el hedor, y la bilis subió por su garganta. ¿Siempre había olido así? Y el ruido. El clamor era insoportable: gente hablando a gritos, cocheros chillando, un caos discordante que era insoportable al oído. La empujaron, la gente la apartó de su camino, la golpearon con los hombros al pasar, como si no consiguiera adaptarse al paso de los demás, como si fuera a contratiempo.

Habían regresado al Ciervo Blanco, pensando que, si Justice los había llevado allí, sería un lugar seguro donde Will podría quedarse mientras Violet buscaba a Marcus. Un muchacho se llevó sus caballos con más deferencia de la que ella esperaba. Violet miró a Will y la sorprendió darse cuenta de que él también parecía distinto. Los Siervos siempre tenían algo sobrenatural en ellos, y ahora Will también poseía esa cualidad: cómo se movía, su postura erguida, sus movimientos decididos, como si la mugre de Londres no pudiera rozarlo. Se miró en la ventana de la posada y le sorprendió descubrir que ella tenía el mismo aspecto: galante, incluso vestida con la ropa de Londres.

Una mujer lanzó un cubo de desechos por una ventana y Violet los esquivó, rápida como un Siervo. Se le revolvió el estómago al darse cuenta de lo que había hecho. ¿La delataría su instinto ante su familia? ¿Verían a un Siervo cuando la miraran? ¿Lo sabrían?

¿Tendría que esconder su identidad de Siervo a su familia, igual que había escondido su identidad de Leona en el alcázar?

Nuevos sonidos y olores la golpearon cuando la puerta de la posada se abrió, dejando escapar una oleada de gritos y carcajadas y el aroma de la salsa de carne, de la paja húmeda y de la cerveza rancia. Se adentró en la ruidosa y estridente escena, difícil de atisbar en la penumbra del interior.

—Por aquí, buenos señores —dijo el posadero, aunque nunca antes se habían dirigido a ella con un «buen señor» o «buena señora». Will y ella pidieron dos platos de cordero en salsa y la posadera asintió levemente. No eran solo sus reflejos; había una diferencia en su porte. Algo en ella estaba cambiando el comportamiento de los demás.

Eligió una mesa apartada ante la que podían sentarse sin ser vistos y mantuvo un ojo en la puerta, alerta a cualquier peligro.

—La gente nunca me llama «señor» —dijo Will, inclinándose para susurrar sobre la madera manchada de la mesa. Estaban sentados uno frente al otro, en una esquina poco iluminada de la posada.

—A mí tampoco. Me llaman «chico», o «pilluelo».

—«Vago».

—«Rata».

—«Tú, el de ahí».

O cosas peores.

—Londres está… distinta de como la recuerdo.

196 • EL REY OSCURO

No se atrevió a decir lo que la carcomía: «Soy yo la que es diferente. Londres no ha cambiado». Había pasado tres meses en el alcázar. ¿Solo tres meses? ¿Cómo se había convertido en una extraña en su propia ciudad en solo tres meses?

—Más ruidosa y abarrotada, sin cantos matinales —dijo Will. Ella le dedicó una sonrisa débil.

Les dejaron dos porciones de cordero sobre la áspera mesa de madera. Violet miró el plato grasiento que empezaba a cuajarse y sintió náuseas. El olor era repugnante, tenía un color entre gris y marrón y en la vajilla había suciedad incrustada. Se obligó a dar un bocado y le pareció insípido y de textura desagradable: algunas partes eran viscosas, otras correosas, otras duras. Se obligó a tragar. No sintió la asombrosa revitalización que notaba después de un bocado de la comida de los Siervos, el crujido de una vaina de guisantes frescos o la dulce acidez de una naranja recién arrancada del árbol. Aquello solo la hacía sentirse pesada.

Un estallido de estridente risa a su izquierda hizo que girara la cabeza hacia un grupo de hombres que golpeaban la mesa con las tazas de peltre. A su espalda, dos hombres se empujaron, sucios y sin afeitar, salpicando cerveza sobre la paja ennegrecida. Sus ojos pasaron de ellos a un individuo cerca de la puerta que llamaba a gritos al posadero. Estaba nerviosa, al borde de un ataque. Volvió a mirar a Will, incómoda.

—No nos han reconocido —le dijo el muchacho.

—No es eso. Es que… —Intentó expresarlo con palabras.

—No lo saben —dijo Will, y ella asintió con lentitud mientras su amigo iba al grano—. No saben lo del mundo antiguo, lo de las sombras… No saben nada de ello. No saben lo que se avecina.

Sintió un hormigueo en la piel, porque era eso: la desconcertaba saber que todas aquellas criaturas caóticas eran ignorantes, y por tanto vulnerables.

—Nadie los ha advertido. Nadie les ha dicho que se avecina una batalla. —Seguían viviendo sus vidas ordinarias, pero era peor que eso—: Aunque alguien se lo dijera…

—No lo creerían —terminó Will.

Violet asintió. Aquellas personas... Se estaba luchando una guerra y aquella gente ni siquiera lo sabía. No conocían la verdad, igual que no la había sabido ella. En la posada, solo Will y ella eran conscientes de la amenaza del Rey Oscuro.

Sintió la soledad de la misión de los Siervos por primera vez: eran los únicos protectores, los únicos que recordaban el pasado, los únicos que eran conscientes de los peligros que se avecinaban...

Más que eso. Los Siervos siempre le habían parecido muy imparciales, muy alejados del mundo real. Respetaban las costumbres antiguas en el alcázar, y eso los mantenía en el mundo antiguo, como si nunca lo hubieran abandonado. Año tras año, el mundo del exterior cambiaba, pero ellos seguían iguales, alejándose cada vez más de las vidas de la gente más allá del alcázar.

Si se quedaba con ellos, ¿llegaría un momento en el que ella tampoco podría regresar al mundo exterior?

Ya se sentía así, separada de la gente que la rodeaba debido a su conocimiento de lo que se avecinaba, como si tuviera un pie en el mundo antiguo.

—¿Qué vas a decirle a tu familia? —le preguntó Will.

Violet apartó la mirada de los escandalosos clientes. Sus familiares no eran ingenuos ni ignorantes, como los hombres y las mujeres de aquella taberna. Sabían que se avecinaba una guerra. Y habían elegido ponerse del lado del Rey Oscuro.

—Solía escabullirme por la noche a menudo —se descubrió diciendo—. Volvía para el desayuno. Me sentaba a la mesa y pedía una tostada. Mi padre fingía que no sabía que me había marchado.

—Parte de ti quiere volver con ellos —le dijo Will en voz baja.

—¿Tú no? —le preguntó.

Will se miró la cicatriz de la palma.

—Mi madre y yo viajábamos mucho. No he llegado a conocer a demasiada gente. Siempre estábamos solos. —Levantó la mirada y sonrió, una expresión amarga—. Nunca había vivido en un sitio como el Alcázar de los Siervos. Nunca había estado en un sitio seguro, del que depender y al que proteger. —Violet no podía dejar de atender a sus palabras sinceras—. Pero hay una parte de mí... Mi madre y yo no teníamos mucho, pero nos teníamos el uno al otro. Éramos una familia.

Una familia. Tom seguía allí, en su corazón, bajo los dolorosos miedos y dudas. El Tom a quien admiraba, el Tom que había intentado imitar antes de descubrir la existencia de los Leones.

Sabía lo que Will quería decir porque lo sentía ella misma, la devoción hacia una persona que había creído que siempre estaría allí para ella, y la seguridad en ese sentimiento.

—¿Volverías a eso? —Violet miró de nuevo la posada e intentó imaginarse siendo uno de ellos—. ¿A no saber?

—No podría. —Will se presionó la palma con el pulgar—. Creía que mi vida era normal, pero ahora sé que no lo era. —Levantó la mirada; sus ojos estaban muy serios—. Mi madre estaba asustada. Siempre nerviosa, siempre mirando sobre su hombro... Intentaba protegerme de la verdad. De la verdad sobre mi identidad, y sobre lo que estaba ocurriendo. —La cicatriz que corría a lo largo de la línea del destino de su palma tenía una réplica en el dorso de la mano, como si la hubiera atravesado—. Sé por qué lo hizo, y una parte de mí querría regresar a ese momento, pero no puedo. No ahora que sé lo que ella sabía.

Creía que mi vida era normal, pero ahora sé que no lo era. Violet pensó en su infancia, mimada por su padre, haciendo lo que le apetecía, sin reglas ni educación.

Aquello también le había parecido normal. Pero algo había estado mal todo el tiempo.

—Me alegro de saberlo —le dijo, tomando la decisión de repente y con testarudo orgullo. Era mejor ser un León que un cordero de sacrificio.

—Ambos hemos elegido a nuestra familia —asintió Will. Ella se sonrojó con lentitud. De repente, recordando su extraña determinación y su lealtad, sintió la feroz necesidad de protegerlo. Había vuelto a por ella cuando nadie más lo hizo, y estaba allí con ella a pesar del peligro.

—Debería irme pronto —dijo con brusquedad—. No sé cuánto tiempo tardaré.

Tenía que conseguir la información que necesitaban, de boca de Tom o de su padre.

—Te estaré esperando.

—No te metas en problemas.

—¿En qué problemas podría meterme? —le preguntó Will.

CAPÍTULO DIECISIETE

Katherine estaba en Martin's, metiendo el pie en un zapato, cuando el desconocido entró, caminó directamente hacia la señorita Dupont y le susurró algo al oído.

Le habían hecho a medida las zapatillas más perfectas: de seda blanca, con una diminuta rosa bordada. El conjunto sería exquisito, con los regalos que lord Crenshaw le había enviado: preciosos vestidos de muselina para el día, con flores bordadas, cintura ceñida y delicadas mangas abullonadas; guantes de seda blanca con seis botones bordados; un collar de perlas que era justo el accesorio adecuado.

En ese momento, no obstante, la señorita Dupont se le acercó con una expresión de ligera preocupación en el rostro. El hombre que le había susurrado algo al oído esperaba junto a la puerta. Katherine no oyó lo que le dijo, aunque era posible que lo hubiera visto gesticular las palabras *el chico*.

¿El chico?

—Espere aquí, milady —dijo la señorita Dupont—. Volveré en un momento.

—Pero ¿qué…? —comenzó Katherine, pero la doncella ya se había marchado, a zancadas hacia la puerta de la tienda.

Katherine se quedó allí, incómoda. Recordó que el señor Prescott había dicho algo sobre un chico. ¿A qué se refería? «Estoy segura de que la señorita Dupont volverá dentro de poco». Los minutos pasaron. Notaba las miradas curiosas del dueño de la tienda y de su ayudante.

Se sonrojó, imaginando su desaprobación. Ninguna joven debería ser vista en público sin carabina, sobre todo si era la prometida de un hombre como lord Crenshaw. La sola idea podía arruinar una reputación, y Katherine sabía que la vigilaban muchos con tendencia a cotillear.

Lord Crenshaw estaba pasando mucho tiempo en Londres últimamente; por negocios, pero los rumores de su hermosa prometida estaban en todas partes, según decía la señorita Dupont, y todos sabían que Katherine era parte de la razón.

Le había gustado la idea de que hablaran de ella, de que la miraran cuando salían. Las invitaciones ya habían comenzado a llegar a la casa, aunque por supuesto cualquier compromiso social era cuidadosamente estudiado por su tía. Se le había permitido salir de compras porque estaría con la señorita Dupont y un criado, además del cochero que esperaba fuera junto al carruaje.

Pero en ese momento estaba sola.

Inquietantes ideas de *escándalo* e *indecencia* la hicieron entrelazar las manos en el interior de sus manguitos de marta. Se suponía que no debían verla en la ciudad a solas. ¿Cuánto tiempo tenía hasta que la gente comenzara a hablar? No podía esperar allí; la estaban mirando. Esperaría en el carruaje, lejos de los ojos entrometidos y segura, en la compañía del criado y del cochero de lord Crenshaw.

Salió de la tienda a la acera abarrotada y los primeros zarcillos de pánico formaron un nudo en su estómago.

El carruaje no estaba.

La calle parecía fría y anónima. Miró a su alrededor desesperadamente, buscando cualquier rastro del carruaje, pero no estaba a la vista. Su ausencia era extraña y aterradora. ¿Dónde habría ido la señorita Dupont? El carruaje no podía haberla dejado allí de verdad, ¿no?

Pero lo había hecho. Todos la habían dejado allí. Estar sola en las calles de Londres le erizaba la piel. Una terrible sensación de abandono la sobrecogió. Peor que la amenaza a su seguridad era la amenaza a su reputación. Si alguien descubría que había estado fuera sin carabina... Katherine estaba empezando a asustarse; todas las historias de jóvenes destruidas por ridículas indiscreciones acudieron a su mente.

Como si formara parte de su peor pesadilla, el propietario de la tienda salió del edificio y Katherine se dio cuenta de que el rumor estaba a punto de volar desde aquel negocio a los hogares de todos los clientes que tuviera en Londres…

—Prima —dijo alguien. Le pusieron una mano en su mano, tranquilizándola.

No tenía primos. No reconocía aquella voz. Levantó la mirada, confundida.

El chico que le tomó la mano tenía un rostro llamativo, de pómulos altos, ojos y cabello oscuros. Era el tipo de rostro del que no podías apartar los ojos, que habría sido asombroso aunque lo vieras desde el otro lado de la estancia. Era atractivo de un modo impresionante, byroniano, como la electricidad de las nubes reuniéndose antes de una tormenta.

Notó una conexión instantánea y asombrosa cuando sus ojos se encontraron. Él alzó las cejas, preguntándole en silencio si iba a seguirle la corriente. Le estaba ofreciendo la carabina perfecta: un familiar masculino. Había dicho la palabra *prima* lo bastante alto para que cualquier transeúnte la oyera.

Se sonrojó ante la idea de que aquel joven caballero (porque era un caballero, sin duda) la hubiera visto en un aprieto y hubiera salido a su rescate.

—Gracias, primo —respondió, igualmente alto.

Volvió a mirar el escaparate de la tienda y vio que el propietario se relajaba y volvía a entrar, como si un pequeño misterio se hubiera resuelto.

—¿Primo? —susurró, cuando el comerciante se marchó—. ¡No nos parecemos en nada!

—No estaba seguro de poder pasar por tu hermano.

¿Quién es? Lo miró. No conseguía despojarse de esa sensación de conexión. Sus actos, al acudir en su ayuda, habían sido tan descarados como galantes, algo de lo que era deliciosamente consciente.

Sentía la calidez de su mano sobre la suya. Excepto por uno o dos conocidos escrupulosamente respetables que su tía había seleccionado para ella, no había conocido a nadie de Londres, y desde luego a ningún joven atractivo. Su corazón se estaba comportando de un modo extraño. «¿Qué pensaría lord Crenshaw si supiera que un joven me ha tomado la mano?».

—¿A dónde vamos? —susurró él con complicidad.

—Se suponía que el carruaje de mi prometido estaría esperándome. —Dijo la palabra *prometido* deliberadamente. Él no le preguntó: «¿Y dónde está tu carabina?». No le preguntó nada sobre su situación, lo que era una señal de su educación caballerosa, pensó—. Íbamos a regresar a casa de inmediato.

—¿Y se ha marchado?

—Sí, yo... Es... Sí.

—Entonces te buscaré un coche, señorita...

—Kent —respondió.

—Señorita Kent.

El clima, que Annabel le había descrito como «incierto» justo aquella mañana, eligió aquel momento para dejar de ser fresco y una fría llovizna comenzó a caer del cielo. El joven era un perfecto caballero. De inmediato se quitó la chaqueta para que ella se cubriera la cabeza, de modo que estaba tiritando pero seca cuando él salió a la bulliciosa carretera para detener un coche de alquiler.

Mientras ella observaba, el joven le buscó un coche, completamente empapado por la lluvia, y las ruedas de un carruaje le salpicaron barro a las botas y los pantalones. El coche de alquiler se detuvo con sus caballos desiguales, uno marrón y otro de un sucio color blanco. Tras acompañarla hasta el vehículo, renunció a su chaqueta y la extendió para que se sentara sobre su forro seco, preservando su vestido del asiento lodoso. Subieron juntos. El cochero agitó su látigo y gritó:

—¡Adelante!

En el interior, se sintió segura por fin. Estaba de camino a casa y la amenaza sobre su reputación había terminado. La lluvia había convertido las ventanillas del carruaje en un borrón de líquido. Encerrada en el interior de su burbuja, estaba seca y caliente. El joven frente a ella estaba empapado, con la camisa transparente y ceñida por la lluvia y los pantalones manchados de barro. Su atuendo estaba usado, pero había sido reparado tan exquisitamente que el ojo apenas lo notaba. Parecía un joven pretendiente aristocrático, pero su evidente linaje contradecía su ropa. La sorprendió de nuevo su vigoroso atractivo, la caída de su cabello oscuro, como si fuera el sujeto de una pintura romántica.

—Esto es una aventura —dijo con educación.

—¿Puedo preguntarte tu nombre?

—Kempen —le contestó—. Will Kempen.

—Espero no haberte alejado demasiado de tu camino, señor Kempen.

La estaba mirando con evidente curiosidad, aunque había sido tan educado como para no hacerle preguntas. Así que, cuando solo dijo:

—En absoluto; me alegro de acompañarte.

Katherine se rindió y le contó toda la verdad de golpe.

—La verdad es que la señorita Dupont, mi doncella, estaba conmigo, pero un hombre entró en la tienda mientras me estaban tomando medidas para unos zapatos.

Martin's era uno de los zapateros más exclusivos de Londres y Katherine llevaba toda la semana esperando aquella excursión. Hasta que la señorita Dupont desapareció, la salida había superado sus expectativas. La habían medido, le habían enseñado muestras preciosas y la doncella le había señalado las novedades, diciéndole: «Lord Crenshaw cree que el color rosa le sienta bien».

—No era uno de nuestros sirvientes. Nunca antes lo había visto. Entró y habló con ella. No sé qué le dijo, pero ella pareció considerarlo urgente y se marchó de inmediato. —Volvió a sentirse inquieta, abandonada—. Y entonces salí a buscar el carruaje, y se había marchado. La señorita Dupont debió llevárselo o... Lo único que se me ocurre es que mi prometido los haya llamado para algo importante sin saber que yo estaba con ellos.

—¿Tu prometido? —le preguntó Will con amabilidad.

La estaba mirando. Todavía tenía gotas de agua en el hueco de su garganta y el chaleco y la camisa húmedos. Pero parecía ignorar la incomodidad, como si todo aquello fuera parte de la aventura, como si diera por sentado que, para rescatar a una dama de un dilema social tendría que empaparse.

Al mirarlo, le fue fácil olvidar sus anteriores y perturbadoras sensaciones. Se le ocurrió que todo aquello era bastante romántico. Will era justo el tipo de joven atractivo, hijo de algún señor, que siempre se había imaginado pidiéndole un baile en una fiesta. «Siempre supe que te conocería», pensó, sin saber por qué. Por supuesto, su tía no lo aprobaría. Aquella era una de esas «innecesarias experiencias de juventud» que su tía deseaba que evitara.

Una que jamás había esperado vivir. Era consciente de su propio pulso.

—Lord Crenshaw —dijo Katherine—. ¿Lo conoces?

El tono era conversacional.

—He oído hablar de él. Es dueño de barcos, ¿verdad?

—Sí, ese es. —Por supuesto, todo el mundo conocía a lord Crenshaw. Will continuó con educado interés.

—Y colecciona antigüedades. ¿O ese era su padre?

—Ambos lo hacen. Pero lord Crenshaw siente pasión por ello. Dicen que este verano dragó el Támesis solo para recuperar una espada que quería.

A Katherine le gustaba la riqueza y el poder que demostraba aquello. Annabel le había dicho más tarde que había sido la comidilla de la ciudad, una extravagancia que solo un hombre de su fortuna podía permitirse.

—¿La encontró? —le preguntó Will.

—Eso parece. Annabel, que es la doncella de mi tía, me dijo que...

—¡Sooo! —gritó el cochero, y la joven se detuvo mientras el carruaje paraba en la dirección que le había dado.

—¡Oh! Hemos llegado —dijo.

De repente se dio cuenta de que no volvería a ver a su rescatador. No se habían conocido en un baile, y él no le dejaría una tarjeta ni iría a visitar a su familia una semana después. Aquel encuentro había sido un secreto, un atisbo de una vida que no tenía y que no se repetiría. Sintió de nuevo esa conexión con él, y la excitación de la aventura. No estaba lista para que terminara.

—No puedo permitir que te marches sin arreglarte la chaqueta. Es lo mínimo que puedo hacer.

Podía ver con toda claridad sus pantalones mojados y salpicados de barro, y solo podía imaginar el estado lamentable de la chaqueta, que se revelaría cuando se levantara.

Will objetó.

—No es necesario...

—Insisto. Estás empapado. Y cubierto de barro. Y tu cabello es un desastre. Y...

—No creo que a tu familia le entusiasme descubrir que un joven te ha acompañado a casa —le dijo con cautela.

Katherine se sonrojó. Eso era cierto. Sería un escándalo. El mismo escándalo que él había querido evitar acompañándola. Si su tía supiera que había estado a solas con un joven, tendría que cargar con toda una vida de miradas de desaprobación, por no mencionar que perdería la poca libertad que le quedaba. Definitivamente, no podía presentarles a Will.

—Entonces puedes esperarme en los establos mientras te busco algo de ropa. —Levantó la barbilla—. Dile al cochero que vaya a la parte de atrás.

Puede que Will se diera cuenta de que no podía negarse, porque abrió la ventanilla del carruaje para gritar la orden al cochero.

Se detuvieron junto a la entrada de las caballerizas, y de inmediato se dio cuenta de que su carruaje no había regresado. La señorita Dupont seguía ausente, pero sus tíos estarían en casa con su hermana y los criados. Debía tener cuidado. Le enseñó a Will la entrada trasera que conducía desde las caballerizas y los establos hasta el jardín, y desde allí a la casa.

Los establos estaban secos y cálidos y olían a heno fresco, y corrieron hasta ellos bajo la lluvia. Katherine tenía algunas gotas en el cabello y en la capota, pero nada que no pudiera sacudirse ahora que estaba en casa, lejos de todo peligro.

—Es una casa preciosa —dijo Will. Estaba mirando las hojas oscuras del jardín.

—Llegamos aquí en enero. Antes vivíamos en Hertfordshire. —Mientras lo decía, mantuvo los ojos en las ventanas iluminadas de la casa.

—Mi caso es el contrario. Mi familia vivía en Londres, pero nos marchamos al campo.

Él se pasó la mano por el cabello, secándoselo. Algo en la naturaleza casual del gesto la hizo sonrojarse. Nunca antes había estado a solas con un muchacho de su edad. Sus ojos se encontraron; él tenía una expresión divertida, como si estuvieran compartiendo una broma.

—Espera aquí —le dijo ella, y se dirigió a la casa.

En el interior, la golpeó el impacto completo de lo que estaba haciendo. Aquella era la casa de lord Crenshaw. Los criados eran los criados de lord Crenshaw. Se hallaba rodeada de los muros de lord Crenshaw, y había llevado hasta allí a alguien que no debía, un joven al que acababa de conocer, asumiendo un riesgo que nunca debería haber asumido.

Su pulso se aceleró frenéticamente cuando se acercó al salón. ¿Se oían pasos? Se quedó muy quieta junto a la puerta. Después de un par de segundos de silencio, dio un primer paso hacia el interior.

—¿Qué estás haciendo? —le preguntó una voz conocida.

—Solo estaba hablando con el cochero —replicó Katherine con tranquilidad.

Elizabeth estaba en el salón, con el ceño fruncido.

—Ese no es el cochero. —Y después—: Has traído a casa a un muchacho desconocido.

—Es un amigo —dijo Katherine.

—Tú no tienes amigos —replicó Elizabeth.

Katherine tomó aliento.

—Elizabeth. Me ha ayudado, y se le ha estropeado la ropa. Voy a llevarle una muda. Es lo correcto, pero ya sabes que me metería en problemas. No puedes decírselo a nadie.

—Te refieres a que eso arruinaría el compromiso —dijo Elizabeth con especial desdén.

Eso era cierto, pero Katherine estaba más excitada que nerviosa. Apenas podía pensar en la amenaza de que los descubrieran. Era como si Will y ella estuvieran viviendo una aventura juntos.

—Así es.

—Te está metiendo en problemas. No me cae bien.

—No te cae bien nadie.

—¡Eso no es cierto! Me cae bien la tía. Y nuestra antigua cocinera, y el señor Bailey, el vendedor de magdalenas. —Elizabeth habló con lentitud, repasando la lista con cuidado—. Y...

—Me topé con él por casualidad y le prometí que aquí estaría a salvo. ¿Vas a hacer que rompa mi palabra?

Su hermana pequeña era una persona muy recta, incluso maniática en cuando a las reglas, y aceptó la cuestión del honor aunque con dificultad.

—No —dijo Elizabeth, frunciendo el ceño.

—Entonces quédate callada y no digas nada.

Will levantó la mirada cuando Katherine regresó con la chaqueta. Estaba a medio cambiar, con unos pantalones largos y calcetines, la camisa que ella le había dejado desatada y el pañuelo todavía sobre los hombros, un estado de desnudez en el que nunca antes había visto a un hombre.

Antes le había llevado una toalla para que se secara, además de la ropa que ahora se había puesto. Le habría gustado sentarlo delante del fuego con un cuenco de caldo caliente, pero no podía encender la chimenea ni arriesgarse a ir a las cocinas. Los muros del establo tendrían que ser su santuario, con su olor a heno que hacía que le picara la nariz y los ocasionales relinchos suaves de los caballos. Will levantó un extremo del pañuelo.

—¿De quién es esta ropa?

—De mi prometido —le dijo.

Katherine lo vio quedarse inmóvil, y aquello le gustó. Con esa ropa, no se parecía a lord Crenshaw. Parecía más joven, de su edad. Le latía el corazón con rapidez. No era que él pudiera ser peligroso... *era* peligroso. Si la descubrían allí con él, sería el fin. La destruiría no solo a ella, sino a toda su familia. Podía oír los sonidos distantes de la casa, ver las luces de las ventanas. Cada sonido era una amenaza.

¿Sabe tu prometido que pasas tiempo a solas con otros hombres? No se lo preguntó, aunque podía sentirlo entre ellos. En lugar de eso, dijo:

—Es más alto que yo.

—Y más viejo —añadió Katherine.

¿Qué estaba haciendo? Lo había llevado hasta allí para ayudarlo con la ropa que había quedado arruinada por su culpa. Pero ahora que estaban solos, se sentía como si el apuesto hijo de un lord le estuviera pidiendo un baile en una de las reuniones a las que su tía insistía que era demasiado joven para asistir.

A pesar de sus palabras, la ropa de lord Crenshaw le quedaba a la perfección, y le sentaba bien. «Mejor que a lord Crenshaw», susurró una voz traicionera. Katherine había imaginado a sus pretendientes justo así. El pañuelo del cuello le daba un aspecto despreocupado y ligeramente libertino. Atrajo su mirada.

—Te lo ataré —le dijo—. Solía anudárselo siempre a mi tío. Ven aquí.

Él se acercó con la misma lentitud y cautela con la que había hablado. Katherine levantó la mano hasta su cuello y él retrocedió instintivamente.

—¿Te da vergüenza? No es la primera vez que veo a un hombre. —Levantó la barbilla—. He crecido rodeada de chicos. —Era mentira.

—¿Primos? —le preguntó Will.

Katherine tomó los extremos del pañuelo. Sabía que su aspecto era su mayor valor; su belleza, después de todo, le había procurado el compromiso con lord Crenshaw. Pero era joven, y había crecido tan protegida que nunca la habían agasajado por su belleza, y tampoco había asistido a los encuentros sociales que le habrían proporcionado la compañía de pretendientes… Al menos, hasta que lord Crenshaw se presentó ante su familia. Y lord Crenshaw le había otorgado su admiración con una distancia formal. En aquel momento pudo ver el satisfactorio efecto que tenía en las distancias cortas en un joven de su misma edad: los ojos oscuros de Will se volvieron aún más oscuros.

Estaba menos preparada para el efecto que él tuvo en ella, para lo difícil que le resultaba concentrarse en anudarle el pañuelo mientras su respiración movía la fina y delicada tela de la camisa, mientras un mechón caía sobre su frente.

—Si mi prometido se enterara de esto, supongo que te mataría.

Otro comentario casual. Katherine no levantó la mirada. Estaba en sintonía con sus reacciones, imaginando (¿o era ella?) que él también estaba controlando su respiración.

—Entonces espero que no se lo digas.

Enderezó la última parte del pañuelo con un nudo sencillo y se aseguró de adoptar una calma despreocupada mientras retrocedía un paso.

—Ya está.

Mientras Will se ponía la chaqueta sobre los hombros, Katherine se dio cuenta de repente de que aquello era un error: era un error haberlo vestido con la ropa de lord Crenshaw. La vitalidad que desprendía se había transformado en una llamarada, ahora que la ropa lo había convertido en un joven y poderoso señor. Lord Crenshaw nunca había tenido aquel aspecto, a pesar de la insistencia de Annabel en el buen pretendiente que era.

—Estoy en deuda contigo —le dijo Will.

En lugar de objetar que había sido él quien la ayudó primero, le dijo:

—Entonces respóndeme a una pregunta.

El joven detuvo las manos sobre el último botón de la chaqueta.

—De acuerdo.

—Dime quién eres en realidad. ¿De dónde eres? ¿Quién es tu familia? Creo que podrías estar de incógnito.

—Si estuviera escondiendo quién soy, no lo admitiría ahora.

Fue lo único que dijo. Los tenues sonidos de los caballos resonaron en el silencio mientras las partículas de polvo del heno planeaban lentamente a través del aire. Se dio cuenta de que le había dicho todo lo que iba a decir, aunque lo había llevado hasta allí y le había dado ropa.

—¡No vas a contarme nada! —exclamó de repente, con el ceño fruncido y sonando un poco como Elizabeth, aunque no le importó.

Will negó con la cabeza.

—Has sido amable conmigo —le dijo él—. Más de lo que esperaba. No deberías ser parte de esto. Lo siento. Pensé que podría... Me equivocaba. Me equivoqué al...

—¿Al?

De repente se escuchó un estrépito, el inconfundible crujido de las ruedas sobre la gravilla recién rastrillada dirigiéndose hacia ellos.

—Es el carruaje —dijo Katherine.

—Deberías salir a recibirlo —sugirió Will—. Yo me iré por la parte de atrás.

—Pero... —¿*Alguna vez volveré a verte?* Era un lamento quejumbroso que no quería gritar. No tenía mucho tiempo. Fingiría que había regresado con la señorita Dupont, lo que salvaría su reputación y la de la doncella. Levantó la barbilla—. La chaqueta es un préstamo.

Cuando la miró y le tomó la mano, Katherine supo que había entendido lo que quería decir.

—Entonces tendré que devolvértela.

No le besó la mano como lo habría hecho lord Crenshaw; solo inclinó la cabeza sobre sus dedos. Sus palabras eran una promesa de que se volverían a ver.

Katherine salió al patio para encontrarse con la señorita Dupont.

CAPÍTULO DIECIOCHO

—Me temo que es demasiado tarde para visitas… —dijo el ama de llaves al oír a alguien detrás de la puerta, pero entonces abrió los ojos de par en par—. ¿*Violet*? ¡Señor Ballard! ¡Señor Ballard!

Violet se vio arrastrada hasta el salón en un borrón de actividad mientras la casa despertaba, las puertas se abrían, pasos resonaban y todo el mundo hablaba a la vez.

—¡Violet! —oyó. Era la voz de Tom. Vio sus conocidos ojos azules llenos de asombro y reconocimiento. De inmediato la rodeó en un abrazo cálido y seguro—. Oh, Dios. Creí que estabas muerta. Pensé que estabas… —Ella se aferró a él como a un salvavidas—. Me dijeron que habías regresado al barco…

—Tom, lo siento. No creí…

—No pasa nada. Estás a salvo. Estás en casa.

Su abrazo, fuerte y sólido, era real, y se rindió a él con los ojos cerrados. La última vez que lo había visto estaba pálido y casi muerto en la orilla del río, pero en ese momento estaba con ella, caliente y vivo. Se permitió sentirlo, el alivio del regreso, la oleada de alegría ante la genuina preocupación en los ojos de Tom. Lo único que importaba era su hermano.

—¿Violet? —oyó de nuevo, esta vez en una voz distinta.

Sobre el hombro de Tom vio una silueta en las escaleras, sus rasgos severos y su cabello castaño con algunas canas, una bata marrón oscuro sobre el pijama. Se apartó de los brazos de Tom con lentitud.

—Padre —dijo.

Cuando miró a su padre solo pudo verlo en el muelle, ordenando con total frialdad al capitán Maxwell que la encontrara. «No he mantenido a esa niña bastarda en mi casa solo para que se muera antes de tiempo». El ama de llaves escogió aquel momento para cerrar la puerta y Violet se sobresaltó. Le latía el corazón con fuerza. La enredadera del papel de pared pareció rodearla mientras su padre se acercaba, y tuvo que contenerse para no retroceder. «Va a darse cuenta —pensó—. Va a saber que he venido como espía». Al mismo tiempo, se dijo: «Tienes que hacerlo. Tienes que encontrar a Marcus». Un recordatorio de su misión.

Dejó que la abrazara y lo miró con una sonrisa de alivio fingido.

Él le devolvió la sonrisa y le dijo:

—Bienvenida a casa, mi niña.

Violet se sentó en la sala de dibujo con una manta sobre los hombros y los restos de la cena en una bandeja ante ella. Su hermano estaba a su lado, en el sofá. Su padre había arrastrado una butaca tras ordenar a los criados que avivaran el fuego, que encendieran las velas y le llevaran té caliente, unas rebanadas de pan y la carne que había sobrado de la cena.

—Come primero —había insistido, después de que la examinaran en busca de heridas, y ella hizo lo que le dijo, fingiendo hambre y tragándose cada bocado con determinación. Cuando se terminó el pan, Violet levantó los ojos y supo, con un nudo en el estómago, que no podía seguir evitando el tema. Inhaló y pronunció las palabras de la historia que había preparado:

—Lo siento. No pude detenerlos. Se llevaron al chico.

—¿El chico? —le preguntó su padre.

Violet estaba mirando a Tom.

—Tú me dijiste que protegiera la mercancía de la bodega. Pensé que te referías a él, a ese chico. Al que estaba encadenado allí.

—Continúa —dijo su padre, después de un momento.

—El barco se estaba hundiendo. El chico se habría ahogado. Yo volví y rompí sus cadenas... Creí que podría sacarlo de allí. Y entonces llegaron *ellos*. Nos apresaron a ambos.

—Siervos —dijo Tom. Lo dijo como Justice había dicho *Leones*.

—Así se llaman a sí mismos —replicó—. Hombres y mujeres con ropa anticuada. Pero eran... No eran normales. Eran...

—¿El chico está vivo? —la interrumpió su padre.

También estaba preparada para aquello.

—No lo sé. Aprovechó una distracción y escapó. —Estaba lo bastante cerca de lo que ya sabían, pero lo suficientemente ambiguo para embarrar las aguas—. Él tampoco era normal. Al menos, creo que vi... ¿Quién era?

Tom y su padre intercambiaron una mirada.

—Los Siervos son enemigos de Simon —dijo Tom, en lugar de contestar a su pregunta sobre Will—. Y odian a nuestra familia.

—¿Por qué?

Tom abrió la boca para responder, pero su padre lo detuvo con un pequeño gesto.

—Hay algunas cosas que tienes que saber, pero no hasta que hayas descansado. Es una larga historia que no debería contarse a esta hora de la noche, y estás agotada. —Sonrió—. Lo importante ahora es que estás en casa.

Le apoyó la mano pesadamente en el hombro y se lo apretó un poco.

Tom la acompañó por las escaleras hasta su dormitorio. A solas con él, descubrió que se le aceleraba el corazón y que todas las cosas que quería decirle abarrotaban su mente. Lo mucho que lo había echado de menos. Lo asustada que se había sentido cuando descubrió que era un León... y que ella también lo era. Él era el único otro León con el que podía hablar, y tenía un millar de preguntas. Sobre Rassalon, sobre el Rey Oscuro... Todas quedaron atrapadas en su garganta.

—Lo siento. —Fue Tom quien habló, abruptamente, en cuanto estuvieron solos—. Lo siento mucho. No dejaba de pensar que había sido yo quien te dijo que bajaras a la bodega. Ni siquiera habrías estado en el barco de no haber sido por mí. Me salvaste la vida, y lo último que te dije fue...

«Vete a casa». Se había clavado en ella como un cuchillo.

—Intentabas protegerme —dijo Violet, inhalando trémulamente—. Intentaste que me marchara. Sabías que era peligroso... Por eso me dijiste... —«Eres demasiado mayor para esto. Para seguirme a todas partes. Para ponerte mi ropa». Le había dolido. En ese momento, veía sus palabras bruscas bajo una luz distinta: Tom nervioso, observando el horizonte, sabiendo lo que estaba encerrado en la bodega.

—Eres mi hermana —le dijo Tom.

Violet deseó, repentina y dolorosamente, poder contárselo. Poder decírselo todo y conseguir que le creyera. Pensó, mirando su rostro sincero y honesto, que si supiera lo que su padre había planeado, lo que en realidad quería hacer con ella... Si pudiera contárselo, entonces seguramente...

—He pensado en ti cada día —le dijo—. Había muchas cosas que quería... contarte...

—Puedes contármelas ahora. Quiero saberlo todo —le aseguró—. Violet, creí que habías muerto. No dejaba de pensar en el asalto, tratando de imaginar cómo podrías haber sobrevivido.

No podía saberlo, ¿verdad? No podía saber que iban a sacrificarla, que él tendría que matarla.

—Yo... —dijo mientras él le ponía la mano sobre la cabeza, como hacía siempre.

Casi retrocedió al ver la «S» negra y curvada marcada en la muñeca de Tom. Casi dejó de respirar al tenerla tan cerca. *El sigilo del Rey Oscuro.* ¿Sabía Tom qué significaba en realidad? ¿Sabía lo que Simon intentaba hacer, lo que intentaba liberar, una sombra contra la que no era posible luchar? Mientras miraba la espiral oscura de aquella marca, sintió el doloroso abismo entre ellos y estuvo segura de que ya no podría volver a casa.

—Hablaremos por la mañana —le dijo con una sonrisa—. Bollitos calientes con pasas, como siempre.

—De acuerdo. Pero estoy aquí, si me necesitas.

—Lo sé —le aseguró.

Tom le alborotó el cabello, un gesto tan familiar como respirar.

—Buenas noches, Violet.

Y se marchó.

Violet se quedó junto a la puerta de su dormitorio mucho después de que él desapareciera por el pasillo. Estaba justo como lo recordaba, joven, guapo y alto. Siempre había querido ser como él. Su hermano había sido la imagen mental que siempre la hacía esforzarse.

—Tú.

Se giró rápidamente y vio los ojos fríos de la madre de Tom. Louisa Ballard era una mujer de cuarenta y un años, demasiado delgada pero muy bien vestida. Llevaba el cabello oscuro recogido en un respetable moño bajo, y sus vestidos a la moda eran adecuados para una mujer de su edad. Tenía los labios apretados y el ceño fruncido. La mirada que le echó a Violet estaba cargada de inflexible hostilidad.

—Cómo te atreves a volver aquí.

Violet inhaló dolorosamente. Por un momento había pensado... Pero cualquier ridícula fantasía de que las palabras de Louisa fueran una estratagema (crueldad para obligarla a marcharse, por su seguridad) desapareció. Aquello no era una treta. No era Tom, queriendo que se marchara del barco porque sabía que estaba en peligro.

«Ella no lo sabe. Solo me odia».

Se preguntó qué ocurriría si le contara a Louisa la verdad. «Tu marido me trajo a Inglaterra para matarme. Me crio para que, cuando fuera lo bastante mayor, tu hijo pudiera rajarme la garganta». Louisa creía que Simon era un caballero respetable que supervisaba la empresa comercial de su marido. No sabía nada de Leones ni de mundos antiguos.

—Lo único bueno que has hecho nunca ha sido marcharte —le dijo Louisa con frialdad—. Pero eres demasiado egoísta como para mantenerte lejos.

—Sí, señora Ballard —replicó Violet, manteniendo la mirada en el suelo mientras se clavaba las uñas en las palmas de las manos.

Entró en su dormitorio, cerró la puerta y apoyó la espalda en ella. «La vida es así», se dijo. Así, sin más. Miró su habitación, en la que estaba sola entre todos aquellos objetos que había creído que significaban que era parte de la familia.

Tan pronto como la casa quedó a oscuras y en silencio, apartó las colchas, se puso con rapidez la camisa y los pantalones y salió al pasillo en calcetines.

El despacho de su padre estaba al final, a la izquierda. Se dirigió allí directamente. Si había documentos, contratos, libros de contabilidad... cualquier cosa que pudiera ayudar a los Siervos a encontrar a Marcus, estarían en esa habitación.

No era la primera vez que se escabullía por la noche. Sabía que debía evitar la tercera tabla del suelo, que crujía, y mantenerse pegada a la pared contraria para que su sombra no se viera bajo la puerta. Se movió con agilidad y poco después se detuvo al otro lado de la puerta del despacho, con la mano en el pomo.

Estaba cerrada.

Una cerradura, normalmente, no la habría detenido. Sabía forzarlas. Pero, si lo hacía, no podría seguir fingiendo. Su padre sabría de inmediato qué había hecho. ¿Y si la información que estaba buscando no estaba en el despacho? Se delataría antes de haber descubierto cómo encontrar a Marcus.

Le dio la espalda a la puerta, de mala gana, pensando en birlarle las llaves a la gobernanta, cuando oyó una carcajada grave y masculina en el extremo opuesto del pasillo.

Se detuvo. Venía del dormitorio de Tom. Estaba con alguien.

«¿Con quién? Tom no recibe visitas por la noche, tan tarde...».

Se acercó en silencio, pues no quería que la descubrieran. La puerta estaba entreabierta. Había una rendija de luz y podía atisbar una franja del interior del dormitorio. Contuvo la respiración y miró a través.

Un puñado de velas encendidas y las parpadeantes brasas bajo la repisa de la chimenea proporcionaban luz suficiente para que viera a Tom, sentado en la butaca junto al fuego, y a otro chico, relajado sobre la alfombra Axminster a sus pies, con la cabeza sobre el muslo de su hermano.

Devon. Violet lo reconoció de inmediato: era uno de los amigos de Tom, uno que no le caía bien. Devon trabajaba para un tratante de marfil, Robert Drake, y a veces hacía de recadero para Simon. Era un muchacho pálido y desagradable con el aspecto del marfil descolorido, como el gastado camafeo de una anciana, todo del mismo color. Su cabello blanco y liso caía sobre su frente. Normalmente llevaba una gorra, pero aquella noche se la había quitado, revelando el sucio pañuelo que mantenía el cabello en su lugar. Sus pestañas blancas eran demasiado largas.

Violet miro la tez cetrina de Devon, sus ojos apenas un tono más oscuro que el agua transparente. Devon merodeaba a menudo por el negocio de Simon, como un parásito incoloro. Así era como lo había conocido Tom. Se pegaba a la gente como se había pegado a Tom, y en ese momento estaba hablando con aquella voz desagradable:

— … yo no le diría a nadie que ha regresado. A Simon le gusta que sus Leones le sean leales. Si cree por un momento que tu familia no es de fiar…

—Violet no es un lastre. Es mi hermana. Simon se dará cuenta de que es una baza. Me salvó en ese barco.

—Si te equivocas de nuevo, James te pondrá un collar y un cascabel.

Resopló.

—James no me preocupa.

—Debería. Es el chico de oro. El único Renacido que tiene Simon en su corte de papel maché. Es más que un Renacido: era el favorito del Rey Oscuro, y ahora está a las órdenes de Simon… ¿Crees que Simon no está entusiasmado con la idea?

—Siempre tienes la cabeza llena de intrigas —dijo Tom, como si le divirtiera—. Crees que hay un espía detrás de cada cortina y una daga escondida en cada manga.

Devon se giró, arrodillándose entre sus piernas para mirarlo a los ojos.

—Y tú eres un León; crees que todo el mundo es leal. Tengo información que podrías usar como ventaja. James irá a ver a Robert al alba. Solo. Y él *nunca* está solo. Debe haber algo que Simon quiere mantener en completo secreto, si va a enviar a James solo. Podríamos descubrir qué es.

—Si Simon quiere mantenerlo en secreto, debería seguir siendo un secreto —dijo Tom.

Devon se inclinó hacia delante, deslizando las palmas sobre los muslos de Tom.

—¿No tienes ni la más mínima curiosidad por saber qué planea Simon?

—Violet.

La chica se giró. Su padre estaba al final del pasillo, con una palmatoria encendida en la mano izquierda y una sonrisa cálida.

—Cariño, ¿qué haces levantada?

—No podía dormir —dijo Violet, sonriendo. Tenía el corazón desbocado. Se obligó a no mirar la puerta del despacho de su padre, apenas a unos metros de distancia—. Me pareció oír voces.

«James —pensó—. Simon planea algo y va a enviar a James solo. Tengo que decírselo a los Siervos...».

—Tom está terminando un trabajo con el joven que trabaja para Robert Drake —le dijo su padre—. No hay nada por lo que debas preocuparte.

—¡Oh! Por supuesto. Yo solo...

—Creí que ibas a escabullirte —dijo su padre con otra sonrisa antes de que pudiera terminar—. Como solías hacer, por el pasillo y después por la ventana de la antecocina. —A Violet se le heló la sangre al descubrir que conocía su ruta secreta—. No me gustaría que te marcharas cuando acabas de regresar a casa.

—Es solo que no podía dormir —repitió, manteniendo la calma.

Su padre le indicó las escaleras con un gesto afable.

—La verdad es que yo tampoco podía dormir. Sé que tienes preguntas. Y tienes razón... Ha llegado el momento de que responda a algunas de ellas.

«No sabe que estaba husmeando. No sabe nada», se dijo. Todavía tenía el corazón acelerado. Tenía que seguir comportándose como si fuera inocente. Asintió, consciente del hecho de que estaban alejándose del despacho cerrado mientras su padre la acompañaba por las escaleras, sosteniendo la vela. Se obligó a no mirar en esa dirección ni a dejar ver que esa era la razón por la que estaba allí.

—Creo que ya sabes que lo que voy a decirte tiene algo que ver con nuestra familia —le dijo su padre—. Louisa no sabe nada, y Tom solo conoce una parte.

Estaba muy oscuro; la vela creaba sombras que saltaban ante ellos y retrocedían cuando se acercaban.

—¿Un parte de qué?

—Algo así no puede contarse; solo puede enseñarse.

Su padre se detuvo ante la tercera puerta tras bajar las escaleras y le indicó que entrara.

Era la habitación de la India.

Violet tenía cuatro años cuando su padre zarpó con ella hacia Inglaterra, y guardaba pocos recuerdos de su vida anterior. Tom, que tenía tres años más, recordaba la India mucho mejor. Le había contado historias sobre su casa en Calcuta, no lejos de las puertas arqueadas de la Casa de la Embajada. A Violet no le gustaba oírlas. Las había rechazado, creyendo que era injusto que fuera él quien las recordara, en lugar de ella. No le gustaba pensar en ese país.

Su padre a menudo llevaba a sus invitados a aquella habitación, para mostrarles los muebles de la época que había pasado en Calcula, el enorme mapa de la ciudad, las pinturas de los príncipes y damas en jardines y debajo de las plantas de mango. Eran los momentos en los que más la animaban a esfumarse. El orgullo de su familia por su conexión con la India estaba condicionado a que ella no estuviera allí.

Miró a su alrededor (las pinturas de la nobleza, las esculturas de bronce de dioses, las delicadas pinturas sobre tela) y vio una colección de rostros que la miraban, desplazados y desconocidos. Dio un paso adelante. Todo se sumió en la oscuridad; la luz de la vela se había apagado.

Clic.

Lo supo. Incluso antes de girarse. El sonido del pestillo de la puerta fue como el de una tumba al sellarse. *No.*

—¿Padre?

No.

—¿Padre?

Giró el pomo. Nada. Sacudió la puerta. Nada. Sintiendo un creciente pánico, la empujó con el hombro y ni siquiera se movió. Aporreó la puerta con los puños.

—¿Padre? ¡Déjame salir! ¡Déjame *salir*!

Ni una melladura; no cedió ni un milímetro. Incluso su voz sonaba amortiguada. «La jaula del león», pensó, con el pánico subiendo hasta su garganta. Su padre hizo construir aquella habitación después de que regresó de la India. Meses de reformas... Una estancia diseñada para contener los artefactos que había traído a casa con él.

«Una estancia pensada para contenerme».

Y se había metido en ella por su propio pie, como una idiota, y ahora estaba atrapada allí.

Tenía que haber otra salida. Estaba muy oscuro; se dio cuenta, con un escalofrío, de que la habitación no tenía ventanas. Nunca antes se había percatado de ello. Se obligó a tragarse el pánico. «Piensa».

Tomó aire profundamente, retrocedió y corrió hacia la puerta para golpearla con toda su fuerza. El impacto le hizo rechinar los dientes y envió una oleada de dolor a su hombro. Apretó la mandíbula y lo intentó de nuevo. Y de nuevo. Sin resultados. La puerta estaba empapelada para que pareciera parte de la pared, pero bajo el papel era de metal, tan grueso como un bloque de piedra.

Tanteó el suelo; era de piedra. Golpeó las paredes, pero no había ningún punto débil. Amontonó los muebles para llegar al techo, pero sus puñetazos no emitían más sonido que una palma abofeteando la roca.

Jadeando por el esfuerzo, regresó al suelo. Al dar un paso, golpeó con el pie un cubo de cocina que habían dejado junto al mueble más grande. El terror trepó hasta su garganta. Habían dejado el cubo allí para ella. Una prueba más de la fría planificación de su padre.

Pensó en la familia, en los dormitorios de arriba. Gritó: «¡Tom! ¡Tom!», junto a la puerta, aunque sabía por el sonido amortiguado que nadie podría oír su voz a menos que estuviera justo al otro lado. Miró la habitación y sus objetos le parecieron de repente amenazadores. Sus siluetas oscuras se cernían sobre ella, delineadas como si fueran sus compañeros prisioneros, un muro lleno de rostros.

Tanteando, encontró un jarrón pintado y lo rompió a propósito para utilizar uno de sus fragmentos como si fuera un cuchillo. Si no conseguía salir, estaría preparada cuando su padre entrara.

Sería su padre, y no Tom. Se lo aseguró a sí misma. Se aferró a las palabras que había oído decir a su hermano cuando la defendió ante Devon. Tom no le haría daño. No por voluntad propia.

¿Cómo conseguiría su padre que Tom la matara? ¿Lo obligaría? No podía imaginarlo, un sacrificio involuntario sacado de un libro de cuentos al que Tom y ella se resistirían. Pasara lo que pasare, caería luchando.

Se arrodilló junto a la puerta, con el afilado fragmento de porcelana preparado, y esperó a que se abriera, todavía creyendo que su hermano acudiría en su ayuda.

Un sonido al otro lado de la puerta.

—¿Tom? —preguntó, poniéndose en pie.

Pasos; parecía que se habían detenido justo delante de la entrada.

—Tom, por favor, estoy aquí dentro.

Puso las palmas contra la puerta y presionó la boca tan cerca de la unión como pudo.

—Tom, ¿me oyes? ¡Tom, estoy encerrada!

—No soy Tom —fue la fría respuesta.

—Louisa. —A Violet se le hizo un nudo en el estómago. Apoyó la frente contra la puerta, con los ojos cerrados, pero intentó que su voz sonara despreocupada—. Me he quedado encerrada. ¿Puedes abrirme?

—No te has quedado encerrada —dijo Louisa—. Tu padre te encerró ahí, y estoy segura de que te lo mereces.

¿Qué podía decir? Si Louisa ya había oído la versión de su marido, no creería nada de lo que ella dijera. Y menos la verdad. «Soy de la estirpe de los Leones. Esta habitación fue construida para retenerme. Mi padre ha estado esperando hasta que fuera lo bastante mayor para que Tom me mate y se lleve mi poder».

—Es solo un malentendido —dijo Violet—. Si me abres la puerta, te lo explicaré.

—¿Me lo explicarás? —replicó Louisa—. Si fuera por mí, te quedarías ahí para siempre. Eres una criatura egoísta que solo ha traído daño a esta familia.

Podía sentir la puerta fría bajo sus palmas, y donde tenía la frente apoyada. Llevaba allí horas, y ya se sentía débil. Louisa la odiaba. Su padre la consideraba algo destinado al sacrificio. Su único aliado en la casa había sido su hermano, pero la amistosa ignorancia de Tom no la ayudaría en aquel momento. Inhaló.

—Tienes razón —se obligó a decir—. Tienes razón. Soy egoísta. He regresado creyendo que esta era mi casa, pero no lo es.

El silencio era ensordecedor. Se forzó a seguir hablando.

—No encajo aquí. Es lo que tú siempre has dicho, ¿no? Nadie me quiere, solo soy una especie de... —No podía decirlo—. Todo era fingido. En realidad, nunca fui parte de esta familia. Y Tom... —Pensó en él, abrazándola en el vestíbulo, en lo segura que se había sentido en sus brazos—. Tom estará mejor sin mí.

El silencio se prolongó. Expulsó cada dolorosa palabra.

—Así que me iré. Me iré y jamás volveré. No será como la última vez. Me mantendré lejos. No volverás a verme jamás. Ninguno de vosotros lo hará. Me marcharé, te lo juro. —Inhaló superficialmente—. Solo tienes que abrirme la puerta.

Esta vez, el silencio se prolongó tanto que se dio cuenta de que no había nadie al otro lado de la puerta. Louisa se había marchado. La había dejado allí, en aquella oscura habitación, hablando sola. Violet se apartó de la puerta y la miró, sintiendo la oscura soledad de la habitación penetrando en ella.

Y entonces la puerta se abrió.

—Mi marido debería haberte dejado en la mugre de Calcuta.

Los ojos fríos con los que Louisa la miraba estaban llenos de desprecio. Violet sintió el intenso deseo de reírse, pero seguramente habría sonado como un graznido. En lugar de eso, un silencio amargo y gélido se instaló entre ellas. Nunca habían estado tan cerca de entenderse. Violet bajó la cabeza y corrió.

No podía marcharse por el camino que conocía (a través de la ventana de la antecocina), así que escapó por una ventana lateral. Saltó al suelo sin hacer ruido. Llegó hasta la calle y se detuvo, jadeando un poco, para mirar la casa.

La conocía muy bien, con la ventana iluminada en la planta de arriba y un humo ligero saliendo de la chimenea de la estufa. El cocinero empezaría pronto a preparar el desayuno, y toda la familia comería junta. Violet había tomado su última comida con ellos sin ni siquiera saberlo. Su despedida de Tom había sido la sensación espectral de sus dedos sobre su cabello.

Recordó su primera clase de costura. Su institutriz le había sugerido que bordara la palabra *mamá*, y ella lo hizo con sus puntadas torcidas para presentárselo a Louisa. A la mujer le cambió la cara. Le arrebató el bordado y lo arrojó al fuego, y luego despidieron a la institutriz. Violet le había dicho la verdad. No volvería. No tenía familia; aquel había sido un sueño que solo había existido en su cabeza.

✳

Era tarde cuando por fin consiguió volver a la posada, el sucio e impersonal lugar donde habían dejado los caballos. Los broncos sonidos de las mesas de la planta de abajo, abarrotadas de hombres bebiendo y pidiendo más, golpeó sus oídos al entrar. Los esquivó para llegar a las estrechas escaleras de madera. Tras subirlas con piernas cansadas, consiguió llegar a la pequeña habitación donde había acordado encontrarse con Will.

Solo quería tumbarse en la cama con el antebrazo sobre los ojos y descansar, pero sabía que debía regresar al alcázar. Solo tenían hasta el alba para detener a James. Abrió la puerta.

Will estaba esperando junto a la ventana, aunque seguramente no veía nada a través de su cristal borroso.

—¡Violet! —El muchacho se giró cuando entró, con los ojos llenos de alivio.

—He conseguido lo que necesitamos —le dijo—. Tenemos que irnos.

A juzgar por los restos de comida fríos sobre el alféizar, llevaba horas mirando por la ventana. Se fijó en el incómodo taburete donde había estado sentado, con el rostro presionado contra el cristal.

—¿Qué estabas haciendo? —Podía ver que había intentado limpiar la ventana para ver mejor.

—Estaba preocupado por ti —le dijo.

Hizo que se sintiera querida, como si no estuviera sola. Como si quizá, en aquella habitación, ya no estuviera sola. Sintiéndose incómoda de repente, le golpeó apenas el hombro.

No se percató del impecable corte de su chaqueta ceñida y de sus pantalones oscuros hasta que estuvieron ensillando los caballos de los Siervos en los establos.

—¿Y qué llevas puesto?

—Tuve que tomarlo prestado.

Will hizo una mueca, pero Violet tenía que admitir que su aspecto era arrebatador: el cuello alto resaltaba sus pómulos elevados y la caída de su cabello negro.

—¿Prestado, o robado?

—Prestado. No es importante. —Subió a la silla y tiró de una rienda, haciendo que su caballo girara hacia la calle—. Vamos, tenemos que irnos.

CAPÍTULO DIECINUEVE

—¡Aquí! —Una oleada de alivio inundó a Violet cuando vio que los Siervos salían con sus caballos a recibirlos—. ¡Estamos aquí!

Fue agradable ver las túnicas blancas y las estrellas plateadas, las siluetas pálidas en la noche. Contó dos docenas de Siervos galopando en parejas sobre las oscuras marismas, con Justice a la cabeza de la columna.

En Londres, le había contado a Will todo lo que había oído.

—James se reunirá a solas con el tratante de marfil Robert Drake. Podríamos pillarlo desprevenido, antes de que tuviera oportunidad de usar su magia.

—Él podría conducirnos hasta Marcus —le había dicho Will, entendiéndolo de inmediato. Violet asintió.

El margen de actuación era pequeño. Cabalgaron a toda prisa de vuelta al alcázar. En ese momento, el rostro de Justice era una imagen bienvenida, y las palabras escaparon de sus labios:

—Gracias a Dios —dijo Violet mientras los Siervos tiraban de las riendas, rodeándolos en un círculo amplio—. No tenemos mucho tiempo. Hemos encontrado un modo de dar con Marcus, pero tenemos que actuar antes del alba.

No ocurrió nada. Violet buscó alguna señal de que los Siervos hubieran oído lo que había dicho, y solo vio rostros inexpresivos. Un momento después, doce Siervos desmontaron, con las lanzas preparadas.

—¿No me habéis oído? He dicho que hemos encontrado un modo de dar con el paradero de Marcus. Pero tenemos que irnos... Ya mismo.

Sus rostros seguían sin expresión. Reconocía a aquellos Siervos; eran gente a la que conocía. Carver y Leda seguían sobre sus caballos. Justice era uno de los doce que habían desmontado.

—¿Qué pasa? —preguntó. Una punzada fría bajó por su columna—. ¿Por qué no me escucháis?

—Porque eres una Leona —dijo Cyprian, deteniendo su caballo junto al de Justice, con una frialdad absoluta en su mirada.

Violet sintió un vacío en el estómago, un abismo terrible.

—No te acerques —dijo una voz a su izquierda—. Es fuerte.

Oyó que se desenvainaba una espada.

—Violet... —dijo Will, como advertencia.

Lo sabían.

Sabían qué era. Una Leona, descendiente de Rassalon.

Lo vio en sus rostros, su peor pesadilla hecha realidad. De repente, la expresión de Cyprian cobró sentido. Debió verla abandonando el alcázar e informó a los Siervos. *Estaré vigilándote.* ¿La había seguido hasta su casa? Podía imaginarlo diciéndolo, con su tono de voz arrogante: «Es una Leona. Es la hermana de Tom Ballard».

—Esperad —dijo—. Estoy de vuestro lado. James estará solo al amanecer. Tendréis una oportunidad de capturarlo.

Nada.

—Os estoy diciendo que he descubierto cómo llegar hasta James. Podréis usarlo para encontrar a Marcus. Por eso he regresado. Para ayudaros.

El círculo de lanzas se estaba cerrando. Violet se giró, pero no había ningún sitio adonde ir. Desesperada, examinó sus rostros hostiles, buscando a alguien que la escuchara.

—Justice. Tú me conoces. Díselo.

Pero el rostro al que se había acostumbrado tras horas de entrenamiento estaba cerrado y frío.

—Atrás, Leona —le ordenó Justice.

Algo horrible se retorció en su vientre. Calculó el tamaño de la fuerza convergente: dos docenas de Siervos, la mitad con las lanzas preparadas, los otros a caballo y armados con ballestas.

¿Creían que podía luchar contra dos docenas de Siervos? ¿Sin armas?

Así era. Podía ver sus lanzas, apuntándola.

—Está diciendo la verdad. Si queréis encontrar a Marcus, escuchadla —les pidió Will, dando un paso adelante.

Lo único que consiguió fue que algunas de las ballestas dejaran de apuntarla para dirigirse a él.

—No tenéis que hacer esto... Soy una de vosotros... Yo...

Dos Siervos más habían desmontado. Llevaban un pesado fragmento de hierro, sólido y antiguo, con extraños grabados. Eran unas esposas, se dio cuenta, tan gruesas que parecían cepos. Algo en su interior se heló cuando las vio. El suelo se estaba desmoronando bajo sus pies.

—Escuchadme. ¡Escuchadme! Solo tenemos hasta el amanecer...

—Lleváosla —ordenó Justice.

Se produjo un borrón de movimiento a su izquierda; oyó a Will forcejeando, ya apresado por los Siervos.

—¡Parad! ¡Está diciendo la verdad! ¡Ha arriesgado su vida para descubrir cómo ayudaros...!

—¡Will! —gritó Violet, cuando uno de los Siervos le golpeó la sien con el pomo de su espada para que dejara de hablar. Will se quedó inmóvil en sus brazos, sin sentido.

La joven entró en pánico y huyó del Siervo que se acercó a ella desde atrás. Sin pensar, lo lanzó con todas sus fuerzas contra una hilera de sus compañeros. Esquivó una lanza, y rompió en dos la siguiente. Se escuchó un crujido metálico cuando golpeó con el puño el estómago de un tercer Siervo, con fuerza suficiente para tallar una profunda abolladura en su armadura. Con fuerza suficiente para que el Siervo sintiera el puñetazo y se encorvara, tambaleándose. Con fuerza suficiente para hacerse daño en su propio puño, y el estallido de dolor la distrajo y no vio el golpe que se dirigía a su cabeza...

La negrura estalló sobre su visión. La inmovilizaron contra el suelo, con fuerza. Le pusieron los brazos a la espalda con una llave y las pesadas esposas se cerraron sobre sus muñecas. De inmediato se sintió débil, mareada, como si las esposas le robaran la fuerza. Eran sólidas e inamovibles de un modo que nunca había experimentado, y cuyo sabor casi podía notar en su boca. Siguió diciendo: «Escuchadme, James estará allí al alba, tenéis que llegar allí antes que él...», mientras le empujaban la cabeza contra el suelo, mientras presionaban su mejilla contra la turba húmeda.

¿Había sobrevivido a su familia para que la mataran los Siervos? Justice estaba sobre ella, con la espada desenvainada. Su corazón se constriñó ante la idea de que fuera a ejecutarla, justo allí, sobre la tierra fangosa.

No ocurrió nada. Todos se quedaron inmóviles, mirándola. Un silencio sobrenatural se cernió sobre la marisma desierta. Will era una silueta inerte en el suelo, y esparcidos alrededor de Violet estaban los cuerpos de al menos nueve Siervos, algunos heridos, otros inconscientes.

De la docena que seguía en pie, vio a Leda limpiarse un fino hilillo de sangre de la boca y a Cyprian, a su espalda, agarrando la espada con los nudillos blancos y los ojos clavados en ella. Oía las palabras que los Siervos estaban diciendo, horrorizados y asqueados. *Sobrenatural* y *León* y *mundo antiguo* y *Rassalon*.

—Ya es suficiente —los cortó Justice, dando un paso adelante—. Llevadlos a los calabozos.

Tan pronto como Violet descendió las escaleras, se sintió enferma. Si las esposas la habían debilitado, las celdas le hacían sentir náuseas y apenas conseguía mantenerse en pie, como si la prisión estuviera en su cabeza.

Los Siervos la arrastraron hasta una celda con barrotes, ignorando sus súplicas, igual que las habían ignorado en las ciénagas, sin escuchar nada de lo que tenía que decir sobre James o sobre el poco tiempo que les quedaba.

En la profundidad de la celda, la única luz procedía de las dos antorchas que había fuera. Las sombras de los barrotes se proyectaban en el interior, cruzando el suelo en una repetida celosía de hierro. Podía sentir, por el efecto aturdidor que tenía sobre ella, que aquel lugar había sido construido para retener a prisioneros poderosos, quizá criaturas de la oscuridad en aquella antigua guerra. Las paredes de la celda eran negras, desconcertantes y erróneas. No estaban hechas de piedra; eran algo más parecido a la obsidiana, brillante y con una larga y curvada inscripción tallada en la que parecía la lengua del mundo antiguo.

Independientemente de cuáles hubieran sido las criaturas que en el pasado habían estado aprisionadas allí, el panal negro de mareantes celdas estaba ahora vacío, excepto la que tenía justo delante, donde estaba Will, pálido y respirando superficialmente, inconsciente pero vivo. Tras tumbarlo sobre la piedra con un par de esposas como las de Violet, los Siervos cerraron la puerta y se marcharon, todos menos uno, que estaba apostado frente a su celda.

—Justice —dijo.

Todavía llevaba su armadura, blanca y plateada. Su cabello negro azabache, recogido en la mitad y con el resto cayendo liso sobre su espalda, enmarcaba su rostro atractivo.

—Te quedarás en esa celda —contestó—. No te permitirán salir. El Gran Jenízaro se ha reunido con el consejo para decidir tu destino.

Mi destino. Sintió aquellas palabras en los huesos. Pensó en la caza del león, en la majestuosa bestia lanceada en cinco puntos. Mientras miraba el rostro impasible de Justice, sintió un terrible escalofrío.

—Pero tú les dirás que estoy de su lado. Tú les dirás que fui a Londres a ayudarlos.

Sus palabras cayeron en un frío silencio. «Está mirándome —pensó—, pero está viendo otra cosa». Eso los convirtió en desconocidos, de repente. Se sentía totalmente bloqueada, mientras examinaba su rostro a través de los barrotes buscando alguna pista de su antigua expresión.

—¿Justice? —Su rostro no cambió.

—Cuando se haya tomado la decisión, te llevaré al gran salón. Estarás encadenada.

Le resultaba difícil respirar.

—¿Y qué pasará?

—Eres una Leona —dijo Justice—. Te matarán para evitar que hagas daño a la gente.

Se sentía mareada, sin respiración.

—Todavía puedes detener a James —le dijo—. Él sabrá dónde tienen a Marcus. Es el favorito de Simon. Puedes detener a James y salvar a Marcus.

—Los Siervos no van a caer en otra emboscada. Lo que hayas pretendido conseguir infiltrándote en nuestro alcázar ha terminado.

—Si no detienes a Simon ahora, quizá no tengas otra oportunidad. Es fuerte, y está cerca de conseguir lo que planea…

—Tú estás al servicio del Rey Oscuro. Lo llevas en la sangre.

—Justice, tú me conoces —le dijo—. No a la Leona. A mí. A Violet.

—Servirás a la Oscuridad —repitió Justice—. A menos que lo evitemos. Eso es lo que hacemos los Siervos. Somos los últimos protectores. Contra criaturas como tú.

Apenas oyó el repiqueteo sordo de la puerta cuando se marchó. No podía respirar; el dolor era inmenso. Recordó otra puerta cerrándose, haberla golpeado con los puños hasta que los tuvo en carne viva. Aquello era peor; era su futuro apagándose, dejándola en la oscuridad.

«Mi padre tenía una jaula para los leones y los Siervos también tienen una», pensó.

Su mundo, todos sus sueños, se limitaban a aquella celda; sus vidas falsas habían sido desmanteladas para mostrar la verdad: que no la querían. Justice la miraba y veía a un León al que matar. *Cómo te atreves a volver aquí.* Las palabras de Louisa regresaron a su mente.

Las sonrisas de su padre, las palabras amables de su hermano, la guía con mano firme de Justice… Todo había sido mentira.

No, eso no era cierto. Su familia había mentido, pero Justice había sido sincero. Le había dicho lo que opinaba de los Leones desde el principio.

—¿Violet?

La muchacha se arrastró hasta los barrotes y vio a Will en la celda opuesta, apoyándose en un codo. Se sintió absurdamente contenta al oír su voz, al verlo vivo y consciente. Parecía sentirse débil y tenía el cabello del lado izquierdo de la cabeza apelmazado por la sangre seca. Antes de lograr sentarse, le preguntó:

—¿Estás bien? ¿Te han hecho daño?

—Estoy bien. —Se tragó la sensación, el hecho de que su primer pensamiento hubiera sido para ella—. Te dieron un golpe en la cabeza.

—Lo sé —dijo, y su débil sonrisa en respuesta lo convirtió en una especie de broma. Violet lo miró mientras se sentaba y fingía que prefería no levantarse, en lugar de reconocer que no podía hacerlo. Tragó saliva de nuevo—. ¿Cuánto tiempo llevamos aquí abajo?

—No mucho. Una hora. Quizá dos.

—¡Una hora! James se marchará.

La frustración de Will la hizo recordar sus antiguos sentimientos, cuánto había deseado golpear las paredes y gritar: «¡Eh! ¡Escuchadnos! ¡Dejadnos salir!». Junto a eso, había una desesperanza creciente. Estaban atrapados allí abajo, en aquel agujero, mientras se acercaba el alba, y con ella, su única oportunidad de detener a James.

—Es culpa mía. —Violet inhaló dolorosamente—. No habrían creído nada, después de haber descubierto que soy una Leona. Creen que mi sangre es mala, que estoy destinada a servir a la Oscuridad. Por eso estamos aquí abajo.

—Entonces son idiotas —dijo Will.

Se puso en pie, aunque obviamente le costó. Caminó hasta los barrotes de su celda. Con las manos esposadas a la espalda, tuvo que apoyar el hombro contra las barras. Seguramente eran lo único que lo mantenía en pie.

—No me importa lo que digan. Tú eres buena, y eres sincera. Más allá de lo que ocurra, no dejaré que te hagan daño.

Violet miró su rostro pálido, su mata de cabello oscuro. La sangre de su sien… Eso había sido culpa de ella. Las esposas que inmovilizaban sus brazos dolorosamente a su espalda… Culpa de ella. Ella era la razón por la que estaban allí, la razón por la que los Siervos no los escuchaban. Ella procedía de la estirpe de los Leones, su familia trabajaba para Simon, su hermano era su criatura.

—¿Cómo puedes confiar en mí? Soy una de ellos.

—Volviste a por mí —le dijo Will.

Su primer encuentro, su decisión de regresar al barco que se hundía y cómo la había mirado él, magullado y encadenado. No había esperado que acudiera nadie. Quizá nadie lo había hecho antes.

Lo miró a través de dos pares de barrotes que parecían simbolizar todo lo que los separaba: distintos futuros, distintos destinos. Él era el héroe; ella era la Leona que no encajaba en ninguna parte.

—Te dejarán salir. —Cuando lo dijo, supo que era verdad—. Perteneces a la estirpe de la Dama. Te necesitan.

—No me importa. No voy a abandonarte.

¿Lo decía en serio? Separados por los barrotes, parecía que su amistad estaba condenada a terminar, y aun así aquello era lo único que los mantenía unidos. Estaba allí con ella, mientras que fuera había una batalla mayor.

—Es tu destino —le dijo.

—También el tuyo —contestó Will—. Es lo que vamos a hacer. Tú y yo. Lucharemos juntos contra Simon.

Juntos.

Violet sintió la fe de Will atravesando toda duda. Su fe en ella. Era como una llama, penetrando en la oscuridad. Miró su rostro magullado, su mirada decidida, y entendió por qué lo seguiría la gente. Entendió por qué habían seguido a la Dama.

—Bueno, si vamos a detener a James, tenemos que salir de aquí —dijo Will, como si el tema estuviera zanjado.

Violet inhaló temblorosamente y asintió. No pronunció ninguna de las palabras de gratitud que se acumulaban en su interior, cuánto significaba para ella tener a alguien a su lado en aquel momento.

Solo siguió su ejemplo y miró a su alrededor, la celda en la que estaba confinada.

—No hay grietas, uniones ni ventanas. Solo la puerta de barrotes.

—Mi celda es igual. ¿No puedes doblar las barras, ni abrir la puerta por la fuerza?

Ella negó con la cabeza y dio voz a la náusea que había sentido desde que puso el pie allí abajo.

—Esta celda... Me siento... —No podía describirlo. *Débil*, podría haber dicho. *Mareada*—. Las esposas, los muros... Parece... —*Algodón en mi cabeza*, podría haber dicho. *Un peso en mi pecho. Apenas puedo pensar, o moverme, o hacer demasiado*.

—Yo también lo siento.

Violet lo miró y se dio cuenta de que su esfuerzo por mantenerse en pie no se debía al golpe en su cabeza; era por la piedra negra de la celda. Le estaba afectando a él tanto como a ella. Quizá más.

—¿Te refieres a que no puedes... abrir la puerta con magia? —ella intentó apelar al humor.

Apenas lo dijo, Violet sintió una oleada de malestar. La idea de que alguien tratara de superar aquella compulsión la hacía sentirse enferma.

—Aunque supiera cómo, me siento como tú. Bloqueado. No, atrapado. Aunque no está en mi cuerpo. Está en mi cabeza.

—Entonces esperaremos a que venga alguien —dijo Violet—, y saldremos del modo clásico.

—No nos queda mucho tiempo, si queremos tener alguna posibilidad de detener a James...

Se oyó un sonido en la escalera, el chirrido metálico de la pesada puerta de hierro al abrirse. Will se apartó y se giró hacia el ruido.

El corazón de Violet comenzó a latir con fuerza mientras imaginaba al escuadrón que la llevaría al salón, pero entonces vio una sombra que conocía proyectada en el suelo.

—Cyprian —dijo.

Claro que era él, descendiendo las escaleras con su uniforme resplandeciente. Él la había metido allí, siempre despreciándola. Había ido a verla tras los barrotes para disfrutar de que estuviera justo donde siempre había creído que debía estar.

—Mi padre ha tomado una decisión —dijo Cyprian. Aquella voz arrogante y engreída.

—Cobarde —le dijo, a través de los barrotes—. Tú y tu padre, los dos lo sois. ¿Por qué no bajáis a esta celda y os enfrentáis a mí sin las rejas y las cadenas?

No picó el anzuelo. Se detuvo delante de su celda, demasiado atractivo con su túnica de novicio, y la recorrió lentamente con la mirada.

—¿Qué dijiste sobre James? Nadie te ha creído. —En los labios tenía su mueca de desdén habitual—. Los Siervos no actuarán siguiendo la palabra de un León. Están preparando el gran salón. Eso es lo que mi padre ha decidido. Van a matarte.

—Así que has venido a regodearte —dijo con un suspiro de disgusto.

—No —replicó Cyprian—. He venido a liberarte.

—¿Qué...?

Fue como apoyar el pie en un peldaño desaparecido: el suelo se desvaneció bajo su cuerpo. Lo miró fijamente.

Cyprian levantó la barbilla. De repente, Violet vio cómo se alzaba y caía su pecho, y que estaba allí como si estuviera obligándose a hacerlo, a pesar de la incomodidad.

—Todas las misiones para rescatar a Marcus han fracasado. Los Siervos no saben dónde está, o cómo traerlo de vuelta. Puede que mintieras cuando dijiste que conocías el modo de encontrarlo. —Cyprian inhaló una última vez antes de sacar algo de su túnica—. Pero quizá no lo hayas hecho.

Era una llave. Era una *llave*. Violet clavó los ojos en ella, avivando su esperanza. Detrás de Cyprian, Will se acercó a los barrotes de su celda.

—¿De verdad vas a desobedecer a los Siervos para ayudarnos? —le preguntó—. ¿Por qué?

—Es mi hermano —contestó Cyprian.

El novicio perfecto. Al verlo allí, con su uniforme inmaculado, Violet pensó en sus miles de horas de práctica, en su formación para ser el candidato perfecto. Estaba hecho para beber del Cáliz y convertirse en Siervo. No había desobedecido una norma en toda su vida.

Y allí estaba, en las celdas bajo el alcázar, aliándose con dos descendientes del mundo antiguo contra los Siervos.

—¿Confías en mí? ¿Así, sin más?

—*No confío* en ti, Leona. —Cyprian elevó su barbilla de nuevo, de aquel modo arrogante tan suyo—. Si estás mintiendo, supongo que me matarás. Pero si existe la menor posibilidad de que estés diciendo la verdad, asumiré ese riesgo.

—Entonces abre la puerta —le pidió Violet.

Cyprian dio un paso adelante, metió la llave en la cerradura y la giró. Era violento; la ponía tan furiosa como su túnica sin tacha y su postura perfecta. Se mantuvo impertérrito mientras la puerta se abría y solo la miró cuando se detuvo delante de él en el pasaje. Se sintió absurdamente tentada a hacer un ruido fuerte o a moverse con brusquedad hacia él, para ver si conseguía que se sobresaltara.

En lugar de eso, se giró para mirarlo y le mostró las esposas. Cyprian negó con la cabeza.

—No. Eso se queda hasta que hayamos salido del alcázar.

—Vaya, eres un pequeño...

—*Violet* —dijo Will, deteniéndola en seco.

—Estoy dispuesto a arriesgar mi vida para hacer esto, pero no pondré en peligro las vidas de todos los del alcázar —dijo Cyprian. Alzó la barbilla de nuevo.

—La nobleza de los Siervos —replicó Violet con mordacidad.

—Dijiste que James estaría sin protección al alba —dijo Cyprian, indicándole que se mantuviera por delante de él.

—Así es. —Violet frunció el ceño.

—Entonces no tenemos mucho tiempo —dijo Cyprian. Abrió la puerta de la celda de Will—. Vamos.

CAPÍTULO VEINTE

Will observó, asombrado, cómo las tranquilas e imperiosas palabras de Cyprian conseguían que los guardias los dejaran pasar («Mi padre me ha enviado a por los prisioneros») y salir del edificio principal («Mi padre está esperándome»). Tenía caballos preparados para ellos aguardando en el patio oriental. Nadie le preguntó por qué necesitaba los caballos. Nadie cuestionó que atravesara la puerta. Ni siquiera con dos compañeros montados y guiados por cuerdas a su espalda, con las capas de Siervo que les había proporcionado para esconder las esposas.

Fiel a su palabra, Cyprian les quitó las esposas cuando salieron a las ciénagas. En cuando estuvieron lejos de sus muñecas, Will se sintió mejor. Sus piernas parecían más firmes, sentía la cabeza más despejada. Cyprian envolvió las esposas en una alforja de tela y, cuando estuvieron cubiertas, incluso la sensación residual que pesaba sobre él desapareció.

Frotándose las muñecas, levantó la mirada y vio que Cyprian había alejado a su caballo dos pasos y que estaba observándolos con la tensa calma de alguien que se está enfrentando al miedo.

«De verdad cree que podríamos matarlo».

Cyprian había liberado a dos peligrosos prisioneros por una mínima posibilidad de que estos pudieran ayudarlo. Seguramente estaba esperando que Violet le abriera la garganta tan pronto como se librara de sus esposas.

Y él la había liberado de todos modos. A cambio de una oportunidad para que ella ayudara a su hermano.

Violet rompió el silencio, desafiando a Cyprian.

—¿Qué pasa? ¿Temes perderte el entrenamiento de mañana?

No era eso lo que lo asustaba, y todos lo sabían.

—¿Habías salido alguna vez del alcázar? —le preguntó Will.

—Claro que había salido del alcázar. He hecho once rondas completas por las ciénagas. —Cyprian levantó la barbilla. Agarraba las riendas con fuerza.

—Oh, *once* —dijo Violet.

—¿Alguna vez has estado en Londres? —le preguntó Will.

—Dos veces —contestó Cyprian—. Pero no... —Se detuvo.

—¿No qué?

—Solo —terminó.

«No estás solo», le habría dicho Will a cualquier otra persona. Pero Cyprian había traicionado a los Siervos, e iba a perderse mucho más que el entrenamiento de la mañana. Cuando los Siervos descubrieran que se había ido, Cyprian sería considerado un traidor que había abandonado el alcázar para ayudar a una Leona.

En todos los sentidos que importaban, estaba solo.

Así que Will le dijo:

—No estábamos mintiendo. Vamos a capturar a James y a llevarlo al alcázar.

Cyprian no rebajó su cautela.

—Ni siquiera un León es lo bastante fuerte para atacar a James.

—Sé cómo distraerlo —dijo Will.

Esa parte era cierta. Él sabía cómo atraer a James. Sabía qué lo haría girar la cabeza, qué mantendría su atención. Parecía un conocimiento innato, como cuando supo que la caja apartaría la atención de James del muelle. Nunca olvidaría el momento en el que los ojos de James se encontraron con los suyos, la sensación de volver a casa, como si se conocieran.

Les contó su plan mientras cabalgaban. A Violet no le gustó, pero no había alternativa y ella lo sabía.

—Si no conseguimos recuperar a Marcus, nada más importará —le dijo Will. Sabía que estaba recordando las palabras de la Sierva Mayor: *conjurar una sombra es el primer paso para invocar al Rey Oscuro.*

Solo tenían una oportunidad. Una oportunidad para atrapar a James y descubrir el paradero de Marcus. Todo estaba en juego, no solo la reputación de Violet o el futuro de Cyprian con los Siervos.

Al llegar, se despojaron de sus capas para quedarse con su ropa urbana. Violet encajaba bien. Cyprian llamaba la atención, un caballero de cuento de hadas al que habían soltado en mitad de Londres. Su túnica blanca era el atuendo más impoluto de la ciudad. Si hubiera sido una luz, Will le habría dicho que la apagara.

—Pareces un manjar blanco —dijo Violet.

—No sé qué es eso —contestó Cyprian, levantando la barbilla de nuevo.

—Es como unas natillas, pero sin lo bueno —dijo Violet—. Podríamos embadurnarlo en barro, como hicimos con los caballos.

—Y con vosotros —replicó Cyprian, y Violet tardó un instante, pero una mueca descendió con ferocidad sobre su rostro.

—A saber lo limpio que estarías tú si una docena de Siervos te hubieran asaltado en las ciénagas...

—Parad, los dos —dijo Will—. Ya hemos llegado.

Todavía quedaba media hora antes del alba. En el muelle, los almacenes y la orilla rebosaban actividad, pero en aquella parte de Londres las calles estaban desiertas y apenas había una o dos luces en las ventanas, las lámparas encendidas en los dormitorios de los más madrugadores.

—¿Estás seguro de que tienes que ser tú quien entre? —le preguntó Violet.

—Tengo que ser yo. Ya lo sabes.

Ella asintió, reacia. A su espalda, Cyprian mantuvo una mano en la empuñadura de su espada.

—Vosotros dos ocupad vuestras posiciones —dijo Will—. Y tratad de no mataros uno al otro hasta que tengamos a James.

La campana sobre la puerta resonó en el silencio, tintineando con fuerza en el oscuro espacio abarrotado de siluetas extrañas, y Will entró solo en la tienda londinense.

En el lugar de trabajo de Robert Drake no había gente, aunque había pálidas superficies curvadas por todas partes. Robert era tratante de marfil y Will se vio rodeado por las siluetas sepulcrales del material: colmillos de elaboradas tallas, animales de marfil expuestos en cofres, grupos de pálidas figurillas.

Entró caminando lentamente. Había un mostrador al fondo de la tienda y, detrás, dos enormes contenedores con astas, gruesas y blancas y curvándose en todas direcciones. Una luz era tenuemente visible en una habitación trasera, y Will atisbó a un chico macilento sentado frente a una mesa de madera oscura sobre una palestra.

—¿Hola? —llamó—. ¿Hay alguien aquí?

—Estamos cerrados —respondieron desde el cuarto del fondo.

Will lo intentó de nuevo.

—La puerta estaba abierta. Creí que quizá podría...

—He dicho que estamos cerrados. Puedes volver a las ocho, cuando hayamos...

El muchacho se detuvo.

—¿Podría convencerte de que abrieras antes? —Will puso una mano en la bolsa del dinero.

El joven estaba mirándolo desde el otro lado de la tienda, pálido y con los ojos muy abiertos, junto a la única lámpara.

Will lo reconoció de inmediato por la descripción de Violet: sus rasgos descoloridos, el cabello blanco y liso debajo de la gorra. Su pulso se aceleró un poco. Aquello estaba ocurriendo de verdad. Aquel joven era Devon, el dependiente de Robert Drake y parte de la pseudocorte de Simon.

—Quizá por una pequeña comisión. —Will tocó su bolsa de nuevo. Estaba llena de piedrecitas, pero parecía abundante.

—Mis disculpas —dijo Devon, después de un momento—. He sido un maleducado. —Se levantó y tomó la lámpara. Acercó la llama a las velas e iluminó la tienda mientras avanzaba; múltiples fuentes de luz se reflejaban en la superficie del marfil—. A tu servicio. —No apartó los ojos de Will.

—No es necesaria tanta formalidad —dijo Will.

—¿No? —le preguntó Devon—. ¿Por qué...? ¿Qué haces aquí? —Devon miró la bolsa de nuevo, y después a Will—. A esta hora.

Era temprano. Y Will era un desconocido. La cautela de Devon parecía en conflicto con la posibilidad de ganar dinero. Will sabía qué tenía que hacer: dejarse ver, conseguir que Devon hablara y después...

—Estoy buscando algo.

—¿Algo?

—Un regalo.

La tensión se disipó cuando Devon salió de detrás del mostrador. Parecía haber creído su excusa, pero Will todavía era consciente de que estaba en el interior de la propiedad de uno de los partidarios de Simon. Era como estar en la casa de Simon, la misma sensación de peligro.

—El marfil es un regalo magnífico —estaba diciendo Devon—. Cada pieza es única. Hay que matar para conseguirla. Mira. —Devon le señaló, bajo la tenue luz, un díptico romano de marfil que representaba a unos hombres con perros que parecían leopardos—. Esta pieza es exclusiva. Los romanos cazaban elefantes en su imperio. Ahora, los elefantes del norte de África han desaparecido. Según parece, este fue el último.

Will miró el marfil bajo la luz titilante y sintió una oleada de náusea al pensar en aquellas grandes criaturas, ya desaparecidas. Miró de nuevo a Devon, que seguía mostrándole la tienda.

—Actualmente cazamos elefantes al sur del Sahara, donde quedan algunas manadas. Con las piezas más juveniles se tallan bolas de billar, empuñaduras de bastones, espejos de mano, teclas para pianos. Las de mayor calibre se reservan para las esculturas y las joyas. —Devon lo acompañó a través de las pálidas siluetas de la muerte—. Puede que, algún día, una dama se decore el cabello con una horquilla procedente del último elefante del mundo.

Will se detuvo delante de un espécimen colgado en la pared, y se le erizó el vello de la nuca. En el adornado expositor había un cuerno que le resultaba tan familiar como desconocido. Era largo, recto y en espiral, y se extendía hasta una punta afilada; una forma que había visto antes.

Pero mientras que el cuerno del Alcázar de los Siervos era una aguja blanca, una espuma plateada, una llamarada helicoidal, aquel estaba amarillento en algunas partes, oscurecido donde se encontraban las curvas de las espirales, y tenía en general el aspecto de un diente viejo. καρτάζωνος, decía la placa que tenía debajo, en griego antiguo. *Cartazon*.

—¿Un cuerno de unicornio? —le preguntó.

—Es una falsificación —le explicó Devon—. Procede de un narval, un tipo de ballena al que cazan en los mares del norte. Otros son creados a mano… Los artesanos de Levante tienen un método para hervir los colmillos de las morsas. Si dejas un cuerno en remojo durante seis horas, se vuelve tan suave y maleable que puedes trabajar con él, darle la forma que te plazca. Alcanzan un buen precio.

Una *falsificación*. Una cosa muerta fingiendo ser otra distinta, como las pieles de conejo cosidas para crear una piel de león. El cuerno del alcázar era tan distinto que aquel parecía una burla.

—Puedes tocarlo —le dijo Devon.

Will lo miró. Devon estaba observándolo. Aquella parecía una especie de prueba.

Will levantó una mano y pasó las puntas de los dedos por su longitud. Parecía normal: un cuerno de toro, un trozo de hueso viejo.

—Robert colecciona falsificaciones como curiosidades —le contó Devon—. Es una afición cara. La gente está dispuesta a pagar mucho dinero por una prueba de la existencia de una criatura pura. Aunque para conseguirla haya que matarla.

—¿Alguna vez has visto uno que hayas creído que podría ser real?

—¿El verdadero *cornu monocerotis*? —Devon le mostró una leve sonrisa—. ¿El cuerno que neutraliza el veneno, cura las convulsiones y conduce al agua dulce? ¿El que, si lo sostienes en la mano, te obliga a decir la verdad? —Devon se echó hacia atrás, una sombra pálida contra el mostrador—. He visto montones de cuernos tan altos como edificios, manadas enteras masacradas, cadáveres salpicando las playas tan lejos como el ojo puede ver. Nunca son de verdad.

El cuerno que todos buscan y nadie encuentra. A Will se le erizó la piel al pensar en un mundo que había desaparecido, con la excepción de un puñado de reliquias enterradas en las profundidades del Alcázar de los Siervos.

—¿No crees en los unicornios? —le preguntó.

—Creo en el comercio —respondió Devon—. Hace doscientos cincuenta años, la reina Isabel adquirió un cuerno cubierto de joyas al enorme precio de un castillo. No habría pagado tanto si hubiera sabido que era el diente de un pez. —La vela titiló y el marfil que cubría cada superficie pareció asumir un tono diferente—. ¿Por qué? ¿Tú crees en ellos? —La luz jugó también sobre el rostro de Devon—. ¿Un claro en el bosque abarrotado de potrillos recién nacidos, cada uno con un pequeño bulto en mitad de la frente?

Había un dejo evaluador en sus palabras.

—No estoy aquí para buscar unicornios.

—¿No? —Había algo bajo la tranquila palabra de Devon.

—No. Creo que te he mencionado —le dijo Will— que estoy aquí para comprar un regalo.

—¿Para una dama? —le preguntó. La frase sonó casual, pero Will sintió una llamarada de reconocimiento.

«Lo sabe», pensó, y aquello hizo que sus palabras inquisitivas cobraran sentido y que pusiera tanto cuidado en no mirarlo.

Se le aceleró el pulso. Ahora que Devon lo había reconocido, tenía que marcharse. Y debía hacerlo sin desvelar el plan.

—Sí, así es. —Will mantuvo la voz tranquila—. Para una dama.

—Los camafeos se venden mucho. —Devon se acercó al mostrador y extrajo una bandeja expositora. Había cinco camafeos de marfil clavados sobre el terciopelo negro—. ¿O un anillo?

Sus movimientos eran lentos y deliberados, como su respiración. Ahora que Will sabía que lo había reconocido, se daba cuenta de que le tenía miedo. Devon miró de soslayo la mano con la que Will sostenía la bolsa. La mano de la cicatriz.

—Un colgante, quizá —continuó Devon—. Una rosa de marfil tan delicada que parecerá que hay una flor de verdad adornando el hueco de su garganta.

«Está entreteniéndome».

—Debería regresar con ayuda femenina —replicó Will—. Me es imposible decidir.

—Robert estará aquí pronto —sugirió Devon—. Podrías esperarlo.

—Me temo que ya te he entretenido lo suficiente —dijo Will.

—No pasa nada —contestó Devon.

—Regresaré a una hora más razonable. Un detalle. —Will dejó las pocas monedas que contenía en su bolsa sobre el mostrador y salió de la tienda.

«Lo he conseguido». Intentó caminar con calma, dejando que cualquiera que estuviera vigilando lo viera, expuesto en la calle. «Devon sabe quién soy». Se tragó el eco de aquella antigua voz, el momento en el que el mundo había cambiado y nunca volvería a ser seguro. ¡*Huye*!

Porque había una sola cosa que podía hacer salir a James.

«Yo».

Sabía qué tenía que hacer a continuación, y había logrado llegar al lugar asignado, esperando que los demás estuvieran en posición, cuando vio a Cyprian.

—Cyprian. Se supone que no debías estar aquí.

Las calles traseras estaban desiertas. Las altas casas se elevaban a cada lado, creando cañones vacíos y oscuros, perfectos para una emboscada.

Cyprian avanzó con la franqueza de un guardaespaldas.

—Si eres lo que Justice cree que eres, no puedes estar solo.

Aquello no formaba parte del plan que Will les había gritado mientras galopaban, con el viento de las ciénagas azotando las palabras que salían de su boca.

—Tienes que ocupar tu lugar. Devon va a decirle a James quién soy.

—Si de verdad eres el descendiente de la Dama —dijo Cyprian—, no seré yo quien te deje caer en manos de Simon.

Las palabras fueron tan inesperadas como todo lo demás sobre la presencia de Cyprian allí. El novicio perfecto rompiendo todas las reglas. Había notado la incomodidad del joven mientras engañaba al resto de los Siervos para liberarlos. Cyprian tenía un sentido extraordinario del deber. Pero si no conseguían volver con Marcus, nada de aquello importaría.

—Cyprian...

—Justice tenía razón en una cosa —dijo Cyprian, negando con la cabeza—. Marcus siempre creyó en la Dama. Él estaba seguro de que habías sobrevivido. Creía que podría encontrarte. Me dijo que...

El muchacho se detuvo, parpadeó y se desplomó. No hubo advertencia alguna, ningún sonido o cambio; simplemente cayó al suelo, derrumbándose de manera antinatural.

—¡Cyprian! —exclamó Will, corriendo hacia su cuerpo que yacía boca abajo. Se apoyó en una rodilla y buscó desesperadamente una herida, un dardo o una bala, pero no halló nada. Cyprian no contestó; se mantuvo inmóvil y con los ojos abiertos, como si estuviera congelado. ¿Estaba vivo? ¿Muerto? No parecía estar respirando...

Will se giró para mirar la calle oscura y vacía, buscando a algún atacante, pero no vio nada y solo oyó su propia y resollante respiración en un silencio que se prolongó lo suficiente como para que fuera consciente de lo solo que estaba.

Y entonces oyó pasos.

El sonido perezoso de los tacones de unas botas brillantes sobre los adoquines. *Clac, clac, clac.* James salió de la oscuridad mientras el pulso de Will se disparaba. Parecía vestido para una salida nocturna, con un traje exquisito. Todo se desvaneció; el mundo se volvió insignificante, como si James fuera lo único real que había en él. *Tú, tú, tú*. El extraordinario atractivo de James era tan opresivo como un cuchillo; dolía.

—No, no te levantes —dijo James con amabilidad, y antes de que Will pensara siquiera en incorporarse, una fuerza invisible lo golpeó hacia delante, sobre sus manos y rodillas.

Era como una presión. Como si James tuviera las manos sobre él, como si contara con un millar de manos. Le resultaba difícil respirar. Le resultaba difícil hacer cualquier cosa que no fuera seguir apoyado sobre sus manos y rodillas, incapaz de mover un músculo. Había visto a James detener una caja en el aire con su poder; sabía que podía hacer aquello. Pero no había esperado que lo llevara a un terreno personal, como si sus manos estuvieran sobre su cuerpo.

—El salvador —dijo James con tranquilidad.

—El juguete de Simon —replicó Will.

Eso captó la atención de James. A Will le latía el corazón con fuerza. El aroma de las flores nocturnas en un jardín… Todo le resultaba muy familiar. Estar tan cerca de James hacía que se sintiera mareado. Fue consciente de que se estaba acercando antes de que sus piernas aparecieran ante su vista.

—Todos creían que habías muerto en Bowhill —le dijo—. Se suponía que debías morir allí. En lugar de eso, sobreviviste y escapaste del barco de Simon. ¿Cómo lo conseguiste, exactamente?

—Con mucho gusto —dijo Will.

—Bonito colgante —le espetó James.

Will comenzó a respirar con rapidez. El cuello de su camisa se desató solo y unas manos invisibles lo abrieron, exponiendo su cuello, su clavícula, y desnudando su pecho. El peligro le aceleró el pulso cuando algo le arrancó el medallón.

Era parte del mundo antiguo, igual que James. Durante un momento de infarto, Will se preguntó si James lo reconocería, no de aquel mundo sino del otro. «James no es solo un descendiente —le

248 • EL REY OSCURO

había dicho la Sierva Mayor—. Es el general del Rey Oscuro, renacido en nuestra época».

Entonces lo comprendió. James era un Renacido. No era un reflejo en un espejo, no era una falsificación colgada en la pared. Era un fragmento viviente del mundo antiguo que de algún modo estaba caminando por este.

No era de extrañar que Londres palideciera a su alrededor. No era de extrañar que estar a su lado fuera como viajar en el tiempo. *Te encontraré. Yo siempre te encontraré. Intenta huir.*

¿Y habían creído que podrían atraparlo? La audacia lo sorprendió. Tres contra James... Su plan parecía idiota, infantil. Aquello no era cazar conejos con tirachinas. Aquello era caza mayor. *El Traidor.* Incluso los Siervos más fuertes le temían. Will recordó el escuadrón al que James había diezmado, los cadáveres envueltos en tela gris a los que había destrozado sin tocarlos siquiera.

—¿Te lo dio tu madre? —le preguntó, y los dedos que Will sentía en su cuello se deslizaron hasta su barbilla, para elevársela. No eran los dedos de verdad de James, ya que él no estaba bastante cerca como para tocarlo.

Sus ojos viajaron desde las botas de James hasta su expresión satisfecha. A su espalda, Will podía ver la espada de Cyprian, envainada junto a su cuerpo tumbado.

—No lo toques —dijo Will, mientras el medallón comenzaba a alejarse de su cuello.

—¿O qué?

En el barco de Simon había atraído una espada... Había saltado a su mano. En ese momento... No podía alcanzar la espada; no podía mover sus brazos o sus piernas, por mucho que se esforzara contra las manos invisibles de James.

—No puedes usar tu poder, ¿verdad? —le espetó James.

Todas aquellas lecciones, las horas que había pasado con la Sierva Mayor intentando concentrarse. Se suponía que debía poseer los mismos poderes que James. Se suponía que debía ser él quien lo detuviera.

—Eres débil —le dijo James.

Will se concentró en la espada. *Busca bajo la superficie. Busca un lugar en tu interior.* La Sierva Mayor le había hecho creer que podía hacer aquello. Le había hecho creer que sería él quien los ayudaría. Y quería que tuviera razón... Quería demostrarle que tenía razón.

—Como tu madre.

Y esta vez, cuando golpeó esa puerta cerrada, le lanzó todo lo que tenía, aunque había una parte de él que temía lo que había al otro lado.

Le dolió: fue un dolor enfermizo y acompañado de náuseas, como presionar un hueso roto, pero se obligó a aguantarlo mientras puntos negros y rojos danzaban frente a sus ojos. Y por un momento vio...

... chispas de luz sobre un campo oscuro, antorchas entre la masiva oscuridad de un ejército y a su cabeza una silueta que al principio no consiguió distinguir, pero que de algún modo conocía. Se estaba girando para mirarlo, como se había girado la Dama, pero no quería verlo, no quería encontrarse con aquellos ojos en los que ardía una llama negra. No...

Contuvo un gemido, jadeó, y regresó bruscamente en sí con una bocanada de sangre, como si algo se hubiera quebrado en su interior. En el segundo siguiente, los dedos de James le agarraron la barbilla... Los dedos reales de James, que le levantaron la cabeza. James tenía los ojos azules, no negros; estaba mirándolo con satisfacción. Will sintió que sus dedos se deslizaban sobre la sangre que bajaba perezosamente por su rostro y tuvo el absurdo pensamiento de que iba a ensuciarle los anillos enjoyados.

—¿Se supone que tú eres el guerrero? —le preguntó James—. No eres rival para el Rey Oscuro.

Will dejó escapar una carcajada, cargada de ecos del pasado.

—¿Qué tiene tanta gracia? —La voz de James sonó peligrosamente amable. Will lo miró a los ojos un instante antes del golpe.

—Yo no soy el guerrero —le dijo—. Yo soy el cebo.

James se desplomó. Violet se cernió sobre él, con la alforja cargada con la que le había golpeado la cabeza.

—Yo soy la guerrera —dijo, mientras James golpeaba el suelo, totalmente inmóvil.

«Ha funcionado. ¡La treta ha funcionado!». La presión invisible que sentía se desvaneció. A su lado, Cyprian inhaló temblorosamente; «Está vivo», pensó Will con una oleada de alivio. Cyprian estaba vivo. Pero no había tiempo para celebrarlo. Will se levantó, desesperado, mientras James comenzaba a moverse sobre el terreno lodoso.

—¡Ponle las esposas! —gritó. Violet volcó rápidamente el contenido de la alforja y sacó las dos pesadas esposas de los Siervos con las que acababa de golpearle la sien a James. Eran las mismas que los Siervos los habían obligado a llevar. Tan pronto como estuvieron fuera de la alforja, Will las sintió, como un sabor desagradable en la boca. Pero no parecían hacer el efecto completo hasta que no estaban aferrando las manos.

Violet cerró las esposas de Will alrededor de las muñecas de James. Un segundo después, le puso también las que había llevado ella.

—Solo por si acaso —dijo la muchacha, un poco a la defensiva. Will dejó escapar un suspiro. Era en parte una carcajada, en parte un aturdido alivio. En el cuerpo tumbado y juvenil de James, las esposas parecían demasiado grandes, enormes y pesadas. Era posible que ni siquiera consiguiera ponerse en pie mientras llevaba las dos.

—¿Lo tenemos? —Cyprian volvió en sí, parpadeando. Se había obligado a levantarse, con una mano en la sien, aunque todavía parecía desorientado e inestable.

—Lo tenemos —dijo Will.

Su plan había funcionado. James había mordido el anzuelo. Lo había seguido al exterior después de que Devon lo reconociera, pensando que estaba solo, y había atacado. Y él lo había mantenido entretenido mientras Violet se preparaba.

Pero, al mirarlo, Will no pudo evitar sentir que lo que habían atrapado era una criatura peligrosa que no comprendían y que no tenían ni idea de cómo retener. Inhaló temblorosamente.

—Ahora lo llevaremos al alcázar.

CAPÍTULO VEINTIUNO

Subieron a James al caballo de Violet.

—Tú eres la más fuerte —le había dicho Will. Pero había algo más—. Deberías ser tú quien se lo entregara a los Siervos.

Violet había asentido. Will sabía que lo comprendía. Había sido ella quien había arriesgado su vida para sonsacar a su familia el paradero de James. Era la que más ponía en juego también en aquel momento, al regresar con los Siervos después de que ellos la hubieran encadenado. Los Siervos no deberían tener ninguna duda sobre quién había sido responsable de la captura de James.

Violet subió a James sin demasiado esfuerzo, cuando empezaba a volver en sí. Will fue testigo del satisfactorio momento en el que intentó usar sus poderes y descubrió que estaban siendo bloqueados por las esposas.

—¿Qué es esto? —preguntó, parpadeando a extraños intervalos y tambaleándose sobre sus pies.

—El poder del mundo antiguo —replicó Will mientras James le echaba una mirada asesina—. Supongo que ninguno de nosotros es rival para él.

De hecho, Will se sentía aliviado. Había existido la posibilidad de que James fuera demasiado poderoso para retenerlo. Se sentía inseguro y entusiasmado; por el momento, lo tenían.

Cuando lo empujaron hacia el caballo, James descubrió la identidad del Siervo al que casi había matado. Dejó escapar un suspiro de desdeñosa familiaridad.

—Cyprian. Debes estar disfrutando de esto.

—¿Vosotros dos os conocéis? —Violet sujetó a James con fuerza.

—Podríamos decir eso. —James miró a Cyprian con expresión burlona—. Tu hermano habla de ti todo el tiempo. Grita tu nombre, suplica verte, pide...

—Cállate.

Cyprian le dio una bofetada con el dorso de la mano y la cabeza de James giró bruscamente hacia el lado contrario. Fue una sorpresa, viniendo del favorito, del que siempre mantenía el control. La respiración de Cyprian parecía ligeramente perturbada.

James se detuvo para pasarse la lengua sobre los dientes.

—Estos son los Siervos a los que conozco —dijo.

—Amordázalo —ordenó Will, sintiendo las emociones bajo el controlado exterior de Cyprian—. Te está provocando a propósito, y está funcionando.

Estaba mirando a Cyprian, pero su conciencia acerca de James era algo brillante y peligroso. Sabía cómo era su poder, cómo se deslizaba sobre la piel. Casi creía que todavía podía sentirlo, incluso mientras James montaba, un peligroso joven de ojos azules compartiendo el caballo de Violet. Y por la mirada que James le echó, con un destello en sus ojos sobre la mordaza de tela, él también lo sabía.

Galoparon hasta el interior del patio, cuatro figuras con capa a las que nadie cuestionó gracias a Cyprian. Los guardias se apartaron para dejarle paso. El patio estaba tranquilo y los únicos Siervos a la vista eran los que protegían la puerta y las murallas. Cuando Violet desmontó y se bajó la capucha de la capa para revelar su rostro, los Siervos tardaron un momento en reparar en ella. Una cabeza giró, y después otra...

En cuanto bajó a James del caballo y le quitó la capucha para mostrar su cabeza rubia, los Siervos que protegían las murallas irrumpieron.

—¡*Es el Renacido*!

Algunos Siervos desenvainaron sus espadas; otros elevaron sus ballestas para apuntarlos.

—¡*El Renacido está en el alcázar*!

Había un miedo en sus gritos que no había estado allí cuando descubrieron que Violet era una Leona.

—¡Tenemos a James St. Clair! —gritó Will a todo pulmón—. ¡Llamad al Gran Jenízaro!

James levantó la cabeza con brusquedad y se giró hacia la entrada del alcázar con una extraña tensión.

Pero fue Justice quien apareció, al frente de una falange de Siervos que descendió los peldaños hacia el patio. Cyprian iba a dar un paso adelante, pero Will lo evitó.

Justice se detuvo al verlos: Violet en el centro del patio, agarrando por el hombro a un James amordazado y esposado. Los demás Siervos se quedaron callados cuando la muchacha lo empujó hacia delante.

Durante un largo momento, Justice y ella se miraron sin decir nada.

—Lo necesitabais —dijo Violet, con firmeza en su joven voz—, así que lo traje.

Justice no habló; algo pasó en silencio entre ellos. Violet se mantuvo con la espalda recta y, después de un largo momento, Justice le dedicó un único y lento asentimiento de reconocimiento.

Sus palabras fueron como una señal, mientras se giraba hacia los Siervos a su espalda:

—Ya lo habéis oído. Buscad al Gran Jenízaro. James St. Clair es nuestro prisionero.

Encajaba en el alcázar.

Aquella era la parte más inquietante de la presencia de James en aquel antiguo lugar. Parecía pertenecer allí. Las hileras de Siervos, con sus atuendos plateados y blancos y su apariencia sobrenatural, siempre habían parecido los custodios del alcázar. James daba la impresión de ser su joven príncipe, que había vuelto después de mucho tiempo para recuperar su legítimo trono.

«No siempre fue el Alcázar de los Siervos —recordó Will—. En el pasado, fue el Alcázar de los Reyes».

James estaba atado a una silla, con las piernas aseguradas a las patas del asiento y los brazos esposados tras el respaldo. Will estaba a su lado, junto a Justice, Violet y Cyprian. Ante James, todos los Siervos del alcázar estaban formados en filas ordenadas. Ignorando todo eso, el prisionero había adoptado una postura deliberadamente casual, como un aristócrata despreocupado y relajado, quizás incluso un poco aburrido, esperando que otros lo entretuvieran.

Will era muy consciente de que, a pesar de las cadenas y los guardias, lo único que de verdad retenía a James eran las esposas. Era aterrador. Las esposas eran reliquias; en realidad nadie sabía cómo funcionaban y, si se rompían, no podrían arreglarlas. Sin ellas, no habría modo de contener a seres como aquel con los poderes de la antigüedad. Un Renacido como James podría gobernar ese mundo como un dios, aplastando a los mortales como si fueran de cristal bajo el exquisito tacón de su bota.

Las puertas se abrieron con un estruendo repentino. La silueta del Gran Jenízaro apareció en la entrada, flanqueado por cuatro ayudantes con túnicas ceremoniales. Cuando el alcázar quedó en silencio, caminó por el pasillo central en procesión y se detuvo delante de James para dedicarle una intensa mirada.

James se recostó en la silla con tranquilidad y se la devolvió.

—Hola, padre. —Antes de que Will pudiera reaccionar a sus palabras, James continuó con familiaridad—: He conocido al joven al que has traído para matarme.

Will se encendió, y después se enfrió. Miró a su alrededor, al resto de los Siervos, esperando ver su propia incredulidad en sus rostros. ¿Padre? Nadie parecía sorprendido. Pero fue la expresión fúnebre de Cyprian la que hizo que lo creyera.

«¿Os conocéis?», le había preguntado Violet. «Eso podríamos decir», contestó James.

—¿Qué quiere decir? —dijo Will—. ¿Es tu hijo?

Recordaba vagamente que la Sierva Mayor había dicho: «Adoptó a Cyprian y a Marcus después de la muerte de su primer hijo, hace seis años».

No era... No podía ser James, ¿verdad? En los ojos de James, relajado a pesar de las cadenas, había un destello de provocación.

—Crecí con una túnica, recitando mis votos como un pequeño buen Siervo. ¿No te lo habían contado? —James se echó hacia atrás. Las comisuras de sus labios se curvaron en una sonrisa.

El Gran Jenízaro lo miró sin expresión. Como el sacerdote de una religión ascética, vestía una larga y fluida túnica azul, y la gruesa cadena de su puesto resplandecía alrededor de su cuello. Examinó a James con frialdad.

—Esa cosa no es mi hijo.

Las palabras cayeron como un cuchillo de carnicero. Si alguna vez había habido una relación entre James y el Gran Jenízaro, ya no existía.

Will se giró para mirar a los demás. Vio la dura expresión del Gran Jenízaro en todos los rostros cercanos. La única otra persona que parecía tan asombrada como él era Violet.

«Entonces lo sabían —pensó Will—. Todos lo conocían».

—El general del Rey Oscuro nacido en el alcázar enemigo —dijo James a Will—. ¿Qué mejor modo de descubrir sus secretos y sus planes?

Will intentó imaginarse a James como Siervo, levantándose antes del alba para ponerse obedientemente la túnica gris, para realizar tareas menores, practicar diligentemente con la espada... Esa imagen, sencillamente, no parecía encajar con el brillante escorpión que tenía delante.

Bajo todo aquello estaba su propio y creciente horror por cómo llegaba al mundo un Renacido: no a través de la magia sino de un parto, del vientre de una mujer ignorante. Tuvo que esforzarse para evitar que su reacción fuera evidente en su rostro. Una reacción, pensó, que era lo que James quería... y lo que no podía permitirse darle.

—Tú no fuiste el general del Rey Oscuro. Tú fuiste su juguete —dijo el Gran Jenízaro—. Estuviste en su cama, como ahora estás en la de Simon.

James mostró los dientes, más en una mueca que en una sonrisa.

—Si fuera el amante del Rey Oscuro, padre, ¿no crees que le sería leal?

—Traed la caja. —El Gran Jenízaro señaló a uno de los Siervos a la espera.

—Lo que me hagas, Simon te lo devolverá multiplicado por diez.

Un Siervo se acercó portando una caja rectangular cubierta por una tela. Cuando apartaron el tejido, a Will se le revolvió el estómago. Reconoció la larga caja de oscura madera lacada que había debajo, con la longitud de un bastón.

El Gran Jenízaro habló con tranquila autoridad.

—Vas a decirnos dónde está Marcus. Vas a contarnos el plan de Simon. Y después nos conducirás hasta él.

—No lo haré.

—Sí. Lo harás —replicó.

Un segundo Siervo, una mujer con el cabello oscuro, dio un paso adelante. Abrió los cerrojos y levantó la tapa de la caja.

Una ola de gemidos y murmullos recorrió las hileras de los Siervos allí reunidos, como si reverenciaran una reliquia sagrada. Will lo vio y se sintió atravesado por su imagen, tan sobrecogedor en aquel momento como la primera vez que había puesto los ojos en él.

Sobre un lecho de raso, su belleza era dolorosa: la belleza de lo perdido. Yacía en su interior como un haz de luz, un largo y retorcido báculo de iridiscente marfil girando en espiral hasta una punta afilada. James palideció.

—El Cuerno de la Verdad —dijo el Gran Jenízaro.

Will recordó las palabras de Devon: «El verdadero *cornu monocerotis*. La gente está dispuesta a pagar mucho dinero por una prueba de la existencia de una criatura pura. Aunque para conseguirla haya que matarla».

—¿Sabes para qué sirve esa cosa? —le preguntó James.

—Si lo sostienes en la mano, te verás obligado a decir la verdad —contestó Will, casi citando a Devon.

James se rio al oírlo.

—¿Si lo sostienes? ¿Eso es lo que te han contado? Tienes que hacer mucho más que sostenerlo. Tienes que apuñalar con él.

En el momento en el que James lo dijo, a Will le pareció enfermizamente correcto. El corazón comenzó a latirle con fuerza.

—¿Eso es cierto?

Era cierto. Podía sentirlo en el denso silencio que recibió en respuesta, y tuvo la sensación de que aquello se le estaba yendo de las manos rápidamente. A James le brillaban los ojos.

—¿Vas a hacer los honores, padre? —Ladeó la cabeza—. ¿El pecho? ¿El muslo?

No. Will dio un paso adelante.

—No vas a apuñalar a tu propio hijo. —Se interpuso entre ellos—. No estaría bien.

—El salvador ha hablado —dijo James a su espalda. Las palabras se cuajaron en su boca.

Will lo ignoró.

—No lo he traído aquí para que fuera torturado. Debe haber otro modo.

—No hay otro modo —dijo el Gran Jenízaro—. James no hablará por voluntad propia, y Simon es una amenaza para todos. El cuerno fue creado para descubrir la verdad. Si yo no lo empuño, lo hará otro.

—Permíteme —dijo Cyprian—. Lo haré yo, por mi hermano.

—No. —Fue Justice quien habló, con lentitud—. Will tiene razón. El Cuerno de la Verdad no es un instrumento de venganza o de crueldad. Si esto debe hacerse, debería hacerlo alguien neutral, no alguien que albergase un resentimiento personal en su corazón.

—En este salón no hay nadie neutral —replicó Cyprian—. Todos los Siervos presentes han perdido a alguien por su culpa. ¿Has olvidado a Marcus? Su vida pende de un hilo.

—Lo haré yo —dijo Will.

Ya había dado un paso adelante. No sabía si lo hacía para proteger a James o para proteger a los Siervos. Blandir el Cuerno de la Verdad y lancear a James con él; no conseguía despojarse de la sensación de que, si aquello tenía que ocurrir, debía hacerlo él.

James emitió una carcajada, leve y burlona.

—El héroe —dijo. Violet lo miró con el ceño fruncido, los ojos muy oscuros y los puños cerrados. El Gran Jenízaro señaló el cuerno.

A Will se le aceleró el corazón. Nunca había apuñalado a nadie. En realidad, ni siquiera había golpeado a alguien, a menos que contaran sus intentos fallidos para escapar de los hombres de Simon en el barco. Se acercó a la caja lacada en la que estaba el cuerno y lo miró. Era más largo que el brazo de un hombre, y tendría que empuñarlo como una jabalina. Resplandecía, blanco, contra el mullido terciopelo negro del interior de la caja, una brillante lanza para atravesar la Oscuridad. El Siervo que sostenía la caja se mantuvo impasible.

Mientras se acercaba, sintió todos los ojos sobre él. *Cartazon. El cuerno que todos buscan y nadie encuentra.* Cerró ambas manos a su alrededor. Una vibración lo dejó sin respiración, como un chispazo, el vivaz pulso que lo atravesó cuando lo levantó. Era el arma de un héroe, un instrumento de pureza, como una espada de la justicia.

Y entonces miró a James.

Había algo dolorosamente similar entre el cuerno y el muchacho: la imposible belleza, por supuesto; el recuerdo del mundo perdido al que ambos pertenecían. Y la profanación de aquella belleza: el extremo serrado del cuerno amputado y James, con su rostro como un suspiro, encadenado y vestido con prendas modernas.

Era fácil comprender por qué lo quería el Rey Oscuro. Nadie podía mirarlo y no desearlo. Incluso encadenado, James parecía dominar la sala.

¿De verdad iba a hacer aquello? ¿Detenerse ante James y alancearlo con un cuerno?

—No perfores nada importante —oyó que le decía James cuando se acercó, con voz burlona.

C.S. PACAT • 259

James conocía a Simon. James conocía los planes de Simon. James era la clave de todo aquello, y aquella era su oportunidad de descubrir qué secretos guardaba. *Apuñálalo con el cuerno, y se verá obligado a decir la verdad.*

Incitándolo con sutileza, James extendió las piernas y se echó hacia atrás en la silla. Lo desafió con la mirada. Will levantó el cuerno en el puño de su mano derecha. Apuntó al hombro izquierdo de James y presionó ligeramente la tela de su chaqueta. Debajo, podía sentir la calidez de su cuerpo expectante. Le puso la mano izquierda en el hombro, preparándolo.

Entonces levantó el cuerno y empujó con fuerza.

James emitió un sonido, totalmente contra su voluntad, y sus ojos se encontraron. El cuerno estaba en el interior de su hombro, inmovilizándolo; no lo había atravesado por completo.

—¿Duele? —le preguntó Will.

—Sí —contestó James, con los dientes apretados. La expresión furiosa de sus ojos estaba mezclada con algo más. Pánico. Will se dio cuenta, con el corazón desbocado, de que James se había visto obligado a decir la verdad.

—¿Dónde está Marcus? —le preguntó el Gran Jenízaro.

—Está... —dijo James. Era obvio que se resistía—. Está... Está en...

—Un centímetro más —ordenó el Gran Jenízaro.

Más profundo. Will empujó, retorciéndolo como un sacacorchos. Esta vez, James emitió un gemido ronco. También hubo un cambio en él, una compulsión bajo su piel con la que estaba luchando. Will casi podía sentirlo, el brillante cuerno que no toleraba la mentira, empujando todo lo que encontraba en su camino. Se extendía desde su punta ensangrentada hacia fuera, implacable mientras lo mantenía inmóvil.

—¿Dónde está Marcus? —repitió el Gran Jenízaro.

—Lo tiene Simon. Ya lo sabías —se vio obligado a contestar.

—¿Dónde?

—En Ruthern. Pero Simon lo trasladará tan pronto como descubra que me habéis capturado. Eso no os ayudará.

—Eso lo decidiremos nosotros. ¿Cómo entramos?

La contienda se estaba cobrando su precio. James tenía el cabello húmedo por el sudor. Will podía sentir su tensión, cómo luchaba con todas sus fuerzas para retener las palabras en su interior. Mantener el cuerno inmóvil exigía una presión fuerte y continua.

—Sería necesario un ataque frontal, y no sois lo bastante fuertes como para hacerlo. Está protegido por los tres Vestigios y un contingente de hombres. Moriréis antes de atravesar sus muros. Aunque vuestras posibilidades son mayores ahora que… —James apretó los dientes e intentó no decir nada.

—Deberías introducirlo más —dijo Cyprian—. Hurga por ahí, a ver si encuentras un corazón en alguna parte.

Otro centímetro.

— … ahora que yo no estoy allí —terminó James.

—¿Qué planea Simon?

—Mataros —contestó James, y las palabras parecieron proporcionarle un rabioso placer—. Mataros a todos, y alzarse sobre el montón de vuestras cenizas mientras el Rey Oscuro regresa y ocupa su trono.

Era escalofriante; cuando James lo dijo, pareció real. Will pensó en la Roca Tenebrosa de la cripta y en las palabras del muro, talladas en los últimos minutos de terror y confusión. *Ya viene.*

—Dinos cómo detenerlo —le pidió el Gran Jenízaro.

—No podéis. —A continuación, James cerró los ojos y se rio, sin aliento, como si la verdad de aquellas palabras lo hubiera sorprendido incluso a él—. Simon invocará al Rey Oscuro, y no hay nadie vivo que pueda detenerlo.

El Gran Jenízaro retrocedió un paso; un murmullo se alzó entre los Siervos a su espalda. Hubo miradas tensas, miedo… Una oleada de inquietud, porque James no podía mentir… ¿verdad? El Traidor los miró con victoriosa satisfacción.

«Esto lo has provocado tú». Will estuvo a punto de decírselo al ver su expresión satisfecha mientras observaba los rostros de los Siervos. Estaba eludiendo el tema, apenas revelando información…

Estaba jugando con sus antiguos compañeros, y ellos se lo estaban permitiendo.

Le puso la mano libre en la garganta y lo obligó a echar la cabeza hacia atrás. Ignoró los sonidos sorprendidos de los Siervos, y a Violet, que se movió hacia él. Miró a James a los ojos.

—Fuiste a ver a Robert Drake para conseguir algo. ¿Qué era? —Todavía sostenía el cuerno con fuerza en su mano derecha.

—Nada. —Tan cerca, Will podía ver los rizos sudorosos de su cabello y sentir el temblor de su cuerpo, aunque el joven lo miró desafiante. Empujó el cuerno—. Yo... Cierta información —accedió, con los dientes apretados.

—¿Información sobre qué?

James jadeaba. Con la mano en su garganta, Will lo sintió tragar saliva, sintió el latido de la arteria en su cuello, como si la sangre se moviera alrededor del cuerno.

—Un objeto. Un artefacto. Yo... —Se estaba oponiendo más que nunca—. No.

—¿Qué artefacto? ¿Es algo que Simon necesita?

—Lo necesita. Lo quiere. —El cuerno estaba resbaladizo por la sangre—. Para, no voy a...

—¿Por qué lo quiere?

—Lo hará poderoso... Lo convertirá en el hombre más poderoso del mundo... En el momento en el que lo tenga, él... podrá...

Estaba eludiendo la pregunta de nuevo, intentando esquivar la verdad. Will apretó el cuerno y se concentró en la única pregunta que importaba.

—¿Qué te dijo Robert Drake?

—Me dijo... que Gauthier ha regresado a Inglaterra... que está en Buckhurst Hill... que lo tiene con él, el Co... el... *No, prefiero morir a decírtelo.*

—No morirás. —La voz del Gran Jenízaro Jannick interrumpió el intercambio—. Nos lo dirás, sin más. Así funciona el cuerno.

Jannick había dado un paso adelante para recuperar el control. Sus palabras parecieron recordarle a James que estaba allí.

262 • EL REY OSCURO

—*Tú* —dijo James, mirando a su padre con malicia a través de su cabello ensortijado por el sudor—. ¿Tú quieres que diga la verdad? Lo haré. Se la diré a todos los Siervos del alcázar.

—Entonces hazlo —replicó Jannick con severidad.

James lo miró con los ojos demasiado brillantes y Will sintió el peligro a punto de derramarse, demasiado tarde para contenerlo.

—Os diré por qué está mi padre tan desesperado por recuperar a Marcus —anunció.

La expresión de Jannick cambió por completo.

—Sácalo.

La orden fue brusca y repentina, pero Will dudó, asiendo el cuerno.

—Os diré por qué no hay Siervos ancianos —continuó James—. Por qué sus vidas son tan cortas, de dónde sacan su fuerza...

—¡He dicho que lo saques! —Jannick dio una zancada hacia James, como si fuera a arrancarle el cuerno él mismo.

—No. —Cyprian lo detuvo—. Will, no lo hagas. —Estaba reteniendo a su padre por el brazo—. Está relacionado con Marcus.

—Will Kempen —dijo el Gran Jenízaro—, extrae ese cuerno.

La mano de Will, resbaladiza por la sangre, se deslizó sobre el asta, pero no lo extrajo. Le latía el corazón con fuerza. Los ojos provocadores de James estaban clavados en su padre.

—El Cáliz de los Siervos. —James habló con voz clara, dejando que lo oyera todo el salón—. Simon lo mencionó por primera vez en una excavación en un bosque de Calabria. *Calice del Re*, lo llamaban los lugareños. Los Siervos beben de él cuando toman sus votos, pero nunca les perteneció... Fue un regalo para su rey.

«El Cáliz de los Siervos —les había dicho Justice—. Bebemos de él cuando recibimos nuestros uniformes blancos». A Will se le erizó la piel mientras James pronunciaba las palabras de una historia que conocía.

—Ofrecieron un gran poder a cuatro reyes del mundo antiguo. ¿Y para sellar el trato? Tenían que beber. Beber del Cáliz. Tres bebieron y uno se negó. Los que bebieron obtuvieron unas habilidades físicas extraordinarias durante un tiempo. Pero cuando este tiempo terminó...

—Se transformaron —susurró Will. Y se quedó helado.

En su mente vio a cuatro reyes de una oscura transparencia y una roca tan negra que toda la luz parecía desaparecer en ella.

Los Reyes Sombríos.

—Nadie preguntó qué ocurrió con el Cáliz —continuó James—. Como tampoco nadie pregunta de dónde sacan su fuerza los Siervos. Por qué patrullan en parejas, buscando cualquier rastro de cambio. Por qué entrenan para mantener siempre el control. Por qué sus vidas son tan cortas. Es debido a su promesa, al juramento que hicieron cuando bebieron del Cáliz. —James pronunció las palabras con mirada febril—: Que se matarían antes de comenzar a cambiar.

Will miró con horror todos los rostros conocidos: Leda, Farah, Carver, e incluso, con la piel erizada, Justice.

Todos los Siervos. Todos y cada uno de ellos habían bebido del Cáliz.

—*Decidnos que no lo sois* —oyó exigir a un novicio—. *Decidnos que no sois sombras.*

Los jenízaros y los novicios miraban a los Siervos como si todo lo que pudieran ver fueran sombras en potencia, rodeándolos, sobrepasándolos en número. Demasiado tarde, Will extrajo el cuerno y James se derrumbó hacia delante, riéndose y casi sin respirar.

—¿Es cierto? —preguntó Cyprian, y las carcajadas de James se volvieron extrañas.

—¿Es cierto? —replicó James, con la camisa y la chaqueta empapadas en sangre y todavía jadeando por el dolor que le producía la herida. La verdad estaba en cuestión, aunque ya le hubieran extraído el cuerno. Miró de nuevo a su padre—. ¿No se lo contáis a los novicios antes de que beban? ¿Ni siquiera a tu queridito hijo adoptivo?

Mientras sostenía la vara blanca que parecía haber sumergido en pintura roja, la mente de Will estaba ya viajando de una verdad a otra, a una mucho más oscura. «Simon quiere conjurar su propia sombra», le había dicho la Sierva Mayor. Vio el abismo de la comprensión abriéndose en los ojos de Cyprian.

—Dijiste que Simon había descubierto cómo conjurar una sombra. ¿Qué quisiste decir? —Cyprian apartó a su padre del camino para detenerse delante de James—. *¿Qué querías decir?*

James no contestó; miró a Cyprian y sonrió con lentitud.

—Se refería a Marcus —dijo Will, sabiéndolo en sus huesos—. Por eso están tan desesperados por recuperarlo. Simon no necesita el Cáliz para crear sombras. Lo único que necesita... —El plan de Simon era terrible, por su sencillez—. Lo único que necesita es a un Siervo.

Miró a Violet y sus ojos se encontraron. Porque había otra verdad más. Simon no habría tomado a un prisionero al que tuviera que mantener con vida durante años. No. Simon elegiría a alguien que ya fuera casi una sombra. Sin importar dónde estuviera, Marcus no tardaría mucho en ser controlado por la sombra de su interior.

—Apresar a un Siervo al que no le quede mucho tiempo, mantenerlo con vida y esperar a que se transforme.

Y observó cómo el salón se sumía en el caos a su alrededor.

Con una antorcha levantada, Will descendió las escaleras hacia las celdas subterráneas. La llama enviaba sombras titilantes frente a él.

No había bajado dos peldaños antes de que la densa y opresiva sensación de las celdas lo detuviera, y tuvo que obligarse a no sacudir la cabeza para aclarar su mente, a no frotarse la sien. Ya sabía que eso no funcionaba.

Arriba continuaba el tumulto de discusiones y gritos. Los novicios y los jenízaros se habían vuelto contra los Siervos, y el Gran Jenízaro intentaba desesperadamente poner orden. Allí, en las brillantes profundidades de obsidiana de las celdas, aquellas parecían las preocupaciones de un mundo distinto.

Trató de adivinar en qué celda habrían encerrado a James después de su pequeña actuación: la misma en la que lo habían encerrado a él, la más poderosa del alcázar.

Y tenía razón. Pero mientras que a él le habían dejado libertad para moverse, James estaba encadenado a la pared.

Will abrió la celda con la llave que le había dado Cyprian y entró.

Le habían quitado a James la chaqueta; debieron cortársela, ya que las esposas seguían en sus muñecas. En su rasgada camisa blanca había una flor de sangre que se extendía sobre su hombro izquierdo. Y estaba estirado, con los brazos apoyados sobre la cabeza. A pesar del martirio que había sufrido, James estaba esperándolo con una pose indolente y totalmente provocadora.

—Me preguntaba cuándo te enviaría mi padre aquí abajo —dijo James.

—Arriba todos hablan de ti. —Will cerró la puerta a su espalda, dejando que la cerradura se bloqueara—. Eres el centro de atención, pero supongo que estás acostumbrado a ello.

—Yo no soy el amante de Simon —le dijo James.

—No te lo he preguntado. —Will se sonrojó—. Y, de todos modos, no tengo manera de saber si ahora estás diciendo la verdad.

—Podrías clavármelo de nuevo.

Will se detuvo. Recordó, con bastante fuerza, que James solo había necesitado hablar para crear el caos entre los Siervos. Puede que pareciera un ángel caído en la Tierra, pero era la criatura de Simon y había elegido aquel acercamiento porque creía que funcionaría con él.

—No llevas la marca de Simon. —Podía ver su piel inmaculada, ahora que le habían quitado la chaqueta—. ¿Por qué no?

—Quizá no la tenga en la muñeca. —James apoyó la nuca contra la pared y miró a Will perezosamente.

—¿Por qué no? —repitió Will con tranquilidad.

James le echó una larga mirada. Había diversión en la curva de sus labios.

—Ábreme la camisa.

Era, sin duda, un desafío. Will dejó su antorcha en el aplique de la pared y se acercó, con lentitud. James tenía los ojos clavados en los suyos. Habían estado cerca en el salón; lo había apuñalado. Ese hecho se enroscó entre ellos. La respiración de James se volvió ligeramente más superficial, aunque su pose lánguida no cambió, ni lo hizo el modo en el que lo miraba. *Ábreme la camisa.*

Podía ser una trampa. Will lo sabía. Acercó las manos al cuello de James y comenzó a desatarle la camisa, una acción extrañamente íntima, como desanudar el pañuelo de otro chico.

Le abrió la fina camisa blanca y tiró de ella un poco más para exponer los hombros y el pecho de James. No estaba seguro de qué estaba esperando, pero no consiguió contener el sonido de asombro ante lo que vio.

—Lo intentó. Pero no se quedó —dijo James. Will lo miró fijamente, incapaz de refrenarse—. Es uno de los beneficios de ser el Traidor. Sano con rapidez.

Porque, donde debería haber una herida abierta y sanguinolenta, solo estaba la piel suave e intacta del pecho de James.

Will no pudo evitar tocarlo, extender la palma sobre el lugar donde la marca de la puñalada había estado apenas una hora antes. La herida había sanado; se había desvanecido, había desaparecido por completo. No había ninguna cicatriz; James no tenía nada que demostrara la violencia con la que lo habían tratado. La ira se agitó en su interior, moviéndose bajo la superficie.

—¿Cuántas veces? —se oyó preguntar.

—¿Qué?

—¿Cuántas veces intentó marcarte?

Creyó ver un parpadeo de sorpresa ante la pregunta. La voz de James estaba cargada de diversión ante la presunta ingenuidad de Will.

—No las conté.

—Dijiste que te dolía.

Otro parpadeo.

—Buena memoria.

—Eres más poderoso que Simon. ¿Por qué se lo permitiste?

—¿Estás celoso? —le preguntó James—. Le gustaba la idea de que llevara su nombre.

—No es su nombre —dijo Will.

Sintió el momento exacto en el que consiguió toda su atención. Fue como un chasquido; James, de repente, estaba allí. «Aquí estás», pensó Will. Todavía no había levantado la mano, y el pulso del joven era un lento retumbar bajo su piel cálida.

—¿Saben los Siervos lo listo que eres?

La voz de James sonó íntima, nueva y sutilmente aprobatoria, como si se hubiera ganado un secreto. Will se quedó donde estaba durante un largo momento, antes de retroceder para mirar a James desde el lado opuesto de la celda.

—¿Sabe Simon lo que eres? —le preguntó Will sin tregua.

James estaba recostado y medio desnudo, con la camisa abierta revelando su pecho y su abdomen intactos. La ausencia de la estocada seguía siendo inquietante. Will se preguntó cuánto podría sanar su cuerpo y cuántas veces lo habría puesto a prueba. Se preguntó, con una oleada de inquietud, si la habilidad de sanar era innata o un don que le había dado el Rey Oscuro, para mantener intacto a su campeón.

—Él sabe lo que puedo hacer —contestó James—. ¿O crees que solo me quiere por mi cara bonita?

—Creo que solo te quiere porque eras la joya de la corona de otro hombre. —La respuesta escapó de Will bajo la parpadeante luz de la antorcha—. Creo que no tiene ni idea de qué eres en realidad, o de qué está intentando invocar. Si lo supiera, no se atrevería a saquear la tumba de un rey.

Había pillado a James desprevenido. Como la luz de la antorcha, la sorpresa oscureció sus ojos, tiñendo su azul translúcido de negro.

—¿Qué estás haciendo aquí abajo en realidad? —le preguntó.

El juguete de Simon. James era el Traidor, lo más cercano al Rey Oscuro que había en aquel mundo. Era valioso para Simon: formaba parte de su colección de tesoros del mundo antiguo, como los fragmentos de armadura que había desenterrado o la letal Espada Corrupta. Como aquellas cosas, James era una herramienta, un arma, y un peligro en sí mismo. Y estaba allí, solo y accesible. Will solamente tenía una pregunta, una que ardía en su interior.

—Quiero saber el nombre del hombre que mató a mi madre.

Sorprendió a James de nuevo; la extraña y titilante expresión regresó a sus ojos.

—¿Qué te hace pensar que te lo diré?

Will se quedó donde estaba, con la fría pared de obsidiana a su espalda; era sofocante, con una magia opresiva bajo su superficie brillante. James la sentía. Ambos la sentían.

—Yo mantengo mi palabra. Soy leal a mis amigos. No olvido a la gente que me ayuda.

—¿No te advirtió mi padre que no hicieras tratos con el Traidor? —Los ojos de James se habían cargado de seriedad.

El Traidor. Will fue consciente otra vez de que James era parte del mundo antiguo, como los muros de obsidiana, pero también era nuevo, pues no pertenecía solo a aquel mundo sino también a este.

—Creo que lo que fuiste no es tan importante como lo que eres. Y que lo que eres no es tan importante como lo que podrías ser.

James dejó escapar un suspiro extraño y Will descubrió que no solo lo había sorprendido: debajo había algo más.

—No eres lo que esperaba.

—¿No lo soy?

—No. No sé qué había esperado del descendiente de la Dama. Un héroe dorado, con la rectitud de Cyprian, o un desdichado chaval que no está listo para luchar. Pero tú eres más…

—¿Más qué?

—Efectivo —dijo James.

—Dime quién mató a mi madre —le pidió Will.

James lo miró de nuevo. En el gran salón, sobre sus cabezas, los Siervos seguían descontrolados. Cuestionaban las palabras de James (si atacar o no, cómo luchar), pero también su propia naturaleza. Los Siervos del Cáliz constituían la élite, pero con el oscuro precio de sus poderes expuesto, los novicios y los jenízaros estaban rebelándose. No obstante, allí abajo, en aquella celda subterránea, las prioridades parecían muy diferentes.

Justo cuando Will comenzaba a dudar de que fuera a hablar, James le dijo:

—El que asestó el golpe fue Daniel Chadwick. Pero quien dio la orden fue el padre de Simon. Edmund, el conde.

Will sintió que su pulso se aceleraba al oírlo, pero había una parte que no tenía sentido.

—¿El padre de Simon? ¿No fue el propio Simon? Es Simon quien intenta que el Rey Oscuro regrese.

—Los padres tienen una gran influencia sobre sus hijos —le dijo James, con voz ligeramente burlona. Arriba, por supuesto, el Gran Jenízaro seguía decidiendo su destino. James continuó, como si aquella fuera una conversación casual—: Ahora respóndeme tú a una pregunta.

—Adelante.

—¿Te gustó blandir el cuerno?

Había vuelto a asumir el tono cálido y peligroso de antes. Recordó el momento en el que se vieron atrapados juntos, como si la violencia fuera una tentación. Casi podía sentir el cuerno de nuevo en su mano, y el lento y constante borboteo de la sangre de James.

—Creo que los Siervos te hicieron las preguntas equivocadas —le dijo.

—¿Qué me habrías preguntado tú?

Las palabras provocativas eran sin duda una treta. A James le venía bien mantenerlo allí, pensó Will. Y se le daba bien captar su atención. ¿Era una habilidad natural, o la había aprendido? ¿Era algo que pertenecía a su otra vida o a aquella? James era como una puerta cerrada a un mundo de secretos, inalcanzable y seductor.

—¿Lo recuerdas? —le preguntó Will.

Sintió el cambio, como si el pasado estuviera allí con ellos, una dolorosa animosidad, una guerra casi perdida: James vestido de un principesco rojo, con rubíes rodeando su garganta. Y una presencia oscura que había invocado incluso sin pronunciar su nombre, creciendo, reuniendo sus tropas, volviéndose aún más fuerte…

—Nadie me había preguntado eso —dijo James, un poco alterado. «Tú también lo sientes», estuvo a punto de decir Will. En lugar de responder, le preguntó—: ¿Tú la recuerdas? A la Dama.

—No —contestó Will, sintiéndose inestable. Se obligó a decir—: Pero yo soy un descendiente. Tú eres un Renacido. Tú estuviste allí.

Se estaban mirando. La celda quedó en silencio; la pesada piedra acallaba todos los sonidos de arriba, de modo que casi podían imaginar que oían la llama de la antorcha en su aplique.

—No recuerdo esa vida —dijo James—. No recuerdo quién era, o qué hice. Los nombres, los rostros… Solo los conozco por las historias de los Siervos y las excavaciones de Simon. Pero hay una cosa que conozco tan bien como si fuera parte de mí. *Él*. El concepto. Su sensación. Es más profundo que un recuerdo, más profundo que el ser. Está tallado en mis huesos. Y puedo decirte algo.

»Simon no es ni una décima parte de lo que fue él. Los planes de Simon, su poder, su ambición… Eso no es nada. Simon no puede asimilarlo, como la calidez de un único día no puede asimilar una noche que ha durado diez mil años.

Will sintió la oscuridad y el frío de las sombras en la celda de obsidiana que lo rodeaba.

—Crees que viene a por ti.

James apoyó la cabeza contra el muro y sonrió.

—Viene a por todos nosotros.

CAPÍTULO VEINTIDÓS

—¡No estáis en peligro! —Jannick intentaba hacerse oír sobre el escándalo del gran salón—. ¡Vuestros compañeros no son vuestros enemigos! ¡Ningún Siervo se ha convertido en los miles de años del alcázar!

Violet, a su lado en el estrado, miraba el caos con el estómago revuelto. *Sombras. Los Siervos son sombras. Jannick intentaba mantener unida a la Orden, pero había una grieta dentada entre los Siervos que habían bebido del Cáliz y los novicios y los jenízaros que no lo habían hecho y que estaban asustados, conmocionados y furiosos.*

—¿No estamos en peligro? —oyó gritar a Beatrix—. ¡Las sombras del Rey Oscuro están dentro de nuestro alcázar!

—¿Cuántos? —Era Sarah, una de las jenízaras que la habían acompañado hasta su habitación la primera noche en el alcázar—. ¿Cuántos sois?

—Todos los Siervos son sombras... ¡o lo serán! —replicó Beatrix.

—Tienes razón. —Una voz conocida atravesó el alboroto desde la entrada. El alcázar quedó en silencio, de modo que el único sonido fue el repiqueteo rítmico de un cayado contra la piedra mientras la Sierva Mayor se abría camino hacia el fondo del gran salón—. Todos los que han bebido del Cáliz se convertirán en sombras. Yo incluida.

Violet retrocedió con el resto para dejar pasar a la anciana. Había algo distinto en el modo en el que los Siervos la miraban, con una nueva y temerosa devoción. Su edad... Era la única Sierva con el cabello blanco, la única con ojos legañosos y la piel arrugada. Con un escalofrío, Violet comprendió que la edad de la Sierva Mayor era un indicio de su poder: había contenido su sombra mucho más que cualquier otro.

—Ahora sabéis a qué se enfrentan los Siervos —les dijo—. Luchamos en cada frente, fuera y dentro. Jamás podemos abandonar nuestro deber. Jamás podemos bajar la guardia. Porque lo que se interpone entre nosotros y la Oscuridad es solo nuestro entrenamiento, y la promesa de morir antes de transformarnos.

Fue a Justice a quien Violet miró. Sus dones lo habían convertido pronto en un candidato para el Cáliz. Había pasado su juventud entrenándose para ello. Una infancia de abnegación ascética: nada de travesuras infantiles, de rebelión adolescente, del primer amor de la madurez. Había canalizado todos sus deseos físicos en dominio y control, sin saber para qué estaba entrenando. *El Cáliz te hará fuerte. El Cáliz te dará poder.* Eso era lo que les decían a los novicios.

¿Cuándo descubrió el precio de ese poder?

«Nadie accedería a beber si conociera el coste», pensó... O habría pensado, de no haber visto los rostros de los novicios. Beatrix cuadró los hombros. Emery levantó la barbilla. Ahora conocían el precio. Y estaban decidiendo, ante sus ojos, que beberían. Igual que Carver había bebido.

Ya habían estado dispuestos a entregar sus vidas a la causa. El Cáliz era solo un paso más.

¿Así era como ocurría? ¿Entrenaban para ello, descubrían el coste y después bebían? Y más tarde se vigilaban en pareja, buscando cualquier señal, listos para matar a su compañero de armas igual que su compañero los vigilaba a ellos, preparado para matarlos.

¿Y si su entrenamiento fallaba, aunque solo fuera un segundo...?

Violet inhaló, temblorosa.

—¿Qué ocurre cuando te conviertes?

Los ojos de la Sierva Mayor estaban cargados de seriedad.

—Unida al Rey Oscuro, una sombra ya no tiene voluntad propia y solo sigue las órdenes de su señor. Apenas se parece al hombre o a la mujer que fue; es un horror incorpóreo que puede atravesar cualquier puerta, reja o pared. Y no hay modo de combatirlo. Ningún mortal puede tocar su silueta sombría. Mata, mutila y desgarra, manteniéndose invulnerable.

—¿Y eso es lo que le ocurrirá a Marcus? —le preguntó Violet.

La Sierva Mayor asintió.

—Si Marcus se convierte, es improbable que alguno de los aquí presentes pueda detenerlo.

Violet sintió frío. Recordó la Roca Tenebrosa de la cámara, su oscuridad, tan fuerte que fue incapaz de acercarse a ella. Era un terror antiguo, una de las mayores armas de Sarcean, los reyes que condujeron a su ejército de sombras sobre sus corceles de pesadilla. Sentía cuánto deseaban aquellos Reyes Sombríos la libertad, para volver a comandar sus ejércitos, las legiones de sombras que el mundo había creído dormidas.

—Pero estos muros… Las murallas del alcázar son mágicas —dijo Violet—. En el pasado repelieron a los ejércitos de sombras. En el mundo antiguo. La Estrella Eterna, así se llamaba este lugar. No podrá entrar en el alcázar.

—Las murallas se abren para cualquiera con sangre de Siervo —replicó la Sierva Mayor, con aquella verdad en los ojos—. Eso incluye a Marcus.

En el interior del alcázar. Vio a Emery mirando a Beatrix con auténtico miedo, e incluso algunos Siervos palidecieron ante la idea de enfrentarse a un enemigo al que no podían repeler y contra el que no podían luchar.

La anciana elevó la voz para hacerse oír sobre los murmullos.

—Ese es el camino de Simon hacia el poder. Descubrió la existencia del Cáliz en una de sus excavaciones. Y así supo que podía crear sombras. Es el descendiente del Rey Oscuro. Su sangre es lo bastante fuerte para hacer que las sombras lo obedezcan. Y si se pone al mando de una sombra, la usará para aniquilar todo lo que se interponga en su camino. Atravesará nuestras murallas, se llevará la Roca Tenebrosa y liberará a los Reyes Sombríos. Y ellos despejarán el camino para su verdadero señor y maestro, el Rey Oscuro, que desea que la magia oscura regrese al mundo para gobernarlo para siempre desde su trono deslucido. Por eso debemos dejar a un lado nuestras diferencias y concentrarnos, como una sola mente, en Marcus.

Hubo asentimientos en el salón, acuerdo ante sus palabras.

Cyprian se adelantó para hablar.

—¿Cuánto le queda? —La Sierva Mayor se mantuvo en silencio, pero Cyprian negó con la cabeza y respondió a su propia pregunta—. Es fuerte. Sobrevivirá. No cambiará.

—Cyprian... —comenzó Justice.

Era la única persona que no debía hablar. Cyprian se giró para encararlo.

—Se suponía que tú eras su compañero de armas. ¿Cómo pudiste dejar que los hombres de Simon se acercaran a él? —El perfecto novicio, enfrentándose al perfecto Siervo—. ¿Cuánto te queda *a ti*?

Justice lo miró como si lo hubiera abofeteado; las palabras de Cyprian lo habían dejado sin aliento. «No hablan de esto abiertamente», se dio cuenta Violet. Los Siervos nunca hablaban de sus sombras, quizá ni siquiera con sus compañeros de armas, en susurros prohibidos durante la noche. *¿Estoy mostrando algún signo? ¿Crees que estoy cambiando?* Esos eran asuntos privados, dolorosamente expuestos.

—¿O solo ibais a matarlo para detenerlo? Es todo mentira, ¿no es cierto? La fortaleza de los Siervos, su enorme y predestinado poder... Son mentiras para esconder lo que todos tenéis que hacer. Si os preocupara mi hermano, no habríais dejado que bebiera de ese Cáliz —dijo Cyprian.

Violet se interpuso entre ellos y agarró a Cyprian del hombro para retenerlo.

—Cyprian... —Pero la voz de Justice se elevó sobre la suya.

—Marcus eligió.

Justice no intentó mentir ni evitarlo. Miró a Cyprian directamente.

—Los héroes están muertos. Los antiguos poderes han desaparecido. Solo quedamos nosotros. Apenas somos un puñado. —A su espalda, el amplio salón de piedra agrietada y de colores desvaídos, antiguo y casi vacío, parecía confirmar sus palabras—. Somos lo único que queda, y no es suficiente. ¿Qué harías tú, si no quedara nadie más para contener la oscuridad? ¿Beberías de una copa que te mancillase si eso te proporcionase la oportunidad de luchar contra ella?

—*Es el trato del Rey Oscuro.* —Cyprian tenía los puños cerrados—. Él está en el interior de este alcázar. Está en tu interior. Os habéis corrompido.

—Pagamos un precio terrible —dijo Justice—. Lo hacemos porque es nuestro deber. Es el único modo en el que podemos luchar.

—Podríais haber luchado sin ello. Cualquiera de vosotros podría haberlo hecho. —Cyprian apretó la mandíbula—. Quizá no seríais tan fuertes, pero seguiríais siendo Siervos. —Miró a sus compañeros con amargura—. Esta es mi decisión. Yo nunca beberé del Cáliz.

Violet se dirigió al patio de entrenamiento.

En el interior del gran salón, Jannick había comenzado a hablar de los preparativos para un ataque mientras la Sierva Mayor se movía entre los pequeños grupos de novicios y jenízaros como una limosnera, ofreciendo consuelo y sabiduría. Violet buscó a Will, pero había desaparecido.

En el patio de entrenamiento no había ningún Siervo, como si hubieran pensado: *El tiempo de la práctica ha terminado. El tiempo de la batalla ha llegado.*

Había pasado horas allí, deseando con desespero conseguir la impecable excelencia de los Siervos, practicando hasta que le temblaron las extremidades, hasta que le dolía respirar y su piel goteaba sudor.

Pero la búsqueda de la perfección de los Siervos le parecía ahora diferente. Las inquebrantables hileras de puntas de espada, el control absoluto al que aspiraban no era un simple deseo de alcanzar un objetivo, sino una necesidad aterradora. Su abnegación, su rechazo a los placeres de la carne, sus vidas estrictamente reglamentadas… todo debía servir para contener sus sombras.

Justice estaba junto a una de las columnas, mirando el espacio donde había pasado tanto tiempo entrenando. Su rostro atractivo estaba serio y mudo; no la saludó cuando se detuvo a su lado. Siguiendo su mirada, Violet miró el patio vacío, sabiendo que no veía las mismas cosas que él en los Siervos y sus prácticas, y que nunca lo haría.

Todo era distinto ahora, por supuesto. En Londres había sido una chica ingenua e irreflexiva, antes de que su identidad hiciera añicos su mundo. Leona. Aquella parecía una grieta similar, en la que los Siervos se veían obligados a enfrentarse a lo que eran por primera vez.

—¿Estás bien? —le preguntó ella en voz baja.

Justice le dedicó una ligera y amarga sonrisa.

—Me muestras una compasión que yo no tuve contigo.

Pensó en todos los modos en los que eso era cierto. Él le había mentido, aunque se negaba a perdonarla por sus mentiras. Le había dicho que era una criatura de la oscuridad, aunque él llevaba la oscuridad en su interior.

Pero en el mundo de Justice no había grises. Ahora se daba cuenta. Si bebías del Cáliz, te convertías. No había segundas oportunidades, y la única salida era la muerte.

—Tú me aceptaste —le dijo Violet—. Me entrenaste. —Recordó lo que le había dicho en su primer día en el alcázar—. Me dijiste que todos debían tener a alguien de su lado. Alguien que cuidase de ellos.

Justice no respondió durante un largo momento. Tenía los ojos fijos en el patio de entrenamiento. Vacío, el amplio y silencioso patio parecía sugerir las muchas generaciones de Siervos que habían entrenado, bebido del Cáliz y muerto antes de tiempo.

—Nos detuvimos en una taberna junto a la carretera —dijo Justice al final—. Regresábamos de una misión en Southampton. Deberíamos haber vuelto directamente, pero él estaba muy contento y sugerí que nos quedáramos allí... Una noche para nosotros, sin toque de queda, sin responsabilidades. Va contra el entrenamiento de los Siervos, pero quería darle una noche para que fuera él mismo. Apenas lo dejé solo un instante.

Estaba hablando sobre Marcus. Violet inhaló dolorosamente, imaginando sus últimos momentos juntos.

—¿Estabais muy unidos?

—Éramos como hermanos. El lazo entre los compañeros de armas es... Lo hacíamos todo juntos. —Justice se mantuvo inmóvil—. Caer en la oscuridad... ese era su mayor temor. Y yo lo dejé solo con ello.

En su voz podía oír lo que no se había permitido mostrar delante de Cyprian. Remordimiento, mayor que el de un hombre que dejó solo a un amigo que fue capturado. Violet lo comprendió, y un vacío se abrió en su pecho.

—Está cambiando, ¿verdad?

Justice asintió ligeramente, un mínimo reconocimiento.

—Vi las primeras señales en Southampton —le confesó—. Pensé que tendríamos más tiempo.

De repente, eso lo hizo todo muy real. La oscuridad reuniéndose en el horizonte. La amenaza de las sombras, la malevolencia de Simon trayendo el pasado al presente. Y Marcus. Sus últimos días, aterrorizado al saber en lo que estaba a punto de convertirse.

—¿Cuánto tiempo?

En los ojos de Justice había oscuridad.

—Dicen que, cuando los tres reyes bebieron, vivieron una vida llena de poder y que solo se convirtieron en sombras después de haber muerto de modo natural. Pero la sangre de los Siervos no es tan fuerte como la de los reyes. Solo podemos resistirnos al Cáliz durante un tiempo. Si un humano ordinario bebiera, se transformaría en una sombra al instante. Incluso los más débiles de la estirpe de los Siervos se convertirían demasiado rápido: en un día, en una semana. Por eso solo bebemos los más fuertes. Cuanto más fuerte es tu sangre, más perduras. Pero, por supuesto, no podemos saberlo con seguridad.

Fue lo más cerca que estuvo de admitir el peso de la carga que portaba. «Lo hacemos porque es nuestro deber», había dicho. La Sierva Mayor había afirmado que lo único que se interponía entre aquel mundo y la Oscuridad era el entrenamiento de los Siervos.

—Puedes preguntármelo —le dijo.

Violet inhaló con dificultad.

—¿Tú también te estás convirtiendo?

—Todos nos estamos convirtiendo —le contestó Justice—. Comienza en el momento en el que bebes y continúa hasta que la sombra te domina. —Habló con escrupulosa honestidad—. Pero todavía no he mostrado síntomas.

Era suficiente, pensó. Tenía que serlo. Para ambos.

—Puede que luchar sea saber que hay oscuridad en tu interior, y aun así hacer lo que es correcto —le dijo Violet. Quería creerlo. Pero no era tan sencillo. La sombra se apoderaría de Justice al final, sin importar qué escogiera. No quería pensar en qué haría ella cuando ese día llegara. Justice siempre le había parecido muy fuerte, como un faro inalterable. No se imaginaba enfrentándose a la oscuridad sin él.

—Si te refieres a que la oscuridad es una prueba, tienes razón. La clave está en cómo nos enfrentamos a ella, en cómo la combatimos —dijo Justice—. En cómo nos mantenemos junto a la luz.

Violet asintió. Se había girado para marcharse cuando él la llamó.

—Violet.

Se volvió para mirarlo.

—Me equivoqué al dudar de ti —le dijo—. Nunca has flaqueado, ni siquiera cuando los Siervos te expulsaron. Sé que he traicionado tu confianza. —Había seriedad en sus ojos castaños—. Pero sería un honor luchar a tu lado, Siervo y Leona.

Violet se tragó la emoción que atenazaba su garganta.

—¿No luchan los Siervos con un compañero de armas? ¿Qué ocurrirá ahora que Marcus no está?

—Mientras Marcus siga desaparecido, no podré formar un nuevo lazo. —Aquellas palabras fueron una confesión—. No tengo a nadie que me vigile.

La chica pensó en qué significaba luchar… como Leona o como Siervo, o como cualquier persona que intentara encontrar su camino a través de la oscuridad.

—Quizá podríamos vigilarnos el uno al otro.

—Un ataque frontal.

Leda habló como capitana ante el pequeño grupo de doce que había regresado al gran salón. Violet estaba a los pies del estrado. El Gran Jenízaro y la Sierva Mayor se encontraban a su lado, y con ellos estaban también Justice, Farah y un puñado de Siervos, y los jenízaros que se ocupaban de las armerías y que organizaban las rondas. Will regresó en silencio y ocupó el lugar junto a Violet.

La joven se descubrió mirando los cuatro tronos vacíos, un símbolo inquietante de aquello contra lo que estaban luchando. Los cuatro reyes habían gobernado el mundo antiguo antes de que el Rey Oscuro los convirtiera en sombras. Ahora, Simon amenazaba con crear una sombra que destruiría el nuevo mundo. Si no conseguían rescatar a Marcus...

—Las tierras de Simon en Ruthern serán peligrosas —dijo Leda—. Hemos asaltado algunos baluartes de Simon antes. Justice perdió a once Siervos para liberar a Will del barco. Pero no fueron sus marineros y esbirros quienes mataron a los Siervos, fue... —Se detuvo.

—El León de Simon. —Violet terminó por ella. *Tom*. La boca se le secó. Tom estaría allí. Tom lucharía... Mataría a los Siervos, como lo había hecho en el barco, o lo matarían a él. Un deseo casi abrumador de ponerlo sobre aviso la apresó, y tuvo que obligarse a hablar—. Yo lo distraeré. A mí no me atacará.

—Es cierto, tenemos a nuestro propio León —dijo el Gran Jenízaro, especulativo.

—Yo evitaré que os mate —dijo Violet. No sabía cómo; solo sabía que tenía que hacerlo. Vio a los demás intercambiando miradas, nerviosos y escépticos.

Will le golpeó la rodilla con la suya, un gesto extrañamente consolador. Lo miró y él asintió ligeramente. *Puedes hacerlo*. Los demás no lo notaron: ni el mudo consuelo de Will ni su estado nervioso. Inhaló y respondió con un asentimiento.

—El guerrero más letal de Simon no es el León, es el Traidor —dijo Leda—. Es posible que James sea nuestro prisionero, pero eso no significa que en esta refriega no vaya a haber magia.

Notó que Will tensaba los hombros.

Todavía no había aprendido a desbloquear su magia, ella lo sabía. Incluso contra James, había intentado usarla y había fracasado. Will nunca hablaba de ello, pero Violet lo había visto dedicar horas y horas al entrenamiento, estudiar libros antiguos, buscar métodos nuevos, perderse en cánticos y meditaciones sin que sirviera de nada.

Entre nosotros hay alguien capaz de usar la magia. Casi podía oír las palabras no pronunciadas. Se cernieron en el silencio, pero nadie las dijo en voz alta porque sabían que Will no había mostrado ni rastro de su poder.

Fue él quien decidió ir directo al grano.

—Sé que no puedo usar la magia —dijo Will—, pero quiero ayudaros a luchar.

Justice negó con la cabeza.

—Eres demasiado importante, no podemos ponerte en peligro. Si el plan sale mal… no podemos arriesgarnos a que Simon te aprese. Tu papel llegará más tarde. Te necesitamos a salvo en el alcázar.

Will se sonrojó, pero no dijo nada.

—¿Qué podemos esperar en Ruthern? —preguntó Jannick.

Violet miró a Leda de nuevo, que se dirigió a todos ellos con su capa de capitana. Los Siervos eran fuertes, poseían la fortaleza sobrenatural que les concedía el Cáliz, pero no les era fácil luchar contra la magia.

—Primero, los hombres marcados —dijo Leda—. Todavía no conocemos el poder que la marca les otorga. Se rumorea que ellos pueden convertirse en los ojos de Simon, que Simon puede sentir lo que ellos sienten, ver lo que ellos ven.

—Pero *Tom* tiene la marca… —dijo Violet, y deseó haberse mordido la lengua cuando todos los Siervos se giraron para mirarla. ¿Simon veía a través de los ojos de Tom, como si habitara su cuerpo? Se agarró instintivamente la muñeca, recordando que, no hacía tanto, ella también había deseado su marca. La idea de que Tom hubiera cedido su cuerpo para que fuera habitado por Simon le erizaba la piel.

—Se dice que así fue como el Rey Oscuro obtuvo la victoria en el campo de batalla —les contó Leda—. Sus esbirros llevaban su marca y eso le proporcionó el dominio que necesitaba.

De algún modo, incluso más aterrador que convertir a la gente en sombras, era la idea de que, una vez marcados, sus ejércitos le pertenecieran por completo, que pudiera morar en sus cuerpos, individualmente o en muchos a la vez. Se imaginó mirando los ojos de cientos de soldados y que todos fueran el Rey Oscuro...

—Después están los Vestigios —continuó Leda—. Los hombres de rostro pálido a los que repelimos en las ciénagas. Cada uno de ellos lleva un fragmento de la armadura que en el pasado vistió un miembro de la guardia personal del Rey Oscuro. O... debería decir que es la armadura la que los lleva a ellos. Creemos que los cambia. Su estilo de combate... es inquietantemente similar al nuestro, como si la armadura no hubiera olvidado la ancestral habilidad de su antiguo portador. Nunca nos hemos enfrentado a ellos, pero en las ciénagas fueron necesarias doce piedras escolta para detenerlos.

Los tres hombres de ojos vacíos y extrañas piezas de armadura negra galopando a través de las ciénagas, con sus perros pululando ante ellos. A Violet se le revolvió el estómago al pensar en luchar no contra aquellos hombres sino contra las antiguas armaduras, todavía animadas en su misión de proteger al Rey Oscuro.

—Se puede luchar contra ellos, pero no es fácil —dijo Justice—. Se necesitan lanzas, u otras armas de largo alcance. No podemos acercarnos. Su simple roce es letal. Así debió ser cómo Simon supo dónde excavar para encontrarlas: todo lo que tocan se marchita y nunca vuelve a brotar. Sobre el terreno donde estuvieron enterradas, ningún árbol enraizó y ningún pájaro pudo volar. —Los miró con seriedad mientras les hacía una advertencia—: Cuando os acerquéis a la mansión y a sus zonas verdes, tened cuidado con la hierba muerta.

Cuidado con la hierba muerta. Violet se estremeció y se grabó eso en la mente.

Y después se produjo un silencio. Miró a su alrededor, a los Siervos reunidos; todos se habían quedado callados, casi como si hubiera algo a lo que no quisieran enfrentarse.

—Y por último... —Leda se detuvo.

—¿Por último? —le preguntó Violet.

Leda no contestó, como si el tema le pareciera demasiado perturbador. Violet vio que Jannick y Justice intercambiaban una mirada. El silencio se prolongó. Al final, fue la Sierva Mayor quien habló.

—Por último, está el propio Simon —dijo.

—¡Simon! —exclamó Will.

Para Violet, Simon era una figura lejana, el hombre para el que su familia había trabajado durante muchos años. Siempre había oído rumores sobre él, comunicados con insinuaciones y miradas de soslayo. Que sus rivales caían en desgracia, que era peligroso enfrentarse a él. Cuando se imaginaba luchando contra él, se imaginaba peleando contra las fuerzas de su imperio comercial, no con un solo hombre.

—No olvidéis quién es. Simon es el descendiente del Rey Oscuro, el heredero al trono —dijo la Sierva Mayor—. Es posible que no posea magia propia, pero su sangre le permite usar los objetos y las armas del Rey Oscuro, igual que nosotros nos valemos de los artefactos de la Luz.

—¿Sus armas? —preguntó Violet.

—La espada que viste en el barco —contestó la Sierva Mayor—. Ekthalion, la Llama Negra.

En cuanto lo dijo, pareció inevitable. Aquel nauseabundo y terrible fuego negro del barco; los marineros de rodillas, vomitando sangre negra. Pero...

—¿Cómo podría usarla? Moriría. Todos morirían. —Violet casi podía notar el agua del río en su garganta. No quería volver a ver esa cosa jamás.

—Hay un montón de leyendas sobre la espada —dijo la Siervo anciana—. Se la conoce como la Espada Corrupta, pero en el pasado fue la Espada del Campeón, forjada para matar al Rey Oscuro. «La

Espada del Campeón otorga el poder del Campeón». Esas palabras están talladas en su hoja. Pero fue profanada, se corrompió al entrar en contacto con una única gota de sangre del Rey Oscuro. Ahora, comparte el instinto destructor de su dueño.

Violet recordó cómo atravesó el casco del barco y la sensación que había tenido, de que estaba intentando escapar. Los hombres que estaban más cerca parecían haberse podrido por dentro.

—Su funda fue forjada para contener su poder —continuó la Sierva Mayor—. Pero cuando es desenvainada... esa única gota de la sangre del Rey Oscuro es más destructiva que nada de nuestro mundo. Y tienes razón: cuando abandone totalmente su funda, todo y todos morirán... Excepto el propio Simon, al que no puede dañar la sangre del Rey Oscuro porque es la misma sangre que corre por sus venas.

La Espada del Campeón otorga el poder del Campeón. Esas palabras se grabaron en la mente de Violet.

—Si en el pasado fue la Espada del Campeón... —dijo Violet.

—No. No intentes blandir la espada. Muchos han procurado hacerlo, creyendo en la antigua leyenda, pensando que podrían limpiar su hoja y devolverle la gloria. Todos murieron. Si Simon tiene la Ekthalion, nuestra única oportunidad es evitar que la desenvaine.

—No se arriesgará a extraer la espada si hay una posibilidad de que esta mate a Marcus —apuntó Will.

Violet parpadeó, sorprendida por su perspicacia. Will se había mantenido callado durante toda la conversación. Era muy propio de él, pensó. De vez en cuando salía con alguna observación inesperada, como si su mente funcionara de un modo distinto a las de los demás, como si fuera varios pasos por delante.

—Podemos usar eso durante la pelea —dijo Will.

—Tiene razón —asintió Leda con lentitud, como si su honesta mente de Sierva no hubiera sido capaz de concebir aquella táctica tan sagaz.

—¿Cuántos hombres necesitaremos para el ataque? —preguntó Jannick.

—A todos —contestó Leda—. Desde el más reciente al más antiguo, todos los Siervos deben luchar.

—Así como aquellos que todavía no somos Siervos —dijo Cyprian, entrando en el gran salón. Avanzó por el pasillo central a través del bosque de columnas—. Yo también iré.

—Esta batalla no es lugar para un novicio —dijo Jannick.

—Puede que no haya bebido del Cáliz —replicó Cyprian, elevando la barbilla—, pero sé luchar. No soy solo un novicio. Soy el mejor alumno del alcázar. Mejor que algunos Siervos. —Eso era cierto, por mucho que Violet siempre deseaba que fuera un exceso de arrogancia. Podía sentir la abrasadora envidia que la inundaba cada vez que lo veía luchar: su técnica perfecta, su maestría natural, aunque no tuviera la fuerza de un Siervo—. Si perdemos esta batalla, lo habremos perdido todo. Todos los que puedan deberían luchar.

Jannick clavó los ojos en los de Cyprian mientras asentía con lentitud.

—Muy bien. Convocaremos a los novicios. Leda, te dejo esa tarea.

«Si está dispuesto a aceptar a los novicios, es que está desesperado». Cyprian era el mejor luchador de su generación, pero Emery o Beatrix morirían fácilmente a manos de alguien como Tom. La idea le revolvió el estómago. «Si Tom está allí, lo encontraré. Lo encontraré y lo detendré».

—Marcus es nuestra prioridad —dijo Leda—. Si no conseguimos llegar hasta él, habremos fracasado. Lucharemos mientras un grupo más pequeño se adentra en la propiedad para buscarlo. Si llegamos hasta él...

—Sé qué hacer —dijo Justice con firmeza—. Le hice una promesa, y mi intención es mantenerla.

—Te refieres a matarlo —le espetó Cyprian.

—Si puedo —replicó Justice—. Aunque no se haya convertido, la sombra que hay en él luchará.

Los dedos fríos del horror se extendieron sobre la columna vertebral de Violet. No sabía cómo sería, pero tuvo una repentina y terrible visión de una criatura, casi sombra, luchando, despedazando, desgarrando, vistiendo el rostro de Marcus...

Cyprian se había puesto pálido.

—Lo comprendo. Si es necesario... no me interpondré en tu camino.

—Si se está convirtiendo, ¿cómo lo...? —Violet tragó saliva—. ¿Cuáles son las señales?

Se produjo otro silencio, casi doloroso. Había abordado uno de los tabús de los Siervos. Jannick se obligó a contestar, aunque sus palabras parecían escupidas, reacias.

—Un temblor en la mano. Una intensa emoción en la voz. Pérdida de control. En las últimas fases, puedes llegar a ver la sombra. Detrás de los ojos. Bajo la piel. El Siervo empieza a volverse insustancial.

Una hilera de inalterables espadas, todas en fila. Voces cantando en perfecta armonía. Series practicadas una y otra vez. Cada ejercicio de los Siervos era una prueba a la que se enfrentaban un día sí, otro no, para demostrar que seguían siendo ellos mismos.

Y si fracasaban...

—Marcus nunca tuvo miedo de morir —dijo Justice, como si le leyera la mente—. Temía la semivida. A todos nos pasa lo mismo. Yo no temo morir luchando. Tomé esa decisión cuando bebí del Cáliz. Ya he entregado mi vida a la causa.

Jannick asintió para que comenzaran los preparativos y varios Siervos se levantaron de la mesa.

—La luz brillará por vosotros en el alcázar —dijo la Sierva Mayor—. Los jenízaros atenderán el fuego, la Última Llama que nunca se ha extinguido. Porque siempre habrá luz en la oscuridad, mientras un Siervo viva para defenderla.

Will la detuvo en el pasillo, poniéndole una mano en la muñeca para apartarla a un lado.

—¿Qué pasa? —le preguntó Violet mientras la conducía a la tranquila hornacina en la que Cyprian estaba esperando. Will les habló en susurros bajo la curvada piedra gris.

—Esta es una misión suicida. Se están preparando para entrar allí y morir. Y ni siquiera saben si conseguirán llegar hasta Marcus.

Cyprian se tensó de inmediato.

—No tienen otra opción.

—¿Y si la tuvieran? —les preguntó Will.

La tenue luz de la hornacina enfatizaba su belleza nocturna, como si su piel pálida y su cabello oscuro hubieran sido diseñados para la noche. Will no había intervenido mientras los demás discutían acaloradamente en el salón. En ese momento estaba hablando en voz baja, en un espacio oculto a los Siervos.

—¿A qué te refieres? —Violet sintió que sus latidos se aceleraban.

—¿Y si hubiera otro modo de entrar en la mansión de Simon? —les preguntó Will—. No un ataque, con los Siervos intentando luchar contra la magia. Los tres podríamos entrar sin ser vistos. Yo podría conseguir que pasáramos junto a los guardias. Violet podría romper cualquier cadena o candado. Y Cyprian... Marcus es tu hermano. Si sigue siendo él mismo, confiará en ti lo suficiente como para venir con nosotros.

Violet sintió que la posibilidad se agitaba en su interior. Era un modo de evitar la masacre, la carnicería de un ataque frontal.

—¿Y si está cambiando? —Cyprian no se alteró al decirlo; su rostro atractivo seguía siendo firme—. Los has oído. Si está cambiando, no seré lo bastante fuerte para luchar contra él.

—Violet y tú sí lo sois, juntos —dijo Will—. Y podrías ayudarlo a aguantar. Cuando esté contigo, luchará con mayor fuerza contra la sombra de su interior. Eres su hermano.

Violet negó con la cabeza.

—No hay ningún modo de entrar en secreto. James dijo que para llegar hasta Marcus sería necesario un ataque frontal. No pudo mentir bajo coacción, ¿verdad?

—No pudo mentir —dijo Will—, pero él no lo sabe todo.

Su rostro, bajo la tenue luz, estaba lleno de planos delicados; era todo pómulos y ojos oscuros. Seguía estando demasiado delgado, aunque ya no parecía malnutrido, y estaba animado por la brillante chispa de una nueva idea.

—Conozco a alguien que puede ayudarnos a entrar —les aseguró.

CAPÍTULO VEINTITRÉS

Katherine salió al jardín al atardecer. Le había dicho a la señorita Dupont que disfrutaba del aire frío, y de lo mismo se había convencido a sí misma. Era adecuado, pensó, que una joven dama diera un paseo diario. No había nada destacable en ello. Se cubrió los hombros con un chal para protegerse del frío. Y así salía cada noche, para esperar hasta que la luz se desvanecía.

En el jardín había tres senderos que solo unas semanas antes habían estado cubiertos por las hojas amarillas de los olmos. Los parterres de flores colindantes, a principios del invierno, no eran más que tranquilos arbustos de oscuro verde. La hiedra cubría la verja de hierro forjado y los bancos del jardín se acurrucaban bajo los desnudos árboles invernales a los que una o dos crudas heladas habían despojado de sus últimas hojas.

Tomó el camino que bordeaba el ala este, sintiendo que el aire frío congelaba sus mejillas, y se quedó fuera hasta que cayó la noche, hasta que oscureció y tuvo que regresar. Se dijo a sí misma que no se sentía tonta, porque no había esperado nada.

Y entonces vio la chaqueta, doblada debajo de uno de los árboles desnudos, y sintió que el corazón empezaba a latirle con fuerza.

Él estaba allí.

Podía sentirlo, como un cambio en el aire. Habían pasado tres días desde que se cambió de ropa en el establo y después desapareció en la noche. Tres largos días salpicados por los bruscos comentarios de su tía: «¡Katherine! ¡Deja de fantasear junto a esa ventana y concéntrate en tu labor!».

Era una emoción que había convertido sus días y noches de espera en una única y placentera ascensión hasta ese momento.

—Has venido —dijo, hablando hacia el jardín.

—Hice una promesa. —Su voz, su calidez, sonó más cerca de lo que esperaba... a su espalda.

—Es peligroso —le advirtió—. Los criados...

—No les tengo miedo —dijo Will, y Katherine se giró para mirarlo.

Estaba debajo de las ramas verde noche de un árbol. Le caía el cabello oscuro sobre la frente. Sus ojos, siempre penetrantes, estaban clavados en ella, como los de ella en él.

—Deberías. —La sorpresa de verlo de nuevo fue una sensación física y llegó acompañada de una cascada de recuerdos: sus dedos sobre la piel desnuda del joven cuando le anudó el pañuelo, el momento en el que lo vio con la ropa de su prometido—. A la señorita Dupont le gusta salir para comprobar que estoy bien.

—Conozco los riesgos —dijo Will.

No llevaba la ropa de lord Crenshaw. Estaba vestido con unas prendas extrañamente desusadas, una túnica hasta la altura del muslo decorada con una estrella que no obstante le sentaba bien, como si acabara de abandonar una antigua corte.

—He venido a pedirte ayuda.

Su tono era serio. Parecía estar en problemas, incluso en peligro, como si no hubiera acudido a ella de haber tenido otra opción.

—¿Mi ayuda?

Katherine pensó que, con aquella ropa, se parecía a Lancelot. Le gustaba la idea de ser Ginebra y de que ambos actuaran como en la leyenda, encontrándose en un jardín donde nadie más pudiera verlos u oírlos. Incluso le gustaba la idea de que la necesitara para algún asunto urgente.

—Me preguntaste quién soy. La verdad es que conozco a Simon.

—Tú... —Aquellas palabras no eran las que había esperado. Recordó que le había preguntado por Simon en el carruaje. Notó un cambio en el aire—. Deberías llamarlo lord Crenshaw. Socialmente está muy por encima de ti.

—Sé lo que es.

—Entonces sabes que no deberías estar aquí.

Pero estaba; había ido. Como ella sabía que haría, para entregarle la chaqueta de lord Crenshaw porque solo se la había prestado.

—Katherine. —Will dijo su nombre de un modo estremecedor; era muy íntimo, que dijera su nombre así. Deseó que lo pronunciara de nuevo—. Simon no es un buen hombre.

Se dijo que aquello era parte del coqueteo, y a una parte de ella incluso le gustó la idea de que él la rescatara de aquel compromiso, la libertad que la esperaba al otro lado.

—Supongo que lord Crenshaw, uno de los caballeros más importantes de Londres, es una mala persona —le dijo—, mientras tú, que trepas muros de jardines, eres el bueno.

—La gente no es lo que parece —dijo Will.

—Lo conozco *muy bien* —replicó Katherine.

—No lo conoces en absoluto.

—Sé que es generoso y encantador. Sé que es atractivo y atento. Incluso sé que está en Londres ahora mismo. Por un negocio importante. Me dijo...

—Mató a mi madre —dijo Will.

Todo pareció detenerse. Katherine sintió la caricia gélida de la fría brisa nocturna que se deslizaba por los lugares sombríos del jardín. A su alrededor, las siluetas verde oscuro se movían, susurrando suavemente con el viento.

—¿Qué...?

—Vivíamos en Bowhill, en el Distrito de los Picos —le contó—. Yo estaba reuniendo leña cuando la oí gritar. Intentó defenderse, pero... Había mucha sangre empapando la tierra. Cuando llegué hasta ella, era demasiado tarde. Vine a Londres para descubrir quién lo había hecho, quién había enviado a los hombres que la asesinaron. Fue Simon.

Su mirada siempre había sido intensa, pero su rostro estaba pálido y serio y no parecía estar bromeando; parecía decir la verdad. Que lord Crenshaw había dado la orden de matar a alguien.

—Estás mintiendo. —Ella retrocedió por instinto—. Intentas mancillar el nombre de un buen hombre. Esto es muy inapropiado. —Había creído que Will era un caballero, pero no lo era. Un caballero no diría esas cosas.

—No te estoy mintiendo, Katherine. Por eso he venido. Simon tiene prisionero a un hombre en Ruthern. Y ocurrirán cosas terribles si ese hombre no es rescatado. Tú eres la única persona que puede ayudarnos a entrar allí para ayudarlo…

—Entonces te han mentido a ti —le dijo—, porque lord Crenshaw nunca haría eso.

Pero no podía desechar la visión, a lord Crenshaw dando órdenes y enviando a sus hombres a cazar a una mujer.

—Están pasando cosas —continuó Will—. Cosas que son más importantes que nosotros dos. Cosas que, si te contara, no creerías…

—No te creo. —Respiraba con rapidez—. Lord Crenshaw es un buen hombre. Nos casaremos en la iglesia de San Jorge y después viviremos en Ruthern. Todo está planeado.

Will la miraba como si estuviera al otro lado de un abismo.

—Katherine…

—Tú lo odias. —Mientras el suelo parecía moverse bajo sus pies, recordó al abogado de lord Crenshaw diciendo: *El chico*—. Viniste por él. No fue por mí.

Ella se sonrojó, captando apenas la dolorosa verdad tras los hechos. «El chico. El enemigo de lord Crenshaw. El muchacho que hundió el barco».

«Eres tú». Sintió esas palabras profundamente en su interior. La señorita Dupont la abandonó aquel día por algo relacionado con un chico. «Eres tú».

Tenía sentimientos por un enemigo. La idea le erizó la piel. Porque ahora sabía que no quería a lord Crenshaw. Quería aquello, peligro y misterio, y algo que estaba justo más allá de su comprensión…

—He venido por ti. —Los ojos oscuros de Will eran un tumulto—. He venido por ti. Puede que al principio pensara... Pero, en cuanto te vi, fue como si no importara nada más. —Era como si intentara contener las palabras y no pudiera—. Sé que tú también lo sientes.

Era cierto: era como si su vida hubiera sido un sueño y él fuera lo único real en él. Era una cualidad vital que tenía. Incluso allí, en el jardín, Will hacía que todo se desvaneciera a su alrededor, como la tenue bruma nocturna y la oscura y distante silueta de los árboles.

Iban a besarse. Parecía inevitable, una atracción irresistible. La habían besado una vez, Simon, en el dorso de su mano enguantada el día de su compromiso. Entonces no había sentido aquello. Se acercó a Will; fue ella quien se movió. Sus ojos eran muy oscuros.

—Katherine... —Parecía que él quería rechazarla, pero no había modo de evitarlo.

Un beso; alrededor de Katherine, la luz comenzó a brillar como si el contacto con Will estuviera invocándola, corriendo desde las venas de él hasta las suyas, un resplandor que podía ver y tocar y sentir, y cuando la sensación alcanzó su clímax, la luz explotó hacia el interior y el invernal árbol muerto bajo el que estaban floreció con un estallido.

Will retrocedió bruscamente con los ojos muy abiertos, y Katherine lo miró a través de un rocío de flores blancas fuera de estación, todavía un poco iluminadas; como antorchas en murallas lejanas, como estrellas en la oscuridad.

Era mágico, imposible. El árbol iluminado bajo el que se encontraban solo lo hacía parecer más extraño, como una criatura mística. «Esto lo ha hecho él. Lo he sentido. Es...».

—¿Qué está pasando?

Katherine estaba mirando el árbol, sus ramas cubiertas de brotes nuevos, aquel motín de flores blancas imposibles a principios de invierno. ¿Cómo podía ser? ¿Cómo podía haber luz y... flores?

—¿Qué es esto?

—Es un espino —dijo Will, con una voz rara y ronca. Estaba mirando el árbol y su asombro se transformó en otra cosa cuando volvió a mirarla a ella. Se dio cuenta de que tenía miedo. De lo que le había revelado, o de lo que ella le había visto hacer. «Ha iluminado el árbol y lo ha hecho florecer». Sobre sus cabezas, el espino estaba cuajado de flores y en todas ellas titilaba la luz. La veía reflejándose en su rostro, en su ropa.

—¿Cómo lo has hecho? —le preguntó, mirándolo a través de las flores blancas. Él no respondió. Todo era tan extraño que empezó a darle miedo. No había nada en el mundo natural capaz de explicarlo. No había nada que lo explicara a él, un joven al que apenas conocía—. ¿Qué eres?

El corazón de la muchacha retumbaba en su pecho.

—Katherine, escúchame. No puedes contárselo a nadie. No puedes contarle esto a nadie. —Había un miedo real en su rostro. Dio un paso adelante, y ella retrocedió por instinto.

—¿Qué eres?

Las flores eran temporales. Sus pétalos ya habían empezado a caer a su alrededor. Todavía podía ver su último resplandor, desvaneciéndose. Era precioso y aterrador; como él, con aquella ropa extraña y antigua, rodeado por los pétalos que caían como un remolino de ceniza o de nieve...

Como una figura de otro mundo...

—¿Katherine? —Una voz la llamó desde la casa—. ¡Katherine!

—Es la señorita Dupont —dijo Katherine.

—Ven conmigo —le pidió Will—. Estaba equivocado y... te contaré todo lo que quieres saber si vienes conmigo.

—¡No voy a hacer eso!

—¿Katherine? —La voz de la señorita Dupont sonó más cerca—. ¡Katherine! ¿Dónde estás? ¿Qué ha sido esa luz?

—No puedes quedarte aquí —le dijo Will con urgencia—. Si Simon descubre lo que ha ocurrido... Si cree que estás relacionada conmigo...

—No iré contigo —le espetó Katherine—. Este es mi hogar, lord Crenshaw es mi prometido y tú... tú eres... —Podía oír los pasos de la señorita Dupont por el camino. Ambos se giraron hacia el sonido.

Solo tenían un momento antes de que doblara la esquina y los descubriera juntos—. Eres *antinatural...*

En lugar de marcharse, Will inhaló temblorosamente.

—Si no quieres venir, escúchame. Ante la primera señal de que algo va mal, huye. No te quedes mientras las advertencias se acumulan, diciéndote que Simon es un buen hombre. Protégete. Y si alguna vez necesitas un lugar seguro, búscame en el arco de las ciénagas de la abadía, cruzando el río Lea.

Katherine lo miró fijamente un instante. La inusual y sincera expresión de sus ojos, junto con los llamativos rasgos de su rostro y el extraño atuendo, le daba una apariencia sobrenatural. Era como si estuviera viéndolo por primera vez. Una voz interrumpió sus pensamientos.

—¿Katherine? —preguntó la señorita Dupont, apareciendo al final del camino.

Katherine se giró para mirarla, con el corazón desbocado ante la idea de que su doncella la descubriera con Will. Pero la señorita Dupont no reaccionó y, cuando la joven miró atrás, Will había desaparecido, la luz se había desvanecido y estaba sola con su doncella en la oscuridad.

—¿Está bien? —fue todo lo que la mujer le preguntó—. Me pareció ver...

—Yo también lo vi —dijo Katherine, contenta de tener su chal para esconder que le estaban temblando las manos—. Un extraño destello de luz. Creo que ha estallado una farola.

La señorita Dupont se giró de inmediato hacia la calle.

—Entre. Comprobaré que no se haya producido ningún incendio. ¡Señor Johns! —llamó al mozo de cuadra.

Katherine asintió. «No sé qué fue esa luz, pero no tiene nada que ver conmigo», pensó, caminando junto a la señorita Dupont sobre el suelo frío y pálido cubierto de pétalos caídos, hacia la casa.

CAPÍTULO VEINTICUATRO

Había una diferencia entre suponer y saber, entre creer y ver.

Después de pasar semanas en una pequeña cámara con un oscuro árbol de piedra, había levantado la mirada para ver un espino floreciendo...

«¿Qué eres?», le había preguntado ella, mirándolo con horror. «¿Qué eres? ¿Qué eres? ¿Qué eres?».

No podía pensar en eso. No podía pensar en la luz o en qué significaba, en cómo había bañado su piel, derramándose a su alrededor. Todo se había enredado con sus sentimientos por ella: el precioso resplandor de los árboles, la caída de los pétalos blancos, la suave muselina de la falda de Katherine, el aleteo de su aliento cuando separó sus labios...

El estallido de luz reflejándose en su rostro asustado, sin mirar al árbol sino a él.

Era lo peor que podría haber ocurrido.

Una explosión de poder y la proclamación de su identidad... No debería haberla buscado. No debería haber hablado con ella así, tan directamente, sobre Simon. Sobre su madre. Y ahora estaba en peligro, en un peligro mayor que antes. Si Simon descubría lo que había ocurrido... Si lo descubría, si se lo contaban...

Violet y Cyprian estaban esperándolo en el punto de encuentro con los caballos. Ambos se giraron hacia él mientras se acercaba.

—¿Y bien? —La voz de Violet estaba cargada de expectación.

Esperaban que le contara su plan, la oportunidad que les había prometido para entrar en Ruthern. Un modo de rescatar a Marcus que evitara una masacre.

—No lo he conseguido. —Mantuvo la voz firme—. Lo siento. Creí que tendría otro modo de entrar en Ruthern. No es así.

Estaban en un callejón de tierra a las afueras de la ciudad, y era lo bastante tarde como para que no hubiera sonido alguno más allá de las campanadas distantes y de los gritos del río. Violet retenía a los animales: Valdithar, una silueta sombría, y los dos caballos de los Siervos, pálidos destellos en la oscuridad.

—Entonces atacaremos. —La voz de Cyprian era prosaica, como si hubiera sabido desde el principio el precio que tendría el rescate de Marcus—. Cabalgaremos hacia Ruthern con los Siervos.

Se movió hacia su caballo. Antes de que pudiera hacerlo, Violet dio un paso adelante.

—Era la señorita Kent, ¿no? —le preguntó Violet—. Era a ella a quien has ido a ver. Creías que podía introducirnos en Ruthern.

Will no contestó.

—Will. ¿Qué ha pasado?

Los ojos asustados de Katherine, el brillante halo que los rodeó mientras los pétalos se arremolinaban y caían como la nieve. «¿Qué eres?».

«No pienses en eso».

—¿Will?

—Se hizo una luz.

—¿Una luz?

—Como la que he intentado invocar con la Sierva Mayor. Eso la asustó. —Se giró y tomó las riendas de su caballo antes de colocar una mano en la silla.

La voz de Violet, a su lado, sonó inquieta.

—Pero… Creía que no podías conjurar la luz…

—No podía.

Había una sensación de desgarro en su pecho, la que había sentido cuando no logró iluminar el Árbol de Piedra, que era peor ahora que lo había visto brillar.

—¿Por qué has sido capaz de conjurarla ahora?

No podía responder a eso. Pero el silencio lo delató y fue como si Violet adivinara todo lo que había ocurrido en el jardín solo por el hecho de que no pudiera mirarla a la cara.

—Will. Es la *prometida de Simon*.

—Lo sé. Lo sé. Sé que no debería...

No debería. Eso la había puesto en peligro. Quería volver con ella, quería ponerla a salvo, y no podía. Ella no se iría con él, por mucho que se lo suplicara.

Esperaba que Violet se pusiera furiosa con él por su estupidez y su fracaso. Por haber besado a Katherine Kent debajo de un árbol en un jardín. «No es lo que piensas», quería decirle. Pero recordó cómo se había sentido al conocer a Katherine, cuánto lo había atraído, y en algún sitio profundamente enterrado en su interior tuvo una absoluta certeza de lo que había pasado. De lo que había dejado que ocurriera.

No obstante, cuando levantó la mirada, Violet no parecía enfadada; estaba mirándolo con una incipiente expresión de admiración y excitación.

—Will, ¿no comprendes lo que esto significa?

Will se quedó sin palabras, mirándola, incapaz de entender el entusiasmo de su voz.

—Podrás usar tus poderes —le dijo—. Podrás usar tus poderes cuando nos enfrentemos a Simon.

—No —replicó, porque ella lo había malinterpretado todo—. No puedo. No funciona así. Es...

—Puedes —dijo Violet—. ¿No lo entiendes? Los Siervos... Ellos creen que la clave está en el control. Las meditaciones, la vela... Pero no se trataba de eso.

Se trataba de una puerta. Una puerta que no podía abrir.

Violet dio un paso más hacia él.

—En el barco, creíste que todos iban a morir. Y con Katherine...

—Violet... —le advirtió Will.

—La has besado. Eso ha sido lo que ha pasado, ¿no?

No se decidía a decirlo así; la miró y sintió que lo atravesaba la verdad. La había besado. Había permitido que lo besara. Un único y perfecto momento, y después una inundación de radiante luz.

«¿Qué eres? ¿Qué eres? ¿Qué eres?».

—¿Has hecho *qué*? —replicó Cyprian.

Violet frunció el ceño.

—Asuntos carnales. Tú no lo entenderías.

—Sé lo que es un beso —dijo Cyprian, y se ruborizó ligeramente.

—Es la emoción, ¿no? Una emoción fuerte —dijo Violet—. Eso es lo que libera tu poder.

Pasión y muerte; el jardín y el barco. Violet estaba mirándolo como si quisiera oírselo decir. Will le devolvió la mirada; necesitaba negarlo todo. Sintió que se sonrojaba, una abrasadora vergüenza. Las palabras no salieron de su boca.

—¿Las sensaciones carnales le otorgan su poder? —preguntó Cyprian, con las mejillas todavía ligeramente sonrosadas.

—No solo las sensaciones *carnales* —dijo Violet—. Cualquier sensación. Es eso, ¿verdad?

¿Era cierto? ¿Era eso lo que lo había desbloqueado, lo que había vertido la luz a su alrededor mientras los pétalos caían como chispas? ¿Habían sido las emociones las causantes de la explosión de luz?

Violet montó y lo miró desde arriba con urgencia.

—Tenemos que contárselo a la Sierva Mayor —le dijo—. Esto nos da una oportunidad. Naciste para esta batalla, y ahora sabemos cómo usar tu poder.

—La Dama, una Leona y los Siervos —dijo Cyprian, asintiendo—. Ahora será una batalla de verdad.

Hicieron un buen tiempo, al rápido galope sobre las ciénagas. Valdithar sacudió el cuello, ansioso por correr; a su lado fluían los dos elegantes caballos de los Siervos. Cyprian conocía los caminos que evitaban las aguas pantanosas y traicioneras, y atravesaron juntos el frío aire de la noche.

Pronto, el arco en ruinas apareció ante su vista.

Will se descubrió inclinado sobre la silla, anhelando la batalla que se avecinaba. No solo para ayudar a Marcus, sino para asestar un golpe a Simon del que nunca se recobraría.

Cyprian también parecía energizado; su largo cabello se agitaba tras él mientras cabalgaban. Estaba sin duda ansioso por ver a su hermano. Ahora que Will podría manifestar su poder, Simon parecía una figura menos formidable.

—Simon no está en Ruthern —dijo Will, recordando lo que Katherine le había contado—. Está en Londres. —Por negocios, había dicho la joven—. Eso nos da una posibilidad de atacar. Aunque nos enfrentaremos a sus esbirros, Simon no estará allí para usar la Espada Corrupta.

Aquello era una ventaja, y Cyprian se aferró a ella.

—Sin un líder, sus hombres serán más fáciles de derrotar.

Aminoraron los caballos cuando se acercaron a la puerta. Will vio una silueta con túnica roja: era Leda, con la espalda apoyada en el arco.

—¡Leda! ¡Volvemos con noticias! —gritó Cyprian.

Se hizo el silencio mientras el cielo se escabullía sobre sus cabezas y el canto de un pájaro resonaba en las ciénagas.

—Yo guardaré los caballos en el establo —dijo Cyprian—. Vosotros id a hablar con la Sierva Mayor y contadle lo que habéis descubierto. —Y entonces se dirigió a Leda—: Vamos a atravesar la puerta.

El silencio se prolongó, un segundo de más, un tiempo mayor del que Leda habría tardado en detenerlos. Seguía inmóvil en su puesto, y el viento agitaba sin propósito su cabello.

—Cyprian —dijo Will.

Podía verla: la mano que no agitó, el amplio silencio de las marismas que los rodeaban, en las que no había más movimiento que el de los insectos y los pájaros. Valdithar sacudió la cabeza y el repiqueteo de su brida sonó demasiado estrepitoso. Will miraba fijamente la túnica de Leda.

Se le erizó la piel.

—Mira su ropa.

Cyprian se giró con una expresión incrédula que cambió al mirar a Leda. Fue como si una imagen se enfocara: cómo estaba apoyada, el extraño ángulo de su cuello, su boca abierta, y su túnica húmeda y roja.

El cuerpo entero de Will cobró vida al sentir el peligro.

Cyprian bajó del caballo y corrió hacia ella a través del barro. Will vio un insecto de la ciénaga correteando por el rabillo del ojo derecho de la Sierva, apenas perturbado cuando Cyprian la agarró por los hombros.

—¿Leda? —El rostro del novicio estaba cargado de incredulidad. Sus manos, con las que le había agarrado la ropa, estaban rojas—. ¿Leda?

No. Will miró el humedal. La sangre tronaba en sus venas. No había ni rastro de su atacante, solo el desierto paisaje de agua y hierba.

El cuerpo sin vida de Leda llevaba allí el tiempo suficiente para atraer a los insectos, sin que ningún Siervo acudiera en su ayuda y sin rastro de lucha o de un ataque. Y sus asaltantes no estaban allí. Con una terrible sensación de premonición, Will levantó la mirada hacia el arco.

—Tenemos que decírselo a los demás —estaba diciendo Cyprian—. Tenemos que advertirles, para que puedan enviar una patrulla...

—¡Cyprian...! —gritó Will, pero era demasiado tarde. Cyprian atravesó el arco, corriendo hacia el patio—. Detenlo —le pidió a Violet, pero la inexpresividad de su rostro le hizo saber que no lo comprendía—. *Detenlo.*

Ella salió de su ensimismamiento y, aunque no entendía qué estaba sucediendo, ambos desmontaron y corrieron detrás de Cyprian, justo a tiempo de atravesar la puerta con él.

Se detuvieron donde Cyprian se había detenido, tras avanzar tres pasos por el patio, y ni siquiera los miedos de Will se habían acercado a aquello.

Era una masacre.

Un campo de batalla donde nadie luchaba. Todos los Siervos eran solo formas, montones de nada inerte, como si el vacío de las ciénagas hubiera penetrado en los muros. Nada se movía excepto la bandera con su única estrella, elevándose y cayendo con el viento.

Tuvo que apartar la mirada; se le hizo un nudo en la garganta. El cadáver más cercano estaba a dos pasos de distancia; desgarrado, resultaba irreconocible, solo otra silueta espeluznante tumbada sobre la piedra.

«Aquí estás a salvo —le había dicho la Sierva Mayor—. Nadie puede desafiarnos en el interior de estos muros».

—No —dijo Cyprian, y la mente de Will regresó al presente. Vio la expresión horrorizada del muchacho y, más allá, los muros que se alzaban sobre sus cabezas, las ventanas, un centenar de troneras y de almenas vigilándolos.

—Retenlo —dijo Will con rapidez, porque no estaban a salvo. Ningún sitio era seguro, y los atacantes podían estar en cualquier rincón del alcázar—. Violet, retenlo antes de que...

Violet agarró a Cyprian por la túnica justo antes de que echara a correr hacia el edificio.

—Suéltame. Tengo que... Tengo que ayudarlos. *Suéltame...*

Cyprian forcejeó desesperadamente, pero Violet era más fuerte que él y lo empujó hasta que golpeó la pared con la espalda, antes de conducirlo a un pequeño espacio protegido entre dos bloques de piedra y retenerlo allí.

Will avanzó, ignorando la voz de su cabeza que gritaba que no le diera la espalda al patio, la voz que había nacido tras nueve meses escondiéndose. La voz que decía: *Huye.*

—Escúchame. Escucha. —Will habló en voz baja, intentando de algún modo llegar hasta Cyprian, que lo miraba con furia, jadeando—. No sabemos quién ha hecho esto. Todavía podría estar aquí. Estamos en peligro. No podemos precipitarnos.

—Mi hogar ha sido atacado. —Cyprian escupió las palabras—. ¿Por qué debería importarme el peligro?

—Porque tú podrías ser el único Siervo que quedase —dijo Will, y vio que Cyprian palidecía.

Y entonces lo vio asimilarlo: el silencio, el palpable y abrumador silencio; las murallas vacías; las puertas abiertas al final de las escaleras. Sobre sus cabezas, la bandera que ningún Siervo había reclamado se agitaba como una pesadilla sobre los muertos.

Como una lazada de conejos muertos que un cazador hubiera tirado al suelo, tres Siervos yacían contorsionados un paso a su izquierda. Cyprian comenzó a derrumbarse.

—No están muertos. Nadie puede entrar en el alcázar. Nadie puede...

Will lo agarró por los hombros.

—Siervo, ¡recuerda tu entrenamiento!

Los ojos de Cyprian, cuando lo miró, estaban vacíos, como si el muchacho apenas estuviera presente.

Los meses que había pasado haciendo meditaciones con la Sierva Mayor no lo habían ayudado. Pero, en ese momento, Will repitió sus palabras a otra persona.

—Respira, concentra la mente. —Y después—: Otra vez.

Cyprian inhaló, y después otra vez. Siempre había sido el novicio perfecto, más entregado y disciplinado que los demás. En ese momento, recurrió a ese entrenamiento y Will lo vio recuperar el control sobre sí mismo.

—Ahora mírame —le pidió Will, y Cyprian abrió los ojos, dos círculos verdes. Seguían desprovistos de expresión, pero volvía a ser él—. Si hay supervivientes, los encontraremos —le aseguró—. Pero, para hacerlo, tenemos que mantenernos con vida. ¿Puedes hacer eso?

Cyprian asintió.

—No le fallaré a mi Orden —dijo el muchacho, con voz ronca pero firme—. Me repondré. Para eso fui entrenado.

Will lo soltó con lentitud. Después, se giró y miró.

La última vez que la muerte le arrebató su hogar, había sido un estúpido embargado por la emoción, tambaleándose y cometiendo errores que habían provocado que otros murieran. Ahora sabía lo que tenía que hacer: «No te dejes llevar por el dolor. Muévete. Un pie delante de otro; así es como sobrevivirás».

A su lado, oyó que Violet decía:

—Es como si un ejército hubiera entrado aquí.

—Leda era una de las Siervas más fuertes del alcázar.

La voz de Cyprian sonó forzada pero firme, todavía entrelazada de incredulidad. Bajo las palabras de ambos yacía la misma y terrible pregunta: *¿Qué podría matar a tantos Siervos?*

Will miró los cadáveres, sus ojos abiertos y girados hacia la puerta.

—No hicieron sonar la alarma —dijo Will—. Ni siquiera tuvieron tiempo de desenvainar sus espadas.

Fuera había sido igual. Leda había muerto en la puerta, sin alertar a la gente del interior. Lo que había ocurrido allí, había tomado por sorpresa a la mitad de los Siervos.

—Los atacantes eran rápidos y fuertes —dijo Will, alzando la mirada con sorpresa hacia las puertas abiertas, como la entrada de una oscura y profunda cueva—. Atravesaron la puerta y entraron. Eso es lo que haremos nosotros. Manteneos a mi espalda, callados y escondidos.

En el interior, las escenas de la matanza se volvieron repetitivas e inidentificadas, aunque ciertas imágenes se le grabaron. Un Siervo empalado en un aplique de pared. Una mano cortada cerca de un fragmento de cerámica. Una mancha de sangre sobre una columna blanca.

Will condujo el camino, como si al ser el primero en verlas pudiera de algún modo proteger a los demás de su crudeza. Cyprian lo seguía, pasando con decidida inexpresividad sobre los cadáveres de aquellos a los que conocía. Violet ocupaba la retaguardia.

A su alrededor, los pasillos estaban en silencio. No había voces. No había cánticos. No repicaban las campanas. Aquello era lo más inquietante, junto a la ausencia de luz. Las antorchas seguían encendidas, aquí y allá, pero muchas se habían volcado o extinguido, de modo que los pasillos estaban oscuros, con apenas algunos parches de luz parpadeante. En cierto momento, vieron una antorcha junto a una alfombra; el fuego se había extendido y subía parcialmente por el muro. Violet se acercó rápidamente para extinguirlo.

En el interior vieron las primeras señales de verdadera lucha. Allí, los Siervos habían muerto esgrimiendo sus espadas, en formaciones básicas, todos mirando en la misma dirección. Nadie había intentado separarse o huir. Se habían mantenido firmes, y habían luchado. Eran valientes y fuertes y habían entrenado para aquella batalla cada día de sus vidas. Pero no había servido de nada.

—Por aquí —dijo Will en una esquina. No necesitaba preguntar a dónde ir. Estaba siguiendo el camino de los muertos, intentando no pensar que lo estaba conduciendo hacia el oscuro corazón del alcázar. No quería anticipar qué encontraría allí.

La estela de destrucción lo llevó ante las puertas del gran salón.

Violet se acercó para intentar abrirlas y colocó las palmas sobre el metal tallado. No cedieron, a pesar de su enorme fuerza.

—Están bloqueadas desde el interior.

—Eso significa que hay alguien dentro —dijo Cyprian.

Will dio un paso adelante para evitar que Cyprian hiciera alguna tontería, pero fue Violet quien se giró hacia la puerta y comenzó a aporrearla con el puño.

—¡Eh! ¿Hay alguien ahí dentro?

—¡*Violet*!

Will le agarró las muñecas, pero no antes de que los golpes sobre las puertas metálicas crearan un enorme estruendo que resonó a través de los pasillos.

Los tres se detuvieron mientras el eco se desvanecía, esperando que alguna criatura terrible siguiera el sonido hasta el lugar donde se encontraban. En el silencio, Will casi podía oír sus propios latidos.

Pero no se oyó nada en los pasillos, ningún atacante cayó sobre ellos… Y cuando el denso silencio los envolvió de nuevo, volvieron a mirar las puertas.

Porque tampoco venía sonido alguno del interior del gran salón.

—Probaré de nuevo —dijo Violet, y añadió, ante las expresiones de alarma de ambos chicos—: Más bajito.

Esta vez, colocó el hombro contra la puerta y empujó con toda su fuerza, pero no consiguió que se moviera. Se apartó de ella, jadeando.

—Quizá por una de las ventanas —sugirió Will.

No eran exactamente ventanas, sino algo más parecido a altas y finas ranuras, pero Violet levantó la mirada y asintió, clavando los ojos en una de ellas.

—Necesitaré que me aupéis.

Cyprian se apoyó en la pared, convirtiendo su espalda en un escalón. Violet corrió tres pasos y saltó sobre la espalda de Cyprian para agarrarse a una ménsula que sobresalía, de la que quedó colgada un instante antes de seguir trepando. Saltó de la ménsula a la ventana. Aferrándose a sus finos bordes, Violet se balanceó para atravesarla y caer en el salón. Oyeron el sonido de sus pies al golpear la piedra del otro lado.

Y el silencio se prolongó tanto que a Will se le revolvió el estómago.

—¿Violet? —preguntó en voz baja, en el punto donde las puertas se encontraban.

Nada.

—¿Violet? ¿Estás bien? ¿Estás ahí?

No podía haber muerto. Era fuerte. Pero los Siervos también habían sido fuertes.

Will abrió la boca para llamarla de nuevo, con el corazón desbocado, cuando oyó su respuesta:

—¡Estoy aquí! Voy a abrir las puertas.

Las puertas no se abrieron de inmediato. En lugar de eso, Will oyó el rasguño de la madera al arrastrarse sobre la piedra. Aquello continuó durante largos minutos. Al final, las inmensas trancas metálicas de las puertas se elevaron y Violet apareció, abriendo desde el interior.

De inmediato Will entendió por qué había tardado tanto.

Los Siervos habían empujado todos los muebles del gran salón contra las puertas, para bloquearlas. Las sillas, los candelabros, los tapices, las estatuas arrastradas desde sus pedestales... Incluso la larga mesa, que siempre le había parecido inamovible. Solo los cuatro tronos vacíos estaban intactos, demasiado grandes para ser arrancados de la piedra.

Uno a uno, Violet había apartado los muebles, de modo que ahora estaban en un círculo de desechos inútiles a su alrededor. Estaba jadeando por el esfuerzo, con el cabello húmedo por el sudor y los ojos vacíos. Y temblaba, no por el ejercicio sino por el abrumador horror de la estancia. Will vio el punto donde había vomitado, junto a una silla volcada.

A su lado, Cyprian se presionó la boca y la nariz con el antebrazo. El salón olía a carne fresca, como una carnicería, un fuerte olor a sangre y a grasa expuesta.

Will se adentró en él. Podía sentir la viscosidad de la piedra bajo sus pies. Miró y el aliento quedó atrapado en su garganta.

Los últimos Siervos habían intentado resistir allí, en la larga oscuridad del gran salón, con sus fantasmales columnas blancas.

Y tras ellos estaban los novicios y los jenízaros a los que habían intentado proteger. Carver yacía dos pasos por delante de Emery, que lo habría visto caer segundos antes de su propia muerte. Beatrix estaba cerca de la primera fila, tras haberse abierto camino para luchar junto a los Siervos diez años mayores que ella. Los había visto a todos aquella mañana, preparándose para el ataque a Ruthern.

—Simon —se oyó decir Will—. Katherine me dijo que estaba en Londres, por negocios.

—Estos son los mejores luchadores entre los Siervos —dijo Violet—. Ni siquiera un ejército de Simones podría derrotarlos en su propio salón.

—No fue un ejército —replicó Will—. Fue algo que podía atravesar las puertas.

Lo había sabido en el momento en el que vio a Leda, tras su ingenuo y alegre regreso al alcázar.

—No —dijo Cyprian.

—Las puertas estaban bloqueadas —insistió Will—. No hay ningún enemigo muerto. Solo hay Siervos. Solo hay Siervos, aquí y en los pasillos.

—No —repitió Cyprian, como si Will no hubiera hablado—. Fue un asalto. Seguiremos. Si hay supervivientes, los encontraremos. Eso fue lo que dijiste.

Se miraron durante un momento: en el rostro atractivo de Cyprian había una mueca obstinada, y Will se sentía abrumado por el horrible conocimiento.

—Podrían haber pasado por alto algunas estancias —añadió Violet con rapidez—. En la ciudadela había muchos lugares donde esconderse.

Escondites en la amplia y vacía ciudadela, llena de escaleras que habían empezado a desmoronarse y de habitaciones vacías construidas por gente que vivió y murió y se convirtió en polvo. Will sabía a dónde tenían que ir: al corazón de la oscuridad.

—La Cámara del Árbol —sugirió—. La Sierva Mayor me contó que ese fue el último refugio en el pasado, cuando las fuerzas de la Oscuridad atacaron el alcázar.

—Entonces vamos —dijo Violet.

Will tomó una parpadeante antorcha de uno de los apliques de la pared. Sabía que era peligroso atraer la atención, pero era eso o caminar a tientas en la oscuridad. Cuando abandonaron el gran salón, encontraron menos cuerpos, pero la sensación de que se estaban acercando a algo terrible era más fuerte. Las llamas de la antorcha eran demasiado ruidosas, un sonido como el de un campo de lino al agitarse.

Había recorrido aquel camino cada día, para entrenar con la Siervo Mayor, pero la macabra y parpadeante oscuridad hacía que los pasillos fueran desconocidos. Avanzó con lentitud, tan silencioso como podía. Miró los pocos cuerpos junto a los que pasaban con el espantoso propósito de descubrir cuánto tiempo llevaban muertos. Cuanto más se acercaban, más recientes eran.

Había creído que estaba preparado para cualquier cosa, pero cuando llegó a la estancia que conducía a la Cámara del Árbol, se detuvo, con el estómago revuelto.

No era como las escenas que habían visto en el resto del alcázar, donde los Siervos habían muerto tan rápido que apenas habían desenvainado sus espadas.

Aquella había sido la última defensa de un campeón.

La sala estaba destrozada, una devastación que Will no consiguió asimilar de una sola vez. Había escombros, paredes agrietadas, suelos reventados: una fuerza tan terrible que podía arrasar parte de la ciudadela había luchado allí contra un único oponente decidido a contenerla.

Justice había sido el mejor luchador del alcázar, y su atacante había desgajado la habitación, rasgando los tapices, astillando los muebles, incluso fragmentando la piedra en su intento de llegar hasta él. A juzgar por la extensión de la destrucción, el Siervo había aguantado contra su oponente bastante tiempo.

Sus ojos miraban sin ver, fijos en alguna pesadilla lejana. Todavía tenía la mano en su espada. Will recordó el momento en el que había despertado en el Ciervo Blanco, acompañado por la consoladora presencia de Justice. El Siervo siempre parecía saber lo que era correcto. Había sido un faro, alguien que podía guiarte a través de la noche.

Violet se arrodilló a su lado. Pronunció su nombre, como si pudiera hablar con él. Le presionó el cuerpo con las manos, como para bloquear la sangre que ya había dejado de manar, o para encontrar alguna calidez donde solo había frío.

Will se descubrió mirando inexorablemente las puertas de la Cámara del Árbol.

Justice había sabido mejor que nadie que no podía ganar, y había luchado de todos modos. Para retrasar al enemigo. Para retrasarlo tanto como pudiera.

Will no necesitó la fuerza de Violet para abrir las puertas. Ya estaban abiertas.

Las atravesó solo.

El Árbol de Piedra estaba oscuro. Sus ramas, muertas y frágiles, eran un testamento de su fracaso. No brillaba ninguna luz allí, no los rodeaba el dulce aroma del espino y las flores blancas no caían suavemente a su alrededor; solo era una cosa muerta que en el pasado había estado viva. Will tuvo que levantar la antorcha para iluminar la habitación, una amarga ironía.

Pero el enemigo al que buscaban estaba allí, su silueta negra revelada para que todos la vieran. Estaba muerto, como el árbol, pero no había dejado atrás un cadáver: solo era una impresión, grabada en el muro.

Mirarla era como contemplar el abismo más oscuro, del que ninguna luz podía escapar. De una oscuridad antinatural, se cernía sobre la cámara, más alta que ningún hombre, monstruosa y distorsionada. Era lo único que quedaba de la criatura que había destruido el alcázar.

Marcus.

A su espalda, oyó que Cyprian emitía un sonido horrorizado. Will se tambaleó ligeramente cuando el novicio pasó a su lado. Cyprian miró la silueta grabada y puso sus manos sobre ella, como si al tocarla pudiera, de algún modo, tocar a su hermano. Cerró los dedos mientras se derrumbaba, arrodillándose y bajando la cabeza con total desesperación. Por un único y perturbador momento, su hermano y él parecieron solo uno: un Siervo y su sombra proyectada sobre el muro.

Will se giró hacia la puerta. Y una segunda oleada de horror lo abrumó cuando, al levantar la antorcha, vio las palabras que habían tallado sobre las puertas los que, siglos antes, habían esperado asustados en la oscuridad.

Ya viene.

—La Sierva Mayor lo derrotó —dijo una voz, y Will giró sobre sus talones.

Una figura emergió de las sombras. Con el corazón golpeándole el pecho, reconoció a Grace, la jenízara de la Sierva Mayor, con el rostro manchado por las lágrimas y la ropa rota y sucia. A su espalda había una segunda jenízara: Sarah, con expresión demacrada.

—Se está muriendo —dijo Grace—. Si deseáis verla, venid. No le queda mucho tiempo.

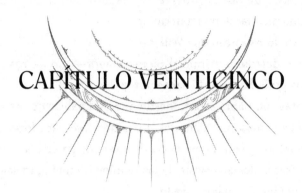

CAPÍTULO VEINTICINCO

La estancia era pequeña, con un jergón extendido sobre una plataforma de piedra. Alguien había encendido un brasero para calentar el espacio y lo había acercado al punto donde yacía la mujer, bajo una manta fina. Tenía las mejillas hundidas, la piel casi transparente. Will no había sabido qué esperar, pero no había sangre ni señales de heridas, solo su cabello blanco sobre el colchón y el lento subir y bajar de su pecho.

No estaba seguro de qué quería. Desde la puerta, observó a Grace y a Sarah moviéndose con la seguridad de asistentes. Cyprian encajaba allí, una figura austera con túnica gris. Un novicio y tres jenízaros: los tres pertenecían allí. Will se sentía como un intruso, aunque se le encogió el corazón al ver a la Sierva Mayor. Violet dudó, a su lado; ambos eran forasteros en un momento privado de dolor.

—El fin está cerca —dijo Grace en voz baja—. La pelea ha agotado sus fuerzas.

Podía ver la dificultad con la que respiraba. El acto parecía exigirle un auténtico esfuerzo de voluntad. Ante las palabras de Grace, la mujer se movió y preguntó:

—¿Will?

Su voz no era más fuerte que el susurro del papel seco.

—Estoy aquí —dijo Will, y en dos zancadas se arrodilló a su lado.

De cerca, las arrugas de dolor estaban marcadas en su rostro, como si una parte de ella siguiera atrapada en la batalla.

312 • EL REY OSCURO

—Llegó tan rápido... Nuestra preparación no nos sirvió de nada. Nuestro deseo de obtener fuerza nos ha destruido... desatando una sombra a la que nadie podía derrotar.

—Tú lo derrotaste —dijo Will.

—Yo lo derroté —asintió la Sierva Mayor—. Lo derroté, cuando nadie más pudo hacerlo. Tú sabes por qué.

Lo sabía. Lo había sabido desde que oyó hablar de las sombras, como un caleidoscopio de momentos uniéndose para formar la verdad. El temblor de su mano. El candelabro que pareció atravesarla al caer. Sus frecuentes ausencias de las reuniones en el gran salón, y las excusas que Jannick había puesto.

—Te estás convirtiendo —dijo Will.

Apenas oyó la reacción sorprendida de los demás a su espalda. Miró los ojos velados de la anciana y vio en ellos el doloroso reconocimiento. Ningún humano podría derrotar a una sombra. Pero quizá podían enfrentarse dos sombras.

No le temía, aunque quizá debería. Su piel era tan vaporosa y fina que casi podía ver a través; y de vez en cuando, algo parecía titilar debajo, como el atisbo de una criatura moviéndose bajo el agua.

—Su poder era enorme —dijo la Sierva Mayor—, pero la sombra de mi interior es más grande aún. Si me convirtiera, sería lo bastante fuerte para gobernar este mundo. Y, aun así, sería una esclava de la voluntad del Rey Oscuro. Incluso ahora siento cómo disminuye mi voluntad... No podría completar el cántico de la mañana, ni blandir la espada con firmeza, pero me queda suficiente fuerza de voluntad como para seguir siendo yo misma hasta que hable contigo.

El mandato de su voluntad estaba allí, en cada respiración, dentro y fuera, en cada palabra medida arrebatándole un fragmento más de su fuerza. Era la Sierva más antigua y había luchado contra su sombra más tiempo que el resto. Su gran fortaleza se mostraba ahora, mientras resistía por él, por ellos.

—Ya viene, Will. Los sucesos para los que he pasado toda mi vida preparándome están aquí, pero yo no los veré. Lo harás tú. —Otra trabajosa respiración; sus ojos preocupados—. Creí que seríamos la estrella a tu espalda. Pero, al final, será como fue en el pasado: el Rey Oscuro y la Dama.

Su cabello blanco era como hilos finísimos sobre la almohada, y cuando Will le tomó la mano, le pareció incluso menos material.

—No sé qué se supone que debo hacer —le dijo... Lo susurró. Era como contarle su mayor secreto. Su confianza en él, tan cerca del final, le dolía. La veía debilitarse, cada respiración más dolorosa que la anterior.

—Debes evitar que Simon lo invoque. Porque ahora está muy cerca. Se ha llevado la Roca Tenebrosa. Cuando libere a los Reyes Sombríos, tendrá todo lo que necesita para invocar al Rey Oscuro y terminar con la estirpe de la Dama.

La Roca Tenebrosa. La recordó, su oscura fuerza, mucho más aterradora que la sombra de Marcus en el muro.

—Una vez me dijiste que tendría que luchar contra él.

Recordó sus palabras junto al Árbol de Piedra: «Los Siervos están aquí para detener a Simon. A cualquier precio, lucharán para evitar el regreso del Rey Oscuro. Pero, si fracasamos, debes estar preparado».

—Te dije que había más de un modo de luchar. El poder para detener la Oscuridad yace en tu interior, Will. Si no lo creyera, no te habría traído a este alcázar. Espero que lo recuerdes cuando tomes tu decisión. Espero que te acuerdes de mí. —Le apretó la mano un instante—. Violet.

Will vio que Violet levantaba la cabeza, sorprendida. Le indicó que se acercara y retrocedió para dejarle su sitio junto a la Sierva Mayor. Al hacerlo exhaló temblorosamente. La anciana posó sus ojos sobre ella.

—Eres la guerrera más fuerte que le queda a la Luz. Tienes en tu interior lo necesario para convertirte en una verdadera Leona, como los Leones de antaño... porque tienes sangre de León por ambas partes, tanto de tu padre como de tu madre.

—¿Mi madre? —Violet, con la mirada perdida, frunció el ceño.

—¿Creías que tu poder procedía solo de tu padre? Temes tu destino de León, pero llegará el momento en el que deberás tomar el Escudo de

Rassalon. No tengas miedo. Por tus venas corre la sangre de los valientes leones de Inglaterra y de los enérgicos leones de la India. Eres más fuerte que tu hermano.

Violet asintió, pálida. Después, cuando retrocedió, la Sierva Mayor dijo el último nombre.

—Cyprian.

Y fue el turno de Cyprian de acercarse, y lo hizo, arrodillándose y bajando la cabeza. Era la imagen del obediente novicio ante su superior. La luz del brasero parecía extrañamente brillante.

—Eres el último Siervo. El único que puede recordar. Tu camino será duro, y enormes serán tus pruebas. Desearía poder ofrecerte consuelo... Pero, en lugar de eso, debo pedirte una cosa más.

Él levantó la cabeza, y la miró con tristeza.

—Cualquier cosa, Sierva Mayor.

—No tengo compañero de armas —le dijo—. Hice mi promesa a tu padre, y está muerto. Te pido que ocupes su lugar. —Will vio que Cyprian palidecía al entender qué le estaba pidiendo—. Haz lo que él no puede hacer. Deja que me adentre en la noche en paz y tranquilidad, porque ya no soy más que una sombra.

Fue Grace quien se acercó con el cuchillo.

Tenía una empuñadura sencilla y la hoja recta. Cyprian se levantó y lo tomó. Nunca eludía su deber.

La Sierva Mayor lo miró una última vez.

En ese momento, pareció que compartían algo: pasado y futuro; Siervo y novicio; parte de una tradición que iba a desaparecer del mundo.

Con las mejillas cubiertas de lágrimas, Cyprian levantó el cuchillo y lo bajó, y ese fue el final; la anciana se quedó inmóvil y la luz de sus ojos se extinguió.

—Quemaremos los cuerpos y reforzaremos las puertas —dijo Cyprian. Lo hizo con la misma resolución austera que mostró cuando blandió el cuchillo.

Estaban acurrucados en los pequeños aposentos de la Sierva Mayor. La inmensa ciudadela, con su horrible contenido, se cernía a su alrededor, una realidad que ninguno quería afrontar. La vela parpadeaba en el centro de la mesa de roble. El silencio se extendía, plagado de los terrores del oscuro alcázar.

Cyprian no había hablado desde que mató a la Sierva Mayor. Tenía sangre en la túnica blanca, aunque no se sabía si era de la anciana o si se había manchado con la que cubría los muros. Antes, había bajado con gesto sombrío a comprobar las cámaras.

La Sierva Mayor yacía en una habitación a la izquierda. Grace y Sarah la habían cubierto con un sudario, doblando los extremos de una sábana de lino blanco sobre ella y preparándola para su descanso.

—No podemos quemarlos —dijo Sarah con voz apagada—. Hay demasiados cuerpos. —Tenía las manos blancas y semicírculos rojos donde las uñas habían presionado su piel.

—Al menos deberíamos contarlos —sugirió Violet—. Si contamos a los muertos… Puede que alguien haya sobrevivido. Quizás había alguien fuera del alcázar cuando se produjo el ataque…

—Vosotros —dijo Sarah, y sus palabras callaron a todo el mundo de nuevo.

Will miró sus rostros. Los esperaban las horribles tareas prácticas. Quemar los cuerpos… ¿Cómo podrían siquiera reunirlos? Muchos de ellos eran gente a la que conocían.

No obstante, ¿cuál era la alternativa? ¿Cerrar el alcázar como una tumba y dejar que los muertos se pudrieran? ¿Abandonar los muros al silencio y la ruina, dejar que la ciénaga se abriera paso, permitir que el paso del tiempo se llevara aquel último fragmento del mundo antiguo?

Nadie quería ser quien renunciara al alcázar, quien pusiera fin a siglos de tradición, quien admitiera que la larga guardia de los Siervos había llegado a su fin.

Junto a aquella realidad, estaba el miedo. Will pensó en la criatura que había parecido titilar bajo la piel de la Sierva Mayor y comprendió por qué los Siervos quemaban a sus muertos. Tomó aire.

—Cyprian tiene razón —dijo Will—. Casi ha amanecido. Si trabajamos duro, podríamos terminar antes de que llegue la noche. Un solo día de trabajo. —Se lo merecían—. Aprovecharemos ese tiempo para decidir qué vamos a hacer.

«Si Simon tiene la Roca Tenebrosa, no hay nada que podamos hacer». No dio voz a la fría realidad a la que se enfrentaban. «Si una única sombra ha podido hacer todo esto, ¿qué posibilidades tenemos contra los Reyes Sombríos?». Mirando la devastación del alcázar, era difícil creer que Simon contara ahora con una fuerza mayor. Pero Marcus no era nada, comparado con el terrible poder de los Reyes Sombríos.

Con una repentina fiereza, extrañó a la Sierva Mayor. Ella siempre había estado allí para guiarlo. Ella habría sabido qué hacer. Añoró su sabiduría y su fuerza, su amabilidad y su preocupación. Añoró su confianza en él, cuando él mismo no se tenía confianza, algo con lo que no había contado desde la noche en la que su madre murió. *Prométemelo.*

—La cripta está vacía —dijo Cyprian—. La han desvalijado. Los hombres de Simon... siguiendo a Marcus.

Parecía una profanación, que unos forasteros hubieran saqueado el alcázar. Los hombres de Simon («hombres marcados», pensó Will) habían entrado gracias a Marcus. La idea de que no pudieran regresar no lo consolaba. La violación ya se había producido.

—La Roca Tenebrosa. El Cuerno de la Verdad... Todas las reliquias sagradas que la Orden protegió durante siglos. Todo ha desaparecido.

—No todo —dijo Grace.

Se produjo una pausa.

Will vio que Grace y Sarah se decían algo sin palabras. Después de un momento, Sarah asintió una vez, aunque tenía las manos tensas en su regazo.

—Conseguimos salvar una cosa —dijo Grace, y extrajo un bulto sin forma de su túnica, un objeto envuelto en un suave paño blanco.

Un único artefacto rescatado de las ruinas. A Will se le aceleró el pulso. ¿Sería algo que podrían usar? ¿Un arma que los ayudara a luchar? Grace comenzó a desenvolver el hatillo, y cuando desplegó las esquinas de la tela, Will sintió que se quedaba sin aliento.

Brillando como una oscura joya, era el Cáliz de los Siervos.

Su cuerpo, curvado y con forma de campana al revés, se alzaba sobre un tallo acampanado. Tenía el color del ónice pulido y estaba decorado con grabados de las cuatro coronas. La inscripción que se curvaba alrededor de su base, como una llama en espiral, decía: *Callax Reigor*. El Cáliz de los Reyes.

Bebe, parecía decir, ofreciendo el trato que había seducido a los Siervos. *Bebe y te daré poder.*

Cyprian apartó su silla de la mesa con un repentino chirrido. Se detuvo ante Grace, cerniéndose sobre ella. En respuesta a la llamada del Cáliz, el muchacho hizo una mueca.

Al segundo siguiente, se la arrebató de las manos con una bofetada y la copa golpeó el suelo con un repiqueteo grave; rodó sobre la piedra hasta la esquina, donde se balanceó por un momento antes de quedarse inmóvil.

Will no pudo evitar que sus ojos lo siguieran. A los demás les pasó lo mismo, y todos lo miraron fijamente, incapaces de apartar la vista.

Cyprian se dirigió a la puerta sin mirar atrás.

Will lo siguió.

Casi había esperado tener que perseguirlo, pero lo cierto era que no había ningún sitio al que ir. Cyprian se detuvo en un pequeño patio con una fuente vacía desde el que se obtenía una vista lejana de la muralla. Will vio la línea tensa de su espalda, al otro lado de la fuente, el blanco manchado de su túnica, la larga cascada de su cabello.

—Lo siento.

—Tú no has hecho esto —dijo Cyprian—. No tienes la culpa.

Aquellas palabras clavaron un cuchillo en las entrañas de Will. Intentó pensar qué podía decir. Qué habría querido oír en Bowhill mientras trastabillaba a través del barro, intentando sobrevivir.

—No estás solo —le dijo.

Pero no era cierto; en realidad, no. Cyprian estaba solo, en su tristeza, en su dolor. Era el último de los suyos y portaba una historia en su interior que no compartía con nadie más.

Eso era lo que Simon había hecho. Los había reducido hasta que todos se quedaron solos. Los había desprovisto de conexión y de familia. «No quiero matar a nadie», había dicho Will. Pero la gente que le importaba siempre moría. Simon seguía matándola.

Y podía detenerlo. Era el único que podía detenerlo.

Si no lo hacía, Simon tomaría, tomaría y tomaría hasta que no quedara nada en el mundo que no estuviera a sus órdenes o muerto.

Dio un paso adelante. Quería decirle a Cyprian que lucharía por él, que lucharía por aquel alcázar en el que, durante un instante, se había sentido a salvo.

—No estás solo, Cyprian.

Un temblor en la carne de Cyprian, que él detuvo de inmediato. «El entrenamiento de los Siervos —pensó Will—. Mantén la punta de la espada firme, aunque te duelan los brazos».

—Debí estar con ellos —dijo Cyprian—. Debí…

Morir con ellos. Will casi pudo oír las palabras, resonantes.

—No debería ser el último. Yo, no.

Su cuerpo se mantuvo firme, pero tenía la voz rota, como si no supiera qué hacer. Se había pasado la vida esforzándose por alcanzar la perfección de los Siervos: siguiendo las reglas, destacando en el entrenamiento, manteniendo una disciplina intachable… Y ahora todo eso había terminado. ¿Qué era un Siervo sin normas, sin tradiciones, sin Orden?

—Ya oíste a la Sierva Mayor —dijo Will—. Mientras haya una estrella, nunca estará realmente oscuro.

Cyprian se giró para mirar a Will. Con su cabello largo y su ropa anticuada, encajaba a la perfección en aquel lugar, uno más de sus antiguos y hermosos elementos. Tenía los ojos muy abiertos, como si las palabras de Will hubieran golpeado algo en su interior. Después, la expresión desapareció.

—Mira arriba —dijo con amargura. Will siguió su mirada hasta las almenas. Intentó comprender, pero solo vio el saledizo vacío de la muralla exterior.

—Déjalo en paz —le pidió Grace, que apareció a su espalda justo cuando Cyprian se giró y se alejó—. Él nació en el alcázar. Era todo su mundo. —Sus ojos también estaban fijos en la muralla.

—¿A qué se refería, al pedirme que mirara arriba? —le preguntó Will.

—La Última Llama —contestó Grace—. Ardió desde la fundación del alcázar, era un símbolo de esperanza para los Siervos.

Grace le dedicó una sonrisa extraña, triste. Will recordó que había visto la llama desde su ventana en su primera noche en el alcázar, y que su luz cálida le pareció consoladora, un símbolo de seguridad. Con una horrible sensación de vértigo, volvió a mirar las almenas y no vio ninguna luz, solo sus adarves abandonados y el cielo vacío.

—Y ahora se ha apagado —dijo Grace.

Para reunir los cuerpos, tuvieron que dividirse en dos grupos: Will fue con Grace al patio mientras Violet se ocupaba de los pasillos y de las salas del interior, incluyendo el gran salón. Cyprian y Sarah la acompañaron. Violet era lo bastante fuerte físicamente para trasladar los cadáveres sola, pero Will había visto la expresión vacía de sus ojos. Nadie debería tener que entrar en aquellas habitaciones solo por primera vez.

Se obligó a enfrentarse a la funesta realidad que tenía delante: reunir los cadáveres y llevarlos a un lugar al otro lado de la muralla. Empezarían por el patio, que estaba abarrotado, y después avanzarían hacia los anexos y los establos. Tendrían que encender la pira funeraria lejos de los edificios principales. El olor del fuego sería terrible.

Nunca había pasado mucho tiempo con Grace, pero era muy trabajadora. Eran necesarias dos personas para levantar los cadáveres. Usaron una carretilla. Tuvieron que hacer trece viajes para despejar el patio.

Grace tomó un asa de la carretilla y empujó. Las líneas de su cuerpo delgado y de su rostro sobrio parecían haber sido talladas. Había reaccionado de un modo muy distinto a Sarah, tan nerviosa y huidiza como un caballo asustado. Grace había ido a buscarlos, por orden de la Sierva Mayor. Cuando la anciana pidió morir, Grace les llevó el cuchillo.

Y cuando se detuvieron para tomar un breve descanso, fue Grace quien habló:

—Sé que era como una madre para ti.

—No lo hagas.

—Ella también me acogió cuando quedé huérfana.

—He dicho que no.

Su voz brusca se alzó sobre la de Grace. Las palabras de la joven eran como un cuchillo, clavándose en él. Intentó bloquearlas, concentrarse en la carretilla, en la tarea. Un pie delante de otro. Así era como se sobrevivía.

—De acuerdo —dijo Grace.

Habían llegado a los establos. Estaba tan acostumbrado a caminar por allí que por un momento olvidó lo que había pasado. «Farah», pensó, como si pudiera aparecer en cualquier instante, aplastando la gravilla del camino y burlándose de él por haber malcriado a su caballo.

Will había trabajado en los establos el tiempo suficiente para conocer a todos los caballos de los Siervos, criaturas etéreas que corrían como la brillante espuma de una ola. El caballo de Justice era una yegua plateada de cola alta. Will le dio una manzana una vez, mientras Valdithar no miraba. Se sintió como si estuviera haciendo algo ilícito. El animal se la tragó y corrió a unirse a los demás mientras levantaban las patas y corrían de pura dicha, virando hacia aquí o hacia allá, tan gráciles como los caprichosos giros de un cardumen.

Tardó un momento en comprender lo que estaba viendo.

Plata y perla, con suaves hocicos de terciopelo y patas esbeltas, yacían sobre el terreno embarrado como montones de nieve tras el deshielo. Sus colas, largas y sedosas banderolas, fluían sobre la tierra. Ya no galoparían con el viento en sus grupas, con sus colas altas y las crines al vuelo. Estaban inmóviles, esparcidos como monedas de plata desechadas por una mano indiferente.

—Luchó para salvarlos —dijo Grace, y Will vio a Farah, con el rostro girado hacia el cielo y la espada arrancada de la mano. Muerta, por supuesto. No los había salvado. Suponía que había luchado con tanta fiereza como había podido. Suponía que todos lo habían hecho.

Agotado, Will observó las doce piras gigantes y las siluetas que yacían en ellas. Habían reunido todo el combustible y la leña que consiguieron encontrar, junto a las cortinas rasgadas, la ropa y el mobiliario roto, y habían asaltado la armería en busca de alquitrán y brea y la cocina para encontrar aceite. Las piras eran inmensas. Tardaron casi tanto en construirlas como en reunir los cadáveres.

Trabajaron hasta pasada la medianoche. La inquietante marisma, en el espacio más allá de las murallas pero en el interior de la barbacana, estaba oscura. Las antorchas que sostenían eran la única luz.

Pero era suficiente para ver la suciedad y el cansancio en el rostro de todos, la luz naranja que danzaba en sus ojos.

Will no conocía los ritos funerarios de los Siervos, pero suponía que había una ceremonia, que una falange de Siervos vestidos de blanco portaría el cuerpo hasta las llamas mientras el Gran Jenízaro pronunciaba las frases rituales y el alcázar observaba en perfecta formación.

En lugar de eso, allí estaban los cinco, un puñado de rostros en la fría noche. No había nadie que dijera las palabras. Cyprian tomó una larga y temblorosa inhalación, y dio un paso adelante.

Will intentó imaginar qué habría dicho él. *Me acogisteis entre vosotros y moristeis por ello. Todos vuestros años de lucha... Lo hicisteis porque no había nadie más. Mantuvisteis la luz encendida tanto tiempo como pudisteis.*

Se había perdido mucho: vidas terminadas y, con ellas, el conocimiento que desaparecería del mundo para siempre.

—Adentraos en la noche como luz, no como sombra —dijo Cyprian. Sobre su cabeza, el cielo estaba alto y frío, con un rocío de estrellas lejanas—. Nunca volveréis a temer a la oscuridad.

Cyprian lanzó su antorcha a la pira.

El fuego corrió sobre la paja que habían añadido abrasadoramente rápido, curvando las ramitas y la tela de las mortajas. A su lado, Will vio que Violet daba un paso adelante hacia la pira de Justice, donde yacía como un caballero tallado sobre una lápida, con la espada sobre su cuerpo envuelto. Antes de perder los nervios, Will se acercó al montón de paja que tenía delante.

El calor era inmenso. Las piras estaban ardiendo y sus enormes llamas se elevaban hacia el cielo. El fuego le quemaba las mejillas; el denso humo le estrangulaba la garganta y hacía que le escocieran los ojos.

Miró el rostro de la Sierva Mayor mientras prendía la paja y se obligó a seguir mirando mientras retrocedía, sus ojos reflejando el fuego y después su rostro en llamas, arrugándose y convirtiéndose en ceniza negra.

Durante cientos de años, los Siervos habían mantenido su vigilancia. Habían sido los últimos que recordaban; habían vestido la estrella durante siglos de cauta tradición.

Ahora, su estrella era llama. Su fuerza era llama. Su destino era llama, y todo lo que recordaban titilaría y se enfriaría.

«Somos lo único que queda». Will miró a los demás: a Sarah, con el rostro manchado por las lágrimas y el hollín; a Grace a su lado, dándole la mano; a Violet, cuyos ojos parecían lacerados desde que había encontrado a Justice; a Cyprian, que lo había perdido todo. Ninguno de ellos tenía el entrenamiento para liderar una batalla contra el Rey Oscuro. «Somos lo único que queda. Y no somos suficientes».

La batalla a la que se enfrentaban parecía inmensa. No solo contra Simon, sino contra todo lo que podía hacer, su capacidad para tomar todo lo que era bueno en el mundo y convertirlo en ceniza y destrucción. Ahora tenía la Roca Tenebrosa y el poder de los Reyes Sombríos, y ningún Siervo que luchara contra él.

Los Reyes Sombríos no serían como Marcus, una sombra recién nacida de la sangre debilitada de un Siervo. Los Reyes Sombríos eran mucho más antiguos y poderosos, los capitanes de inmensos ejércitos de sombras, y Will recordó cómo los había sentido en aquella roca. Habían querido salir.

¿Fue así como ocurrió en el pasado? ¿Las luces del mundo se apagaron, una a una, mientras las fuerzas del Rey Oscuro marchaban hacia la victoria?

El fuego bramó, empequeñeciéndolos mientras miraban sus llamas. Will nunca se había sentido tan insignificante y solo como contra aquella guerra que parecía extensa e infinita.

Fue Cyprian quien rompió el momento, frotándose el rostro con el brazo y levantando una de las antorchas apagadas. La hundió en la pira más cercana, dejando que las llamas devoraran su extremo. Después, cuando el fuego funerario se transfirió de la pira a la antorcha, retiró el brazo. Elevó la llama y la mantuvo sobre su cabeza mientras se dirigía con decisión a la muralla.

Will intercambió una mirada rápida con Violet y lo siguió, con las demás en su estela.

El viento era más virulento y frío en la muralla, donde Cyprian caminó junto a las almenas vacías bajo un haz de luz naranja. Se detuvo ante un enorme receptáculo de hierro de dos metros de largo cuyo interior estaba ennegrecido y chamuscado. Will podía oler el carbón y la ceniza de su fuego apagado, ácido, terrenal y frío, los remanentes de una llama perpetua.

No necesitaba madera para arder; Will lo sabía por las historias de la Sierva Mayor, pero también porque se lo decía su instinto.

Dos Siervos solían protegerlo, uno a cada lado del disco de hierro, como centinelas en su puesto, una vigilia mantenida durante siglos.

Porque aquel había sido el antiguo faro al que los Siervos llamaban la Última Llama.

Cyprian se detuvo ante él y levantó su antorcha. Estaba iluminado por la luz del fuego, y Will y las demás se reunieron a su alrededor. En la luz reflejada, vio que Cyprian respiraba con agitación, pero su voz sonó clara cuando hizo su promesa:

—Soy el último Siervo —dijo—. Y esta llama es mi promesa: mientras haya una sola estrella, habrá luz.

Lanzó su antorcha al cuenco del faro, y este se encendió, elevándose en una llama que creció, más y más brillante. Will se la imaginó, visible a través de las ciénagas, una luz que podía verse desde kilómetros de distancia, un mensaje para Simon y para los Siervos, del pasado y del futuro, guiándolos a casa.

Pasó mucho tiempo antes de que se les ocurriera comprobar las celdas bajo el alcázar, pero James había desaparecido.

CAPÍTULO VEINTISÉIS

«Caer en la oscuridad… Ese era su mayor temor. Y yo lo dejé solo con ello».

Violet salió al parapeto con las palabras de Justice resonando en sus oídos. Había querido marcharse, estar sola en la fría y alta muralla, pero se descubrió atraída hacia la llama, hacia su inmenso calor y su luz. Un estallido de chispas iluminó las almenas melladas y encontró su lugar junto a una de ellas, mirando las negras marismas con el calor a su espalda. Una idea la había atraído hasta allí, hasta la muralla, respirando atropelladamente y con los puños cerrados.

«Yo debería haber estado aquí».

Era fuerte. Era rápida. Tenía que haber algo que ella hubiera podido hacer, algo para ayudar, algo…

Los demás estaban en el garitón de la entrada, los cuatro en una habitación con camastros improvisados, durmiendo lo mejor que podían. Habían acordado quedarse cerca de la puerta por si se producía un nuevo ataque, pero la verdad era que nadie quería pasar la noche en el alcázar vacío. Incluso en el garitón, Violet no consiguió cerrar los ojos, y se quedó despierta hasta que decidió levantarse para adentrarse en la noche.

Justice le había salvado la vida. Fue lo primero que hizo por ella, recibir una bala para protegerla antes de conocerla siquiera.

Quizá podríamos vigilarnos el uno al otro.

Fueron las últimas palabras que le dijo. Después dejó que se enfrentara solo a su mayor miedo.

Sentía su ausencia como un agujero enorme. Justice había sido una roca que daba estabilidad a todo el mundo. Si él estuviera allí, sabría qué hacer. Ella lo había considerado un...

Un hermano. Sabía que era irónico, como una dolorosa banda alrededor de su corazón. Su hermano era un León, que llevaba la marca de Simon y había matado a muchos Siervos.

Un León tendría que haber estado allí. Un León debería haber luchado por la Luz. «Tienes sangre de León por ambas partes», le dijo la Sierva Mayor. ¿Qué tenía de bueno un León si no podía luchar?

El crujido de unos pasos a su espalda hizo que se girara, con el corazón desbocado. Pero solo era Grace, con una manta sobre los hombros, como si fuera un chal, para protegerse del frío. Se detuvo junto a Violet, apoyando los antebrazos sobre las almenas. Un colgante pendía sobre su pecho.

—No podías dormir —dijo Grace.

No era una pregunta. Violet podía ver su perfil a la luz de la Llama, su frente alta y suave, su cuello largo y elegante. Tenía arrugas debajo de los ojos, que llevaban allí desde aquella mañana. Su voz estaba cargada de algo más que de cansancio.

—La viste, ¿verdad? —le preguntó Violet.

La. No necesitaba explicar a qué se refería. Se cernía sobre todos ellos. Grace no dijo nada durante mucho tiempo, pero Violet había visto cómo Grace y Sarah evitaban la oscuridad y las sombras del garitón a favor de la luz.

—Puedes preguntármelo —dijo Grace después de un largo momento.

—¿Preguntártelo? —inquirió Violet.

—Cómo era.

Violet se estremeció. Grace había visto lo que ninguna otra persona había visto en siglos, y cuando Violet se giró para mirarla un instante, estaba allí, en sus ojos.

—Quieres saber si hay un modo de luchar contra ella. Si es posible engañarla. Si podría ser atrapada. Si tenía alguna debilidad.

—¿Y era así?

—No —dijo Grace.

Violet la miró fijamente, sintiendo el terror que se acercaba, el implacable enemigo contra el que no podía luchar. No creía que Grace fuera a decir algo más, pero lo hizo.

—Era fría, como si el aire se hubiera congelado —le contó—. Vimos una mancha negra extendiéndose por la puerta, oscura, como un agujero. Pero la sombra no atravesó el agujero, *era* el agujero. La Sierva Mayor se interpuso entre nosotras y nos dijo que nos quedáramos atrás.

Un músculo se movió en la mandíbula de Grace, aunque mantuvo la voz firme y los ojos en el cielo, más allá de las almenas.

—Se agarraron de las manos como dos tornados oscuros. Yo nunca la había visto luchar, ni había visto salir ese lado suyo. Por un momento, fue como si batallaran dos sombras. La Sierva la empujó contra la pared mientras se retorcía y chillaba. La sostuvo allí hasta que emitió un último grito y desapareció, dejando solo su impresión calcinada en la pared. Y entonces ella se derrumbó.

Violet sintió que se le secaba la boca, que sus manos se cerraban en dos puños de nuevo. «Debería haber estado aquí. Debería haber luchado».

—Pensaba que, en vuestra hora más oscura, vuestro rey aparecería. ¿No es eso lo que creen los Siervos? —le preguntó Violet amargamente—. ¿Que llamarán a su rey y este responderá?

Grace la miró de un modo extraño, como si aquellas palabras hubieran provocado algo en su interior.

—Le pregunté eso a la Sierva Mayor —fue todo lo que dijo—. Sarah estaba conmigo. Lloraba y suplicaba. La Sierva dijo que todavía no era el momento de elevar la llamada.

—¿Por qué no?

La luz de las llamas en las almenas vacías brincó y cayó, alta y roja. Pero más allá la noche se extendía, una sombra infinita que cubría la tierra.

—Porque esta no es nuestra hora más oscura —dijo Grace—. Eso todavía está por venir.

Una inmensa e inefable emoción, de bordes dolorosos, inundó a Violet. Oía a la Sierva Mayor en aquellas palabras, y a las generaciones de Siervos, fieles a su servicio. Toda aquella gente había muerto... ¿para qué? ¿Por el poder y la codicia de Simon?

Quería gritar, chillar, y su furia creció hasta sobrepasar casi todos sus sentidos, haciendo que se sintiera indefensa frente al enemigo pero necesitando luchar más que ninguna otra cosa.

Se apartó de la muralla.

Había un trayecto de dos horas a Londres, pero ella sabía dónde encontrar a Devon, el laberinto de calles y callejones donde hacía sus tratos secretos, donde buscaba pistas sobre los objetos coleccionables para Simon, parte de la red que este usaba para conseguir artefactos de todo el mundo.

Violet estaba esperándolo cuando la puerta se abrió y Devon bajó los bajos peldaños de piedra hasta el callejón, calándose la gorra sobre su estúpida plasta de cabello con un característico movimiento de cabeza. No la vio hasta que dio dos pasos por el callejón pero, para entonces, la puerta ya se había cerrado a su espalda.

—¿Dónde está? —le preguntó Violet.

El callejón era una grieta entre los edificios, y había empezado a llover. Apenas era consciente de que estaba mojándose. La farola de gas más cercana estaba en la calle Turnmill, pero podía ver el resplandor nocturno en los adoquines húmedos, las siluetas más oscuras de las cajas pudriéndose a su derecha, y podía verlo a él, podía ver su pálido flequillo, que colgaba como un volante bajo su gorra. Devon dio un único paso atrás. Su tacón resbaló sobre el aguanieve fangosa de un adoquín.

—¿Dónde está la Roca Tenebrosa?

—¿Por qué no les preguntas a tus amigos los Siervos?

Lo golpeó.

Él cayó en el barro sobre sus rodillas y manos; el cabello blanco le cubrió los ojos, aunque la gorra había sobrevivido al breve viaje. Era ridículo, pero se la apretó contra la cabeza con una mano. Después levantó la barbilla, con la sangre floreciendo en sus labios, y la miró fijamente.

—Oh, estupendo. —Cuando sonrió, tenía los dientes nauseabundamente rojos—. ¿Cuál fue la historia que contaste? ¿Que te secuestraron? Entonces te alegrará que hayan muerto, ¿no? Toda esa superioridad moral de los Siervos pudriéndose en el suelo...

A Violet se le emborronó la mirada. Lo agarró por el cuello de la camisa, lo elevó y lo golpeó de nuevo; sus nudillos rebotaron contra la carne. El impacto reverberó, enfermizamente satisfactorio. Le lanzó la cabeza hacia un lado, le tiró la gorra y por fin, por fin, luchó contra ella, con la cabeza descubierta, como nunca lo había visto, los ojos muy abiertos y oscuros mientras gateaba sobre los embarrados adoquines. Ella le agarró la pechera de la camisa; lo había seguido hasta el barro. Lo inmovilizó con su peso, a horcajadas.

—Cállate. Eran buenos. Eran buenos y vosotros los habéis matado...

—Sabía que eras uno de ellos —se burló Devon—. Tu hermano no se lo creía, ni siquiera después de que salieras corriendo. Él seguía diciendo que eras leal...

—Todo esto es culpa tuya —dijo Violet—. Tú y mi padre arrastrasteis a Tom a esto. Lo engatusasteis. Él nunca sería parte si supiera...

Devon ya no tenía la gorra, pero debajo todavía llevaba un sucio pañuelo y ella se lo arrancó, furiosa con él, deseando privarlo por instinto de todas sus posesiones, de su compostura, de su dignidad. Y, de repente, comenzó a luchar contra ella de verdad, tirando con desesperación del pañuelo, intentando mantenerlo en su sitio y mostrándose por primera vez verdaderamente asustado.

—Para, déjame, suelta...

Violet le arrancó el pañuelo, lo lanzó a un lado y Devon emitió un grito terrible, como si también le hubiera arrancado aquel sonido.

El joven la miró fijamente, con los ojos muy abiertos y la frente expuesta.

Había una deformación justo en el centro, un bulto que el pañuelo había ocultado. Por un momento, Violet no entendió lo que estaba viendo.

Lo examinó: desubicado, como un grotesco artefacto bajo su cabello húmedo, sobresaliendo un centímetro y medio. Creciendo en el centro de la frente de Devon había un destrozado muñón iridiscente.

El callejón pareció desenfocarse y Violet abrió las manos, liberándolo.

Recordó el momento en el que la sacó de su caja negra lacada: una larga y recta vara de marfil, en espiral desde el extremo a la punta. Recordó que lo había tenido en sus manos, la reverencia que sintió, cómo cambió el ritmo de su corazón y se apresuró su respiración. *Hace mucho. Desapareció hace mucho tiempo, el brillante y último ejemplar.* Recordó su sensación táctil, física, la amplia base más áspera en un lado, como si la hubieran serrado parcialmente y después quebrado. Había tocado esa mecha irregular con el pulgar, como si probara el filo de una espada.

El cuerno que todos buscan y nadie encuentra.

Estaba mirando su extremo mutilado, serrado como el hueso, una extremidad amputada.

—Tú... Tú eres...

Devon estaba intentando levantarse, alejarse de ella, pero no podía; estaba demasiado herido, le pasaba algo en el tobillo y en el hombro. Su liso cabello blanco se pegaba a su cabeza, más acero que plata bajo la lluvia, y la sangre descendía por su rostro.

—¿Por qué no nos lo dijiste? ¿Por qué no nos dijiste...? —Sus palabras sonaron roncas—. Que tú... Que eres...

—¿Para qué? —La espesa sangre cargaba la voz de Devon—. ¿Para que pudierais poner el resto de mí en vuestra colección?

—Nosotros no haríamos eso —replicó Violet—. No lo habríamos hecho.

Devon tenía la gorra apretada en un puño lleno de barro; se aferraba a ella como si pudiera ayudarlo, o mantenerla a ella a raya. Medio incorporado, como si le hubieran disparado, se alejó de ella, tambaleándose un poco. Violet se lo permitió, todavía arrodillada, con la humedad filtrándose en las perneras de sus pantalones.

Le había preguntado a Justice por el cuerno, y él le había dicho que los humanos usaron jabalinas, que los ataron, que los persiguieron con perros, trabas, cuerdas y caballos, gritando.

El callejón estaba muy sucio. La lluvia había hecho rebosar los canalones y su contenido cubría el camino, llenando sus huecos con un compost de barro y arcilla. Devon se había manchado con él y su pecho se elevaba y caía bajo su camisa rasgada. Lo miró y vio un tapiz en una pared, de colores desvaídos, en el que la blanca curva de su cuello y la crin eran todavía visibles contra el rojo atenuado.

Hace mucho. Dicen que este era el último.

—Entonces devolvédmelo —dijo.

Había retrocedido hasta los peldaños del edificio del que había salido, pero no más. Lo dijo con demasiada firmeza para que fuera un ruego o una súplica. Lo dijo como si pretendiera demostrar su punto de vista. Violet recordó que Devon le había mentido a Will. Recordó lo que Simon les había hecho a los Siervos.

«Lo tiene Simon». Pero no se lo dijo. ¿Importaba? Si ella tuviera el cuerno, ¿se lo devolvería? Sabía que Devon tenía razón, y respondió con la misma entereza.

—No puedo darte el cuerno —le dijo.

Para entonces, Devon, con una brutal persistencia, se había incorporado. Ella también. Fue la que se mantuvo atrás, como hizo cuando vio por primera vez la caja negra lacada y descubrió lo que había dentro. Odiaba que Devon se diera cuenta.

—Entonces, ¿qué? ¿Vas a arrastrarme hasta el alcázar con una cadena alrededor del cuello?

Aquello le recordó tanto a lo que había pasado cuando los Siervos descubrieron que era una Leona que se le hizo un nudo en la garganta.

—Si te dejo marchar —dijo Violet—, ¿volverás con Simon?

—Sí.

La muchacha cerró los puños.

—¿Cómo puedes? ¿Cómo puedes servirlo, siendo...?

—¿Cómo puedo yo? —Devon se rio con la boca llena de sangre—. Fueron los Leones los que lucharon por él. Un campo de batalla entero lleno de Leones. Ahora tú luchas para una Orden que excava nuestros huesos y los pone entre cristales. ¿A quién más tienen los Siervos en su colección?

—Ellos no son así. Lo tergiversas todo.

—Tú eres como yo —dijo Devon—. Somos lo mismo. Te pareces más a mí que a ellos. Lo llevas en la sangre.

—Yo no me parezco en nada a ti. Yo *nunca* lucharé por el Rey Oscuro.

Devon se rio de nuevo, una exhalación impotente y sin restricciones. Se había apoyado en la pared y le brillaban los ojos, bajo sus pestañas blancas.

—Lo harás —le aseguró—. Traicionarás a todas las personas a las que amas para servirlo. Eres una Leona.

Iba a golpearlo de nuevo.

—Hazlo —la retó. Su cuerpo era una burla—. Hazlo. Si me dejas marchar, volveré con Simon y él te matará. Os matará a todos vosotros, como mató a los Siervos.

No lo golpeó. Sintió que la ira crecía y se transformaba en algo duro e implacable.

—Vuelve arrastrándote con él, entonces. Arrástrate hasta Simon y dile que la Leona y la Dama se enfrentarán a él, y que mientras nos reste aliento, jamás vencerá a la Luz.

No se arrastró hasta Simon. Se marchó a casa, a Mayfair.

Tardó un rato, con las manos temblorosas, en pasarse los dedos a través del cabello, bajándolo sobre su frente. El pañuelo era una tira inútil, mojada y llena de barro. Devon se negaba a escurrirla, a quitarle el barro, como había hecho con la gorra. Se puso la gorra con movimientos lentos y cuidadosos, apoyando un hombro contra la pared. Se metió el pañuelo en el bolsillo, y un extremo quedó colgando.

El trayecto desde el callejón hasta la casa cerca de la calle Bond le exigió una tenaz determinación. Entró a través de la puerta lateral y se fue a su dormitorio sin llamar la atención, como hacía a menudo cuando iba y volvía de algún recado. En su habitación, se quitó la chaqueta y la dejó en un charco arrugado sobre la alfombra. Se sentó en el borde de la cama.

Sabía que debía lavarse la cara; debía bañarse y quitarse el barro de la piel, despojarse del resto de la ropa. No hizo ninguna de esas cosas. Llevaba la camisa abierta, ensangrentada y rasgada.

Había alguien en la puerta.

—Hola, Robert —dijo. Sus palabras sonaron poco claras, como si estuviera borracho. Añadió, en la misma voz arrastrada—: No sabía que estabas en casa.

Lo dijo sin pensar. En el instante siguiente tuvo la repentina y vertiginosa sensación de que quizá no fuera Robert. Levantó la mirada, notando sus palpitaciones como si fueran una explosión espantada de rocío, como si rodar por el barro con leones pudiera conjurar una figura imposible y muerta hacía mucho.

Era Robert. Era el ordinario y humano Robert. La expresión de su rostro no habría sido la misma, si hubiera sido el otro.

Devon se preguntó qué imagen estaría viendo Robert. Los huesos de su rostro estaban intactos. Sentía los labios abultados e informes; el ojo se le estaba hinchando tanto que empezaba a cerrarse. Todavía llevaba la gorra. Tenía la ropa destrozada, incluso la que seguía sobre su cuerpo en lugar de en el suelo. Le habría gustado decir: «Fueron seis hombres».

—¿Quién? —le preguntó Robert.

—Eso no importa. Voy a ocuparme de ello. —Debía tener cuidado al hablar, con los labios hinchados.

—Sé que estas metido en algo. Sea lo que fuere…

—No es asunto tuyo.

Robert se sentó en la cama, a su lado.

—No tienes que decírmelo —le dijo después de un momento—. No voy a preguntártelo.

La presencia de Robert lo hizo sentirse absurdamente agradecido, lo que a su vez le provocó una violenta oleada de ira. Un humano te daña, un humano te ayuda. Era sofocante, como si estuvieran obstruyendo el mundo. Si Robert intentaba consolarlo, se levantaría y marcharía al otro lado de la habitación. Si intentaba tocarlo, se iría corriendo.

Robert se quedó sentado a su lado el tiempo suficiente para que se le pasara el enfado, hasta que su presencia fue poco más que un borrón. Aquello alteraba los términos tácitos de su asociación, que durante diez años se había mantenido en el ámbito profesional, un mercader de marfil y su dependiente. Aun así, era consciente (de un modo confuso) de que, si se hubiera encontrado a Robert solo y en un estado similar, él habría hecho lo mismo. Se obligó a hablar.

—Estoy bien. Me curo con rapidez.

—Lo sé. —Y después—: Tengo algo para ti.

Robert tenía algo en las manos. Estaba envuelto en tela y tenía la longitud del brazo de un hombre. Un paraguas en una caja. Le habría sido útil antes, cuando estaba lloviendo.

Robert deshizo el nudo y apartó la tela. Devon sintió que el mundo se inclinaba bajo sus pies cuando vio el brillo de la laca negra, la caja pulida con dos cierres de filigrana, como la funda del instrumento de un músico.

Sus ojos se posaron en el rostro de Robert solo para descubrir que él lo estaba mirando con una expresión tranquila que no exigía nada. No había sorpresa en sus ojos, ni ninguna anticipación de sorpresa. La verdad se estaba expandiendo entre ellos y Devon tuvo, por segunda vez aquella noche, la sensación de que lo estaban mirando y *viendo*. La expresión horrorizada de Violet al retroceder no fue nada comparada con la tranquila conciencia de los ojos de Robert.

—*He buscado al unicornio sobre todo en bibliotecas* —citó Robert en voz baja.

Pensó en los diez años que habían trabajado juntos, los diez años en los que Robert había envejecido y él se había mantenido tal cual, un muchacho de quince años con la gorra calada hasta la frente. No podía mover las manos, sobre la caja lacada.

—¿Cómo lo has conseguido?

—Simon Creen no es el único que puede robar objetos a otros hombres.

Se obligó a bajar la mirada. Sus dedos se movieron como si pertenecieran a otra persona. Los vio levantar los cierres y abrir la caja.

Era extraño, teniendo en cuenta cuánto había cambiado todo lo demás, que siguiera tan perfecto como había sido, blanco y retorcido, largo, recto y precioso. No quedaba nada como aquello. No quedaba nada de la sacudida de su cabeza y de lo que había sentido al correr, al posar sus cascos sobre la nieve.

—Siento que te hayan hecho esto.

Devon miró el cuerno y se oyó decir:

—Fue hace mucho tiempo.

—Me pregunto si podría ser restaurado —dijo Robert.

—¿Te refieres a si podrían volverlo a unir? No. —replicó. Miró a Robert, sintiéndose apabullado de nuevo—. No. Pero me alegro de tenerlo, de todos modos.

Las lámparas de la habitación no eran demasiado potentes, pero la luz era suficiente para verlo todo. Resultaba íntimo; Robert tenía sus ojos serios clavados en él. Devon se descubrió levantando la mano y quitándose la gorra de la cabeza. Se le cayó de los dedos a la alfombra, de modo que no hubo nada oculto entre ellos. El corazón le latía indiscretamente en el pecho. Se sentía expuesto, como si lo hubieran encontrado y esperara que le asestaran el golpe.

—¿Hay otros? —le preguntó Robert.

—No —contestó—. Yo soy el último.

—Entonces estás solo.

Devon lo miró fijamente. Había cerrado los dedos de una mano alrededor del cuerno, y lo sostenía con tanta fuerza que los nudillos se le habían puesto blancos.

—No sé en qué estás metido, pero si hay algo que necesites, puedo ayudarte —le ofreció.

Devon cerró los ojos y después los abrió.

—No querrás hacerlo.

Las paredes de la habitación parecían estar muy cerca, y le dolía la cara. Robert lo había sabido, seguramente durante mucho tiempo. Devon se había rodeado la frente con un pañuelo, pero en diez años, alguna vez se habría pasado la mano por la frente, o ladeado la gorra en el ángulo equivocado, o apoyado la cabeza en una butaca para echar una siesta. El bulto debajo de la tela se habría visto, bajo el cabello blanco, bajo el borde de la gorra.

Robert era un experto en el marfil que llegaba al continente en un comercio constante, en contenedores de cuernos y colmillos, en camafeos, en teclas para espinetas, en marcos tallados, en bolas de billar y en los mangos de los parasoles de las mujeres. También era cazador; a veces alcanzas a tu presa, y otras, le ofreces una amabilidad inesperada y esta, herida y exhausta, inclina la cabeza para aceptar la cuerda de seda.

—Llevo toda la vida trabajando con marfil —dijo Robert en voz baja—. Cuando veo algo diferente, lo sé.

Respiraba de un modo extraño. Se preguntó si Robert habría tocado el cuerno, si lo habría blandido, aunque sabía con total seguridad que era demasiado educado para abrir la caja.

Así como sabía que Robert trabajaba mejor por la mañana, sabía que la marca que tenía en la mejilla era la impronta del monóculo que usaba para inspeccionar el marfil, que le gustaba llevarse un coñac al despacho después de cenar mientras repasaba el inventario, y que era testarudo y considerado, y humano, al final.

Notó que se movía. El modo en el que agarraba el cuerno cambió. Le parecía inapropiado rodearlo con los dedos por el centro; nunca más dejaría que alguien lo tocara así, como lo habían sostenido un momento antes de sacar la sierra.

Su mano sobre el cuerno cambió, y lo clavó en el cuerpo vulnerable de Robert.

La punta estaba afilada y podía atravesar una armadura. La tela de una camisa y un chaleco no era nada para ella. Entró, empujando a Robert hacia atrás, hacia el interior y angulándose hacia arriba, buscando lo que podía encontrar con facilidad.

El corazón.

Hubo algunos horribles segundos de lucha, los últimos movimientos espasmódicos de un hombre ahogándose y buscando aire. Robert tenía los ojos muy abiertos y sorprendidos. Tenía las manos sobre las suyas, agarrándolas. Devon sintió una humedad cálida y pulsante entre sus dedos. Un segundo después, le puso la mano en la boca para amortiguar sus palabras.

—Devon, por favor. Devon, tú me import...

No quería oírlas, ahora que Robert solo podía decir la verdad.

Y después se hizo el silencio.

Estaba a horcajadas sobre la cama, sobre el cuerpo inmóvil de Robert, jadeando. Las colchas estaban desordenadas y un penacho rojo se extendía lentamente sobre el colchón. Sacó el cuerno de un tirón y retrocedió. Sentía las piernas débiles, así que el paso atrás fue inconsistente. En el silencio de la habitación, respondió la pregunta que Robert no le había hecho.

—Creías saber qué era un unicornio —dijo, todavía respirando con dificultad—. Pero te equivocabas.

CAPÍTULO VEINTISIETE

Will despertó sobresaltado al oír cascos de caballo. Grace y Sarah seguían durmiendo, formas silenciosas bajo mantas en la pequeña habitación del interior de la torre de vigilancia. Él, que tenía el sueño más ligero, despertó en silencio y miró por la ventana del garitón. Cyprian había estado de guardia sobre la alta muralla y acababa de abrir la puerta. En el patio, vio a Violet regresando de una salida que debió hacer en mitad de la noche. Bajó para recibirla.

Eran las primeras horas de la mañana y la luz seguía siendo gris y azul. Will se había pasado la noche dormitando y despertándose, robando minutos de sueño cuando podía. La mayor parte de su preocupación estaba relacionada con Cyprian, que se había mantenido mudo y encerrado en sí mismo desde que prendió la Última Llama. Pero era Violet quien había abandonado el garitón en la oscuridad para marcharse del alcázar.

Se acercó a ella bajo la luz gris mientras la chica desmontaba. Parecía que no había dormido; estaba ojerosa, y tenía los nudillos magullados y la túnica cubierta de sangre.

—¿Has matado a alguien?

Se lo preguntó con tranquilidad, sosteniéndole la mirada mientras ella se giraba hacia él con ojos tristes y vacíos. No lo negó al principio; solo tomó aire y apartó el rostro.

—No lo maté. Quería hacerlo.

—¿No lo mataste?

Ella no contestó. Will la observó mientras pasaba las riendas de su caballo a través de un aro de hierro en la zona de espera del patio y se detenía, apoyando la mano sobre el cuello blanco del animal como si intentara sacar fuerza de él.

—¿A quién?

Otro silencio.

—Cuando encontramos el cuerno, pregunté a Justice por los unicornios. Él me contó que sobrevivieron a la guerra, pero que fueron cazados por los humanos hasta que solo quedó uno. Me dijo que los humanos encontraron al último unicornio, que lo persiguieron con perros, lo inmovilizaron y le cortaron el cuerno y la cola. El Cuerno de la Verdad... perteneció a ese unicornio.

Will asintió, con lentitud, mientras Violet tomaba aliento.

—No está muerto. Está vivo —dijo Violet, mirándolo—. Es Devon.

—¿Devon? Pero es...

«Un muchacho —quería decir—. Es un muchacho humano». Una sensación extraña lo atravesó al recordarlo, mirándolo desde el oscuro escritorio de madera en el fondo de la tienda, rodeado de contenedores de cuernos. Su cabello blanco y sus ojos demasiado claros, y el sutil modo burlón en el que había hablado del marfil.

—Lo encontré cerca de la calle Bond. Quería... Le pegué. Me sentó bien. Pero cuando se le cayó la gorra, vi...

El cuerno.

Mientras Violet se llevaba los dedos al centro de la frente, Will recordó la gorra que Devon siempre llevaba calada. «¿Es verdad?», quiso preguntar. Pero podía ver la ansiosa certeza en los ojos de Violet.

Recordó la sofocante sensación que le había hecho sentir aquel comercio abarrotado de marfil. La tienda era un cementerio de animales muertos, atendida por un fantasma. Devon, pálido como una reliquia, velaba por aquellos huesos.

¿Cómo podía ser? ¿Cómo era posible que aquel muchacho fuera un unicornio? A Will le habían aparecido unicornios en su visión, caballos blancos con lanzas de luz en la frente cargando hacia la batalla. ¿Se habría transformado uno de ellos?

Se le erizó la piel al recordar que Devon lo había reconocido. «Devon sabe quién soy», había pensado, sin comprender la profundidad de aquel reconocimiento.

Y la idea que siguió: si Devon era de verdad un unicornio, ¿qué más sabría? Las leyendas de los Siervos habían pasado de generación en generación, mientras los escritos se desvanecían y los libros se convertían en polvo. Pero aquel muchacho poseía conocimientos transportados a través del tiempo.

—Así es como sabe Simon dónde excavar.

—¿Qué? —preguntó Violet.

Will la miraba fijamente.

—Simon tiene excavaciones en todo el mundo. Pasa los días desenterrando artefactos: la Espada Corrupta, los fragmentos de armadura de los Vestigios... Sabe a dónde ir y qué hacer. Gracias a Devon.

—No lo comprendo.

—Él estuvo allí. —Will se sintió mareado ante la idea, oscura e imposible—. Devon *estuvo allí*, vivió durante la guerra, estaba vivo cuando el Rey Oscuro cayó.

Era alguien para quien las historias no eran solo historias... Alguien que las había vivido, que las había respirado. Aquello hacía que el mundo antiguo fuera de repente aterradoramente real. Y cercano. Como si pudiera extender la mano y tocarlo, tan vivo como un recuerdo.

—Así fue como Simon descubrió el secreto del Cáliz. Así fue como descubrió cómo crear una sombra. Así fue como se enteró de la existencia de la Roca Tenebrosa —dijo Will—. Devon se lo dijo todo.

La expresión aturdida de Violet dejaba claro que aquella idea era nueva para ella.

—Eso significaría que Devon es tan antiguo como este alcázar.

Sus pensamientos siguieron avanzando: era inusual que un unicornio luchara por la Oscuridad.

—¿Por qué trabaja para Simon? —Esa era la parte que no tenía sentido—. En todas las imágenes que hemos visto de unicornios, estos luchaban en el lado de la Luz.

—La gente cambia de bando —dijo Violet, con una extraña actitud a la defensiva. Will escudriñó su rostro.

—¿Qué te dijo?

—Nada —lo cortó. No le sacaría nada más—. Vamos. Tenemos que despertar a los demás.

Una mesa y algunos taburetes eran los únicos muebles que había en el garitón. A la llamada de Will, los cinco se reunieron en la habitación de abajo, descendiendo el corto tramo de escaleras desde donde habían dormido sobre colchones en el suelo. Las paredes de piedra de la torre de vigilancia eran sólidas y protectoras, y en su chimenea había un fuego recién encendido. Con la puerta cerrada, casi podías creer que el alcázar seguía intacto. Casi.

Will podía ver los rostros macilentos de los demás, la sombría preocupación de sus ojos, la expresión perturbada de cada uno de ellos. Todos se habían aventurado a la ciudadela vacía, Grace y Cyprian para buscar las provisiones que necesitarían para desayunar mientras Will y Violet iban a ver a Valdithar y a los dos caballos de los Siervos que quedaban. Su extenso silencio había dejado su impronta en todos ellos. La única que no había abandonado la torre había sido Sarah, que pasaba la mayor parte del tiempo acurrucada en su colchón en la planta de arriba, con la espalda contra la pared.

—Los Siervos ya no están —dijo Will—. Somos lo único que queda. —Cyprian tensó los hombros al oírlo, pero se mantuvo en silencio—. La Sierva Mayor nos dijo que Simon estaba cerca de conseguir el regreso del Rey Oscuro. Detenerlo está en nuestras manos.

Sus palabras fueron recibidas con silencio.

—Tiene la Roca Tenebrosa —dijo Sarah. Era su modo de decir: «No podemos detenerlo». Will oyó la opaca derrota en su voz. Negó con la cabeza.

—La Sierva Mayor nos dijo que los Reyes Sombríos serían el primer paso para el regreso del Rey Oscuro —dijo Will—. No sabemos cómo ni por qué. Pero sabemos que Simon todavía no los ha liberado de la roca.

—¿Cómo lo sabemos?

—Porque lo habrían destruido todo —sentenció Will.

Ningún ejército de la Tierra podría detenerlos. Will recordó la visión que lo había abrumado cuando sus dedos rozaron la Roca Tenebrosa: los Reyes Sombríos en sus corceles oscuros, un torrente de oscuridad al que nada podía detener. Pero en ese momento lo vio sucediendo en Londres, los Reyes Sombríos arrasando la ciudad, matando a todo el que encontraban, forzando a los demás a cumplir su voluntad, hasta que no quedara resistencia, solo aquellos que sirvieran a la Oscuridad, y aquellos que hubieran muerto.

—Por el momento, estamos seguros aquí —les garantizó Cyprian—. Las puertas se abrieron ante Marcus porque era un Siervo. —Se aturulló ligeramente cuando dijo el nombre de su hermano, pero no flaqueó—. Resistirán contra Simon. Pero si libera a los Reyes Sombríos...

—Si libera a los Reyes Sombríos, lucharemos —afirmó Violet.

Algo amargo atravesó el rostro de Sarah.

—¿Crees que los Siervos no intentaron luchar? Leda y los que estaban de guardia ni siquiera tuvieron tiempo de desenvainar sus espadas. Una sombra... Una sombra mató a nuestros mejores guerreros... Incluso a Justice... asesinado por su propio compañero de armas. No hubo piedad, no hubo humanidad, solo el salvaje deseo de matar. —Los miró a todos—. Si Simon libera a los Reyes Sombríos, lo único que podremos hacer es esperar que no puedan atravesar el arco.

La idea de estar allí encerrado mientras los vientos oscuros bramaban fuera hacía que una claustrofobia terrible clavara sus garras en la garganta de Will.

—Todavía tenemos tiempo —dijo Will—. No ha liberado a los Reyes Sombríos. Todavía tenemos una oportunidad de detenerlo.

—Los liberará —afirmó Sarah—. En cualquier momento.

—No —insistió Will, sabiéndolo en sus huesos—. Está esperando algo.

—¿Qué?

Era la razón por la que los había reunido a todos allí. Había visto cuán derrotados estaban. Pensaban que, si los Siervos no habían conseguido vencer a Simon, ¿qué podrían hacer ellos cinco? Desde el momento en el que Will vio la destrucción que Simon había causado en el alcázar, sintió una nueva resolución endureciéndose en su interior.

—James dijo que Simon está buscando algo. Un artefacto. ¿Lo recordáis? Lo interrogamos con el cuerno y dijo que había un artefacto que podría convertir a Simon en el hombre más poderoso del mundo.

James se había resistido desesperadamente al Cuerno de la Verdad para no revelar aquel secreto. Se había resistido más de lo que lo había hecho para esconder el paradero de Marcus. Will recordó su jadeante respiración y la expresión furiosa de sus ojos azules.

—Cuando lo apresamos, acababa de descubrir dónde encontrarlo. Mencionó a un hombre llamado Gauthier, que había regresado a Inglaterra y estaba alojado en Buckhurst Hill. James no quería que lo supiéramos. Si es tan importante…

—Puede que sea lo que Simon necesita para liberar a los Reyes Sombríos —dijo Cyprian.

—O un arma que podríamos usar contra él —apuntó Violet.

Se produjo un silencio. Cyprian se frotó la cara.

—Es lo único que tenemos.

—¿Conocéis ese sitio? —les preguntó Will. Esperando una respuesta, se descubrió mirando los rostros inexpresivos de un novicio y dos jenízaras que lo sabían todo sobre cánticos matinales y espadas antiguas y nada sobre la geografía básica de Londres.

Fue Violet quien respondió.

—Buckhurst Hill. Está al norte de aquí, es un grupo de casas cerca de la ruta de las diligencias hacia Norwich. Los tres tardaríamos poco en llegar a caballo.

Los tres: se refería a Will, a Cyprian y a sí misma. Sintió una punzada de dolor al pensar que solo quedaban tres caballos. Las dos jenízaras asintieron.

—¿Y si los hombres de Simon están allí? —preguntó Sarah.

Todos tenían miedo; Will podía verlo en sus rostros. Que un trayecto a la campiña fuera lo único que se interponía entre ellos y la puesta en libertad de los Reyes Sombríos parecía una esperanza endeble. Pero levantó la barbilla y les devolvió la mirada.

—Entonces lucharemos.

Era una vieja granja a las afueras de Buckhurst Hill. Las dos primeras alquerías que registraron estaban vacías. Aquella también parecía abandonada: le faltaban tejas, tenía la valla deteriorada y no había animales en los campos. Hasta que Will vio a un brillante caballo negro atado fuera. Todos sus nervios volvieron gritando a la vida.

—Ya están aquí —dijo Violet, con voz tensa.

—Es solo un caballo —replicó Will.

El corazón le latía con fuerza. Ataron sus corceles al tronco de un álamo fuera de la vista y se acercaron con sigilo.

La granja era un enorme edificio de piedra gris, rodeado de un embrollo de zarzas y hierbas altas. Un letrero descolorido decía *Paquet*, y el cristal de la ventana más cercana estaba partido, como un diente negro e irregular. La puerta se abrió sin hacer ruido.

El fregadero roto de la abandonada cocina estaba cubierto de hojas y tierra, como si el viento hubiera arrastrado al interior todo el detrito de la estación. No había rastro de comida o provisiones. Pero, en una esquina, había un triste puñado de ramitas, reunidas tan recientemente que el aire no las había dispersado. Will las señaló y Violet y Cyprian desenvainaron en silencio sus espadas.

El lugar estaba demasiado tranquilo. Cuando levantaron el pestillo de la puerta que conducía al pasillo, una paloma torcaz elevó el vuelo y se marchó por un agujero en el techo; todos se quedaron inmóviles un largo momento. A través de la primera puerta a la izquierda, Will vio una pequeña habitación sin muebles a la que le faltaba la mitad del panel de la ventana. Vacía. A través de la segunda, vio un colchón manchado que perdía paja...

... y una muchacha muerta sobre él, mirando hacia arriba. Alguien le había lanzado una colcha arrugada sobre el cuerpo. Cyprian se quedó inmóvil al verla, asesinada hacía poco, la colcha recientemente colocada. Había huellas en el polvo.

Will apenas tuvo tiempo para reaccionar antes de que un sonido al final del pasillo llamara su atención.

Había alguien al otro lado de aquella puerta.

Pensó en el caballo que estaba fuera, en el brillo negro de su manto. Se giró hacia los demás (Cyprian con gesto tenso, Violet apretando con fuerza la espada) y avanzaron con lentitud, en silencio, hacia el sonido, hasta que llegaron al final del pasillo.

Lo vieron todo a la vez. La puerta medio abierta. Una habitación decrépita con trastos esparcidos por el suelo y la madera podrida mostrándose detrás del yeso caído de las paredes. Un anciano en una silla, con los ojos lechosos y ciegos. Will levantó una mano para detener a los otros.

No os mováis. No hagáis ruido.

Al otro lado de la puerta, caminando con elegancia sobre la basura, estaba James.

Sin duda había pasado la noche en buenos alojamientos. Quizás había regresado con Simon después de escapar del alcázar, o se había alojado en algún sitio cercano. Se había cambiado la camisa rasgada y manchada de sangre por una nueva de lino, y llevaba una elegante chaqueta de montar además del tipo de botas brillantes contra las que un jinete golpearía su fusta.

James no estaba haciendo ningún esfuerzo por guardar silencio. Caminó por la habitación, repasando con la mirada las señales ruinosas antes de girarse hacia el anciano. Hundido en su silla, con una manta sobre el regazo, tenía un aspecto gris y marchito, como si fuera parte de la decadente casa. Levantó la cabeza con brusquedad hacia James, confundido ante el hecho de que hubiera alguien con él.

—¿Sophie?

—No soy Sophie —dijo James, con una leve sonrisa que el hombre no podía ver—. Sophie está muerta.

La chica del colchón. ¿Era una criada? Llevaba la ropa de alguien acostumbrado al duro trabajo de una granja. El viejo miró a James sin verlo.

—¿Quién eres tú? —le preguntó, agarrando la manta sobre su regazo—. ¿Qué estás haciendo en mi casa?

Lucía asustado. No parecía saber qué estaba ocurriendo. Ni siquiera parecía tener una noción segura de dónde estaba James, y sus ojos pasaron de largo sobre él.

—¿Sabes? Creí que te había reconocido —afirmó James, como si el anciano no hubiera hablado—. Pero no es así. Eres solo un viejo ciego y patético.

El anciano giró la cabeza para seguir el sonido de James mientras este se movía por la habitación, como si intentara localizarlo.

—Si has venido a robar, llegas demasiado tarde. No me queda nada.

—Eso no es cierto, ¿verdad, Gauthier? —le preguntó James, y hubo un momento en el que el rostro del anciano cambió, con un nuevo y terrible reconocimiento.

—¿Quién eres? —replicó Gauthier—. ¿Cómo sabes mi nombre?

Respiraba con dificultad. James lo ignoró y siguió paseándose por la habitación, levantando un montón de papeles, arrancando un trozo podrido de madera de la pared. El tacón de su bota aplastó un fragmento de porcelana.

—¿Dónde está? —le preguntó James, y Will sintió que sus pulsaciones se disparaban. Estaban cerca de descubrir la razón por la que habían ido allí.

Gauthier apretó las mantas.

—No sé de qué estás hablando.

Will miró a Violet y a Cyprian, que también se habían dado cuenta. Estaban hablando del objeto que habían ido a buscar. El objeto que Simon quería, por el que había enviado a James.

—¿Dónde está? —repitió James. Se había detenido junto a la vieja chimenea y había apoyado el hombro en ella mientras miraba a Gauthier con frialdad. Al anciano le temblaban las manos.

—Me lo robaron. Hace años. Me alegré de haberme deshecho de él. Ojalá lo hubiera tirado yo mismo.

Esta vez, el silencio se prolongó tras su respuesta, estirándose hasta casi romperse mientras el temblor se incrementaba.

—¿Dónde está? —repitió James en el mismo tono, aunque sonó diferente.

—¿Crees que yo conservaría esa cosa endemoniada? ¿A pesar de su maldición, de que atrae a los lobos hasta mi puerta como un señuelo?

Will se dio cuenta antes que James de cómo Gauthier se aferraba a la manta y del extraño bulto que había debajo. «Lo tiene». Fuera lo que fuere aquel tesoro, lo había conservado y lo mantenía cerca, aferrado a su cuerpo mientras su casa se pudría a su alrededor y su gente moría.

—Sé que lo conservas —dijo James—. Todo el mundo lo conserva. Todos quieren lo que puede hacer.

Entonces Gauthier exclamó, como si hubiera descubierto una verdad importante:

—¡*El Traidor*!

Fue como si James hubiera recibido una bofetada.

—¿Por qué conoces ese nombre?

—Él te conoce. —Gauthier comenzó a reírse, un sonido terrible al borde de la locura—. ¿Has venido a llevártelo para tu señor? —James palideció—. ¿Lo quieres? ¿Lo deseas, tanto como él te desea a ti?

—¡Sabía que lo tendrías contigo! —James escupió las palabras, cargadas de veneno—. Sabías que Simon vendría a por él... Podrías haberte librado de él. Podrías haberlo destruido. ¿Por qué no lo hiciste?

—No conoces a tu señor, si crees que esto puede ser destruido. —La voz de Gauthier asumió una naturaleza soñadora—. Es lo último que recuerdan mis ojos. Su aspecto. El rubí y el oro. Es perfecto. No puede romperse. No puede fundirse. Está esperándote. A ti. —Esos ojos ciegos se giraron hacia James y el rostro de Gauthier se dividió en una sonrisa—. Tú no quieres destruirlo. Quieres usarlo. Quieres ponértelo.

Aquellas palabras hicieron que James perdiera el control y su poder invisible golpeó a Gauthier y echó su butaca violentamente hacia atrás, con un restallido de aire. Desde el suelo, Gauthier comenzó a reírse de nuevo.

—Ahí lo tienes... ¿Quieres que te lo ponga?

Era su oportunidad, ahora que James estaba furiosamente concentrado en Gauthier. *Ahora,* señaló Will a Violet y a Cyprian. Y, en el único momento en el que James fue vulnerable, los tres atacaron.

Ya había funcionado antes. En Londres, usaron a Will como cebo mientras Violet lo atacaba desde atrás. Y antes de eso, en el muelle, la primera vez que se vieron, Will lo perturbó lanzándole una caja.

En ese momento, James giró la cabeza tan rápido que vio los movimientos explosivos de Violet al primer sonido y elevó la mano. Como si una enorme fuerza invisible la apresara, él la lanzó violentamente hacia arriba; golpeó el techo con un grito de dolor y volvió a caer en un montón de fino yeso.

Con la mano todavía extendida hacia Violet, una única y destellante mirada hizo volar a Cyprian por la habitación hasta que golpeó la pared con un sonido nauseabundo. El joven se quedó atrapado como una mariposa, con sangre manando de su nariz y de su boca, inmovilizado en mitad del muro.

Y entonces esos ojos azules se posaron en Will.

Apenas tuvo tiempo de sacar las esposas de su mochila antes de que lo obligara a arrodillarse y lo mantuviera así, con la cabeza hacia el suelo y aplastándolo, como si lo estuviera pisando con una bota brillante. Emitió un sonido furioso, incapaz de hacer nada más que quedarse allí.

James apenas parecía alterado. Apenas había tardado un par de segundos en despacharlos a los tres. Will notaba el sabor de la estática en el aire, el poder que chisporroteaba alrededor de James como la venganza de un joven dios, aunque hacía que pareciera fácil. Podría haberse quitado una mota de polvo de la manga con la misma facilidad, de no ser por la mortífera expresión de sus ojos.

El comandante más despiadado del Rey Oscuro. James se acercó a él como un destructor de mundos, y Will entendió cuánto habían subestimado su poder. En el mundo antiguo, había cabalgado a la cabeza de los ejércitos oscuros. En este, había diezmado a un escuadrón de Siervos, elevándolos sobre sus sillas de montar y rompiéndoles el cuello con la mente.

Entonces su atención se concentró en Will.

Gauthier, a su espalda, intentó apartarse. Al arrastrarse con los brazos, alejándose de la butaca, la fina manta que llevaba sobre su regazo se deslizó. Gauthier dejó escapar un grito mientras algo caía de la manta al suelo y rodaba, y por un momento, Will vio un destello curvado de rubíes y oro.

James se giró para mirarlo, sin poder contenerse... y cuando lo vio, sus pupilas se dilataron y todo su cuerpo se balanceó hacia el objeto.

Sintiéndose libre, Will levantó la cabeza. En el mismo momento, Cyprian se deslizó por la pared hasta caer con un golpe sordo y Violet se levantó sobre sus manos y rodillas.

James parpadeó y sacudió la cabeza como para aclararse la mente. Intentó recuperar el control. Violet se vio lanzada hacia atrás de nuevo, aunque esta vez James parecía inseguro. Respirando con rapidez, el Traidor hizo un ademán y la enorme y podrida mesa de roble se movió para golpear a Cyprian y aplastarlo contra la pared opuesta.

O eso pretendía.

Cyprian no había bebido del Cáliz y no tenía la fuerza de Violet, pero siempre había sido el mejor de los novicios. Incluso herido, tenía una elegancia perfectamente entrenada y una asombrosa agilidad. Saltó sobre la mesa como lo habría hecho un Siervo, aterrizó y rodó para golpear las piernas de James y tirarlo. Cyprian comenzó a asfixiarse un instante después, pero James todavía parecía medio aturdido. Apenas había conseguido constreñir la garganta de Cyprian con su poder antes de que Violet cayera sobre él y le propinara un golpe que permitió que Will le colocara una esposa en la muñeca.

La estática de la magia desapareció de la habitación. Cyprian tomó aire, temblando. James resollaba en el suelo, sujeto por las manos de

Will y de Violet, con los ojos muy abiertos y negros por las pupilas dilatadas.

Lo tenían. *Lo tenían.* Una sensación de victoria inundó las venas de Will. Habían conseguido vencer a James, al que le faltaba la chaqueta, tenía la camisa rota y cuyo cabello caía desde un lado sobre su rostro, con sangre en el labio por el puñetazo de Violet. Violet y Cyprian estaban ensangrentados, pero habían esposado a James y Violet lo tenía inmovilizado.

La habitación era un desastre. La mesa se había roto, el suelo estaba cubierto de yeso y la butaca de Gauthier estaba volcada. El propio Gauthier seguía tumbado en el suelo, buscando frenéticamente entre la suciedad, con sus dedos como gusanos, el círculo de oro y rubíes que se había alejado rodando de él para detenerse a pocos metros, fuera de su alcance.

Will se levantó. Gauthier emitió un sonido desesperado al oír sus pasos.

—No somos tus enemigos —le dijo—. Estamos aquí para ayudarte.

—No estáis aquí para ayudarme. Estáis aquí por él.

Él. Will podía verlo, un grueso círculo de rubíes encastrados en oro. Demasiado grande para ser un brazalete. Demasiado pequeño para ser una corona.

—Por el *Collar* —dijo Gauthier.

Era eso, pensó Will. Había sido diseñado para cerrarse alrededor de la garganta. Gauthier dejó escapar un gemido grave, como si de algún modo supiera que Will se había encorvado para recogerlo. El muchacho levantó la mirada y vio el ansia con la que el ciego intentaba alcanzarlo. En el último momento, agarró la manta y la usó para envolver el Collar, en lugar de sostenerlo con sus manos desnudas.

—No... —dijo James, forcejeando con Violet mientras Will se giraba para mirarlo.

Era pesado. Una gargantilla. El oro de su circunferencia era lo bastante ancho como para obligar a quien lo llevara a levantar la barbilla. Sus rubíes engastados brillaban en tonos rojos, como la sangre manando de un tajo. Como las esposas, se abría con un gozne, dos semicírculos de rubíes y oro que se cerrarían con un chasquido en el cuello correcto.

—No te preocupes. Te lo he dicho. No vamos a dejar que James se lo lleve —le aseguró Will.

El anciano comenzó a reírse.

—¡Tú no sabes para qué sirve!

Will lo miró.

—Simon lo quiere. Esto lo hará poderoso...

Gauthier se reía como un loco.

—Así es. Es cierto, convertiría a Simon en el hombre más poderoso del mundo.

Will no pudo evitar mirarlo de nuevo, el profundo resplandor de los rubíes y la refulgente curva del oro. Sintió la misma atracción que había sentido hacia el Cáliz. No, era más fuerte, como un susurro en la oreja, sobre su piel, en su sangre. *Tómame. Úsame. Hazlo.*

—¿Qué poder tiene? —Extendió los dedos para rozar su borde, deseando tocarlo, sentir su calidez en las manos.

—Controla al Traidor.

—¿Qué? —preguntó Will. Apartó los dedos de él. Miró fijamente a Gauthier.

—Si se lo pones alrededor del cuello, te obedecerá. —Sus palabras iniciaron una extraña avalancha en la cabeza de Will—. ¡El Traidor! ¡El único Renacido del mundo humano! Ahora es solo un chaval, pero... ¿y cuando crezca? ¡Tendrás acceso a todo ese poder!

James estaba de rodillas, con las manos esposadas a su espalda. El labio roto había comenzado a curársele, y apenas quedaba de él una mancha roja. Violet tenía su cabello en un puño, levantándole la cabeza. Cyprian le apuntaba la garganta con su espada.

—Miente —dijo James con los dientes apretados, pero Will sabía que no era mentira; podía sentirlo. En la profundidad de los ojos de James había miedo. Will recordó cómo se habían dilatado sus pupilas cuando el Collar quedó expuesto, cómo se había balanceado su cuerpo hacia él. Había sido creado para él, diseñado para su garganta: rojo como su sangre, dorado como su cabello, una unión perfecta. Y el Collar lo quería. Se moría por él.

Como un estudio sobre la opulencia sádica, aquel aro enjoyado convertía la idea de James en una posesión. *El juguete de Simon.* Will se estremeció al darse cuenta de que el Collar tenía un eslabón dorado en la parte de atrás.

—Fue un placer para el Rey Oscuro tomar al mejor guerrero de la Luz y convertirlo en su perrito faldero —dijo Gauthier—. Los suyos nunca supieron que estaba hechizado, solo que se había convertido en el comandante de la Oscuridad. Lo llamaron Anharion, el Traidor. Besaba los labios del Rey Oscuro, cabalgaba junto al Rey Oscuro, y masacraba a su propia gente. Todos creyeron que lo hacía por voluntad propia.

—¿Quieres decir que él nunca decidió servir al Rey Oscuro? —A Will le latía el corazón de un modo extraño—. ¿Se vio obligado a hacerlo? ¿Por algún tipo de hechizo?

Will miró a James, aturdido, y por un instante este quedó totalmente expuesto por la verdad. Tenía unos ojos azules enormes y vulnerables, y al mirarlo pudo ver al joven puro que debió ser antes de que el Rey Oscuro lo deformara y retorciera.

—¡Ese es el poder del Collar! Toma la voluntad del Traidor y la reemplaza por la tuya. Pónselo, y será tuyo... Podrás pedirle que haga cualquier cosa. Así fue como Sarcean consiguió que fuera un juguete en su cama por la noche, y un arma contra los suyos durante el día.

—Por favor —le rogó James—. No se lo entregues a mi padre.

Las palabras sonaron arrancadas de su garganta. Estaba totalmente desvalido, un hombre desposeído de todo, al que no le quedaba nada. Estaba empapado en sudor: el cabello húmedo le caía sobre la cara y tenía la camisa mojada.

—Tu padre está muerto —dijo Will.

Un destello de incomprensión atravesó el rostro de James.

—¿Qué?

—¿No lo sabías? —le preguntó Cyprian con voz amarga. Fue como si el embrujo de las palabras de Gauthier se hubiera roto por la intromisión de los dolores más nimios de su historia—. ¿Creías que había huido cuando llegó la sombra?

—¿La sombra? —repitió James, y después, con los ojos llenos de sorpresa—: ¿Marcus se ha *convertido*?

Oír a James pronunciando el nombre de su hermano fue demasiado para Cyprian; soltó su espada y tiró de James para ponerlo en pie.

—*Traidor* —le espetó Cyprian, agarrándolo por la camisa—. No has necesitado un Collar. Serviste a Simon por voluntad propia. Sabes exactamente qué pasó en el alcázar. Tú estabas allí. —Y continuó, furioso—: ¿Los oíste morir? ¿Los viste? ¿Te hizo feliz matar a tu propia familia?

—Yo no estaba *allí* —replicó James—. Emery me dejó escapar.

¿*Emery*? Will recordó al tímido novicio de cabello rizado que había sido uno de los primeros en ser amable con él en el alcázar. Parecía tan improbable, que Will no conseguía encontrarle sentido. Pero cuando miró a James buscando algún indicio de un subterfugio, no encontró nada.

Cyprian lo agarró con más fuerza.

—¿Por qué haría eso Emery?

—Porque está enamorado de mí desde que teníamos once años. No me digas que no lo sabías.

Después de un silencio largo e incómodo, Cyprian hizo una mueca. Soltó a James con un empujón que hizo que cayera al suelo. Caminó hasta la chimenea y se detuvo allí, intentando recomponerse, con la columna vertebral tensa de espaldas a ellos y el brazo apoyado en la pared.

—Bueno, pues está muerto —dijo Cyprian, después de un largo silencio—. Todos están muertos. Por tu culpa.

—¿Por mi culpa? —repitió James con voz burlona—. Por culpa de Marcus. Fue él quien bebió del Cáliz.

Cyprian se giró. Will vio la daga de la sonrisa de James y se interpuso rápidamente entre ellos, recordando a James en el Alcázar de los Siervos, incitando a la violencia solo con sus palabras. Tuvo que mantener a Cyprian atrás.

—Para. No sigas. Esto es lo que quiere. Te está desafiando. Para.

Cyprian se apartó, jadeando con fuerza. James lo observaba con una expresión peligrosamente provocadora, a pesar de estar apoyado sobre los codos, con las manos esposadas incómodamente a la espalda. El empujón de Cyprian lo había apartado un par de metros de Will y del Collar, lo que tal vez había sido su intención.

Will se giró hacia Gauthier.

—Dices que este Collar tiene el poder de controlar a otra persona.

—No a cualquier persona —contestó Gauthier—. Solo a él.

—¿Cómo lo sabes?

—Muchos idiotas han intentado ponérselo a otros. Algunos que ansían la sumisión han tratado de ponérselo ellos mismos. No funciona. Fue diseñado para una sola persona. Para cerrarse alrededor de un cuello concreto.

Mientras sopesaba el Collar Will miró a James, que lo observaba con los ojos muy abiertos, aunque no dejaba de bajar los ojos hacia el Collar, con la respiración ajetreada.

—Pero tiene poder —dijo Gauthier—. Los hombres lo quieren. El control que promete... El dominio... El poder. Como dragones haciendo acopio de joyas, todos los que tocan el Collar desean poseerlo... Porque desean poseerlo *a él*. Y Simon... Simon quiere asegurarse su dominio. Simon me ha buscado desde hace muchos años, anhelando lo que es mío, hasta que no hubo refugio ni descanso para mí.

Will pensó en Gauthier, atrapado en aquella granja muerta y desierta. Podía verlo en su ansia, en su codicia: estaba casi vacío, como si el tiempo que había pasado con el Collar lo hubiera despojado de todo excepto del deseo de tomar y retener. El Collar era lo único en lo que podía pensar, la única imagen grabada en su mente.

Will miró a Violet.

—Hay una habitación junto a esta —le dijo—. Encierra a James en ella.

—¿Y después? —le preguntó la joven.

CAPÍTULO VEINTIOCHO

—Lo usaremos —dijo Cyprian.

Will levantó la mirada cuando Violet regresó tras haber encadenado a James en la cocina y la puerta se cerró tras ella con un chasquido suave. Cyprian había enderezado la butaca de Gauthier y lo había ayudado a sentarse de nuevo, mientras Will dejaba el Collar sobre la repisa de la chimenea. Seguía envuelto en la manta, pero podía sentirlo, una pesada presencia que atraía su mente y su atención.

—Le pondremos el Collar a James —insistió Cyprian—, y lo enviaremos a atacar a Simon.

—No podemos convertir a James en nuestro lacayo —dijo Violet—. ¿Verdad?

La pregunta quedó suspendida en el aire.

—No será para siempre —apuntó Cyprian—. Si lo consigue, le quitaremos el Collar.

—No podréis quitárselo —dijo Gauthier.

Todos se giraron hacia él; Will sintió que sus palabras se hundían en su interior, como una piedra fría en un lago.

—¿Qué quieres decir? —le preguntó, con un hormigueo en la piel.

Gauthier estaba en su butaca, envuelto en su chaqueta sucia y arrugada, parte de la decadencia y del abandono que los rodeaba. Entrelazó unas manos nudosas que a la tenue luz le parecieron hinchadas. Sus ojos ciegos y perlados no miraban del todo a Will.

—No tiene cierre. No tiene llave. Cuando se lo pongas, será tuyo para siempre. —El cuerpo de Gauthier se balanceó ligeramente, como si se sintiera ansioso. Lo pronunció como si citara unas oscuras escrituras—: Solo la muerte lo liberará.

Tuyo para siempre. La idea de que el Collar fuera permanente, de que James no pudiera quitárselo, hizo que el hormigueo que Will sentía en la piel se convirtiera en un profundo escalofrío.

«Solo la muerte lo liberará», pensó Will. Pero no lo había hecho. James era un Renacido; había muerto y nacido de nuevo, y el Collar todavía lo buscaba.

Will miró el Collar, su silueta bajo la manta, el recordado resplandor de su oro. Tenía ante sí la escala completa de la decisión a la que se enfrentaban. Podían detener a Simon, pero el precio...

El precio sería James. Para siempre.

—¿Cómo lo sabes? —le preguntó Will, mirando de nuevo al anciano—. ¿Cómo sabes lo que ocurre cuando James se pone el Collar?

—Mi ancestro fue su ejecutor —dijo Gauthier, robándole el aliento—. Rathorn mató al Traidor y lo sepultó en su tumba, pero el Collar no se abrió ni siquiera entonces. Tuvo que decapitarlo para quitárselo.

—¿Decapitó el cadáver de James? —preguntó Violet, asqueada. Había dado dos pasos atrás.

—El Rey Oscuro dio la orden. —Gauthier recitó las palabras como si fuera una antigua historia, relatada muchas veces—. Sus lacayos morirían para renacer con él. Rathorn asesinó al Traidor en los peldaños del Palacio Oscuro. Se suponía que debía enterrar su cuerpo en la tumba del Rey Oscuro, pero no pudo resistirse al Collar. Serró el cuello del Traidor y se lo llevó... No quedaba nadie que pudiera detenerlo.

El horror de aquellos últimos días inundó a Will. El Rey Oscuro, derrotado por la Dama. Las fuerzas de la Oscuridad, repelidas. Y la muerte... Una oleada de muerte. ¿A cuántos sirvientes había ordenado asesinar el Rey Oscuro? Will se imaginó al verdugo en los salones del Palacio Oscuro, saqueando los cuerpos como un cuervo picoteando la carroña.

¿Sería ese su futuro si el Rey Oscuro regresaba? ¿Kilómetros de terreno cubiertos de muertos?

—Rathorn huyó con el Collar, lo escondió, lo mantuvo a salvo. Se convirtió en un secreto familiar, transmitido a través de los siglos. Ahora yo soy el último, y Simon me ha encontrado... Él lo quiere... Lo quiere... Mató a mi hijo, ¿sabes? Pensó que yo le había entregado el Collar. Lo habría hecho. Solo necesitaba pasar un poco más de tiempo con él. Solo necesitaba...

Gauthier cerró las manos instintivamente. El Collar lo había vaciado, convirtiéndolo en un cascarón. Will pensó en Rathorn, el verdugo del pasado, tomando el objeto que maldeciría a su familia, que devastaría a sus descendientes hasta que lo único que quedara fuera un anciano en una casa vacía. Había creído que era un tesoro, pero había sido una maldición. ¿Terminaría él como Gauthier, solo y medio loco, encorvado sobre el Collar en celosa protección?

Pero había una cosa en la historia que no tenía sentido.

—En aquel momento, James tenía todo su poder. ¿Cómo lo capturó Rathorn?

Will miró a Gauthier, intentando ver en él algún eco del pasado, un campeón que había sido capaz de derrotar al mejor general del Rey Oscuro. Gauthier le devolvió la mirada, ciego.

—¿Cómo lo capturó? No hubo captura. Tú no lo comprendes. Era la voluntad del Rey Oscuro, así que James se arrodilló y preparó el cuello para el golpe. —La voz de Gauthier estaba cargada de una oscura promesa—. Te lo he dicho. Pónselo alrededor del cuello y hará cualquier cosa que le pidas.

El Traidor. El comandante de la Oscuridad. El arma definitiva: una que podía blandir.

Will miró a Violet y a Cyprian, dos rostros fraguados en un sobrio propósito similar al suyo.

—Dadme el Collar —les pidió.

Cuando Will entró, James levantó la cabeza.

Violet lo había encadenado a la estufa de hierro de la pequeña cocina, con su panel de cristal roto, lo bastante lejos para que no oyera a los demás. James había adoptado una postura que Will reconocía del tiempo que él mismo había pasado siendo una presa: de espaldas a la pared, con los ojos clavados en la puerta. En el extremo opuesto de la casa, estaban solos.

Cuando vio el Collar en manos de Will, el cuerpo entero de James se puso en guardia. Su rostro cambió.

—¿Qué vas a pedirme? —le preguntó—. ¿Qué te meta uvas en la boca? ¿Que me arrastre a tus pies? ¿O me enviarás a matar a todos los que conozco?

—¿Como tú hiciste con Marcus? —replicó Will.

Apartó la manta del Collar, exponiendo su curva de rubíes mientras lo sostenía con cuidado a través de la áspera tela para no tocarlo con las manos desnudas.

—Lo sientes, ¿verdad? —le preguntó.

La horrible expresión con la que James contestó era un «sí».

—¿Cómo es? —quiso saber—. ¿Duele?

—No *duele*, es... —James se tragó las palabras. La siguiente mirada fue aún peor, y lo dijo todo.

«¿Lo deseas? —había dicho Gauthier—. ¿Lo deseas tanto como él te desea a ti?».

James respiraba con rapidez. Tenía las mejillas sonrosadas y toda su atención estaba puesta el Collar.

—Así que lo deseas —dijo Will.

—Yo no *lo deseo* —replicó James.

Will dio un paso adelante, sobre las hojas y la tierra que había entrado en la cocina vacía.

—Gauthier ha dicho que su ancestro te serró la garganta después de morir para conseguirlo. ¿Eso es cierto?

—No lo sé.

James ya se lo había dicho antes. *No recuerdo esa vida.* En ese momento lo dijo como si estuviera enfadado, como si quisiera recordar pero no pudiera hacerlo.

—Pero recordabas el Collar. Sabías para qué sirve. ¿Cómo?

James se mantuvo en silencio. Su pecho se movía con rapidez.

—Tuvo que decapitarte porque no pudo quitártelo. ¿Lo sabías?

—Ese es su atractivo, ¿no? —respondió James, con precario desafío—. El juguete de Simon será tuyo para siempre.

Will oyó su propia voz, enroscándose con la sensación del Collar.

—¿Odiabas seguir órdenes? ¿Seguías siendo consciente, a pesar de la compulsión? ¿O se apropiaba de tu mente por completo, haciendo que creyeras que era tu voluntad?

—Dios, estás disfrutando de esto, ¿verdad? También disfrutaste con el cuerno. Manteniéndome sujeto. Sonsacándome. Pónmelo, si vas a hacerlo. ¿O eres demasiado cobarde?

—Date la vuelta —le pidió Will.

James se giró después de un instante, con las mejillas llenas de color. Will vio la línea de su espalda, su nuca expuesta. Tan cerca, parecía que James obedecía como si el Collar ya rodeara su cuello, aunque se mantuvo como un semental durante el proceso de doma, temblando y sudando. Will extendió la mano para posarla en su espalda, entre sus omóplatos, y sintió el calor del destemplado músculo a través de la camisa y de la seda de su chaleco.

Will bajó la mano hasta llegar a la parte inferior de su espalda, donde James tenía las muñecas cruzadas, rodeadas por las esposas. Su cuello era una columna esbelta y pálida bajo las lengüetadas de cabello dorado. Parecía desnudo. Vulnerable. Will notó en sus dientes que el Collar estaba cerca del lugar al que pertenecía. En el que encajaba.

Pónselo, y hazlo mío.

Respirando superficialmente, abrió con rapidez las esposas de James y las dejó caer al suelo. Después dio un paso atrás.

—¿Qué estás...?

James se giró para mirarlo. En sus ojos había cautela, incertidumbre. Por instinto, se agarró las muñecas, como si no pudiera creer que Will lo hubiera liberado de las esposas. Después levantó los dedos de su mano derecha para rozar la piel desnuda de su cuello.

Will le ofreció el Collar. Era como ofrecer pan a un hombre hambriento que podría tomarlo y apuñalarlo de todos modos. Pero James no lo aceptó. Su cautela se acrecentó.

—¿Por qué me lo devuelves? —Miraba a Will con intensidad.

—Viniste aquí solo.

—¿Qué tiene eso que ver con...?

—Viniste aquí solo porque no quieres que Simon lo tenga —dijo Will—. Simon no sabe que estás aquí. —Observó los ligeros cambios en el rostro de James—. Tengo razón, ¿verdad?

—¿Y qué si la tienes?

James parecía preparado para que aquello fuera una treta. No había aceptado el Collar, ni siquiera había extendido la mano hacia él, aunque su cuerpo estaba tenso, como si estuviera preparado para agarrarlo o huir al primer movimiento.

—Los Siervos descubrieron lo que eras —le dijo Will—. Huiste. Eras un niño. No tenías ningún sitio adonde ir. Creo que acudiste a Simon porque era la única persona que podía protegerte. Te acogió, te crio sabiendo en lo que te convertirías. Quizá te dijo que estarías a su lado en el nuevo orden, y quizá tú lo creíste. Pero, en algún momento, descubriste la existencia del Collar.

James lo miró fijamente. Will sabía que las palabras lo habían sorprendido a un nivel profundo, que habían llegado a una parte de él que no solía verse.

—Te enteraste de que estaba buscándolo. Te enteraste de que quería ponértelo. El hombre en el que confiabas quería esclavizarte. Pero no podías abandonarlo. Tenías que encontrarlo antes de que lo hiciera él, y mantenerte a su lado te daba acceso a los mejores contactos, a la mejor información, a las mayores probabilidades de éxito. Así que hiciste lo que te pedía. El juguete de Simon. Dejaste que te convirtiera en su mascota. Y cuando descubriste que Gauthier estaba en Inglaterra, viniste aquí solo.

Se produjo un silencio en la habitación vacía. James estaba muy quieto, como si el mismo acto de respirar pudiera delatarlo. Parecía que no iba a hablar, pero lo hizo.

—Fue su padre —dijo James—. Fue el padre de Simon quien me crio, no él.

—¿Qué edad tenías cuando lo buscaste?

—Once años.

—¿Y cuándo descubriste lo del Collar?

—Un año después.

Will lo levantó, ofreciéndoselo de nuevo.

—Yo no soy un Siervo —le dijo—. Yo mantengo mis promesas. Soy leal a mis amigos. Ya te lo dije.

Las pupilas dilatadas hacían que los ojos de James parecieran muy oscuros. Su cautela se había transformado en una larga e inquisitiva mirada, como si buscara un truco o una trampa.

—¿Qué evita que tome el Collar y te mate ahora mismo? —le preguntó James.

—Nada.

—¿Y Simon? No podrás detenerlo sin mí.

Will sintió que sus labios se curvaban, una frágil y nueva sensación en su interior.

—No me subestimes.

—No voy a ayudarte a luchar contra él.

—Ya lo sé.

Aun así, James no tomó el Collar. Siguió mirando a Will con aquella extraña y curiosa expresión.

—No te comprendo.

—Eso también lo sé.

James extendió la mano con lentitud. No agarró el Collar de inmediato; dudó antes de tocarlo, deteniendo los dedos sobre él, y en el último segundo evitó asirlo con la mano desnuda. Lo tomó por el lugar por el que lo sostenía Will, por la parte envuelta. Sus dedos estaban fríos. En cuanto Will soltó el Collar, fue como si un hechizo se rompiera. James lo envolvió con rapidez en la manta y se lo metió bajo el brazo; verlo desaparecer también ayudó. James hizo ademán de marcharse.

Y se detuvo, para observar de nuevo a Will. Podía ver otra pregunta formándose en sus labios.

Pero, en lugar de hacérsela, James negó con la cabeza y se marchó en silencio a través de la puerta desvencijada, con solo esa mirada de interrogación a su espalda.

Violet estaba sentada en el borde de la mesa rota, pero se levantó de un salto cuando Will llegó. Cyprian estaba junto a Gauthier, con la espada en la mano e igualmente tenso. Su lenguaje corporal estaba cargado de expectación, atravesado de vergüenza. Ambos miraron a Will con tensión nerviosa, y después más allá, al pasillo. Cuando no vieron a James, la tensión se llenó de urgencia. Cyprian dio un paso adelante.

—¿Lo has hecho? ¿Se lo has puesto? —Cyprian se sonrojó después de haberlo dicho.

Violet había avanzado dos pasos por el pasillo vacío, buscando algún rastro de James.

—¿Lo has enviado ya a por Simon?

—He dejado que se marchara.

Ambos se giraron hacia él para mirarlo, en un momento de desconcertado silencio. La túnica de Cyprian estaba un poco ensangrentada, por la herida que se había hecho al golpear la pared, durante la captura de James. Cambió de color, y parches rojos aparecieron en sus mejillas.

—¿Has hecho qué?

—He dejado que se marchara.

La estancia estaba llena de las señales de la pelea anterior. Los muebles estaban destrozados, el techo casi atravesado, había escombros por todo el suelo y el fino polvo del yeso se cernía en el aire bajo los débiles rayos del sol.

—¿Y el Collar?

—Era suyo. Se lo devolví.

En el atronador silencio que siguió, Gauthier emitió un sonido grave y dolorido.

—*Se ha ido... Se ha ido... Lo ha regalado...*

Cyprian apretó la empuñadura de su espada. Casi había llegado a la puerta antes de detenerse. No tenía modo de deshacer lo que Will había hecho: James se había marchado ya, a caballo y con buena ventaja, y era demasiado poderoso para ser sometido, aunque Cyprian lo alcanzara. Will sintió la golpiza de emociones cuando el novicio se dio cuenta de que era demasiado tarde, de que había tomado la decisión sin él.

—Lo acordamos. Acordamos usarlo para detener a Simon.

—Yo nunca accedí a eso —dijo Will—. Escuché a Gauthier y tomé mi decisión.

—James —dijo Cyprian, como si el nombre estuviera sucio—. Te ha utilizado. Te ha engañado para que sintieras compasión por él, y tú has caído en la trampa.

—Era lo correcto —zanjó Will.

—¿Te engatusó, como lo hizo con Emery? ¿Tú también estás enamorado de él?

—Era lo correcto —repitió Will con firmeza.

—¡No era lo correcto! —exclamó Cyprian—. Tuvo a mi hermano prisionero durante meses, manteniéndolo con vida hasta que se convirtió. Y después lo soltó para que masacrara a los Siervos. ¿Cómo crees que se habrá sentido Marcus, sabiendo que la sombra estaba en su interior pero sin poder retenerla? James dijo que Marcus había suplicado, ¿lo recuerdas? Y ahora Simon tiene la Roca Tenebrosa...

—Esto no tiene nada que ver con Marcus...

—No, esto tiene que ver con Simon —dijo Cyprian—. Simon va a liberar a los Reyes Sombríos y ellos harán que la muerte y la destrucción llueva sobre este mundo. Nada puede detenerlos. Ningún poder es lo bastante fuerte.

—Conozco los riesgos. Sé lo que Simon puede hacer.

—Teníamos una oportunidad de derrotarlo. ¡La teníamos en nuestras manos y tú la has regalado! Ya oíste a la Sierva Mayor. Cuando los Reyes Sombríos sean libres, Simon invocará al Rey Oscuro. ¡Y cuando el Rey Oscuro regrese, traerá el oscuro pasado con él, recuperando la magia y subyugando nuestro mundo! Podríamos haber usado ese Collar para detenerlo.

—¿Usarlo? ¿Como los Siervos usaron el Cáliz? —le preguntó Will.

Cyprian palideció, como si la carne sobre sus huesos se hubiera convertido en mármol. Era como si lo hubieran atravesado, pero estuviera tan desprovisto de sangre que la herida no pudiera sangrar. El silencio resonó; todo se detuvo y el único movimiento fue el de las pequeñas motas de polvo suspendidas en el aire de la ruinosa habitación.

—No es lo mismo.

—¿No lo es? —replicó Will—. ¿Qué parte? ¿La de esclavizar al enemigo? ¿La de creer que puedes usar un poder oscuro sin convertirte en aquello contra lo que luchas?

—No es lo mismo —repitió Cyprian—. Usar el Collar no pondría a nadie en riesgo...

—¡Es la voluntad del Rey Oscuro! —exclamó Will—. Está en todas partes, ¿acaso no lo sientes? Sus artefactos. Su poder. Los Siervos están muertos porque bebieron de su Cáliz. Nunca tuvieron una oportunidad; el Rey Oscuro estuvo siempre en el interior del alcázar, dentro de sus cuerpos, dentro de sus mentes. ¿Crees que fue un accidente? ¿Un giro del destino? ¡Él lo planeó! ¡Igual que planeó esto! Él quiere que el Collar esté en el cuello de James. Y tú quieres hacer lo que él desea. —No cedió—. Igual que los Siervos.

Cyprian cerró las manos en puños.

—Los Siervos no estaban cumpliendo su voluntad. Eran buena gente, oponiéndose a la Oscuridad. Mantuvieron su legado durante siglos. Lucharon mucho antes de que tú llegaras al alcázar. ¡Y cuando apareció la sombra, dieron sus vidas para detenerla!

—Mira. —Will agarró a Cyprian por el brazo e hizo que se girara para mirar al anciano, que se balanceaba en su butaca—. Mira a Gauthier. El Collar pervirtió a todo su linaje, hasta que fueron incapaces de hacer algo más que guardarlo y protegerlo. Lo hicieron durante siglos, hasta llegar a esta casa, hasta nosotros, hasta James. —Mirando al anciano, Will podía sentirla, la sofocante influencia del Rey Oscuro extendiéndose sobre todo, tan densa que casi lo ahogaba, como un millar de oscuros zarcillos alargando sus dedos desde el oscuro pozo del pasado, buscando algo a lo que aferrarse—. Los Siervos creyeron que tenían el control, pero no era así. Lo tenía *él*. Él quería que bebieran. Así es como funcionan sus objetos. Crees que los estás usando, pero son ellos quienes te utilizan a ti.

—Entonces, ¿qué podemos hacer? —preguntó Cyprian. Pero, por la expresión agónica de sus ojos, Will supo que ya sabía que aquel camino era el correcto—. Sin el Cáliz, sin el Collar... Solo estamos nosotros tres, nosotros tres contra la Oscuridad. ¿Cómo lucharemos, si una única sombra mató a todos los Siervos del alcázar?

—No lo sé —le respondió Will con honestidad—. Pero ahora estamos fuera de sus planes, quizá por primera vez. Tú eres el último Siervo que queda. Y también eres el primer Siervo al que no puede controlar. Eres un Siervo que no ha bebido del Cáliz.

Cyprian tomó aliento, tembloroso.

—¿Crees que James volverá con Simon? —preguntó Violet, en medio del silencio.

—Eso tampoco lo sé —dijo Will—. Pero ahora él también se ha liberado del Rey Oscuro.

—¿Y Gauthier? —Miró al anciano marchito, su piel tensa sobre los huesos, todavía meciéndose un poco en su butaca.

Will se arrodilló delante de Gauthier, para poder hablarle desde su misma altura.

—Gauthier, me temo que James te dijo la verdad sobre Sophie... Estás solo aquí. ¿Hay alguien a quien podamos enviar a buscarte? ¿Algo que podamos hacer?

—¿Hacer? —repitió Gauthier—. Puedes devolvérmelo, ¡eso es lo que puedes hacer! Se suponía que era yo quien debía ponérselo. ¡Se suponía que era yo quien debía poseerlo! ¡No tú...! —Will se levantó rápidamente, con el estómago revuelto.

Le llevaron el hatillo de leña, seis huevos que encontraron en el viejo gallinero y una bandeja llena de manzanas del árbol descuidado del exterior, junto a un balde de agua fresca. Después se marcharon de la granja, donde la voz de Gauthier todavía resonaba.

—¡Tenía que ser mío! ¡Obedecería mis órdenes, con mi collar en el cuello...!

Cabalgaron de nuevo por las ciénagas hacia el arco roto que ahora conducía a un patio mudo y vacío. Will no quería regresar al alcázar. Podía notar su propia resistencia; en su mente, el arco era tan ominoso como las puertas de un cementerio por la noche. A su alrededor, las ciénagas se extendían, frías y húmedas bajo el cielo gris, mientras los caballos avanzaban a través del barro.

—¿Qué vamos a decirles a Grace y a Sarah? —preguntó Cyprian, poniendo su caballo a su altura.

Cyprian se había mantenido en silencio durante el trayecto de vuelta, asimilando las palabras de Will. Había pasado toda su vida entrenando para ser un Siervo, siguiendo sus tradiciones y sus normas. Aquella vida era lo único que conocía. Sin la guía de la Orden, estaba perdido... Reacio a beber del Cáliz, pero sin otra indicación sobre cómo vivir. La idea de que todavía pudiera ser un Siervo, como se suponía que debieron ser estos, era nueva para él. En aquel momento preguntó sobre Grace y Sarah sin acritud, una pregunta práctica que necesitaba respuesta.

Pero Cyprian tenía razón. ¿Qué iban a decirles? ¿Cómo les explicarían por qué habían vuelto con las manos vacías, por qué habían renunciado a su única arma contra Simon? ¿Cómo iban a contarles que los Reyes Sombríos serían liberados y que no había ningún modo de detenerlos?

El futuro parecía escaparse de sus manos, junto a todos sus planes para Simon, y Will solo podía pensar que no estaba preparado para la batalla que se avecinaba.

—¿Will? —oyó decir, y fue apenas consciente de que Violet desenvainaba su espada mientras dos figuras a caballo aparecían detrás del arco.

Su belleza era como la dorada luz del sol de la primavera, incluso allí, en el lodazal frío y gris, aunque ella y la bonita yegua de motas grises sobre la que cabalgaba parecían totalmente incongruentes. La falda de su vestido de montar azul se había manchado de barro, así como las patas y el vientre de su caballo.

A su espalda había una niña más pequeña, de nueve o diez años, con las gruesas cejas y el rostro pálido, subida a un pony. Parecían muy distintas, una preciosa y dorada, la otra robusta y sencilla, pero ambas se giraron para mirarlo a la vez.

—Dijiste que viniera si estaba en peligro —dijo Katherine.

CAPÍTULO VEINTINUEVE

Katherine no podía dejar de mirarlo: a Will, la extraña ropa que vestía, el barro y la suciedad que lo cubrían, incluso su caballo negro. El joven desmontó y dio un paso hacia ella, con los ojos muy abiertos y sorprendidos. Sus amigos parecían regresar del campo de batalla, con la ropa ensangrentada y rasgada. Tenían el mismo aspecto, pensó, que el antiguo y ruinoso arco, como si formaran parte de aquel lugar lóbrego, desierto y aterrador.

—Has venido —dijo Will.

Él estaba allí; no estaba sola en las ciénagas. Quería acercarse a él. Quería que la llevara a un cálido salón, con una chimenea frente a la cual sentarse y calentarse, y criados que le llevaran té mientras él le cubría los hombros con un chal y le tomaba las manos. Pero nada estaba ocurriendo como había esperado.

La lluvia había convertido el viaje nocturno por la marisma en un frío y sucio trasiego a través del barro en el que el corazón se le subía a la garganta cada vez que su dulce yegua, Ladybird, tropezaba. Elizabeth la había seguido valientemente a lomos del pony Nell. No tardaron mucho en estar empapadas, temblando y con las faldas anegadas.

Le castañeteaban los dientes. El chico y la chica que se habían detenido detrás de Will la miraban con hostilidad y recelo.

—¿Qué hace ella aquí? —preguntó la chica desenvainando su espada larga y aterradora, que parecía demasiado pesada para su cuerpo menudo.

—¿Will? —dijo Katherine, sin comprender qué estaba ocurriendo pero asustada por los dos desconocidos y sus armas. Tenía mucho frío, los dedos entumecidos en los guantes mojados y la falda muy pesada por la humedad. No sabía qué hacer.

—No pasa nada —le aseguró, y después miró a los demás—. Parad. Violet, basta. Ella no es una amenaza.

—Es la *prometida de Simon* —dijo Violet.

—¡Simon! —exclamó el chico desde su caballo, y él también desenvainó su espada, en una clara amenaza.

A Katherine el corazón se le subió a la garganta. Will se detuvo ante ella, mirando el afilado acero.

—Yo le pedí que viniera —les dijo Will—. No es una amenaza. Está sola. Ha venido aquí buscando ayuda. —Y entonces se acercó a ella. Puso la mano en el cuello de Ladybird y dijo en voz baja—: ¿Es así, Katherine?

—No me han seguido —contestó la muchacha, recordando la lenta y artera huida de su casa junto a Elizabeth, evitando los adoquines para amortiguar el sonido de los cascos y rezando para que los caballos no relincharan—. Yo no... Lord Crenshaw no sabe que estoy aquí... Yo no...

—Has hecho lo correcto —dijo Will con una mirada de advertencia a Violet y al otro joven—. Primero os llevaremos a ti y a tu hermana al interior.

Katherine estaba mojada y tenía frío, pero no había nada allí, ni rastro de civilización. La marisma vacía parecía extenderse en cada dirección.

—¿Al interior?

—Si Cyprian lo permite —dijo Will. Se giró para mirarlo—. Tú eres el único que puede ayudarlas a atravesar el arco.

—No confío en ella —dijo Violet.

El muchacho, Cyprian, la examinó, sopesando su decisión. Montado en su caballo blanco, con la espalda recta, parecía un modelo de una era pasada. Le habría gustado no estar mojada y temblando. Le habría gustado que no le castañetearan los dientes y que sus rizos no estuvieran empapados. Hizo todo lo posible, no obstante, por parecer respetable.

—Mi padre no la habría dejado entrar. Él creía que el alcázar era una fortaleza a la que teníamos que proteger. —Al mirarla, pareció recordar las palabras de otras personas—. Pero, en el mundo antiguo, el alcázar no fue solo una fortaleza. Era también un santuario. —Envainó su espada y asintió—. Si de verdad necesitas nuestra ayuda, entonces eres bienvenida en nuestro alcázar.

Will cabalgó a su lado. Su enorme caballo negro, con su cuello arqueado, hacía que Ladybird pareciera pequeña, pero alargó la mano y tomó la de ella enguantada para sostenérsela mientras el corazón de Katherine le amartillaba el pecho.

—No tengas miedo —le dijo.

Pero tenía miedo; estaba aterrada.

Ante ella, Cyprian y Violet atravesaron el arco roto y simplemente desaparecieron.

—¿Will? —Pronunció su nombre como un grito de ayuda. Él le apretó la mano. «No quiero ir». Las condujo hacia delante.

Ella sintió un tirón y la ciénaga desapareció de repente; en su lugar apareció la silueta negra de un lúgubre castillo cuyo faro era el último rescoldo de un fuego extinguido. Se estremeció al mirarlo. ¿Dónde estaban las luces y los criados y la calidez de una bienvenida?

¿Qué había pasado allí? Recordó la luz que Will había conjurado en el jardín. Una parte de ella había creído que el joven la conduciría a un lugar luminoso, seguro. Pero aquel sitio era oscuro y terrible. Lo miró mientras desmontaba en el patio. ¿*Aquel* era el mundo del que procedía?

—¿Es a... aquí... donde vives? —le preguntó.

—Es donde me he estado alojando —contestó Will.

—Es horrible —dijo Elizabeth—. Como si estuviera muerto.

—¡Elizabeth! —exclamó Katherine.

—No pasa nada —dijo Will, mirando el patio con gesto serio—. Tiene razón. No es adonde me habría gustado traerte, pero aquí estaremos a salvo.

Con el castillo a su espalda, él parecía distinto, transformado de un atractivo caballero a un místico y desconocido joven. Su antigua vida se estaba desmoronando, como si no hubiera sido real, como si el suceso que la había llevado hasta allí hubiera hecho añicos una ilusión, revelando una realidad que era tan oscura como cierta.

—Ven —le pidió Will, ofreciéndole una mano para ayudarla a bajar del caballo.

Katherine se sentó en un taburete de tres patas junto al fuego para que su falda se secara e intentó no pensar en la razón por la que había acudido allí.

Will no la había llevado al castillo sino a una torre más pequeña en la muralla a la que llamaban «garitón». Pero la silueta negra de la ciudadela todavía se cernía sobre ella, una forma ominosa que hacía que se estremeciera.

Aquella habitación no se parecía en nada a un salón. Era una especie de barraca, cortada en una piedra oscurecida y agrietada por los años. Subiendo un corto tramo de escaleras había un cuarto con cinco camastros improvisados, como si Will y los demás estuvieran acampando juntos en aquellas oscuras ruinas. Dos chicas con túnicas azules salieron de la torre para recibirlos. Will defendió su presencia ante ellas antes de acompañarla para que se sentara al lado del fuego.

Elizabeth estaba también en el interior; sus cejas demasiado oscuras y su rostro ojeroso denotaban preocupación. Estaba lejos de Katherine, con su infantil vestido corto, cerca de la pared. Le habían dado un cuenco de estofado y se lo estaba comiendo con ganas. Katherine no tenía estómago para ingerir nada. Si pensaba en comer, se le venían a la mente imágenes de la adorable vajilla de su hogar, mientras que allí no había alfombras, ni papel de pared, ni servicio, ni otras señales de civilización.

Elizabeth se había mostrado asombrosamente práctica cuando Katherine acudió a ella, con el corazón desbocado, y le dijo que tenían que marcharse. Tras advertirle que no llevara más que lo esencial, la niña solo se detuvo para ponerse el abrigo y reunir sus deberes escolares, y regresó con gesto adusto y decidido. Katherine pensó en llevarse algunas de sus mejores ropas y joyas, pero al final se puso un sencillo y viejo vestido de montar. Había visto al mozo de cuadras ensillando a Ladybird un centenar de veces, pero cuando intentó hacerlo ella, no supo por dónde empezar e inició lo que le pareció un largo y asustado proceso de prueba y error antes de salir a la lluvia.

—Toma —dijo Cyprian, ofreciéndole una copa. Había estado mirándola desde una distancia prudencial, como si su sola presencia fuera una intrusión. Como si la rara fuera ella, y no él. Como si pudiera ser peligrosa... Y con cierta curiosidad, como si fuera algo exótico, como si nunca antes hubiera visto a una señorita. En ese momento, le entregó una copa de extraña forma llena de líquido caliente.

Resultó que era té, pero no un buen té de color tostado con leche en una taza de porcelana. Era verde, con briznas flotando de algo que parecía hierba.

—Eres muy amable —le dijo.

—Lo hace mi gente. Las hierbas que crecen aquí tienen cualidades que se han cultivado desde el mundo antiguo. Es reconstituyente.

—¿Tu gente? —le preguntó—. ¿Te refieres a los del continente?

Y entonces se sonrojó porque, de algún modo, decir aquello le parecía incorrecto, aunque no sabía por qué. No sabía qué hacer.

—Se refiere a los Siervos. Tu prometido los ha matado a todos —le dijo Violet.

Katherine tomó el té y lo miró. Era verde pálido, con algunas motas y tallos girando en el fondo.

—Entiendo. Gracias —dijo.

Se sentó de nuevo. Apenas fue consciente de que se habían apartado a un lado para hablar de ella en voz baja.

—*Todavía no sabemos qué hace aquí.*

—*Ha venido sola. Simon no está con ella.*

—*¿Y si es un caballo de Troya? No podemos fiarnos de ella.*

Miró el fuego hasta que las llamas se emborronaron. No debería estar allí. Debería estar en casa, vistiéndose para la cena. No habría estado allí de no ser por lo que ocurrió. El suceso terrible y abrumador que hizo que decidiera marcharse de la casa y correr hacia el barro y la lluvia.

Will acercó un segundo taburete y se sentó a su lado.

—Oíste algo, ¿verdad?

Habló en voz baja, inclinándose hacia ella, con los antebrazos apoyados en las rodillas. Las palabras la paralizaron. No podía decirlo. No quería decirlo. A su alrededor, sintió una enorme presión. Sostuvo la copa con tanta fuerza que le sorprendió que no se hiciera añicos y le cortara los dedos.

—Simon fue a visitarte —dijo Will—. Estaba en Londres, por negocios.

La estancia estaba tan silenciosa que podía oír el fuego de la chimenea. Will hablaba como si supiera lo que había oído, pero era imposible. No podía saberlo. Nadie podía. La presión creció. No quería decirlo, porque eso lo haría real. Eso haría que todo aquello fuera real. Aquel castillo frío y vacío. El barro que empapaba su vestido. Las palabras que habían provocado que su mundo se desmoronase.

—Estaba de buen humor. El asunto que lo había llevado a Londres había salido bien —dijo Will con tristeza—. Puede que alguien fuera a verlo. Un socio, quizá. Tal vez un mensajero. Yo desperté tu curiosidad lo suficiente como para que escucharas a escondidas. Y oíste algo.

La primera vez que lord Crenshaw fue a visitarla, habían sacado un conjunto de té de porcelana decorado con capullos de rosa, enroscadas hojas verdes y bordes dorados. Había sido el perfecto caballero, haciéndole preguntas y mostrando interés. Toda la familia había estado muy contenta, con el futuro resuelto. Sus tíos se deshicieron en mimos y aquella noche tomó su postre favorito, helado de albaricoque.

Se subió a la cama, demasiado nerviosa para dormir, y trenzó el cabello de su hermana y habló sobre la casa que tendría y de las fiestas a las que asistiría y de la sociedad a la que tendrían acceso.

—Dijo que no era suficiente —le contó Katherine.

—¿El qué no era suficiente?

Había ido a visitarla muchas veces desde entonces, siempre la viva imagen de la cortesía y las buenas maneras, solícito y encantador, como lo había sido en su última visita, hasta que se levantó para hablar con un mensajero y ella lo siguió al pasillo.

—Sangre —contestó Katherine.

Mirando su taza, sintió la fría extrañeza de aquella pequeña y desprovista habitación. Su antigua vida parecía desvanecerse, los vestidos y los zapatos, las pequeñas ristras de perlas que quedaban tan bien con la gasa bordada, la emoción de su primer peinado *à la mode*, ejecutado por su nueva doncella y que le dejaba la nuca al descubierto.

—Dijo que había matado a otras damas y que solo una no era suficiente —le contó—. Tenían que ser todas.

«Mató a mi madre», le había dicho Will, y ella no lo había creído. Hasta que oyó las palabras que le helaron la sangre, y entonces lo único que pudo recordar fue a Will diciéndole que huyera.

«Tenía que matarlas a todas —dijo lord Crenshaw, con tono despreocupado—. Y lo he hecho. Están todas muertas. Todas menos una».

—¿Pasó algo más? —le preguntó Will con urgencia, acercando su taburete.

Se había quedado aterrada detrás de la puerta y después tuvo que encontrar el camino de vuelta hasta la sala matinal, a la que él regresó y donde tuvo que sonreír y charlar de nimiedades. Pero lo único que podía recordar era su espalda contra la pared, el lateral de su mano contra su boca para reprimir el grito en su garganta.

Hace diecisiete años fui un idiota, basándome en pistas y rumores. Creí que solo tenía que matar a una.

Me equivocaba.

Tenía que matarlas a todas. Y lo he hecho. Todas están muertas. Todas excepto una.

Ahora tengo la roca, y por fin tendré éxito donde fracasé hace tantos años.

La sangre de la Dama los liberará de sus siglos de cárcel, y sus enemigos serán aplastados. Y cuando todos hayan muerto, Él se alzará.

—Dijo que necesitaba la sangre de una dama para abrir una piedra. —Apenas fue consciente de cómo sus palabras impactaron en los demás, de las miradas que intercambiaron—. Que liberaría a los prisioneros de la roca y que estos acabarían con cualquier oposición. Dijo que, cuando todas las damas hubieran muerto, un rey regresará.

Will cerró las manos sobre las de ella para tranquilizarla.

—Hiciste lo correcto al venir aquí.

La sorprendente caricia la hizo volver a la estancia de inmediato. Cuando se dio cuenta de que Will le había tomado las manos, comenzó a latirle el corazón de un modo distinto.

—Está loco, ¿verdad? Su mente es... Es un demente. —Miró a Will, sin desear nada más que estar segura de que todo aquello pasaría, como un mal sueño.

—Te dije que, si venías conmigo, te lo explicaría todo —le aseguró Will—. Y lo haré.

Will no apartó la mirada de Katherine, pero desde el otro extremo de la habitación, la joven oyó hablar a Cyprian.

—Will, no puedes meterla en esto...

Y la voz de Will.

—Ya lo está.

—No lo comprendo —dijo Katherine en voz baja.

Violet dio un paso adelante.

—Al menos, haz que su hermana salga de la habitación.

Fue lo peor que podía haber dicho.

—¡Yo puedo oír todo lo que Katherine oiga! —Elizabeth se había levantado sobre sus piernas cortas y miraba, airada, a Violet.

—Han venido hasta aquí juntas —dijo Will—. Están en esto juntas.

—Cuéntamelo —le pidió Katherine.

—Viste cómo se iluminó el árbol en el jardín —comenzó Will—. Dijiste que no era natural. Tenías razón. Era magia. Como este alcázar. Hace mucho tiempo hubo magia en el mundo.

Magia. Una sensación extraña la abrumó mientras él hablaba, la espeluznante sensación de algo perdido, como el castillo muerto y oscuro que era un vestigio de algo desaparecido.

—¿Qué pasó? —le preguntó.

Parecía importante, como si lo que Will iba a contarle fuera más importante que ninguna otra cosa. Como si ella tuviera que saberlo.

—Hace mucho tiempo —comenzó Will—, hubo un Rey Oscuro. Era poderoso e implacable y le gustaba controlar a la gente. Quería gobernar el mundo. Casi lo hizo. El precio que se pagó por detenerlo fue enorme, después de que provocara mucha destrucción y muerte.

Parecía verdad. Bajo la luz de la llama que titilaba en aquel frío y ruinoso castillo, parecía verdad. Un Rey Oscuro, regresando de un pasado que pareció cierto tan pronto como Will habló de él. Pero era como si faltara una pieza del puzle, algo que tenía justo en la punta de la lengua...

—Lo detuvieron —dijo—. ¿Quién?

—Una Dama —respondió Will, y Katherine se quedó atrapada en su mirada, incapaz de apartar los ojos de él, magnetizada. Recordó la llamarada de luz en su jardín. Se sentía como si estuviera a punto de entenderlo, aunque en los ojos de Will apareció un destello de dolor—. Se amaban. Quizá fue así como ella lo mató. No obstante, no terminó ahí. El Rey Oscuro juró que volvería.

—Que volvería... ¿de la muerte? —preguntó Katherine.

—La Dama no podía regresar como él, así que tuvo un hijo, esperando que, si el Rey Oscuro se alzaba de nuevo, su descendiente ocupara su lugar en la batalla.

Tú. Sintió la palabra, como un latido, mientras miraba a Will a los ojos. *Tú, tú, tú.* Y había algo en él, algo que parecía antiguo y parte de

aquello, como si él fuera la clave, como si fuera terriblemente importante, pero no conseguía captar su significado...

—Simón está asesinando a los descendientes de la Dama —dijo
Will—. Cree que eso hará regresar al Rey Oscuro.

Un Rey Oscuro que era implacable. Un Rey Oscuro que quería
gobernar. Un Rey Oscuro que podría destruir el mundo...

Katherine se estremeció, en su ropa húmeda. A pesar de estar junto al fuego, no podía entrar en calor.

—¿Y lo hará? —le preguntó.

Will no respondió de inmediato. Miró a Violet, y los dos compar-
tieron algo antes de que volviera la vista a Katherine.

—Asesinó a mi tía antes de que yo naciera —dijo Will—. Creo
que ella fue la primera. Como el Rey Oscuro no apareció después de
que hubiera hecho eso...

—Decidió que tenía que matarlas a todas —continuó Violet—. A
cualquiera que tuviera su sangre.

—Por eso asesinó a tu madre. Por eso te está persiguiendo —dijo
Cyprian—. «Matar a una no fue suficiente. Tenía que matarlas a todas».

Recordó a lord Crenshaw diciendo, como si no fuera nada: «Tenía
que matarlas a todas. Y lo he hecho. Todas están muertas. Todas excepto una».

Miró a Will, su rostro iluminado por el fuego de la chimenea.

Tú. Aquello hacía que sus rarezas tuvieran sentido, el halo místico
que lo rodeaba, que siempre pareciera... más avispado y brillante que
el resto de la gente, aunque también aislado y distante.

Will era el chico al que lord Crenshaw estaba buscando. Al que
tenía que matar para tener éxito en sus planes.

—No es posible detener a los Reyes Sombríos —dijo Cyprian—.
Si los envía a por ti...

—Todavía no los ha liberado —replicó Will—. Necesita la sangre
de la Dama para liberarlos de la Roca Tenebrosa.

—Tu sangre —le dijo Violet a Will, y Katherine sintió un hormigueo en la piel.

—¿Y cuando la tenga? —preguntó Cyprian.

—Liberará a los Reyes Sombríos, masacrará a sus enemigos y terminará con la estirpe de la Dama.

—Y Él se alzará —terminó Cyprian, provocando que un escalofrío bajara por la columna de Katherine.

Vio la mirada que Will intercambió con Cyprian y con Violet justo antes de que los tres salieran del garitón a un tiempo. Esperó apenas un instante después de que se marcharan antes de levantarse de la banqueta junto a la chimenea y decirles a las dos chicas, Grace y Sarah:

—Necesito un poco de aire.

E igual que había seguido a lord Crenshaw, se escabulló detrás de Will y sus amigos, queriendo saber qué decían cuando creían que ella no podía oírlos.

Vio a Will en el patio, cerca de la torre, hablando con Cyprian y con Violet en voz baja, muy cerca unos de otros. Se presionó contra un saliente en el muro, fuera de su vista pero desde donde podía oírlos.

—Simon te necesita —estaba diciéndole Cyprian a Will—. Pero no te atrapará.

—Ahora sabemos cómo detenerlo —dijo Violet—. Lo ha dicho Katherine. Necesita tu sangre. Sin ella, no podrá liberar a los Reyes Sombríos. Lo único que tenemos que hacer es mantenerte alejado de él.

—Te refieres a huir —dijo Will.

Katherine nunca lo había oído hablar así. No podía ver la expresión de su rostro, pero lo deseaba desesperadamente. Se presionó más contra el muro, esperando que no la vieran.

—Estaríamos a salvo en el alcázar… —comenzó Cyprian, pero Violet lo interrumpió.

—Simon sabe que estamos aquí. No tenemos provisiones para más de un mes. Para él sería demasiado fácil asediarnos. No podemos quedarnos en el alcázar.

Will se mantuvo en silencio.

—Simon no es invencible. —Violet insistió en su opinión—. Tu madre lo esquivó durante años antes de que él la encontrara. Gauthier ha conseguido eludirlo toda su vida. Si seguimos moviéndonos, podremos mantenerte alejado de él.

Fue Cyprian quien rompió la larga y difícil pausa.

—Tiene razón. Huiremos. Abandonaremos Inglaterra y nos alejaremos de él tanto como nos sea posible.

—¿Todos? —preguntó Will.

—Así es —replicó Cyprian.

—El alcázar es tu hogar —dijo Will.

—No hice mi promesa al alcázar —contestó Cyprian—. Se la hice a la gente de este mundo. Que recordaría y la protegería. Para eso me entrenaron.

Se produjo otra larga pausa.

—De acuerdo —dijo Will, con voz fúnebre—. Reunid vuestras cosas. Nos marcharemos al alba. Viajaremos ligeros de equipaje y no dejaremos de movernos.

—Se lo diré a los demás —se ofreció Violet.

«¿Y yo? —pensó Katherine—. ¿Y mi hermana? ¿A dónde iremos? ¿Vais a abandonarnos? ¿Qué vamos a hacer?».

Pero justo cuando Katherine estaba a punto de regresar para asegurarse de que no la vieran, oyó que Will pronunciaba el nombre de Violet para que no se marchara.

—¿Qué pasa? —le preguntó Violet.

—Las hermanas. —Katherine se quedó muy quieta, paralizada en el sitio e intentando oír.

—¿Qué pasa con ellas?

—Quiero que me des tu palabra de que las protegerás —le pidió mientras el corazón de Katherine latía extrañamente—. Tú eres la más fuerte aquí. Quiero que las mantengas a salvo.

—Puede que no me guste su prometido —dijo Violet, despacio—, pero esa chica ha arriesgado mucho para venir. Por ti.

Por ti. Katherine se sonrojó y el calor le escaldó las mejillas frías. Se sentía dolorosamente expuesta.

—Gracias, Violet —dijo Will—. No podría hacer esto sin ti.

—Pero ¿dónde voy a dormir? —preguntó Katherine, mirando la pequeña habitación con sus cinco colchones en el suelo.

—Aquí —dijo Violet, poniéndole unas mantas enrolladas en las manos.

Tan pronto como regresó al garitón, Will le contó lo que sus amigos y él planeaban hacer. Le dijo que sería peligroso. Le dijo que sus amigos la ayudarían, más allá de lo que decidiera. Y ella contestó que sí, cuando le preguntó si quería ir con ellos.

—Puedes dormir en mi cama —le ofreció Will, señalando uno de los exiguos camastros de la esquina. Él dormiría sobre el duro suelo de piedra—. Sé que no es mucho. Os encontraremos un alojamiento mejor cuando nos hayamos alejado lo bastante, en el camino.

Vio en su imaginación las suaves colchas de plumas y el calentador de plata de su cama.

—Gracias. Os estoy muy agradecida. Elizabeth, acomodémonos aquí.

No había ningún sitio donde asearse o desnudarse, así que pidió a las dos jenízaras que sostuvieran una manta mientras Elizabeth la ayudaba a quitarse el corsé. Se metió en la cama con las enaguas y el chal. Cyprian y Will habían bajado, y solo regresaron cuando estuvo oscuro y ella estaba bajo las mantas. Intentó no pensar en la mañana.

Creyó que Will se acostaría de inmediato, como Cyprian, pero en lugar de eso se sentó junto a su cama. Katherine se sonrojó, encendiéndose ante su presencia, ante la idea de que quisiera verla antes de irse a la cama.

—He venido a darte las buenas noches —le dijo él en voz baja.

Algo iba mal. Podía notarlo. Fue ella quien le agarró la mano y evitó que se levantara. Lo miró a los ojos.

—¿Qué pasa?

Katherine no esperaba que respondiera. Los demás ya estaban dormidos, o demasiado lejos para oírlos. El silencio se extendió durante mucho tiempo.

Will pronunció las palabras en voz baja.

—Mi madre se pasó toda la vida huyendo.

Se frotó la cicatriz plateada de la mano con el pulgar. «Simon mató a mi madre», le había dicho aquella noche en el jardín. Había creído que Will era un joven apuesto y rico hasta aquel momento, cuando se sintió como si la tierra hubiera desaparecido bajo sus pies.

—Me habría gustado que la conocieras —le dijo—. Era una buena persona, valiente y fuerte. A veces podía parecer dura o desatenta, pero todo lo que hizo... obedecía a una razón. Sacrificó mucho por su familia.

Era más fácil hablar en la oscuridad, pronunciar las palabras que no habrían encontrado una salida a la luz del día. Él estaba siendo sincero, podía sentirlo. Le debía algo verdadero a cambio, palabras que solo podían pronunciarse en la oscuridad.

—Creí que esa era la vida que quería —se oyó decir—. Joyas y vestidos, cosas modernas y bonitas. Lord Crenshaw me habría dado todo eso, pero no podía quedarme con él. No después de haber descubierto lo que era.

—No, claro que no —dijo Will, con una extraña media sonrisa—. Cuando descubriste qué era, qué era en realidad, no pudiste soportarlo.

Lo dijo como si le creyera, como si siempre hubiera sabido que haría lo correcto. Pero no lo había hecho, no al principio. Había huido de la verdad que él le contó para volver a su mundo de seguridad y comodidad. Le debía algo más, una verdad que fue difícil de pronunciar después de haberlo obligado a marcharse de su jardín.

—Tenías razón sobre él —le dijo—. Lo que me dijiste aquella noche... —Tomó aire—. Todo lo que me dijiste.

—Lo siento —replicó Will—. De no ser por mí, todavía tendrías esa vida.

—No la querría —le aseguró—. No, sabiendo que no era real.

Miró la oscuridad a su alrededor, la estancia sin muebles en el interior de la torre, donde no había papel de pared ni alfombras ni doncella que la ayudara con su cabello. Los siete dormían como indigentes en un asilo. Era aterrador e incómodo, pero parecía real. Miró de nuevo los ojos oscuros de Will.

—¿Qué pasará mañana?

—Estarás a salvo —le dijo Will, y después, con esa extraña y dolorosa sonrisa, agregó—: Te lo prometo.

CAPÍTULO TREINTA

Will esperó hasta que Katherine se quedó dormida y la habitación estuvo oscura y en silencio. Entonces se levantó y salió sin hacer ruido de la torre para dirigirse al establo.

Las palabras resonaban en su cabeza. «Simón está matando a los descendientes de la Dama. Cree que así regresará el Rey Oscuro». Simon había matado a su tía. Simon había matado a su madre. Simon había matado a quién sabía cuántas mujeres, en su deseo de despertar al Rey Oscuro.

«Matar a una no fue suficiente. Tenía que matarlas a todas».

Era una lógica enfermiza que había provocado que Simon llevara décadas asesinando mujeres: la idea de que sus muertes lo traerían de vuelta. Y ahora Simon tenía lo que necesitaba: la Roca Tenebrosa. Si liberaba a los Reyes Sombríos de su prisión, acabarían con todo, una fuerza destructora que ninguna puerta o muro podría detener. Heraldos del regreso del Rey Oscuro, los Reyes Sombríos cazarían y destruirían a todos los enemigos de su señor.

En susurros, Cyprian y Violet habían hablado sobre cómo huir, a dónde ir. Creían que el hecho de que Simon necesitara la sangre de la Dama les daba una oportunidad. Creían que, si mantenían a Will a salvo, evitarían que Simon liberara a los Reyes Sombríos de la roca.

Se equivocaban.

Porque, si Simon necesitaba sangre, había otro lugar donde podía conseguirla. Y Will sabía cuál era. Sabía a dónde iría Simon exactamente para liberar a los Reyes Sombríos de sus siglos de encierro en su prisión.

Al terreno empapado de sangre desde donde ella lo había mirado, con los dedos todavía aferrados a su manga.

Bowhill.

Aunque terrible, parecía adecuado, que fuera el mismo lugar donde todo había comenzado. Por supuesto, tendría que volver allí; de nuevo al inicio de todo. Había pasado todo aquel tiempo huyendo, pero en su interior siempre había sabido que tendría que regresar y enfrentarse a la verdad.

Simon iba a detenerse sobre la tierra empapada por la sangre de su madre, para liberar a los Reyes Sombríos. Y ellos crearían un diluvio de muerte y destrucción, y gracias a ellos Simon terminaría con la estirpe de la Dama. Era la obra de su vida, la razón por la que había matado a todas esas mujeres, el motivo por el que había aniquilado a los Siervos. Iba a invocar al Rey Oscuro, a traer los terrores del pasado hasta el presente.

Will sabía qué tenía que hacer. Quién tenía que ser. La idea había crecido en él desde que se detuvo delante del Árbol de Piedra muerto y la Sierva Mayor le habló de su madre. O no; quizá lo supo desde la muerte de su madre, desde que se alejó trastabillando con una mano ensangrentada y la garganta amoratada.

«La Dama ha nacido para matar al Rey Oscuro».

Había huido de ese designio al principio, pues no quería que fuera cierto. Pero no había modo de escapar de ello.

Podía huir de sus enemigos.

No podía huir de sí mismo.

Tomó unas bridas del cuarto de aperos y se dirigió a los silenciosos compartimentos de los caballos. Escenario de tanta muerte reciente, los cobertizos resultaban inquietantes por la noche, sumidos en las sombras y la luz de la luna. Se movió con rapidez, guardando silencio para no alertar a los demás en la torre. La urgencia latía en su sangre, aunque se movía con cautela. Simon se habría marchado de Londres aquella tarde, después de haber recibido el mensaje en la casa de Katherine. Ya estaría de camino a Bowhill. A pesar de la rapidez de un caballo mantenido con la magia del alcázar, Will no tendría mucho tiempo. Entró en el establo, donde el puñado de caballos que quedaban estaban en sus cubículos.

—Vas a marcharte a hurtadillas —dijo Elizabeth.

La niña era una pequeña emboscada, justo en su camino. Tenía el ceño fruncido, sus dos agresivas cejas señalando hacia abajo, y los pies plantados en el suelo, inamovible. Will se sintió a la vez ridículo y frustrado por que lo hubieran pillado así, justo en el umbral, y aquella niña, de entre todos los posibles.

—Voy a dar un paseo.

Con la brida en la mano, no podría negarlo.

—Acabas de volver —dijo Elizabeth—. Vas a marcharte. Sabía que, si me quedaba despierta, te pillaría. —En su mirada había un destello de triunfo.

—No voy a marcharme —insistió Will.

—Eres un embustero —le espetó Elizabeth—. Mientes a la gente. Le dijiste a mi hermana que te habías topado con ella en la calle Oxford por accidente. Pero le pregunté a Violet qué estabais haciendo en Londres ese día y ella me dijo que tú estuviste esperándola en Southwark. Eso no está cerca de la calle Oxford. —Elizabeth tenía la alegría salvaje del sabueso que ha tenido éxito—. Fuiste a buscar a mi hermana a propósito.

Will se sintió tonto mientras mantenía la voz razonable y firme.

—Me persiguieron desde Southwark hasta la calle Oxford.

—Estás mintiendo. Me estás mintiendo. Le estás mintiendo a todo el mundo. Y esta noche… estás planeando algo. ¿Qué?

Will pensó en el lugar al que se dirigiría. Tenía que llegar hasta Simon a tiempo. Cada momento que pasara allí, lo retrasaría.

La lógica no iba a funcionar, ni el encanto, ni la razón. Muy bien.

—Escúchame —le dijo—. Apártate de mi camino, o antes de que tu hermana tenga una oportunidad de regresar a casa, le diré a todo Londres que huyó sin carabina.

Vio su reacción, una suerte de golpe inesperado. La niña abrió la boca con la indignación esperable ante un ataque injusto.

—Eso... Eso no es... —Clavó los talones en el suelo—. No huyó por un *hombre*. Huyó porque descubrió los planes de Simon.

—Podría decirle eso mismo a Simon, si lo prefieres —dijo Will con calma—. La matará.

Aquello le drenó la sangre de la cara.

—¡No lo hará!

—Lo hará. Por eso huyó. Ahora, retrocede y déjame pasar.

Miró su rostro pálido y ojeroso, esperando marcharse ahora que había terminado con aquello. Ella lo miró, buscando un modo de esquivar su ultimátum; su joven mente trabajaba con furia.

—Quiero ir contigo.

Por Dios.

—No puedes y no lo harás.

—Quiero ir contigo. Si solo vas a *dar un paseo,* no te importará que te acompañe. Puedo llevarme a Nell.

La niña levantó la barbilla. Will abrió la boca para responder, pero no encontró palabras y vio el destello de victoria en los ojos de Elizabeth. Se obligó a respirar con calma.

—No voy a dar un paseo...

(¡Lo sabía!)

—Pero lo que voy a hacer no te concierne. Tú vas a volver a la torre y no vas a decirle a nadie una palabra sobre esto.

—O arruinarás la reputación de mi hermana.

—Correcto —dijo Will—. Así que, si quieres salvarla, irás a escribir a tus tíos y les dirás que Katherine y tú os habéis marchado con una amiga. Ellos le dirán a todo el mundo que está enferma, hasta que regrese, lo que será pronto. Para entonces, yo ya me habré marchado.

—Has pensado en todo, ¿verdad? —le preguntó Elizabeth.

Lo fulminó con la mirada y Will casi se preparó para una nueva discusión, pero en lugar de eso la niña hizo un mohín y cerró sus pequeños puños.

—De acuerdo —le dijo—. Pero no olvidaré esto. Puede que hayas engañado a los demás, pero no me has engañado a mí. Lo descubriré. Descubriré lo que estás haciendo.

Casi se había puesto el sol cuando vio las primeras elevaciones, las peligrosas colinas coronadas de extrañas rocas. El paisaje era como una explosión de recuerdos, el pantanoso olor de la tierra y la dificultad para huir, debido a lo abierto que era el terreno. Valdithar había cubierto en una noche y un día lo que un caballo normal habría tardado cinco veces más, y llegó a su destino casi antes de estar preparado. Avanzar era como obligarse a recordar una pesadilla, la desesperación de aquella noche, sus pasos tambaleantes y su respiración trabajosa, el miedo que lo empujó por los tramos de ladera abierta.

Hubo un momento en el que tuvo que desmontar, atar a Valdithar a un grupo de árboles y seguir a pie. Estaba cerca, quizás a ocho o nueve kilómetros.

Allí no había cobertura, solo árboles esparcidos en las orillas de los riachuelos y los ocasionales muros bajos de piedra seca. Entre los arbustos había nidos de urogallo que lo delatarían si los molestaba. Lo sabía muy bien. Una densa bilis subió por su garganta cuando comenzó a reconocer los lugares que aparecían en los destellos de recuerdos de aquella noche. Estaba la zanja donde excavó un agujero para esconderse. Estaba el tronco podrido con el que tropezó y cayó. Desde el límite de la línea de árboles podía ver el cobertizo de piedra y con tejado de paja donde había sido tan estúpido como para intentar pedir ayuda. Cerró los ojos, recordando cómo se abrió la puerta bajo su mano, la ingenuidad de su llamada («¿Hola?») y su sonrisa de alivio al ver al hombre en el salón un segundo antes de descubrir la salpicadura de sangre en la pared.

— … algo por aquí…

Abrió los ojos de nuevo. La voz había sonado demasiado cerca. Se aplastó detrás de un árbol.

Una segunda voz habló, ronca y grave.

—He oído algo. Si mantuvieras la boca cerrada, quizá tendríamos una mínima posibilidad de descubrirlo.

Había dos hombres examinando la delgada franja arbolada. Se estaban acercando y no había suficientes escondites. Will miró a su alrededor con desesperación. No podían descubrirlo allí. Todavía estaba a un kilómetro y medio de Bowhill, adonde Simon llevaría la Roca Tenebrosa.

—No me gusta estar aquí —dijo la primera voz, sonando nerviosa—. He oído que *eso* está aquí fuera. El tal lord Crenshaw lo tiene patrullando las colinas. —Parecía más que nervioso—. ¿Y si nos ve y nos confunde con un intruso?

«¿Eso?», pensó Will. Y *lord Crenshaw*. Era una prueba de que estaba en el lugar adecuado. Simon estaba allí, y había enviado a sus hombres a patrullar.

Había un montón de maleza a su izquierda. Con cuidado, tomó un guijarro del suelo bajo sus pies. Lo sopesó.

—A nosotros no nos hará daño; conoce la marca de Simon. La siente, de algún modo. Es la prueba de que somos los hombres de lord Crenshaw.

Estaban todavía más cerca. En cualquier momento, pasarían junto al árbol y lo verían.

¿Significaba eso que Simon lo veía? Recordó que Leda había dicho que Simon podía ver por los ojos de los hombres que llevaban su marca.

Will lanzó la piedra, lo más fuerte que pudo, justo a los arbustos...

El estridente graznido de un urogallo indignado, con su cabeza coronada de rojo, lo acompañó al salir disparado en un estallido de aleteos. Un disparo resonó casi de inmediato, fallando al ave pero resonando en el silencioso valle nocturno. Los hombres tenían armas...

—Es solo un urogallo. Nos has arrastrado hasta aquí por un urogallo, idiota. —Will se mantuvo pegado al tronco del árbol, intentando no respirar siquiera; la voz sonaba a un único paso de distancia—. Ahora sí que lo habrás atraído hasta aquí.

—Te digo que oí a alguien...

El otro soltó una maldición.

—Oíste pájaros. Eso no tiene sentido. Volvamos a la casa.

Los pasos retrocedieron y Will dejó escapar una lenta exhalación, relajando sus músculos uno a uno.

Había estado cerca. Pero ahora lo sabía: Simon estaba allí. Tal vez hubiera comenzado ya; puede que estuviera depositando la Roca Tenebrosa sobre el suelo empapado en sangre justo en aquel momento, diciendo las palabras que fueran necesarias para liberar a los Reyes Sombríos. Continuó avanzando hacia Bowhill.

En la inquietante luz antes del amanecer, Will oyó quebrarse unas ramas, algo grande en la maleza.

Eso.

Oía cascos y el resoplido de la respiración de un caballo, un corcel y su jinete moviéndose inexorablemente, como si hicieran una lenta búsqueda. Y mientras pegaba la espalda al tronco del árbol, vio que sus hojas empezaban a marchitarse y a enroscarse.

El corazón se le subió a la boca. Se obligó a moverse… silenciosa, muy silenciosamente, sin hacer susurrar las hojas ni quebrar alguna ramita que hiciera que el caballo levantara su cabeza de repente. Oyó los sonidos rodeando la zona donde había estado oculto y luego girándose y dirigiéndose a una casa de piedra cercana. «Está siguiendo a los hombres de Simon». Dejó escapar un suspiro; los hombres de Simon avanzaban por la maleza, dejando un rastro tras ellos y haciéndole ganar tiempo.

Recurrió a todo lo que recordaba para alejarse sin hacer ruido. «Hay asideros en la piedra caliza. Ese tronco está podrido, no lo pises». Y siempre el mismo y escalofriante pensamiento: el recuerdo de las hojas marchitándose y la fuerte respiración del caballo.

Cuando llegó a una pequeña elevación, Will perdió unos valiosos minutos trepando sobre la formación rocosa más cercana, para examinar la campiña con el pulso acelerado.

No había nada en el valle. Levantó la mirada hacia la pálida cima de Kinder Scout, la larga y alta cordillera formada por montañas de arenisca donde las rocas tenían nombres extraños.

Y allí, contra el horizonte, vio una oscura silueta a caballo examinando el paisaje como un antiguo centinela.

Un Vestigio.

El miedo le paralizó el corazón: esos ojos muertos y vacíos, mirando el valle...

Vio la blanca exhalación de su caballo en la noche fría. Reconoció su silueta, un jinete con una única hombrera que había sido encontrada en las excavaciones de las montañas de Umbría. Por si se preguntaba si el caballo era inmune al roce del Vestigio, en ese momento vio que llevaba su propia y antigua armadura, el largo accesorio para el hocico (la testera), que daba tanto al caballo como al jinete un aspecto abismal y aterrador.

Eso, lo habían llamado los hombres, pero Will recordó con un escalofrío que había más de un Vestigio. Había tres. Uno en el bosque, a su espalda. Otro en la colina. ¿Y el tercero...?

Se dijo a sí mismo que debía seguir. Las reglas eran las mismas: guarda silencio para que no te oigan; mantente alejado del campo abierto, porque están vigilando; no te dejes llevar por el pánico o te delatarás.

Pero volver a usar los mismos escondites que había usado hacía tantos meses era un horror en sí mismo. El árbol hueco en el que se había escondido, tragando aire con su garganta amoratada. El saliente rocoso donde se había agachado, mientras su mano goteaba sangre. Cada paso lo llevaba al pasado con tanta fuerza que parecía que estaba viajando atrás en el tiempo, regresando al único y obliterante momento al que no quería enfrentarse.

Y entonces llegó a la línea de árboles y vio Bowhill.

Acunada en la pendiente entre colinas, fuera de la vista de la aldea, la hacienda en la que había vivido era ahora una ruina. La techumbre se había derrumbado. La puerta era un rectángulo negro a través del que aullaba el viento. La naturaleza había empezado a reclamar el lugar y los caminos eran un embrollo.

Dio un paso hacia ella y golpeó madera con el pie, troncos en un montón abandonado sobre el que había crecido musgo húmedo... Se le erizó la piel. Él mismo había dejado aquel hato de leña cuando oyó los primeros gritos y echó a correr hacia la casa. Inhaló superficialmente, mirando su destino...

Ya no podía evitar exponerse, pero no había nadie a la vista. El oscuro centinela de la montaña podría verlo (una mota, escapando de los árboles y moviéndose hacia la hacienda), y esa idea le produjo escalofríos. Pero el instinto le decía que Simon estaba allí, detrás de la casa, en la zona de tierra donde había caído su sangre.

Lo único que podía hacer era seguir avanzando. Un paso. Otro. De vuelta a aquellos últimos momentos, como una puerta que no quería abrir. La sangre empapando su ropa, su incapacidad para respirar, la terrible expresión en los ojos de su madre mientras...

Algo crujió bajo sus pies. Fue un sonido extraño e inesperado, como si estuviera pisando gravilla. Bajó la mirada.

El suelo estaba negro, cubierto de formas de carbón que se convertían en ceniza a medida que pasaba. La tierra negra se extendía a su alrededor en un círculo amplio, quemado como el suelo después de una fogata.

Cuidado con la hierba muerta.

Se giró, congelado por el terror, y vio a un Vestigio. Su rostro pálido y terrible estaba tan cerca que podía notar las finas venas negras que reptaban por su cuello hacia su boca. Extendió la mano para tocarlo; el guantelete negro se movió hacia él y desenvainó su espada para apartarlo, pero su lance rebotó contra el metal sin efecto alguno. Retrocedió, tambaleándose.

El Vestigio volvió a acercarse a Will. Una fría ola de terror lo atravesó. «No dejes que te toque», le había dicho Justice. Había visto las hojas verdes marchitándose ante sus ojos, muriendo tras un solo roce. Era peor... Era mucho peor de cerca. Casi podía notar el sabor de la muerte. La hierba ennegrecía con cada paso del Vestigio, como si todo lo que tocaba fuera presa de la descomposición y la muerte.

En ese momento, la criatura agarró la espada de Will y tiró de él hacia delante. «El abrazo de la muerte», pensó Will, entrando en pánico y sabiendo que su carne se pudriría y resecaría si lo tocaba. Al segundo siguiente, su guantelete se cerró alrededor de su garganta.

De inmediato, Bowhill desapareció y se encontró en otro sitio: un antiguo campo de batalla bajo un cielo rojo, rodeado del estrépito de las espadas y los gritos de la refriega. Ante él se cernía un auténtico Guardia Oscuro con su armadura completa, no la pobre imitación de Simon, jugando a los disfraces con un guantelete oxidado. Era la armadura que llevaban los Vestigios, pero entera e inmaculada. Y tenía que enfrentarse a su portador, un aterrador guerrero de inmenso poder, con una mano blindada alrededor de su cuello. Estaban enfrascados; los ojos del Guardia Oscuro eran abrasadores.

Will sintió su amartillante poder y esperó morir bajo su mano.

Pero fue el Guardia Oscuro quien emitió un grito terrible de reconocimiento, quien lo soltó y retrocedió asustado.

Will actuó por instinto, sin saber demasiado sobre espadas pero recordando lo que Violet le había dicho: «Empuja hacia arriba, como si atravesaras una placa de armadura». Empujó.

La visión se detuvo.

Estaba jadeando, sobre sus manos y rodillas, en la tierra de Bowhill. El Vestigio yacía a su lado y su espada sobresalía de su pecho como una cruz marcando una tumba. Un círculo de hierba muerta se extendía desde el guantelete. «Lo he matado». Parecía irreal y repentino. Se llevó una mano a la garganta.

El roce del Vestigio debería haberlo matado, como había matado la hierba, pero no había nada que delatara su agresión más allá de un moretón normal: no había ceniza desmoronándose, ni un anillo negro de carne muerta. Nada.

Recordó haber rozado con la punta de los dedos la Roca Tenebrosa, y el grito de la Sierva Mayor: «¡No la toques! Incluso el más mínimo roce te matará». Pero él la había tocado. La verdad se afianzó, una confirmación más del horrible conocimiento al que no había querido enfrentarse. Sintió náuseas y vomitó sobre la tierra negra. Pasó un largo momento antes de que se pudiera sentar sobre sus pantorrillas.

Miró al Vestigio, y después, antes de permitirse pensar qué estaba haciendo, extendió la mano, tomó el guantelete y se lo quitó.

No ocurrió nada. Will no se marchitó ni se desmoronó, y el cadáver no cambió. El hombre siguió muerto... porque era un hombre, o lo había sido. Había estado vivo, antes de ponerse el guantelete. Casi había esperado que los zarcillos negros abandonaran su rostro demasiado pálido, liberándolo milagrosamente... Incluso que volviera a la vida, temblando, ahora que el guantelete ya no lo controlaba. Pero no lo hizo. Continuó muerto. Muerto como la hierba, mirando el cielo.

Will extrajo su espada, tomó el guantelete y continuó.

Cuando llegó a la hacienda, le sangraba un corte a lo largo de las costillas, y otro en el muslo, y cojeaba un poco. El camino bajaba una pendiente cubierta de hierba, a través del profundo tajo del arroyo, y subía por la otra orilla. Estaba cerca del lugar donde ella había muerto. Se concentró en su objetivo con obstinada determinación, ignorando las heridas y el agotamiento.

Cuanto más se acercaba, más resonaban en su mente los ecos terribles, los gritos, el olor de la sangre y de la tierra quemada, el desgarrador horror de las manos alrededor de su garganta. *¡Huye!*

La hacienda le resultaba muy familiar, en la ladera de la colina; los cielos grises sobre su cabeza eran del mismo tono que la casa de piedra, con su tejado de pizarra. Allí estaba el arroyo de donde sacaba el agua, más parecido a un riachuelo cortado en la ladera, una escorrentía que siempre aparecía después de las lluvias. Allí estaba el desmoronado muro de piedra seca que había prometido arreglar cuando llegaron. Estaba igual que como lo recordaba, aunque las ventanas se habían oscurecido y faltaba la puerta delantera.

El interior estaba en absoluto silencio. Pequeños animales y pájaros tenían sus nidos allí; el polvo y las hojas cubrían el suelo. Pero las sombrías habitaciones estaban espeluznantemente conservadas: la mesa todavía puesta, como había estado, el chal de su madre sobre una silla. Se estremeció al recordarla con aquel chal sobre los hombros, preparándose para ir a la aldea por la mañana.

Caminar fue como obligarse a atravesar una barrera, hacia un lugar al que no quería ir.

A través de la puerta trasera, hacia el interior del jardín cercado.

Todos sus nervios le gritaban que no saliera, pero lo hizo, enfrentándose a una imagen que casi lo mareó. Era el lugar que había acosado sus pensamientos todos esos meses, al que había llegado corriendo, y donde había caído de rodillas a su lado y gritado: «¡Madre!».

Como había temido, como había esperado, el jardín no estaba vacío. Solo había una persona allí, un hombre arrodillado en la tierra, y mientras Will lo observaba, él se levantó y se giró. Y entonces se miraron.

Simon.

Había imaginado a menudo aquella reunión. Había pensado en ella incluso antes de conocer su nombre, mientras se ocultaba en el barro y en la lluvia, prometiéndose que descubriría quién le había hecho aquello a su madre. Había pensado en ello en Londres, cuando descubrió que Simon era un hombre rico y se preguntó cómo podría derrotarlo. Había pensado en ello cuando Justice le contó que Simon era el descendiente del Rey Oscuro, parte de un mundo antiguo, un monstruo que había conjurado una sombra para matar a los Siervos, una deidad que inspiraba tanta lealtad en sus seguidores que se marcaban su propia carne.

Pero él solo vio a un hombre, y eso fue escalofriante en sí mismo: que una persona ordinaria hubiera hecho todo aquello. Simon era un hombre de treinta y siete años con el cabello oscuro y fino y unos ojos brillantes bajo sus gruesas pestañas. Iba vestido de negro, con una chaqueta de suntuoso terciopelo, botas altas de cuero negro y anillos llenos de piedras preciosas en los dedos. Su aspecto le resultaba familiar. Su dinero y su gusto habían vestido a James, pensó. Y a Katherine.

Y quizás ese fue el primer atisbo de la similitud que tenía con el oscuro poder del pasado: que veía a la gente como objetos que podían ser tomados, usados o destruidos, como un ama de llaves extinguiría una vela.

—¡Chico! ¿Qué estás haciendo aquí? ¿Cómo te han dejado pasar los guardias?

Will se acercó, presionando la herida de sus costillas con una mano. En la otra sostenía con firmeza los objetos, los trofeos de sus peleas. Le era difícil apoyar peso en la pierna izquierda, y su cojera se pronunció.

—Tú no sabes quién soy.

Y lanzó las tres piezas de armadura negra al suelo entre ellos: el guantelete, la hombrera y el casco. Cuando golpearon el suelo, la hierba que tenían debajo se marchitó, hasta que yacieron en un círculo de tierra negra.

Simon miró la armadura y de nuevo a Will, con los ojos muy abiertos.

—Sé que tú lo haces continuamente —dijo Will—, pero yo nunca había matado a nadie.

Will podía ver los pensamientos girando en la mente de Simon. ¿Cómo había derrotado a los Vestigios? ¿Por qué podía tocar la armadura? ¿Cómo era posible que aquel chico siguiera vivo?

Entonces Simon lo miró, lo miró de verdad por primera vez, y la comprensión floreció en sus ojos.

—Will Kempen —dijo, con un oscuro y suntuoso placer—. Creí que tendría que cazarte.

—Lo intentaste —le espetó Will—. Mataste a un montón de gente.

—Pero, en lugar de eso, has venido tú a mí.

La tierra que los rodeaba parecía desierta, como si todos los seres vivos hubieran huido, de modo que estaban solos bajo el intenso cielo negro. No se oía ningún sonido en los campos ni en los árboles, solo el viento agitando las hojas.

—Estaba harto de huir —dijo Will.

Le dolía la pierna, el corte del muslo era lacerante, y bajo la mano con la que se presionaba las costillas podía sentir la sangre resbaladiza.

Lo ignoró todo, con los ojos fijos en Simon. Respiraba con dificultad, concentrado en su objetivo.

—Tu madre me llevaba bastante ventaja en la persecución. Consiguió escapar en Londres, después de que matara a su hermana. Incluso te escondió de mí al principio, hasta que recibí varios informes de que podría tener un hijo. Eso fue muy inteligente por su parte. Ella sabía que matar a su hermana, Mary, no había sido suficiente para traer de vuelta al Rey Oscuro. Que tenía que mataros a todos. Se mantuvo un paso por delante durante diecisiete años.

Will sintió una oleada de ira al oírlo; tuvo que tragársela. Pensó en lo que su madre había hecho (lo que *realmente* había hecho en todos aquellos años de huida, lo que había intentado hacer hasta el final), e inhaló una tensa inspiración.

—Mi madre era más fuerte de lo que tú creías.

—Hasta que llegó aquí. Hasta que se escondió en estas colinas. ¿Sabes? Llaman a este sitio la Cumbre Oscura. Un nombre adecuado como lugar de nacimiento del Rey Oscuro.

Will miró las colinas verdes que lo rodeaban y se elevaban hasta las lúgubres cimas, la cercanía del cielo que se cernía sobre el valle, donde el arroyo se abría camino a través de la ondulante tierra. Y, tras él, la piedra marrón y gris de la casa donde había vivido hasta que su madre se desangró en el suelo que Simon tenía debajo.

—¿Crees que renacerá aquí? —le preguntó Will.

—Regresará —dijo Simon—. Y ocupará su trono.

—Después de que me hayas matado.

Simon sonrió.

—¿Sabes? Tú y yo nos parecemos.

—¿Sí? —replicó Will.

—Tú perteneces a la estirpe de la Dama. Yo pertenezco al linaje del Rey Oscuro. Ambos somos descendientes del mundo antiguo. El poder corre por nuestras venas. —Simon sonrió de un modo que hizo a Will consciente por partida doble de la sangre que se había filtrado en la tierra después de la muerte de su madre. Entonces, la sonrisa de Simon se amplió, dura y deleznable—. La sangre se debilita con cada

generación. Al mezclarse con la sangre de los humanos, con la vulga-
ridad, la mortalidad... la fuerza de nuestra estirpe ha menguado y
nosotros ya no tenemos poder propio. Nos vemos obligamos a usar
objetos. ¡Objetos! Vestigios de un mundo que debería ser nuestro. La
magia es nuestro legado, pero nos la han arrebatado.

—Crees que esto te pertenece —dijo Will—. Que te lo deben.

—Los humanos han invadido este mundo, como una plaga que ha
borrado las grandes culturas del pasado. Soy yo quien va a limpiarlo
y a restaurarlo, quien va a convertirlo en aquello que debería haber
sido. Desde niño, mi padre me habló de mi destino. El Rey Oscuro
gobernaba un mundo mejor. Y, con tu muerte, lo traeré de vuelta.

—¿Traerás de vuelta un mundo de oscuridad? —le preguntó
Will—. ¿Un mundo de terror y control?

—Un mundo de magia —contestó Simon—, en el que aquellos
con la sangre de antaño medrarán y vencerán. Los humanos nos ser-
virán, como es debido. Los grandes palacios, los milagros imposibles,
los tesoros que nos arrebataron... Tu muerte restaurará todo eso.
—Una codiciosa intensidad ardía en los ojos de Simon—. Y, cuando
Él venga, el mundo conocerá el verdadero poder. Porque Él es más
grande de lo que la mente humana puede comprender. Hará que todos se postren ante Él. Es mi verdadero padre, y me reconocerá como
su heredero y me entregará... lo que me pertenece por nacimiento.

Will se rio, un sonido amargo y vacío.

Simon giró la cabeza para mirarlo.

—¿Lo que te pertenece por nacimiento? Tú no eres el Rey Oscuro
—le dijo Will—. Solo eres un aspirante al trono.

Will desenvainó su espada. Era larga y recta, una espada de los
Siervos con su estrella grabada en la empuñadura. Miró a Simon y
pensó: «Los Siervos han muerto, mi madre ha muerto, y todos los
guerreros de la Luz han muerto».

«Pero yo estoy aquí. Y voy a hacer esto».

—¿Una espada? —replicó Simon con una carcajada—. Por supuesto. James me lo contó. Intentaron entrenarte, pero no puedes
usar el poder de la Dama.

—Tú tampoco puedes usar el del Rey Oscuro —dijo Will.

—En eso te equivocas —contestó Simon, y se apartó el abrigo para tomar la empuñadura de ónice y desenvainar la Espada Corrupta en un único y suave movimiento.

Era Muerte, setenta y cinco centímetros de acero negro, y Simon liberó su fuerza devastadora. Su hoja escupió fuego negro y Will gritó ante su aniquiladora ráfaga, como si el aire estuviera hecho de dolor.

Los pájaros cayeron del cielo. La tierra comenzó a abrirse. Su poder desenfrenado le rasgó la ropa hasta hacerla jirones, y levantó una mano inútilmente, obligado a arrodillarse mientras Simon blandía la espada, apenas controlándola mientras su fuego negro erupcionaba y lo mataba todo.

Y, en medio de la niebla, Will creyó ver aquellos ojos de llama negra. La imagen llenó su mente, alzándose sobre todo; el dolor de cabeza era cegador y dejó escapar un grito terrible. El mundo entero estaba ardiendo, como una pesadilla liberada para destruir a todas las criaturas vivas, un infierno oscuro que abrasaría toda la vida...

... y entonces se detuvo, tan repentinamente como había comenzado.

Silencio. No quedaba nada vivo, solo la tierra fragmentada.

Will abrió los ojos con lentitud y movió los dedos sobre la tierra ennegrecida y áspera. Despacio, levantó la cabeza.

Estaba arrodillado sobre el cráter de una explosión; el valle se había abierto, los pájaros y los demás animales habían muerto, los árboles estaban hechos trizas, la hacienda se había venido abajo. Durante kilómetros, en cualquier dirección, Simon y él eran las únicas criaturas con vida.

Vida. Vio el gesto de incomprensión en la cara de Simon.

Fue Will quien se rio entonces, aunque debió sonar como un sollozo seco, tembloroso por el efecto de la adrenalina, por sus latidos acelerados, preparado como había estado para morir. Pero no lo había hecho. Seguía vivo. La espada no lo había afectado.

Sabía por qué. Las últimas palabras de su madre, sus últimos momentos, todo cobró sentido. Ahora él también sabía lo que ella había sabido, durante todos aquellos años. La verdad había sido puesta a prueba y confirmada por el fuego de la espada.

—¿Por qué no ha funcionado? —preguntó Simon.

Will se levantó con lentitud de donde la explosión lo había arrodillado. Miró a Simon sobre el paisaje allanado. Respiraba agitadamente. Rocas pequeñas y palos lo habían golpeado en la explosión, y sus nuevos cortes sangraban.

—¿Sabes? Fui a Londres a buscarte —le dijo Will.

—¿Por qué no ha *funcionado*? —repitió Simon. Miraba a Will con incredulidad.

—Al principio pensé en destruir tu negocio. Saboteé tu cargamento, desatando las cuerdas para que tu pólvora se perdiera en el río.

—Eso fue un accidente —dijo Simon.

—Eso fui yo —le espetó Will—. ¿Cuando tu prometida te abandonó? Eso también fui yo.

—¿Abandonarme? ¿A qué te refieres? —le preguntó Simon.

—La besé en el jardín de la casa que le compraste. Vino a buscarme al alcázar.

—¿Katherine?

—Creo que apreciabas más a James. Te gustaba la idea de que fuera el favorito de Sarcean. Me enteré de lo que lo llamaban *el juguete de Simón*. Él también te ha abandonado.

—¿Cómo sabes que James ha desaparecido? —inquirió Simon con brusquedad y auténtico recelo por primera vez en su voz. Will sintió una oleada de victoria; había tenido razón: James se llevó el Collar y no regresó con Simon. El corazón le latía con fuerza.

—¿Qué podía quitarte? ¿Qué era lo que te importaba? ¿Tu riqueza? ¿Tu amante? ¿Tus planes? ¿Qué es equiparable a una madre?

—Por Dios, ¿de eso se trata? ¿La venganza de un muchacho patético? —dijo Simon—. ¿Crees que puedes interponerte en mi destino? Los planes que mi padre y yo hemos puesto en marcha no pueden ser detenidos.

La voz de Simon estaba llena de desprecio y de una ligera irritación. Will se vio a través de sus ojos: una molestia, un obstáculo que pronto estaría fuera de su camino. Simon todavía blandía la espada, una línea recta señalando el suelo desde su mano.

—Tienes razón. Es la venganza de un muchacho. Pero no contra ti. —Levantó su espada y cambió la empuñadura de mano—. Fue tu padre quien ordenó la muerte de mi madre. Esa es la razón por la que he venido a matar a su hijo.

Y blandió la espada para atacar a Simon.

Simon levantó la envainada Espada Corrupta, pero nunca había esperado tener que luchar con aquella antigua arma. Era un poder que podía liberar y, cuando fracasó, no supo qué más hacer con ella. La espada envainada apenas desvió la hoja de Will. Los ojos de Simon se llenaron de asombro cuando la hoja atravesó su cuerpo.

Fue difícil, pero más fácil de lo que habría sido antes de matar a otros tres hombres. Conocía la resistencia del cuerpo, la fuerza que era necesario aplicar con los músculos y los tendones para introducir la hoja. Sabía que los hombres no morían de inmediato sino que se llevaban las manos a la herida, mientras la sangre manaba, cada pulso más débil que el anterior, sus vidas desvaneciéndose lentamente. Simon estaba de rodillas, mirando a Will con incredulidad, pero cuando abrió la boca, de ella salió sangre en lugar de palabras.

—Puede que no haya detenido a tu padre —dijo Will, mirándolo desde arriba—. Pero creo que sentirá esto al menos un poco.

—Llegas demasiado tarde —consiguió decir, con la voz cargada de sangre—. He liberado a los Reyes Sombríos. Ordené que buscaran al descendiente de la Dama... —Estaba sonriendo, con los dientes rojos—. Tu muerte lo hará regresar. Eres el sacrificio final... Los Reyes Sombríos... No podrás escapar... La sangre de la Dama hará que el Rey Oscuro regrese.

Todavía no lo había entendido. Lo había visto tocar la armadura. Lo había visto sobrevivir a la Espada Corrupta. Pero no había entendido lo que Will había llegado a comprender, pieza a pieza. La verdad que su madre había conocido cuando murió en aquel mismo punto, mirándolo con ojos desesperados.

—Yo no poseo la sangre de la Dama —dijo Will, mirando la Espada Corrupta, envainada, en el suelo—. Los Reyes Sombríos no vendrán a por mí.

CAPÍTULO TREINTA Y UNO

Violet se despertó con la sensación de que algo iba mal, como los inquietantes residuos de un sueño. Miró el lugar donde Will estaba durmiendo. No estaba allí; su camastro estaba vacío.

Se sentó, con un nudo en el estómago. El colchón no solo estaba vacío. Parecía que nadie había dormido en él.

«No —se dijo—. Él no haría eso. ¿Verdad?». Pero salió de la cama y se puso las botas y la túnica.

Las chicas seguían dormidas: las hermanas Katherine y Elizabeth parecían extrañamente tranquilas, a pesar de las circunstancias, mientras que Grace y Sarah estaban sumidas en el tenso sueño del agotamiento. Violet bajó las escaleras en silencio y se dirigió a la puerta de la torre, que se abrió en aquel momento. Pero no fue Will quien entró en el garitón; fue Cyprian, de regreso de una excursión matinal, y le habló en voz baja y urgente:

—El caballo de Will no está.

—¿A qué te refieres?

—Valdithar, el caballo de Will. Ha desaparecido de los establos.

La ominosa sensación se duplicó y se convirtió en una vertiginosa certeza. El recuerdo del catre intacto de Will fue una terrible premonición. Violet se obligó a mantener la calma.

—¿Alguien ha visto a Will?

Se dirigió a las demás después de regresar con Cyprian y despertar a Elizabeth y a Katherine con un par de sacudidas bruscas en los hombros. Grace y Sarah se habían acostado con sus uniformes de jenízaro y ambas despertaron con un sobresalto al oír la puerta; ahora eran un tenso montón azul en la cama de Grace. Katherine estaba sentada ante la pequeña mesa, extraordinariamente guapa con su enagua blanca y su chal bajo la luz de la mañana. Su hermana Elizabeth fruncía el ceño a su lado; sus cejas eran demasiado gruesas para su pequeña cara.

Violet recibió miradas inexpresivas de todas ellas.

—¿Nadie? —repitió—. ¿Ninguna lo ha visto?

—Yo hablé con él antes de dormir —ofreció Katherine.

—¿Qué te dijo?

Katherine se sonrojó.

—Solo «buenas noches».

Violet recordó haber levantado la mirada y haberlos visto juntos, Will junto a la cama de Katherine, murmurando algo bajo la luz de la vela. Le dolió el corazón, y apartó la emoción a un lado.

El anuncio llegó de un lugar inesperado.

—Se ha ido —dijo Elizabeth.

—¿A qué te refieres?

—Se marchó. Huyó.

—¿Cómo lo sabes?

—Anoche lo vi marcharse a caballo.

Violet la miró fijamente. El tono de Elizabeth decía que se alegraba. Le devolvió la mirada, desafiante.

Katherine negó con la cabeza.

—Él no nos abandonaría.

—Bueno, pues lo ha hecho. Lo vi en el establo. Me dijo que iba a dar un paseo. Era mentira y le dije que lo sabía, y él me dijo que si decía algo metería a Katherine en problemas, así que es un canalla además de un mentiroso.

—¡Elizabeth! —exclamó Katherine.

—Sabéis qué ocurrirá si Simon lo encuentra —dijo Cyprian en voz baja. *La sangre de la Dama hará que el Rey Oscuro regrese.*

Violet intentó tranquilizarlos.

—Si Will salió, fue con algún propósito. Él no nos dejaría sin más, y nunca hace nada sin razón. Esperaremos aquí su regreso.

Elizabeth resopló. Violet fue a examinar el recinto para asegurarse de que Will no estuviera, y le indicó a Cyprian que la acompañara.

Mientras lo esperaba en la puerta, vio que Katherine miraba la entrada con una expresión extraña. Su cabello brillaba como el oro bajo el sol de la mañana.

Violet le dio la espalda. Un momento después, Cyprian se unió a ella y cada uno registró una parte distinta del alcázar, dividiéndose para cubrir más terreno.

Buscaron durante la mayor parte del día, pero Will se había marchado de verdad. La realidad se hacía más fuerte con cada zona vacía y silenciosa de la fortaleza que comprobaban.

Cuando se reencontró con Cyprian en el patio, Violet dijo lo que en realidad estaba pensando:

—Will no ha salido a dar un paseo. Ha ido a enfrentarse a Simon.

Cyprian palideció. Bajo la luz gris de la tarde, parecía demacrado, y Violet pensó que estar allí, rodeado de recuerdos de los muertos, debía ser duro para él. Seguía vestido de Siervo, con su inmaculada túnica plateada. Lo había visto despertarse temprano las últimas mañanas para entrenar, una única figura realizando a solas los rituales de los Siervos.

—¿Por qué haría eso? Su sangre es lo único que puede liberar a los Reyes Sombríos. —Cyprian negó con la cabeza—. Tú misma lo dijiste. Lo único que teníamos que hacer era mantener a Will a salvo, lejos de las manos de Simon…

—Su sangre no es lo único que puede liberarlos —dijo Violet.

No podía creer que no se hubiera dado cuenta antes. Pensó en todos los planes que habían hecho la noche anterior y se sintió muy tonta. Will les había llevado la corriente, asintiendo y escuchando, mientras planeaba marcharse solo.

—No lo comprendo —dijo Cyprian.

—La madre de Will —le explicó Violet—. Simon mató a la madre de Will. Él nunca habla de ello, pero…

—Pero si hubo violencia —dijo Cyprian—, debió haber sangre.

La sangre de la Dama. Violet vio cómo Cyprian se daba cuenta. Simon ya tenía lo que necesitaba; podría liberar a los Reyes Sombríos cuando quisiera. Solo tenía que usar la sangre de la madre de Will.

¿Lo había entendido Will de inmediato? ¿Oyó las palabras de Katherine y supo qué tenía que hacer? Pero ¿por qué no se lo dijo a nadie? ¿Por qué había elegido enfrentarse a Simon en secreto, y solo?

—Al lugar donde murió su madre —dijo Violet—. Will ha ido allí para intentar detener a Simon.

—¿Dónde? —preguntó Cyprian con ansiedad—. ¿Sabes dónde fue?

Habían pasado noches tumbados en sus camas, charlando hasta el amanecer. «Mi madre y yo no nos quedábamos mucho tiempo en el mismo sitio», le había dicho Will en la posada de Londres. Pero nunca le había hablado de su muerte. Como si hubiera algo en la historia que quisiera mantener en secreto, algo privado que no quisiera contar. Y en ese momento se estaba dirigiendo allí, y ellos no tenían ningún modo de encontrarlo. «Will, ¿por qué no me has llevado contigo?».

—No —dijo—. Nunca me lo dijo.

La verdad era que había sabido muy poco de su vida. Sabía que habían asesinado a su madre, pero él nunca le contó cómo. Sabía que se habían trasladado de lugar en lugar, pero nunca le había dicho dónde. Nunca le había dicho qué hizo en los meses entre la muerte de su madre y su captura. Nunca le contó qué había pasado en el barco de Simon. O durante su huida, antes de eso.

En todas sus conversaciones, se había quedado tumbado sobre la cama con la cabeza apoyada en la mano y le había hecho preguntas para sonsacarle qué pensaba. Había sido ella quien había hablado, la que le había contado mucho más de lo que él le había contado a ella. A pesar de que habían luchado lado a lado, apenas sabía nada de él.

—Tenemos que ir a buscarlo —dijo Violet.

—Ni siquiera sabemos a dónde ir.

Una oleada de frustración.

—Tenemos que hacer algo…

C.S. PACAT • 407

Se detuvo al oír un extraño sonido, casi como el grito lejano de un halcón transportado por el viento. Su cuerpo respondió como una presa notando a un depredador.

—¿Has oído eso?

—¿Qué? —preguntó Cyprian.

—Eso —repitió Violet—. Viene de...

— ... la puerta —dijo Cyprian, cuando el sonido sonó de nuevo, más fuerte.

Sobre ellos, tan repentino como un fuego artificial, el cielo se cubrió de destellos rojos. Levantó la mirada y vio la impresión fantasmal de una cúpula en el cielo, atravesada de brillante rojo.

—¿Qué está pasando?

—La protección —dijo Cyprian, con un temor sobrecogido en su voz mientras miraba el cielo rojo como si aquello fuera nuevo para él—. Creo... que la muralla está siendo atacada.

El rojo se extendía. Parecía una enorme cúpula en llamas, velada de rojo: las protecciones del alcázar, visibles por primera vez.

—¿Aguantará?

—No lo sé.

En el interior de la torre, Elizabeth estaba en el centro de la habitación mientras Sarah presionaba la espalda contra la esquina.

—No quiere moverse —les dijo Elizabeth—. No deja de mirar así. —Sarah tenía los ojos vidriosos, como cuando la encontraron junto a Grace en el alcázar asolado—. Le daré un pellizco, si queréis. —La pequeña dio un paso al frente.

—No —dijo Violet con rapidez, agarrándola por el delicado brazo.

El escalofriante sonido atravesó el aire de nuevo, más fuerte y cercano. No era el graznido de un halcón. Era un grito que no había salido de ninguna garganta humana.

—¿Qué es eso? —preguntó Elizabeth.

Sonaba como si viniera del otro lado de la muralla. Como si hubiera algo allí fuera, en las ciénagas. Algo viejo y terrible, gritando para entrar.

—No la dejéis entrar —dijo Sarah, con voz extraña—. No dejéis que entre...

A Violet se le revolvió el estómago. No podía ser. No era posible. Se descubrió intercambiando una mirada con Cyprian. Habían pasado el día buscando un modo de encontrar a Will, olvidando el verdadero peligro que se cernía sobre todos ellos.

—Una sombra —dijo Violet.

El aire se había enfriado, podía sentirlo. ¿También estaba oscureciendo? En el interior del garitón, las sombras parecieron espesarse hasta ser tangibles. Como si estuvieran respondiendo a una presencia del exterior.

Miró a Cyprian. La última sombra que atacó el alcázar fue su hermano. Recordó su expresión ausente cuando vio la silueta de Marcus grabada en la Cámara del Árbol. En ese momento, tenía la misma expresión lejana.

—Estamos a salvo aquí —dijo Cyprian—. No podrá atravesar la muralla.

—Marcus la atravesó.

—Marcus era un Siervo. Él no penetró en las murallas; se abrieron para él. Reconocieron su sangre de Siervo a pesar de que era una sombra. Nada más podrá pasar. Estaremos a salvo aquí, mientras aguanten.

El grito aterrador y misterioso resonó de nuevo. Fuera, algo estaba desgarrando las protecciones del alcázar, intentando entrar. Violet imaginó un remolino de negro puro en el arco de entrada, ansioso por pasar.

—¿A salvo de qué? —Elizabeth tenía sus pequeñas manos apretadas.

Violet la miró y se sintió enferma. ¿Qué podía decirle a una niña? ¿Que había cosas en el mundo más oscuras y aterradoras de lo que podía imaginar? ¿Cosas que podían masacrar a sus amigos?

—¿A salvo de qué? —repitió.

Violet tomó aliento.

—Simon quiere hacerle daño a Will y ha enviado a una criatura para que lo ataque. No voy a mentirte. Es peligrosa, con poderes sobrenaturales. Pero este alcázar fue construido para que cosas como esa no pudieran entrar.

—Una «sombra» —dijo Elizabeth.

Violet asintió e intentó parecer tranquila, aunque una parte de ella sabía que era peor que eso. Porque si Simon la había liberado de la Roca Tenebrosa, entonces...

Miró a su alrededor, la torre construida cientos de siglos antes por una civilización de la que sabían muy poco, y una nueva idea le heló las entrañas.

Porque lo que había ante la puerta era peor que una sombra.

Tomó a Cyprian por el hombro y lo apartó a un lado. Mantuvo la voz baja, para que las demás no la oyeran.

—¿Estás seguro de que no puede entrar?

—Mientras las barreras aguanten...

—Este era su alcázar —dijo Violet—. Antes de que fuera el Alcázar de los Siervos, fue el Alcázar de los Reyes.

Cyprian palideció.

Un grito sobrenatural hizo añicos el silencio y Violet sintió el verdadero horror de lo que había fuera. «Este lugar le pertenece —pensó con un escalofrío—. Más de lo que os ha pertenecido a vosotros».

Un Rey Sombrío.

Mucho más letal que Marcus, había arrasado fortalezas mucho mayores que aquella. No era posible detenerlo con la fuerza ni con la magia; era un Rey Sombrío, un comandante de ejércitos, forjado en la oscuridad por el propio Rey Oscuro. Y ahora estaba regresando a casa.

Violet se obligó a pensar.

—Cyprian, ve a por Grace y Katherine. No podemos quedarnos aquí, en la torre. Nos retiraremos al interior de la fortaleza.

Cyprian asintió y fue de inmediato.

—Creímos que podíamos huir de ella —dijo Sarah, en voz demasiado estridente—. Nosotros también nos adentramos en la fortaleza. Y, cuando salimos, todos estaban muertos: Siervos, jenízaros, caballos... Todos muertos, como nosotros lo estaremos...

Se escuchó el chirrido de la madera sobre la piedra mientras Elizabeth arrastraba una silla, se subía en ella y, con el beneficio de aquella altura extra, daba una fuerte bofetada a Sarah en la cara. La joven la miró, muda de estupefacción, agarrándose la mejilla.

—Cállate. Cállate o la atraerás. Y entonces serás la primera en morir porque eres la más ruidosa.

Violet parpadeó, agradecida por el repentino y resonante silencio.

—De acuerdo. Escuchad. Las barreras aguantan por ahora. Conseguid comida y agua. Llevaremos lo que podamos al interior. Allí estaremos más seguros. Tiene protecciones adicionales, y hay sitios donde podemos escondernos.

Elizabeth asintió y se escabulló para reunir lo que pudiera mientras Sarah la seguía con los ojos vidriosos. Violet guardó todas las provisiones con las que podía cargar en el interior de una manta. Pero mientras el horrible y resonante chillido de la sombra resonaba, solo había un pensamiento en su mente.

Will.

Si Simon había liberado a los Reyes Sombríos...

—Eso no significa que esté muerto —se dijo a sí misma. Una esperanza, un deseo desesperado—. Solo significa que Simon ha encontrado la sangre.

Cargadas de paquetes y provisiones, Elizabeth y Sarah estuvieron listas en pocos minutos y Violet las condujo al patio. Allí se detuvieron y levantaron la mirada, llenas de horror.

Las barreras eran como llamas rojas a través del cielo. Chispeando como el fuego, como las colas de los cometas muertos. Lo iluminaban todo con una extraña luz roja, reflejándose en los rostros de todos. Estaban viniéndose abajo. Todo estaba desmoronándose. Parecía el fin del mundo.

—No van a aguantar —dijo Elizabeth.

—Vamos —las instó Violet.

Corrieron a través del patio iluminado de rojo. Cyprian y Grace se acercaron a ellas desde el alcázar. Tenían el gesto serio, y Cyprian negó con la cabeza. Fue su turno de hablar con voz tensa e íntima.

—Katherine no está. Se ha llevado uno de los caballos de los Siervos.

—¿No está? —A Violet se le revolvió el estómago—. ¿Cuánto tiempo hace que se fue?

—No lo sé. ¿Cuándo fue la última vez que la viste?

¿Cuándo fue la última vez que alguno de ellos había visto a Katherine? «Esta mañana, cuando le dije que Will se había marchado». A Violet se le hizo un nudo en el estómago. Pensó en la expresión en los ojos de Katherine cada vez que miraba a Will; en sus mejillas sonrosadas cada vez que pronunciaba su nombre; en el hecho de que hubiera acudido allí, para empezar, a través del barro y la lluvia durante la noche, abandonando las comodidades de su hogar por la promesa de un chico al que había visto dos veces.

—Ha ido a buscar a Will —dijo Violet.

—Eso no lo sabemos. Podría haber… regresado a Londres…

—¿Dejando a su hermana aquí? Ella lo sabe. —Violet recordó de repente la expresión de determinación que había visto en su rostro aquella mañana, mientras se levantaba de la mesa—. Ella sabe dónde asesinaron a la madre de Will. Él debió contárselo.

Recordó a Will y a Katherine, hablando en susurros la noche anterior. Ignoró la dolorosa punzada que le provocaba que Will hubiera hablado con Katherine de su madre, y no con ella. ¿Cuánto hacía que la conocía? ¿Un par de días? Intentó no sentirse como se había sentido al salir de la casa de su padre, sabiendo que jamás podría regresar.

—¿Qué pasa con mi hermana? —Elizabeth se abrió camino entre ellos.

—Ha desaparecido —le dijo Violet.

—Pero… —comenzó Elizabeth.

—Está fuera de la muralla. Un Rey Sombrío está intentando entrar. No sabemos dónde está tu hermana, pero ahora mismo está más segura que nosotros.

De inmediato se arrepintió de haberlo dicho. Todos estaban asustados, y Elizabeth era una niña. La pequeña giró el rostro, más pálido si era posible; separada de su familia, con su vestido corto manchado de barro. Violet se sintió fatal.

—Vayamos al interior —dijo Violet, intentando atemperar su mensaje—. Estaremos más seguras allí. Esa cosa no nos busca a nosotras. Está buscando a Will. Cuando se dé cuenta de que no está aquí, se marchará. —Eso esperaba, en cualquier caso—. Vamos a escondernos en el lugar más seguro del alcázar y a esperar que se vaya.

Pero podía oír la voz de Sarah en su cabeza: «Creímos que podíamos huir de ella». Sabía que Elizabeth también estaba recordando esas palabras.

—¿Puedo llevarme a Nell? —preguntó Elizabeth en voz baja.

—¿Qué?

—Sarah dijo que la última vez mató a los caballos. ¿Puedo llevar a Nell?

—No. Lo siento —dijo Violet—. No hay tiempo.

Para llegar a la cámara del Árbol de Piedra tenían que regresar a la ciudadela, algo que todos habían evitado desde el ataque. Juntos, subieron los peldaños que conducían a las enormes puertas que se mantenían inquietantemente entreabiertas, con la silenciosa ciudadela tras ellas. A Violet se le erizó la piel cuando entraron en el primero de los espeluznantes pasillos vacíos que ya habían asumido la quietud de una tumba.

La luz roja se filtraba en el interior del edificio, y todas las ventanas eran ahora rectángulos escarlatas. Violet vio que Elizabeth se fijaba en la destrucción perturbadoramente iluminada y que palidecía, pero la niña no dijo nada e incluso con sus piernas más cortas se mantuvo al paso de los demás mientras corrían por los pasillos.

Los cinco dejaron atrás salones y dormitorios, adentrándose en una parte más desierta de la ciudadela. Los escalofriantes chillidos de la sombra podían oírse a lo lejos, pero amortiguados por los gruesos muros de piedra del alcázar se convirtieron en ecos extraños que venían de todas partes y de ningún sitio. Las habitaciones y los pasillos iluminados de rojo se convirtieron en largos y oscuros pasadizos ubicados tan profundamente en el alcázar que la luz del exterior no llegaba hasta ellos.

Violet se detuvo en la entrada de la cámara donde estaba el Árbol de Piedra.

Había pensado en llevarlos a la cripta y esconderlos en las habitaciones subterráneas, al otro lado de la pesada puerta de piedra. Pero en aquella cámara estaba el Árbol de Piedra y tenía la irracional sensación de que el Rey Sombrío sabría que se habían escondido allí.

Además, si un Rey Sombrío podía atravesar cualquier muro, una puerta de piedra no lo detendría. Así que, en lugar de eso, los llevó allí, confiando en la decisión de la Sierva Mayor de retirarse a la parte más antigua de la ciudadela.

Pero cuando miró las hojas oscuras y muertas del Árbol de Piedra, no pudo evitar preguntarse si estaba repitiendo un pasado sin esperanza. Las piedras del marco estaban agrietadas y desmoronadas; su espada, la que ella no se había llevado, seguía allí. La pared estaba oscurecida por su sangre seca. Un pesado silencio se cernía sobre todo.

Estaba mirando el lugar donde Justice había muerto.

Él era mejor guerrero de lo que ella sería nunca, y no había sobrevivido demasiado. Lo único que había conseguido derrotar a la sombra fue el gran poder de la Sierva Mayor, y ella también había muerto.

Se dijo que el Rey Sombrío estaba buscando a Will. Sarah, Grace y Elizabeth no eran Leones ni Siervos, y había una posibilidad de que, cuando el Rey Sombrío descubriera que Will no estaba en el alcázar, se marchara sin matar a ninguna de las chicas.

Asintió a Cyprian, y después miró a Sarah, Grace y Elizabeth.

—De acuerdo. Las tres entrareis y nosotros cerraremos las puertas. Elizabeth la miró.

—¿No vais a venir?

—Cyprian y yo estaremos justo aquí fuera.

—Pero…

414 • EL REY OSCURO

—Entrad —dijo Violet, dándole a Elizabeth un empujón entre los omóplatos.

No la empujó fuerte y no esperaba lo que ocurrió, una secuencia que pareció reproducirse a cámara lenta. Elizabeth trastabilló hacia delante, tras tropezar con uno de sus pequeños pies.

La niña gritó y extendió la mano para sujetarse. Se agarró al tronco del Árbol de Piedra.

Violet sintió cómo ocurría: el aroma a flores en un antiguo jardín; la temblorosa impresión de las brillantes espirales recorriendo el árbol como venas; las flores blancas abriéndose. Y, aun así, no estaba preparada.

La luz estalló en la habitación, una explosión de luz, una brillante erupción mientras el Árbol de Piedra se iluminaba, resplandeciendo más que un centenar de estrellas. Era cegador. Violet gritó, levantó el brazo y escondió la cara en el hueco del codo instintivamente.

Cuando alzó la mirada, un instante después, abrió los ojos parpadeando para ver un cálido y hermoso resplandor infusionado en el tronco del árbol, en sus ramas y hojas y en sus cientos de flores nuevas, cada una de ellas un renovado punto de luz. Iluminaba las expresiones de desconcierto y asombro en los rostros de los demás, y de la niña pequeña bajo el árbol.

Elizabeth todavía tenía la mano en el árbol, y la luz la rodeaba. Era parte de ella.

—¿Qué es esto? —preguntó—. ¿Qué está ocurriendo?

«Oh, Dios», pensó Violet. Miraba a Elizabeth fijamente, su rostro pálido, la luz de su largo cabello.

Recordó que Will había intentado iluminar el Árbol de Piedra, las horas que había pasado reuniendo su voluntad para tratar de crear una única chispa. En todo aquel tiempo, el Árbol de Piedra no había emitido un solo destello.

Violet pensó en todo lo que sabía de Elizabeth. A sus diez años, seguía usando vestidos cortos y tenía la personalidad de un tocón en la carretera, bloqueando tu camino. Vivía con sus padres... No, no vivía con sus padres, vivía con sus tutores, sus tíos, que la habían acogido después de...

—¿Quién era tu madre? —se oyó preguntar.

—¿Qué? —dijo Elizabeth.

—Vives con tus tíos. ¿Quién era tu madre?

—Nadie a quien tú conozcas. —Elizabeth levantó la barbilla—. ¿Qué importa eso? Era una señora respetable.

Había algo a la defensiva en el modo en el que lo dijo, como si no fuera la primera vez que le hacían preguntas sobre su origen. O como si ella misma las hubiera hecho, pensó Violet, lo bastante lista incluso a sus diez años para notar que las cosas que sus tíos le contaban no eran verdad.

Simon había estado cazando niños. Y si alguien está buscando a tus hijos, ¿qué haces? ¿Los mantienes contigo, en peligro? ¿O se los entregas a unos amables desconocidos que fingirán ser sus tíos? ¿Qué mejor modo de esconder a un niño que hacerlo pasar por uno de los miles de niños normales de Londres?

«Protege a las hermanas», le había dicho Will.

Violet sintió que se le erizaba todo el vello del cuerpo mientras miraba la luz que emitía el ordinario rostro infantil de Elizabeth, su ropa rasgada y llena de barro.

Se giró hacia Cyprian.

—Tiene la sangre de la Dama. —Violet pudo ver la mezcla de asombro y confusión en los ojos de Cyprian—. No sé cómo, pero es de la estirpe de la Dama. No es a Will a quien busca el Rey Sombrío. Es a ella.

Los gritos inhumanos se oyeron más fuertes. Las últimas barreras estaban cayendo.

Violet miró las puertas antiguas que no ofrecerían ninguna protección cuando las barreras hubieran caído. Violet había pensado en esconderlas allí con la esperanza de que el Rey Sombrío pasara de largo, pero nada podría ocultar aquella cascada de luz.

Y si el Rey Sombrío iba a por Elizabeth, no la dejaría escapar; haría todo lo que estuviera en su poder para encontrarla y matarla.

No podía dejar que eso ocurriera. Justice la había entrenado para luchar por la Dama. Y la Dama había acudido a ella, aunque no comprendiera cómo ni por qué. ¿No se suponía que los Leones eran protectores? Su fuerza y el entrenamiento de los Siervos: ahora comprendía qué era. Qué tenía que hacer.

—Cyprian, tienes que encontrar un modo de sacarla de aquí.

—¿A qué te refieres?

—El Rey Sombrío está aquí por una razón: para terminar con el linaje de la Dama. Elizabeth no puede esconderse ni esperar a que se marche. Su única opción es huir. —Estaba pensando mientras hablaba—. La sombra atravesará las barreras. Yo la entretendré en el gran salón. Vosotros debéis aprovechar la distracción para llegar hasta los caballos y huir. —Miró el pasillo destrozado, las paredes agrietadas y el mobiliario astillado. La sombra había intentado apoderarse de Justice y había fracasado. Al menos al principio. Ahora él era cenizas y fuego, y el recuerdo de una mano extendida para ayudarla—. Justice retuvo a Marcus un rato.

Cyprian tenía el rostro blanco.

—Solo quedan dos caballos.

—Entonces montaréis en parejas.

No se refería a eso; Violet lo sabía. Lo oyó decirlo, casi desde lejos.

—No quedará ningún caballo para ti.

La chica lo miró. No tuvo que hablar. Ambos sabían que no regresaría de aquella batalla. No quedaba nadie vivo que pudiera derrotar a un Rey Sombrío. Pero quizá conseguiría retrasarlo lo bastante para que Elizabeth pudiera huir.

—No voy a dejarte aquí —dijo Cyprian.

—Tienes que hacerlo. —Recordó las palabras que le había dicho la Sierva Mayor—. Soy la más fuerte aquí.

«Tú eres la guerrera más fuerte que le queda a la Luz». Era una Leona. Grace y Sarah eran jenízaras, y Cyprian era un Siervo que había rechazado el Cáliz.

—Soy la única que puede haceros ganar el tiempo que necesitáis.

—Entonces deja que luche contigo.

Lo decía en serio, ella lo sabía. Miró su rostro noble y conocido, consciente de que aquella sería la última vez que lo viera. No se

había dado cuenta de que había tomado cariño a su cabello perfectamente peinado, a su ropa inmaculada, a la rectitud orgullosa de su
postura de Siervo.

—No puedes dejarlas solas —le dijo—. Necesitan a un guerrero.

—Violet...

—Es lo que tengo que hacer.

Cyprian la miró. En sus ojos estaba el dolor de la comprensión.

—Estaba equivocado sobre los Leones. Son valientes y leales.

—Vete —le pidió.

Se despidieron, bajo el cielo en llamas. Él se dirigió a los establos.
Ella fue al gran salón.

Estaba cubierto de escombros. Los restos de la batalla ensuciaban el
suelo: la última resistencia de los Siervos contra la oscuridad. Violet
recordó la primera vez que había visto el gran salón, lo pequeña que
se sintió comparada con su tamaño y cuánto la sobrecogió su antigua
belleza. Ahora era un cementerio; los cadáveres no estaban, pero la
impresión de la muerte permanecía, el silencio y la quietud de una
tumba. «Este es el fin del alcázar», pensó mientras atravesaba su bosque de enormes columnas de mármol. Los Siervos estaban muertos y,
cuando las barreras cayeran, el alcázar sería invadido.

Sobre el estrado, los cuatro tronos vacíos asumieron un significado aterrador. «Los Reyes Sombríos están volviendo a casa». Habían
gobernado desde allí una vez, antes de que el Rey Oscuro los convirtiera en sus vasallos. Eso la hacía estar segura de que iría allí, al gran
salón, y de que aquel sería el lugar donde podría retrasarlo un minuto o dos.

Cerró y bloqueó las puertas gigantes, igual que habían hecho los
Siervos. A diferencia de ellos, ella sabía que cerrar las puertas sería
inútil. «Puede atravesar las paredes. Puede atravesarlo todo». Solo esperaba que aquella barrera adicional le permitiera ganar un poco más
de tiempo.

Y después esperó, respirando con dificultad, escuchando los alaridos inhumanos del Rey Sombrío. Cuando comenzaron a acercarse, supo que había llegado el momento. Aquel fue el último sonido que los Siervos oyeron mientras ocupaban sus puestos frente a las puertas, sin saber qué había al otro lado. Pero no quedaban Siervos para luchar contra lo que se acercaba.

Le sorprendió cuánto deseaba que Cyprian estuviera con ella. O Will. Cuánto deseaba que hubiera alguien a su lado, para no estar sola cuando el fin llegara.

Pero Justice había tenido razón. El modo en el que te enfrentabas a la Oscuridad era una prueba.

Notó que la temperatura comenzaba a descender, que las sombras empezaban a alargarse.

Y, contra el frío y la creciente oscuridad, desenvainó su espada.

CAPÍTULO TREINTA Y DOS

—Así que sabes quién eres —dijo una voz a su espalda.

Se giró.

Una figura pálida se acercaba a través del paisaje ennegrecido, irreal pero de algún modo inevitable. Era Devon... Devon, el último unicornio, llegando como un heraldo de una antigua batalla.

«En Londres, Devon me reconoció». Aquella escena se reprodujo en la mente de Will, llena ahora de un significado distinto. La terrible y enfermiza verdad de su propia identidad lo hizo estremecerse ahora que él mismo la había puesto a prueba.

¿Quién más podría haber dominado la armadura oscura, o tocado la Roca Tenebrosa? ¿Quién más habría sobrevivido al fuego de la Espada Corrupta?

—Dime que soy hijo de Simon —le pidió Will. Su súplica sonó muy lejana. Pareció desvanecerse, como sus últimas esperanzas, mientras la verdad se alzaba entre ellos.

—Sabes que no lo eres —dijo Devon—. Mi rey.

Mi rey. El horror de la confirmación, la verdad a la que no había querido enfrentarse.

Simon no había fracasado diecisiete años antes, cuando mató a la tía de Will, Mary. Había tenido éxito. Aquel día, con la sangre de la Dama, propició el regreso del Rey Oscuro.

Will no era un guerrero de la Luz.

Era el Rey Oscuro, renacido en aquella época.

Había encontrado a su madre sangrando en el jardín detrás de la casa. Había tres hombres muertos en el suelo y más de camino, aunque entonces no lo había sabido. Oyó los gritos y tiró la leña que había estado reuniendo para correr hacia el sonido. Había mucha sangre: en las manos de su madre, en su cuello y su barbilla, extendiéndose por la tela azul de su vestido.

—¿Qué ha pasado? —Se puso de rodillas a su lado—. ¿Qué puedo hacer?

—El cuchillo —le dijo ella—. Dame el cuchillo.

Estaba demasiado herida para alcanzarlo ella, así que Will lo tomó y se lo entregó. Su madre le acarició la mejilla con los dedos ensangrentados e hizo que bajara la cabeza como si fuera a susurrarle su última bendición.

Entonces intentó asestarle una puñalada en la garganta.

Will subió una mano para protegerse y eso fue lo que lo salvó. El cuchillo atravesó su palma en lugar de su cuello, como una uña a través de la madera. Pero el grito que dejó escapar quedó ahogado por el grito de frustración de su madre. Soltó el cuchillo y cerró las manos alrededor de su garganta, apretando para estrangularlo. Will intentó zafarse, y su mundo se estrechó hasta convertirse en un túnel negro. Había pensado, estúpidamente, que ella estaba luchando contra algún espectro de su imaginación, que estaba confundida, todavía forcejeando con los hombres que la habían atacado.

—¡Soy yo! —jadeó—. ¡Madre, soy yo!

Había creído que, si ella descubría quién era, lo soltaría.

Ella sabía quién era. Por eso había intentado matarlo.

Will la empujó y retrocedió, arrastrándose, tragando aire y agarrándose la mano ensangrentada contra el pecho. La miró desde unos pasos de distancia, medio tendido en la tierra. Ella estaba demasiado débil para ir tras él, apenas capaz de moverse.

—No debí criarte. Debí matarte. —Tenía sangre en la boca, la misma sangre que cubría la ropa de Will y le manchaba la piel del cuello—. Tú no eres mi hijo. Tú no eres la vida que tuve que abandonar.

—¿Madre?

La mujer abrió mucho los ojos, como si se estuviera enfrentando a alguna visión.

—Oh, Dios. No les hagas daño. No hagas daño a mis niñas. Will, prométemelo. —Había desesperación en su voz.

—Te lo prometo —le dijo.

No lo había entendido. No había entendido nada.

—He fracasado. He fracasado. Maldito seas —le dijo a Will con amargura.

Un hombre salió de la casa y se dirigió hacia ellos. Llevaba un cuchillo, como el que Will se había extraído de la palma, como el que había herido a su madre. Ella giró sus ojos, que ya no veían nada, y le gritó:

—¡Huye!

Como si necesitara una advertencia. Como si fuera Will el peligroso.

¿Lo había encontrado su madre cuando era niño? ¿O lo había alumbrado después de un embarazo antinatural? No lo sabía. No recordaba su vida pasada, ni las decisiones que había tomado en ella, pero había aprendido lo bastante sobre el Rey Oscuro para saber que él había elegido el camino más retorcido, uno lleno de crueles horrores. «Esa cosa no es mi hijo».

—¿Cómo lo supiste?

Se lo preguntó a Devon, desanimado. Tuvo que alejarse de sus pensamientos para mirar al joven y, cuando lo hizo, estaba apenas a unos pasos de distancia, pálido e inescrutable.

—Te habría reconocido en cualquier parte —le dijo Devon—. Te habría reconocido, aun después de diez mil años. Supe que eras tú en el momento en el que entraste en la tienda de Robert.

—¿Por qué no me dijiste...?

Se detuvo. El puro y blanco cabello de Devon destacaba contra el paisaje negro. Su piel era tan pálida que casi tenía el mismo color. Miró a Will como si lo conociera mejor que él mismo.

—La última vez que te vi, tus ejércitos estaban matando a los míos; un millar de unicornios yacían muertos en el campo de batalla.

Simon creyó que tú lo recompensarías. ¡Qué idiota! Eres tan cruel ahora como lo fuiste entonces. Dejaste que los Siervos te acogieran en su alcázar y después los aniquilaste. Tu madre pertenecía a la estirpe de la Dama, e hiciste que la mataran.

«Eso no fue lo que ocurrió», deseó decir.

—Ella no era mi madre.

Había tardado meses en llegar a Londres y descubrir el nombre del hombre relacionado con el ataque. Empezó a trabajar en los muelles para Simon, planeando encontrar un modo de acercarse a él y de descubrir lo que pudiera sobre sí mismo y su pasado. En lugar de eso, el pasado había ido a buscarlo a él. Pero su madre había escondido sus secretos demasiado bien. Tanto su antiguo sirviente, Matthew, como los Siervos, lo habían confundido con su verdadero hijo.

Los Siervos jamás lo habrían ayudado de haber sabido quién era. No podía fiarse de nadie que supiera la verdad. Había aprendido aquello con las manos de su madre alrededor de su cuello.

—¿Will? —pronunció una voz a su espalda.

Fue como ver un fantasma de su pasado, a su madre de pie en la entrada de la casa. La luz del alba estaba a su espalda, llevaba el cabello en una larga trenza rubia y sus ojos azules eran como los ojos que lo habían mirado desde el espejo. Parpadeó.

No era su madre. Era Katherine.

Estaba allí, pálida y aterrada. Tenía tierra en la cara, y la falda sucia desde el dobladillo a la rodilla. Debió haber cabalgado durante todo el día y toda la noche, como él había hecho. Lo miraba fijamente.

El mundo se movió bajo sus pies. Ella lo había oído. Ella lo había oído. ¿Cuánto había oído?

—¿Lo que ha dicho es verdad?

—Katherine...

—¿Mataste a toda esa gente? —Su voz sonó aguda y sorprendida y parecía asustada, igual que su madre.

—Yo no los maté...

Vio que Katherine miraba sobre su hombro, al lugar donde estaba Simon, tirado en el suelo. A su alrededor, la tierra estaba destrozada, asolada por la espada, así que estaba casi en el centro de un cráter. Katherine emitió un leve gemido.

Simon estaba muerto, sin duda. Era un hombre al que ella había conocido, con el que había paseado, con el que había tomado té, con el que había creído que se casaría. En ese momento yacía sobre la tierra calcinada, por la mano de Will. Will pudo ver todo eso en su rostro, el horror incrédulo cuando volvió a mirarlo.

—Él mató a mi madre —dijo Will. Aquella fueron las palabras que pronunció, pero podría haber dicho: «Él mató a los Siervos. E intentó matarme».

—¿Así que tú lo mataste?

—Sí.

¿Qué otra cosa podía responder? Se sentía expuesto, casi temblando ante la idea de lo que ella podría haber oído.

—No es cierto —dijo Katherine—. Tú no matarías a nadie. Tú no eres...

El Rey Oscuro.

El nombre se cernió entre ellos como una astilla del pasado. Katherine miró a Devon y Will supo qué había oído: lo había oído todo.

—Él te habría hecho daño —le dijo Will—. Habría hecho daño a toda la gente que me importa.

Katherine se había puesto pálida. Estaba asustada.

—Dijiste que había que detener al Rey Oscuro. Que había que derrotarlo, y que serías tú quien lo hiciera.

—Lo dije en serio —le aseguró—. Lo dije de verdad, Katherine...

A aquella criatura del pasado que sentía, que todavía podía sentir, intentando controlarlo todo. El Rey Oscuro era como una mano extendida en la oscuridad, poniendo en marcha sus imparables planes, y Will, de algún modo, había querido creer las palabras de la Sierva Mayor, que podría ser él quien...

Un sonido terrible atravesó el alba: el grito de un animal, el chillido de una pesadilla. Resonó en las cumbres, viniendo de todas y de ninguna parte. El cielo comenzó a oscurecerse, como si algo estuviera apagando el amanecer.

No...

—¿Qué es eso? —Katherine giró la cabeza bruscamente hacia los árboles.

No, no, no. Fue Devon quien respondió; Devon, que había oído aquel sonido antes, hacía mucho tiempo. Will pudo verlo en su rostro, un miedo antiguo y primitivo. Parecía seguir allí solo gracias a un gran esfuerzo de voluntad.

—Un Rey Sombrío —dijo Devon. Y después—: Díselo.

Los ojos de Devon contenían el brillo descarnado de alguien decidido a ver las cosas hasta el final.

La verdad yacía desnuda entre ellos.

—Ha venido a terminar con la estirpe de la Dama —dijo Will.

Prométemelo.

Simon lo había enviado con una única misión: buscar a los hijos de su madre y terminar con su linaje.

Will, prométemelo.

—Creí que habías dicho que tú no tenías la sangre de la Dama —dijo Katherine—. Que tú eras...

—No ha venido a por mí —dijo Will—. Ha venido a por ti.

Ella no lo comprendió. Parecía asustada y desubicada, fuera de su mundo de salas de pintura, de ropas elegantes y de refinadas maneras.

—¿A qué te refieres? —le preguntó Katherine—. Will, ¿a qué te refieres?

A su alrededor, la tierra ennegrecida y fracturada marcaba el lugar donde ella había muerto. Katherine estaba donde su madre había muerto. El círculo parecía completarse, en un giro del destino.

—Hay un árbol de piedra en el Alcázar de los Siervos. —Will inhaló dolorosamente—. Se dice que, cuando la Dama regrese, se iluminará.

El Árbol de Piedra nunca había respondido a su presencia. Se había mantenido oscuro y frío, a pesar de cuánto había deseado que brillara.

—Es su símbolo. —Will miró a Katherine a los ojos—. Un espino.

Y vio que Katherine lo recordaba: el espino volviendo a la vida en su jardín, sus flores abriéndose, los pétalos cayendo sobre ellos como nieve.

—Fuiste tú —dijo Katherine, negando con la cabeza—. Tú hiciste eso. Eso fue...

—No fui yo, Katherine.

Había sido ella quien despertó a aquel árbol de su sueño invernal, había sido su poder el que había corrido por sus ramas, iluminándolas. Besó a Will y el árbol estalló en luz, en estrellas de resplandecientes flores blancas, radiante y hermoso. Will se apartó y la miró, estupefacto, mientras el horror de la comprensión le revolvía el estómago. Lo que ella era; lo que ella podía ser...

—Tu madre te envió lejos —le explicó—. Lo hizo para protegerte. No solo de Simon, sino también de mí, de en lo que ella creía que yo me convertiría. Me crio como si fuera su hijo, pero no lo era. Yo era otra cosa.

—Eso no es cierto —dijo Katherine.

—Intentó mantenerme alejado de mi destino. Me hizo prometerle... —*Prométemelo*. Recordó su desesperación, su frenético deseo de proteger a sus hijas. *Will, prométemelo*. Le atravesó la palma con el cuchillo, cerró sus dedos sanguinolentos alrededor de su cuello—. Me hizo prometerle que no te haría daño. Y lo hice. Le prometí que estarías a salvo. Tú posees la sangre de la Dama, y yo voy a protegerte.

El chillido inhumano de un Rey Sombrío resonó de nuevo, más cerca esta vez. El cielo se estaba oscureciendo, como cubierto de espirales de tinta. Se las imaginó corriendo hacia él, las sombras apresurándose a través del aire.

—Vienen dos de ellos —dijo Devon, con la mirada dura y brillante—. Van a matarla.

—No —replicó Will.

Podía sentir su oscuridad, su descarnado poder destructivo. Se permitió sentirlo, y permitió que ellos lo sintieran a él. Simon tenía razón; no tenía magia propia, no podía acceder a lo que había en su interior.

426 • EL REY OSCURO

Pero ahora sabía quién era. Y si los Reyes Sombríos era poderosos, era gracias al poder que habían recibido de él.

«Sois míos. Míos, para obedecerme».

Podía oír los gritos de los dos Reyes Sombríos resonando a través de la tierra.

Mataremos a los descendientes de la Dama. Los mataremos y terminaremos con su linaje.

Tenían las órdenes que les había dado Simon, y querían cumplirlas. Ellos eran los heraldos, liberados para ser preludio de una era de oscuridad y subyugación y para regirla como sus señores para siempre.

«No».

Ansiamos la destrucción. Ansiamos conquistar. ¡Ansiamos matar!

Sobre su cabeza, el cielo era negro azabache. Se estaban acercando. Se estaban acercando. El viento comenzó a azotarlo. Su cráneo se llenó de una apresurada oscuridad, como si los reyes estuvieran en el interior de su cabeza.

«Me obedeceréis».

Mataremos a la Dama y haremos que este mundo se arrodille ante nosotros.

Y, en un destello, estaba en otro sitio: el antiguo campo de batalla bajo un cielo rojo, donde un ejército de sombras se extendía sobre la Tierra. Eran suyos, estaban a sus órdenes, en la cúspide de la victoria. El poder puro era embriagador; su corcel era una enorme criatura con escamas que volaba a través del cielo. Oyó los gritos con los que los Reyes Sombríos guiaron la carga, pesadillas con ejércitos de sombras a sus espaldas.

En el instante siguiente, le mostraron una visión de cómo sería. Will vio la destrucción del alcázar magnificada un millón de veces: Londres en ruinas, la verde campiña de su juventud marchita, el cielo negro y la tierra cubierta por los cadáveres putrefactos de todos los que se alzaran contra él. Y, sobre aquello, cuatro tronos, los Reyes Sombríos gobernando en dominio absoluto y solo un poder mayor alzándose sobre todo.

El suyo.

Te daremos todo esto. El mundo que se te arrebató será tuyo de nuevo.

Un mundo controlado por él, donde estaría seguro, donde aquellos a los que quería se mantendrían a su lado y los que añoraba regresarían a la vida...

—Regresad a la Roca Tenebrosa —dijo con los dientes apretados mientras un oscuro viento aullaba a su alrededor y los dos Reyes Sombríos gritaban y se agitaban en su mente, como prisioneros oponiéndose a sus cadenas. Los obligó a retroceder y, en ese instante, lo sintió. Él era su creador. Él era su amo. Ellos lo reconocieron y, cuando asumió el control, tuvieron que obedecerle, atados a él por el abominable trato que habían hecho cuando bebieron del Cáliz.

—¡Regresad a la roca!

Querían luchar. Querían matar y conquistar, crear un mundo donde pudieran reinar. Pero él era su monarca e hizo retroceder su oscuridad, aplacándola con cada átomo de su voluntad.

—*Yo soy vuestro rey, y me obedeceréis.*

La arremolinante negrura se abrió en el cielo; las sombras del suelo se arrugaron como papel quemado. Con un último grito inhumano, los dos Reyes Sombríos se vieron sometidos, oponiéndose a su orden pero incapaces de luchar contra ella, forzados a regresar a la Roca Tenebrosa.

Will abrió los ojos, temblando, y vio la luz iluminando el valle. El cielo sobre su cabeza era azul y claro. El sol estaba saliendo, el amanecer había comenzado. Era un nuevo día.

Lo había *conseguido*. Lo había conseguido. Quería reírse, embriagado por el éxito, por el júbilo, y la miró para ver su alegría reflejada en sus ojos.

Ella lo miraba horrorizada.

La sonrisa de Will se desvaneció cuando de repente vio lo que ella estaba viendo: a sí mismo, un muchacho comandando las fuerzas de la Oscuridad, los cielos negros marchándose ante su orden. Ella lo miraba como si fuera un desconocido, un enemigo salido de una pesadilla, surgido para traer la ruina al mundo. Se le hizo un nudo en el estómago; había un abismo abriéndose entre ellos.

—Eres él —dijo, como si viera la verdad por primera vez—. El Rey Oscuro.

—Katherine...

—¡No, aléjate de mí!

La joven retrocedió y, al mirar a su alrededor, sus ojos se posaron en la Espada Corrupta. Estaba donde Simon la había dejado caer, envainada en el centro de un parche de tierra muerta.

Muda en su vaina, sería la muerte para cualquier humano que la desenfundara, y la muerte para toda la vida a su alrededor, que ardería y después moriría bajo su fuego aniquilador.

—¡No! —exclamó Will. Dio un paso hacia ella, lo que fue un error. Katherine levantó la espada, sosteniéndola por la funda.

Si la desenvainaba...

—No lo hagas —le pidió—. No puedes desenfundarla. La hoja está corrupta. Si un humano la desenvaina, lo matará.

Recordó su fuego negro rasgando el aire, destrozando la tierra, matando a todos los seres vivos a kilómetros.

—Por favor. Mira el suelo. Eso lo hizo la espada. No... no fui yo.

¿Era cierto? Había sido su sangre.

Katherine dudó.

—¿Cómo ha podido hacer todo eso una espada?

—Fue forjada para matar al Rey Oscuro —le dijo—, pero su sangre la cambió. La mancilló. Ahora es peligrosa.

—Te da miedo —replicó ella.

«Fue forjada para matar al rey Oscuro». Había dicho esas palabras sin pensar. Para ella fueron una llamada, y Will recordó que la Espada Corrupta había tenido otro nombre en el pasado.

Ekthalion.

La Espada del Campeón. Así fue como la llamó la Sierva Mayor. Fue portadora de todas las esperanzas de la Luz, hasta el momento en el que no consiguió hacer nada más que extraer una única gota de la sangre del Rey Oscuro.

La Espada del Campeón en las manos de la Dama. Se le erizó la piel ante su naturaleza predestinada. Aquella espada; aquella chica.

Estaban destinados a hacerse daño, a vivir unos sucesos que habían comenzado a desarrollarse mucho antes de su nacimiento. Katherine era la descendiente de la Dama, nacida para abatirlo. Igual que su madre.

No podré regresar cuando me llamen a las armas.
Así que tendré un hijo.

La Dama había amado al Rey Oscuro, y lo había matado. Ella fue la única que pudo hacerlo. En ese momento, Katherine estaba ante él con el arma que había sido forjada para hacerlo, y parecía cierto. Porque, si Katherine lo atacaba en aquel momento, él se lo permitiría. Permitiría que lo atravesara.

Ella tenía razón: le daba miedo. Su sangre estaba en aquella hoja. Su sangre asesina.

—No quiero hacerte daño —dijo Will, impotente. Pero lo haría: si desenvainaba la espada, su sangre la mataría. O quizá lo mataría a él...

—Estás mintiendo —le espetó—. Me has estado mintiendo todo el tiempo.

Cerró la mano sobre la empuñadura.

—No. Katherine, no... —*Prométemelo*—. Katherine, no lo hagas... —*Will, prométemelo*—. ¡Katherine!

... y con un único movimiento, ella desenvainó la espada.

No siempre había estado corrupta; forjada por el herrero Than Rema, Ekthalion había sido la gran esperanza del pasado, llevada a la batalla por el campeón y elevada como una luz brillante.

La Sierva Mayor le había contado otra historia. *La Espada del Campeón otorga el poder del Campeón.* Decía la leyenda que la Espada Corrupta podía ser purificada por la mano de alguien merecedor, lo cual haría que se convirtiera de nuevo en la Espada del Campeón.

Katherine blandió la espada, triunfal, y por un momento Will sintió una absurda oleada de miedo y esperanza.

Y entonces unos zarcillos negros comenzaron a reptar por sus manos, que sostenían la espada ante ella.

—¿Will? —dijo. Venas negras subieron por su brazo atravesando su piel—. Will, ¿qué está pasando?

Intentaba soltar la espada y no podía, mientras la telaraña negra corría hacia su corazón, y después por su cuello hasta su cara.

Will corrió los cuatro pasos que lo separaban de ella y la atrapó en el momento en el que se desplomó, pálida y fría. La acunó en sus brazos, arrodillado en el barro. Los ojos de Katherine eran dos orbes negros que estaban congelándose, como un sol al eclipsarse. Tenía las venas duras como el ónice, como si su sangre se hubiera convertido en piedra.

—Will, estoy asustada. —Sus palabras fueron un susurro. Sus labios apenas se movieron.

Ningún campeón la salvó. Aquellas fueron las últimas palabras que dijo.

Will se aferró a ella mucho tiempo después, como si sus manos pudieran mantenerla con él. La abrazó tan fuerte que le dolieron los dedos. Se sentía como si fuera a quedarse encerrado en aquel dolor para siempre, como si las dos muertes fueran una. La promesa que había hecho y roto en el mismo lugar, en aquel lugar que se las había arrebatado a ambas. A su madre y... ¿qué? ¿Su amante? ¿Su hermana? ¿Su enemiga? ¿Su amiga? No sabía qué habría sido para él. Solo sabía que el futuro que los había unido la había llevado hasta allí.

Oyó pasos acercándose a su espalda, aplastando la tierra negra.

—Ahora tienes todo lo que querías —dijo Devon—. Has derrotado a tu usurpador. Los Siervos están muertos. La estirpe de la Dama ha desaparecido. No queda nada que se interponga en tu camino. —Devon habló como si hubiera terminado un negocio—. Katherine tenía una hermana, pero el último Rey Sombrío sigue libre y ya la habrá encontrado. Esa niña ya debe estar muerta.

Will levantó la cabeza. Lo miró y habló con una nueva voz.

—No. La dejé con un León.

CAPÍTULO TREINTA Y TRES

Violet tenía la espada preparada, los ojos fijos en las puertas.

Fuera, el cielo era negro. Incluso la extraña luz roja había desaparecido de las ventanas. «Las protecciones han caído». El gran salón estaba sumido en una negrura casi absoluta, la oscuridad de un eclipse, o de una tumba. Solo las tres antorchas parpadeantes que había encendido creaban una pequeña isla de luz, en la que las columnas de mármol eran siluetas pálidas que desaparecían en la oscuridad.

Le habían robado el resto de la luz, creando un mundo de sombras en mitad del día.

Oyó el estallido de un grito inhumano, tan fuerte que los cimientos temblaron y la piedra se estremeció…

Fuera. Estaba justo al otro lado de las puertas. Apretó la empuñadura de la espada.

Por un momento, se hizo el silencio: el único sonido era su respiración. Hacía tanto frío que su aliento blanco quedaba suspendido en el aire frente a ella. Y después la temperatura bajó aún más. Violet creyó que estaba preparada para ello. Grace se lo había descrito: una criatura de sombras, una silueta sin forma, difícil de combatir. Pero entonces comenzó a atravesar la puerta.

Oscuridad; era un abismo abierto que succionaba toda la luz. Violet no podía apartar los ojos. Mirando la creciente negrura, se sentía como si estuviera en el borde de un abismo al que quería lanzarse. Estaba mirando la muerte, próxima, imparable. El final de todo.

Un Rey Sombrío.

Llegó solo. Un único rey había sido suficiente para destrozar la barrera que había protegido el alcázar durante siglos. Los Siervos no habían sido nada contra él. Aquel mundo no era nada contra él. Podía sentir el poder que destruiría todo lo que deseara, y sabía que nada podría detenerlo.

Los cuatro tronos vacíos estaban a su espalda. Notaba su deseo de ocupar su legítimo lugar, de reinar, de aplastar aquel mundo y subyugarlo por completo.

—Soy Violet Ballard, Leona del mundo antiguo —dijo, y su voz sonó débil en el cavernoso salón—. No pasarás.

Notó que la atención de la sombra se concentraba lentamente en ella, el movimiento giratorio de un ojo sobrenatural. Sus ropas anticuadas se extendieron a su alrededor, sombrías y tan imponentes como una tumba. Llevaba la corona sepulcral sobre la cabeza, medio rostro, medio hueso. La destellante armadura de un rey; una espada que quemaba con frío; ejércitos en sus ojos. Violet casi podía notar en su boca el sabor de los gusanos de la tumba.

Leona. La palabra la atravesó, el frío terror del reconocimiento; la conocía, conocía su poder, conocía su sangre. *Estoy aquí por la Dama.*

—No permitiré que te la lleves. —Más alto esta vez, con la mano tensa sobre la empuñadura de la espada.

Violet respiraba superficialmente. Miles de Leones muertos en el campo de batalla, poderosos comandantes y sus ejércitos embalsamados por la oscuridad, unicornios masacrados... El enemigo al que se enfrentaba había luchado contra todos ellos, y antes de eso había sido un hombre que había cerrado su mano pálida alrededor de un cáliz. Las enormes columnas del salón eran como un antiguo bosque que se extendía en la oscuridad, el paisaje espectral de un mundo desaparecido.

Entonces morirás, sentenció el Rey Sombrío.

Un torrente de oscuridad se lanzó sobre ella a desconcertante velocidad, como una espada oscura. Por instinto, Violet saltó y rodó, sintiendo una ráfaga fría a su izquierda. El rey había fallado por poco. Se levantó, manteniendo una postura baja, justo como había entrenado, y golpeó, cortándolo con su espada desde atrás...

Y atravesándolo como si no estuviera allí.

Se sentía tan desorientada como si se hubiera saltado un peldaño. Era como no golpear nada, como atacar a un fantasma. Empujada por su propio impulso, se tambaleó. Y, en la espiral de oscuridad, creyó ver a un rey con una armadura anticuada y el fin del mundo en sus ojos, deseando conquistar y gobernar, y todo lo que sabía se convirtió en cenizas y ruina.

Cuando el rey bajó la espada para partirla en dos, Violet levantó su propia espada en un gesto desesperado...

La espada del Rey Sombrío atravesó la suya como si no hubiera nada allí. «Nada puede detenerlos. Nada puede retenerlos». Abrió los ojos como platos e intentó esquivarlo, demasiado tarde, pues la oscura espada le rozó la mejilla y se clavó profundamente en su hombro, con una sensación de frío abrasador. Una salpicadura de sangre golpeó la piedra bajo sus pies.

Gritó y apretó los dientes contra el dolor, obligándose a no soltar su arma, aunque le ardía el brazo. ¿Por qué? ¿Por qué blandía una espada si no podía luchar con ella? Su arma no dañaría al Rey Sombrío. Nada podía hacerle daño, ya que su cuerpo era tan insustancial como la sombra de su nombre.

La espeluznante verdad se abrió camino. La Sierva Mayor tenía razón. Aquel era un enemigo contra el que ningún mortal podía luchar. Aquel era el horror al que se habían enfrentado cada uno de los Siervos: años de entrenamiento, una fuerza obtenida a un precio terrible. Nada de ello significaba lo más mínimo para una sombra.

Entonces comprendió que iba a morir... Había visto el mobiliario roto, las armas tiradas, incluso la sangre seca que se podía advertir a la luz de la última y parpadeante antorcha.

Y aquella había sido la destrucción causada por Marcus, una única sombra que no era nada comparada con aquel rey de pesadilla, más poderoso que ningún Siervo y que los grandes héroes que habían caminado por aquella tierra, y más aún que una simple chica.

«No puedo derrotarlo —pensó—. Pero puedo entretenerlo lo suficiente para que Cyprian y Elizabeth escapen del alcázar».

Pensó en Justice, en el destrozo que rodeaba su cuerpo cuando lo encontraron. Marcus había hecho trizas el pasillo para llegar hasta él. «No, no fue Marcus». La cosa inhumana que había ocupado su lugar. Justice debió darse cuenta de que no podía luchar contra ella e intentó esquivarla tanto tiempo como pudo, mientras ella destruía el pasillo a su alrededor. Había conseguido que Grace y Sarah ganaran un puñado de minutos... Tiempo suficiente para que la Sierva Mayor llegara.

Pero la Sierva Mayor no acudiría ahora para salvarla. Y ni siquiera ella podría haber derrotado al Rey Sombrío, porque era más poderoso que ninguna otra sombra, y las comandaba a todas.

«Justice, no terminé mi entrenamiento. Nunca seré un Siervo. Pero tú me dijiste que mi espada protegería a la gente, y eso es lo que voy a hacer».

Cyprian y Elizabeth estarían en los establos, ensillando a Nell y al último caballo. Pronto comenzarían a atravesar las ciénagas, cabalgando de dos en dos, con Grace y Sarah. Al este... Cyprian sabría que no debía llevarlas a Londres, donde el ataque de un Rey Sombrío dañaría a otros, y donde los cielos negros de su llegada sembrarían el pánico.

Si conseguía aguantar, aunque solo fuera un poco más, les daría tiempo para llegar al arco...

«Mantenlo aquí —pensó—. Mantenlo ocupado. Deja que los demás se marchen».

Echó a correr hacia las columnas, como un galgo con un torrente de oscuridad a su espalda. Le dolía el brazo, y su respiración se agitaba en su garganta. Creyó que podía usar las columnas para zigzaguear y correr en círculos, pero el Rey Sombrío atravesaba el mármol, en una ráfaga de oscuridad que nada podía detener. Un estallido negro la lanzó hacia atrás y golpeó con fuerza la pared opuesta, junto a los tronos.

Parpadeó para despejarse la mirada, aturdida. «Levántate. Levántate». Se le resbaló el talón; sus movimientos eran torpes. El dolor le lanceó el hombro mientras se apoyaba en sus manos y rodillas, se derrumbaba e intentaba levantarse de nuevo. Una gélida sensación le confirmó que el Rey Sombrío estaba allí, cerniéndose sobre ella en su horripilante esplendor. Lo miró, apenas capaz de arrastrarse. Su espada se había perdido en alguna parte, entre los escombros.

No podía levantarse. No tenía ningún arma. Aquel era el final, y no era suficiente. No había dado a Elizabeth y a Cyprian tiempo suficiente.

Vio un destello de metal mate junto a sus dedos extendidos. Lo agarró, por instinto, demasiado herida para esquivar otro ataque. Cuando la espada del Rey Sombrío descendió, lo levantó desesperadamente para cubrirse.

Era el fragmento de un escudo roto.

Era inútil, absurdo: nada podía detener la espada de un Rey Sombrío, que atravesaba el metal como si fuera humo. Lo agarró de todos modos, un último instinto, un último modo de luchar. Estaba pensando en Elizabeth y en Cyprian. «Por favor. Por favor, que lo consigan». Con los ojos cerrados, acurrucada tras el fragmento que sostenía, sintió el frío glacial de la espada del Rey Sombrío bajando sobre el escudo.

Un enorme estruendo resonó en el salón y reverberó a través de su brazo, haciendo que le castañetearan los dientes. La espada... La espada golpeó el escudo, lo amartilló como una maza.

Y rebotó.

Violet abrió los ojos y vio el rostro de un león. Grabado en el metal, deformado y deslustrado por el tiempo, la miraba desde la superficie del escudo.

Un escudo roto, forjado hacía mucho y blandido por el león cuya antigua fuerza corría por sus venas.

«Llegará el momento en el que deberás tomar el Escudo de Rassalon. No tengas miedo».

El Rey Sombrío gritó, un sonido de pura ira y frustración, y bajó su espada sobre ella de nuevo... y ella la bloqueó con el escudo.

Funcionó, *funcionó*. La espada salió despedida hacia atrás y el escudo se mantuvo intacto.

Respirando trabajosamente, Violet plantó los pies sobre la piedra y se levantó.

«Por tus venas corre la sangre de los valientes leones de Inglaterra y de los enérgicos leones de la India. Tú eres la guerrera más fuerte con la que cuenta la Luz».

Con el Escudo de Rassalon en el brazo empapado de sangre, se enfrentó al Rey Sombrío entre las blancas columnas rotas del salón en ruinas.

La rodeaban las señales de sus compañeros caídos, de los Siervos que habían luchado y muerto para repeler la Oscuridad. Sus armas cubrían el suelo; su sangre empapaba la piedra.

Se detuvo en el centro de todo aquello y atacó con el escudo.

Entonces lucharon en serio; Violet lo golpeó con el escudo mientras el Rey Sombrío gritaba, furioso, e intentaba llegar hasta ella. Le dolía el brazo, pero lo ignoró. Ignoró la arremolinante oscuridad y el frío helador y, cuando vio la oportunidad, la aprovechó para golpear la mandíbula del Rey Sombrío con su escudo y hacerlo retroceder dos pasos. Otro encuentro, y un golpe en el hombro.

Una visceral sensación de triunfo: el escudo no solo podía bloquear; podía golpear. Atacó con él, esquivando los embates del Rey Sombrío con facilidad mientras la cercaba e intentaba llegar hasta ella, y después lo golpeó con toda su fuerza.

El rey se tambaleó: era su oportunidad. Violet corrió hacia él con el escudo por delante, como un caballo de guerra, dejando escapar un grito furioso. El escudo impactó, tirando al Rey Sombrío hacia atrás, y ella lo siguió al suelo y se lanzó sobre él, entre él, envuelta por la oscuridad.

Por un momento se vio atrapada en ella, en aquel abismo sin fin, pero en el interior de la gélida oscuridad atisbó su silueta titilante. Sus ojos se encontraron y Violet miró dos estanques helados. Levantó el borde del escudo y lo bajó como una guillotina roma sobre el cuello del Rey Sombrío.

Este gritó y una fuerza estalló desde su interior, lo bastante potente para hacer añicos las ventanas, para que lloviera polvo de piedra a su alrededor. Violet tuvo que levantar de nuevo el escudo para protegerse, para cubrirse la cara y los ojos como haría frente a un vendaval. El aullido siguió y siguió, antinaturalmente largo aunque le había cortado el cuello, hasta que el viento se aplacó y el sonido se desvaneció.

Silencio. Levantó el brazo del escudo, despacio, y abrió los ojos. El Rey Sombrío estaba muerto. Se había desvanecido bajo sus manos, convirtiéndose en nada. Solo su horripilante silueta negra permanecía allí, grabada en el suelo.

Levantó la mirada. La luz se filtraba a través de las ventanas rotas sobre su cabeza. Ahora podía ver el gran salón vacío, iluminado por el sol. Seguía siendo bello, aunque las columnas estaban golpeadas, aunque el pavimento de piedra estaba agrietado, a pesar de que el polvo de mármol cubría los restos esparcidos de una pelea más antigua.

Un escudo roto. Apartó el escudo de su brazo y lo giró para mirar el león grabado que parecía estar mirándola. Algo se agitó en su interior y, por un momento, casi creyó ver a un león de verdad, que la contemplaba con sus brillantes ojos castaños.

Viva. De repente se dio cuenta de que estaba viva. El Rey Sombrío había muerto. Cyprian y Elizabeth estaban a salvo... Lo había conseguido. El alivio la inundó, y agarró con fuerza el escudo. Ahora que podía permitirse sentirlo, notó su agotamiento, el dolor de la herida en su brazo, las magulladuras y el escozor en su hombro, el palpitante corte en su mejilla. Curvó los dedos alrededor del metal deformado, cerró los ojos y pensó: «Lo he hecho, Will».

CAPÍTULO TREINTA Y CUATRO

Cuando llegó a la posada de Castleton ya era tarde, porque se había quedado con ella durante la noche, mientras la habitación se enfriaba.

Se había llevado el monedero de Simon y su chaqueta, y liberó a los caballos del carruaje que lo esperaba en la carretera. Aquel par de inquietos corceles con brillantes mantos negros encontrarían forraje de sobra en los páramos, hasta que los acorralara un granjero que apenas pudiera creer su buena suerte. Cuando Devon se marchó y el sol salió, hizo el camino de vuelta por las colinas pedregosas hasta el claro donde había dejado a Valdithar. Desde allí, cabalgó hasta la posada más cercana, donde pidió una habitación, una pluma y tinta.

Sentado junto al fuego en la sala común de la planta baja, comenzó a escribir una concienzuda carta a los tíos de Katherine. Al día siguiente, buscaría a un hombre de la parroquia local y le diría dónde encontrarla. Ella seguiría allí. El cuerpo estaba horriblemente preservado en roca, petrificado. Sus ojos de mármol negro permanecerían abiertos para siempre. Cuando la llevó al interior de la casa de su madre, era tan pesada como la piedra, y estaba fría.

Se había sentado a su lado durante mucho tiempo.

Encontrarían muerto a Simon. Y a los tres hombres que habían sido los Vestigios de Simon. Y todos los pájaros, plantas y animales que habían estado lo bastante cerca como para que los alcanzara el fuego negro.

Will intentó no pensar en los muertos.

Para llegar a su habitación había que subir una estrecha escalera de madera oscura. Las gruesas paredes de piedra enlucida le proporcionaban una sensación robusta y contenida. En un extremo había una cama con estructura de madera, y un fuego ardiendo bajo en la chimenea; en el otro, una mesa pequeña, una silla y una ventana con cortinas cortada profundamente en la piedra. Su normalidad era surrealista, como la conversación que había mantenido con el posadero.

Tres peniques por fiambre y cerveza y *El tiempo está aguantando* y *Nuestro chaval ha llevado al caballo al campo de la parte de atrás*. El suave acento de las Tierras Medias parecía pertenecer a un mundo distinto. Will se quitó la chaqueta de Simon y miró fijamente la cama, con sus colchas de lino limpio.

Un paso... Pero, antes que el sonido, llegó la sensación: inconsistente, como un cambio en el aire. Una figura emergió de entre los pliegues de la cortina. «Katherine», pensó Will. Debía ser ella, pero ella estaba tumbada y fría en una casa en ruinas, y el escalofrío vital que lo atravesó era una respuesta que solo le provocaba una persona.

—James —dijo.

Era un destello pálido en la oscuridad, con su cabello rubio cepillado sobre la chaqueta ceñida que Simon le había comprado y un rostro que no se parecía a nada más que quedara sobre aquella tierra. Will sintió el dolor de algo arrancado de su tiempo, de algo que no debería estar allí, junto a su propia y terrible sensación de alegría porque así era.

—Lo conseguiste —dijo James, en una voz baja entrelazada de incredulidad y de asombro ante su floreciente libertad—. Evitaste que Simon invocara al Rey Oscuro.

No lo sabía.

La sensación de asfixia que subió por la garganta de Will no fue una carcajada. James no lo sabía. No lo había reconocido, no había visto en su rostro al señor al que ya había conocido en el pasado. Y entonces surgió otro pensamiento más oscuro: James no lo sabía pero se sentía atraído hacia él de todos modos; quizá sentiría lo mismo que él, una incontrolable fascinación, un peligro aceitado que se deslizaba a través de la renuencia y el deseo. Ambos eran Renacidos. A ambos los había llevado hasta allí un Rey Oscuro del que no podían librarse. Lo único que Will pudo hacer fue mirar a James y sentir el mismo codicioso escalofrío. El deseo de acercarse a él le golpeó la garganta.

—No deberías haber venido aquí —dijo Will.

En un mundo distinto, le había puesto un collar alrededor del cuello para obligarlo a matar a su gente. Había hecho que James cumpliera su voluntad. Y después estaban los oscuros susurros, la acusación que el Gran Jenízaro le lanzó y de la que Gauthier había hablado casi con codicia. Que James había sido el juguete del Rey Oscuro. Que había estado en su cama.

«El Rey Oscuro te trajo aquí —pensó Will, sintiendo que la idea permeaba en su interior—. Te quería, y se aseguró de que te tendría».

«De que *yo* te tendría». La idea era sombría y peligrosa.

—No es un buen momento para estar a mi lado —dijo Will.

Cuando levantó la vista, James se había acercado. Lo miraba como si supiera lo que sentía y estuviera a su lado de todos modos.

Pero no lo sabía. En realidad, no.

—Sé que mataste a Simon —le dijo James—. No creo que vayas a hacerme daño.

La luz de la chimenea iluminaba los planos de su rostro. La confianza de sus ojos azules era para un salvador que había comenzado a creer que era real.

Will deseó reírse. Le había hecho daño. Le había atravesado el hombro con una lanza de marfil, y después mató al hombre que lo había criado. Y eso era solo una pálida sombra de lo que le hizo antes. Mucho tiempo atrás, fue un hombre que tomaba lo que quería, y quizás eso había sido más fácil que el dolor que sentía en ese momento.

—¿No lo haré?

La curva de una sonrisa.

—Yo soy más poderoso que tú, ¿recuerdas?

Will sintió el susurro de unas manos invisibles sobre su piel. James estaba mostrándole su poder. *Mira lo que puedo hacer.* Por supuesto:

James siempre había creído que su valor dependía de lo valiosas que fueran sus habilidades para otra persona.

Eso desenroscó algo en su interior, un deseo de decir: «Está bien. Enséñamelo. Gánate mi atención». Se lo tragó, obligándose a ignorar el espectral roce de James sobre su piel.

—¿Qué estás haciendo aquí? —le preguntó.

—Cuando te vi con el Collar —comenzó—, estaba seguro de que me lo pondrías en el cuello. No creí que detendrías a Simon. No creí que nadie pudiera. —James dio otro paso hacia él—. Pensé que lo mejor que podía hacer era encontrar el Collar yo mismo antes de que lo hiciera Simon. En lugar de eso, ahora soy libre para elegir mi futuro... —Unos dedos invisibles bajaron por el pecho de Will—. ¿Se te ocurre un resultado mejor?

—Katherine ha muerto —dijo Will.

La caricia invisible desapareció, alejándose de inmediato. La realidad se asentó en la habitación, como si decir las palabras en voz alta diera a su muerte la finalidad que no había tenido en Bowhill, cuando su sangre se volvió negra y sus ojos se convirtieron en piedra.

—Lo siento. ¿Sentías algo por ella?

Apenas la había conocido. Le gustaban los lazos, las tacitas de té y las cosas delicadas. Había cabalgado dos días y una noche para buscarlo en el lugar donde su madre murió, y había empuñado una espada para luchar. «Will, estoy asustada».

James le dedicó una sonrisa amarga.

—Creí que el descendiente de la Dama debía enamorarse del Rey Oscuro.

¿Qué? Eso no tenía sentido... hasta que Will se dio cuenta de que, cuando James se refería al *descendiente de la Dama*, no estaba hablando de Katherine. Estaba hablando de *él*.

¿Era así como lo veía James? ¿Como la Dama? ¿Parecido a él, otro objeto de obsesión del Rey Oscuro? Los amantes del Rey Oscuro: James y Katherine habían pertenecido ambos a Simon, y antes de eso... Antes, el Rey Oscuro amó a la Dama y metió a James en su cama. Los tres estaban interconectados, y la historia había terminado con James escapando de su destino y con la Dama muerta.

Dios, James creía que sentirse atraído por Will era sentirse atraído hacia *ella*, hacia la Luz, hacia quien escapó de los dedos del Rey Oscuro y consiguió matarlo. Quería pedirle que huyera.

—¿Y tú? —le preguntó Will—. Él te quería. ¿Tú lo querías?

James se sonrojó. A la tenue luz naranja del fuego, James tenía las pupilas dilatadas y el azul que las bordeaba poseía la insondable oscuridad del agua por la noche.

—Yo caí —dijo James—. ¿Importa por qué? Él me arrastró a través del tiempo para que naciera en un mundo que no me recuerda. Quería que lo esperara, listo para servirlo, con un collar alrededor del cuello. En lugar de eso estoy solo, y lo único que queda de aquellos días es polvo. Creer que todavía me controlaba lo habría satisfecho.

Will sintió el parpadeo del pasado, sus antiguas identidades como sombras. Era difícil respirar; el aire estaba cargado.

—Dijiste que no recordabas esa vida.

—No la recuerdo —dijo James—. Pero a veces tengo...

— ... una sensación —terminó Will.

Abajo, los sonidos de los últimos parroquianos de la taberna sonaban distantes: un portazo, el crujido de una tabla. James no entendió la confesión que escondían sus palabras. En lugar de eso, la declaración los acercó, como si estuvieran en una burbuja, las dos únicas personas en el mundo.

—Durante toda mi vida, lo único que todos han querido ha sido poseerme —le dijo James—. El único que me ha dejado libre has sido tú.

«Yo no te he dejado libre —pensó Will, pero no lo dijo, porque las otras palabras eran impronunciables—. Nunca te librarás de él». El poder del Rey Oscuro estaba en su control, en su habilidad para atraer a la gente y darle la forma que quería. Su impronta estaba en James, que había huido del Gran Jenízaro para correr hacia Simon, buscando a hombres con poder.

—Te lo he dicho. No deberías estar aquí.

—Lo sé —replicó James—. ¿Vas a echarme?

Lo dijo como si supiera que no iba a hacerlo. Estaba allí, como una polilla ante una llama, sin preocuparse por si se quemaba. Y Will no le dijo que se marchara; ni siquiera cuando James dio otro paso adelante. Intentó convencerse de que aquello no era por quienes habían sido, pero lo era. El pasado estaba entre ellos, sus historias entrelazadas.

—Mataste a los Siervos.

—He hecho cosas peores —dijo James.

—Por él.

Él. Como si el Rey Oscuro fuera alguien distinto. Como si no estuviera en el interior de ambos.

Otro paso.

—Dijiste que lo que somos no es tan importante como lo que podríamos ser.

Él había dicho eso. Había querido creerlo. Pero eso fue antes de que ella muriera en sus brazos, de que los engranajes del pasado giraran, implacables e imparables. El Rey Oscuro había puesto todo aquello en movimiento. Incluso había llevado a James hasta allí, un regalo para sí mismo. Will tenía que echarlo, pero James era un regalo que no podía rechazar, y quizá cuando ordenó que lo mataran, tantas vidas atrás, ya lo había sabido.

—¿Qué podríamos ser? —La pregunta escapó de alguna parte profunda de su ser. Necesitaba la respuesta no solo para James, sino para sí mismo.

—Puede que no lleve su marca, pero él... está grabado en mí. —Los ojos de James eran muy oscuros—. Me dejó su marca en el alma. Lo llaman el Rey Oscuro, pero era una llama brillante, y todos los demás, todo lo demás, es apenas su pálida sombra. Renací, pero vivía una semivida. Era como si este mundo estuviera borroso. No podía ver a nadie con claridad. Hasta que llegaste tú.

Era horrible, pero Will no podía apartar la mirada. Quería que James siguiera hablando más de lo que deseaba detenerlo.

—Tú me hiciste creer que podía ser derrotado. Tú me hiciste creer... —James se detuvo—. El salvador. No pensé que me salvarías.

—Su sonrisa fue dolorosa—. Creí que Simon traería de vuelta al Rey Oscuro. Creí que el Collar se cerraría alrededor de mi garganta. Nunca pensé que tendría la libertad de escoger mi futuro. Pero la tengo.

—En el silencio de la habitación, sus palabras se enroscaron alrededor de los latidos del corazón de Will—. Simon y su padre... soñaban con gobernar un mundo oscuro, y me dijeron que habría un lugar para mí a su lado. Pero yo no quiero seguirlos. Estoy aquí para seguirte a ti.

James tenía los ojos brillantes y una sonrisa en los labios. Su cabello parecía dorado, bajo la titilante luz del fuego.

—Claro que sí —dijo Will.

AGRADECIMIENTOS

La primera idea para *El Rey Oscuro* se me ocurrió en el Louvre. Hay algo muy inquietante en los museos, en todos esos vestigios desplazados de vidas olvidadas. Empecé a pensar en la posibilidad de un mundo mágico desaparecido hacía mucho.

Fueron más de diez años de minuciosa de creación y *world-building* antes de que *El Rey Oscuro* estuviera terminado, y en ese tiempo, un sinfín de gente, libros e instituciones me han ayudado, desde los conservadores del Museo de Historia Natural de Londres, donde vi mi primer cuerno de narval, a los lugareños de Castleton, que me sirvieron tarta de manzana caliente cuando regresé de caminar por la Cumbre Oscura.

Los más cercanos al libro han sido los escritores y amigos de Melbourne que vivieron *El Rey Oscuro* conmigo: Beatrix Bae, Vanessa Len, Anna Cowan, Sarah Fairhall, Jay Kristoff y Shelley Parker-Chan, que leyeron numerosos borradores y me ofrecieron su opinión, ánimo y apoyo. Tengo con todos vosotros una enorme deuda de gratitud. Este libro no habría sido lo que es sin vosotros.

Bea, desplegué *El Rey Oscuro* sobre tu mesa cuando no era más que un rollo de papel encerado y una colección de tarjetas con notas, y todavía no sabía que estaba haciendo una amiga para toda la vida. Vanessa, aprecio las incontables noches que pasamos bebiendo chocolate caliente y comiendo tostadas con queso «al estilo de un sándwich club» mientras hablábamos y construíamos nuestros mundos juntas. Anna, los días escribiendo contigo en la biblioteca pública son mis recuerdos favoritos, cómo preparábamos astutamente nuestras mesas para poder marcharnos a por magdalenas y charlar detrás de los libros. Shelley, tu conocimiento sobre los monjes, los mentores y el ascetismo fue irremplazable. Gracias también a Amie Kaufman por su valiosa amistad, apoyo y consejo, y a Ellie Marney, Penni Russon y Lili Wilkinson, por vuestra ayuda a lo largo del camino.

Descubrí hace poco lo importantes que son las primeras influencias, y por eso quiero dar las gracias a Rita Maiuto, Brenda Nowlan, Cherida Longley y Pat McKay, por haber sido mis profesores, mentores, tutores y familia cuando más os necesitaba.

Tuve algunas de mis primeras conversaciones sobre *El Rey Oscuro* con amigas, mucho antes de que el libro comenzara a parecerse a lo que es ahora. Gracias a Tamara Searle, a Kirstie Innes-Will, a Kate Ramsay y a Sarah Charlton, por haberme regalado esas primeras charlas. Recuerdo especialmente el momento en el que sin querer desperté a Tamara con un grito cuando me di cuenta de que un longevo unicornio reconocería al Rey Oscuro al verlo, y gran parte del libro encajó en su lugar.

Gracias a mi increíble agente, Tracey Adams, y a Josh Adams, por creer en el libro y encontrarle un hogar. Siempre os estaré agradecida a ambos. Gracias enormes al equipo de Harper, sobre todo a Rosemary Brosnan, y a mis editores Andrew Eliopulos y Alexandra Cooper. En Australia, tuve la gran suerte de trabajar con Kate Whitfield y Jodie Webster en Allen & Unwin; muchas gracias a ambos por vuestro maravilloso trabajo. Gracias también a Ben Ball por un consejo temprano que me ha ayudado más que ningún otro, y a Emily Sylvan Kim por su apoyo en mis primeros pasos.

Por último, gracias a Magdalena Pagowska por su impresionante ilustración para la portada, a Sveta Dorosheva por crear el precioso mapa de Londres en 1821, y a Laura Mock y al equipo de diseño de Harper que unieron todos los elementos visuales.

La investigación de *El Rey Oscuro* viajó a través de Europa, desde Londres a Umbría y a Praga, al interior de castillos y ruinas, y al pasado, sobre viejos mapas, periódicos y artefactos. En mis años de investigación, leí demasiados libros para nombrarlos a todos, pero he incluido en *El Rey Oscuro* una referencia a la observación de Odell Sheppard («He buscado al unicornio sobre todo en bibliotecas»), porque fue allí donde yo también los busqué.

Y donde los encontré, quizá.

Ecosistema digital

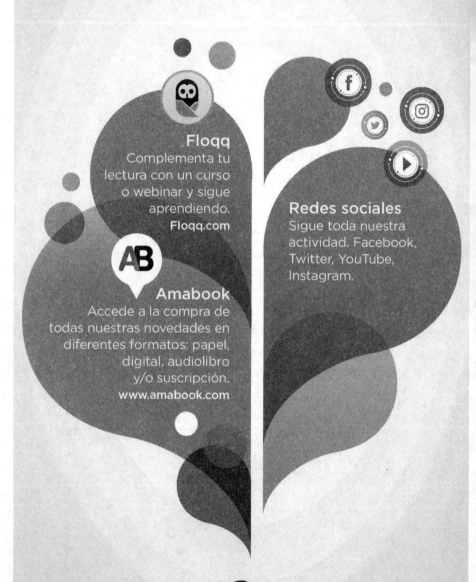

Floqq
Complementa tu lectura con un curso o webinar y sigue aprendiendo.
Floqq.com

Amabook
Accede a la compra de todas nuestras novedades en diferentes formatos: papel, digital, audiolibro y/o suscripción.
www.amabook.com

Redes sociales
Sigue toda nuestra actividad. Facebook, Twitter, YouTube, Instagram.